KB162430

뜨거운 루카, 차가운 강주

The hot Luca & cold Gangju

욱수진 장편소설

동아

뜨거운 루카, 차가운 강주

초판 1쇄 인쇄일 | 2024년 1월 12일
초판 1쇄 발행일 | 2024년 1월 25일

지은이 | 욱수진
펴낸이 | 조승진
펴낸곳 | 데이즈엔터

출판등록 | 제2023-000050호
주소 | 서울특별시 강서구 양천로 570, NH서울축산농협 NH서울타워 19층(등촌동)
전화 | (070)8826-4508
팩스 | (02)337-0668
E-mail | bear6370@hanmail.net

정가 | 12,500원

ISBN 979-11-7170-066-0 (03810)

DONGAROMANCESTORY

뜨거운 루카, 차가운 강주

The hot Luca & cold Gangju

욱수진 장편소설

동아

목 차

프롤로그

녹음이 짙게 내려앉은 초여름.

오늘 밤 태풍이 북상할 거라는 기상예보 때문인 걸까?

늘 사람들로 북적이던 한강 산책로는 한산하다 못해 스산하기까지 했다.

이 휑한 산책로를 홀로 달리는 이가 있었으니.

오늘 기상예보 따위 챙겨 볼 정신이 없었던 그녀, 마초희였다.

"하아. 하아……."

제자리에 멈춰 선 그녀가 가쁜 숨을 몰아쉬었다. 숨이 턱 끝까지 차올라 죽을 것만 같았다.

하지만 어쩐 일인지 스트레스는 풀리지 않았다. 보통 이렇게 몸을 괴롭히고 나면 잡념이 떨쳐 나가곤 했는데, 이상한 일이었다.

아니, 내 인생은 늘 이상했지만, 오늘따라 더욱더 이상하고 거지 같았다.

오래전에 연을 끊었던 아버지가 갑자기 나타나서 집 보증금과 통장을 들고 튀질 않나. 오빠란 놈은 사람 패서 합의금으로 돈 오백만 원을 뜯어가질 않나.

오늘 그 두 인간 때문에 깨진 돈만 수천만 원이었다.

"대체 나한테 왜 이래, 왜 이러는 거냐고! 왜!"

울화가 치밀었다. 그런데 참 불행하게도 하늘마저도 내 편이 아닌 건지, 멀리서 새까만 먹구름이 몰려오고 있었다.

"젠장. 우산도 없는데."

먹구름이 하늘을 뒤덮는 모양을 보며 혹시 저게 내 미래는 아닐까? 괜한 걱정과 함께 그동안의 설움이 주마등처럼 스쳐 지나가기 시작했다.

그녀는 과거 아버지 때문에 명문대에 합격하고도 자퇴를 할 수밖에 없었고. 모델의 꿈을 이루기 위해 프랑스 유학길에 오른 날에도 통장을 도둑맞는가 하면.

먼 타국에서도 원수 같은 두 사람의 뒤치다꺼리를 하느라 서빙, 관광 가이드, 속옷 피팅 모델까지 하루에 스무 시간 넘게 일한 적도 있었다.

그렇게 지독한 20대를 보내고, 2년 전 프랑스에서의 생활을 정리하고 한국으로 돌아왔을 때 초희는 다짐한 게 하나 있었다.

30대는 오롯이 내가 하고 싶은 일만 하며 살겠다고.

그래서 있는 돈 없는 돈 다 털어서 모델 에이전시를 차렸고, 어제가 딱 1년째 되는 날이었다.

하지만 아직 이렇다 할 성과는 없고, 내일은 또 사무실 월세 내는 날이네?

"에이, 몰라! 나 그냥 이번 생은 포기할래."

그래. 포기하자. 포기하면 편하니까.

그냥 폐업하면 되지. 내 주제에 무슨 에이전시 대표야.

"아니야, 안 돼! 내가 어떻게 준비해서 차린 회산데. 나 절대 포기 못 해. 이대로 환경에 굴복할 수 없다 이거야! 이겨 낼 거야. 반드시…… 이겨 내고 말 거야."

마치 다중 인격자처럼 이랬다저랬다 살짝 정신이 없어 보이던 그녀가 다부진 눈빛으로 두 주먹을 꽉 말아 쥐었다.

"근데 어떻게 이기지? 난 지금 너무 힘이 없고, 돈도 없고, 가진 것도 개뿔 없는데……."

초희는 울상을 지으며 한숨을 크게 내쉬었다. 그리고 대체 어떻게 하면 이 불안과 막막함을 떨쳐낼 수 있을지 고민했다.

"아, 맞다!"

긴 생머리를 뒤로 넘기며 생각에 잠겨 있던 그녀의 두 눈이 커다래졌다. 이 극한의 스트레스를 한 방에 날려 버릴 좋은 방법이 떠오른 것이다.

생각과 동시에 초희는 저도 모르게 침을 꼴깍 삼켰다.

단단해 보이지만 깨무는 순간 입 안 가득 꽉 차게 들어오는 부드러운 촉감이 인상적인 그것. 촉촉한 그것이 혀에 닿자마자 사르륵 녹을 때 그 짜릿한 기분은 말로 형용할 수 없을 정도로 특별했다.

머릿속에서 퍼지는 전율과 흥분감에 지옥 같은 현실도 마치 천국인 양 착각하게 만드는 마성의 그것.

역시 스트레스 해소엔 그것만 한 게 없지.

초희는 곧장 주머니에서 핸드폰을 꺼내 어디론가 전화를 걸었다.

"지금 어디야?"

다짜고짜 상대방의 위치를 확인한 초희가 의미심장한 미소를 지었다.

"퇴근? 잘됐네. 그럼 지금 당장 호텔로 와. 그거 꼭 챙겨서 오고."

그녀는 통화를 끊자마자 산책로를 벗어나 얼른 택시를 잡아 올라탔다.

"기사님, 명원호텔로 가 주세요! 최대한 빨리요."

그것의 황홀한 자태가 또다시 떠오르자 마음이 급해졌다. 그녀는 룸 미러 속 상기된 자신의 얼굴을 확인하곤 서둘러 표정을 감췄다.

하지만 이 떨리는 마음을 주체하기 힘들었다.

아, 집에서 씻고 나올 걸 그랬나? 냄새나면 어떡해.

아니야. 일단 스트레스 해소부터 하고 씻자. 지금 씻는 게 중요한 게 아니라고.

택시가 도로 위를 달려 호텔에 가까워질수록 초희의 가슴은 더 세게 쿵쾅거렸다.

그렇다. 그녀는 이미 그것에 중독되어 있었다.

떨리는 마음을 애써 진정시키며 그녀는 그날을 떠올렸다.

그러니까 그것을 한국에서 처음 맛본 건, 친한 친구의 결혼식이 열렸던 그 호텔에서였다.

1

한 달 전.

남산 자락에 위치한 5성급 명원호텔. 결혼식 비용만 수억 원에 이르는 이 특급 호텔에서 잠시 후면 초희의 고등학교 친구 박나영이 결혼식을 올릴 예정이다.

"마초! 여기야."

초희가 엘리베이터에서 내리자마자 저 멀리 서 있던 여자가 손을 흔들며 다가왔다. 초희의 30년 지기 절친 오가령이었다.

"야. 그렇게 부르지 말라니까."

초희의 핀잔에도 가령은 개의치 않는다는 듯 오히려 더 너스레를 떨었다.

"그럼 마초희를 마초라 부르지, 뭐라고 불러? 가초? 나초? 다초?"

"재밌냐?"

"재밌으라고 한 거 아닌데? 그나저나 너 오늘 착장 무슨 일? 이야, 끝내준다."

가령은 몸에 딱 붙는 레드 색상의 롱 원피스를 입은 초희를 위아래로 훑으며 부러운 눈빛을 보냈다.

"샀어? 어디서? 얼마?"

"3박 4일 대여, 강남에서, 6만 원."

"뭐? 대여?"

"내가 돈이 어딨냐. 마침 내일모레 중요한 미팅도 있고 해서, 겸사겸사 빌렸어."

그럼 그렇지. 아침에 눈 뜨자마자 전기 코드 뽑는 게 취미인 저 짠순이가 퍽이나 몇백만 원짜리 명품을 샀겠다. 가령은 고개를 절레절레 흔들었다.

"근데 무슨 미팅? 남자는 아닐 거고……."

"왜 아니야?"

"어머, 소개팅 뭐 그런 거야? 어떤 남잔데? 직업은? 나이는? 잘생겼대?"

"직업은 선진패션 홍보팀 대리, 나이는 30대 정도? 생긴 건 그냥저냥. 소개팅 뭐 그런 건 아니고."

"그게 무슨 말이야?"

"너도 소나 알지? 우리 에이전시 소속 모델. 걔 이번에 선진패션 광고 찍게 생겼어. 홍보팀에서 한번 보재."

"에잇, 난 또 뭐라고. 남자 얘긴 줄 알았네."

가령의 김샌 듯한 표정과 달리 초희는 한껏 들뜬 얼굴이었다.

"이러다 우리 소나 빵 떠 가지고 에이전시 대박 나면 어떡해? 나 부자 되면 어떡하지?"

"그럼 제일 먼저 그 옷부터 사 버려."

"그럴까?"

"응. 그 원피스 너한테 진짜 잘 어울려. 아니다. 그냥 내가 하나 사 줄까? 우리 마초 명색이 회사 대푠데 명품 옷 하나 정돈 있어야지."

"그래? 이거 미셸 건데. 고마워. 다행히 이 원피스 신상은 아니라서 아마 천만 원은……."

"어이쿠. 결혼식 시작하겠다. 우리 빨리 들어가자."

가령이 천만 원이라는 말에 놀라 황급히 말을 돌리며 안으로 쌩하니 들어가 버렸다. 그런 가령이 귀여웠던 초희는 가볍게 웃음을 터뜨리며 걸음을 옮겼다.

그런데 테이블로 향하며 웅장한 식장 내부를 찬찬히 둘러보던 초희는 거울 장식에 비친 제 모습을 발견하곤 살짝 표정을 굳혔다. 문득 지금 자신이 입고 있는 이 원피스를 디자인한 미셸 아르노 선생이 떠오른 것이다.

그녀에게는 미셸 쇼에 서는 것이 꿈이었던 시절이 있었다.

왜 과거형이냐고?

이제 더 이상 그 꿈을 이룰 수 없게 되었으니까.

초희는 어쩐지 씁쓸한 얼굴로 테이블에 먼저 자리를 잡은 가령 옆에 앉았다. 그러곤 자연스레 화려한 핀 조명 아래 설치된 웨딩 로드를 물끄러미 쳐다봤다.

딱 10년 만이었다.

이 호텔, 이 다이너스티 홀에서 그녀는 모델 데뷔를 했었다. 난생처음 런웨이에 서게 된 그 순간이 다시금 떠오르자 온몸에 전율이 흘렀다.

"아직 미련 못 버린 거지?"

가령이 넌지시 물었다. 초희는 그제야 웨딩 로드에서 시선을 거둔 채 어깨를 으쓱였다. 속내를 감추려 일부러 더 장난처럼 말했다.

"미련? 나 그딴 거 에펠탑 꼭대기에 다 버리고 왔는데."

"거짓말."

"진짜거든?"

"근데 왜 탄수화물 안 먹어? 몸매 관리는 왜 계속하는데? 운동은 왜 그렇게 죽어라 하는데? 그거 다 미련 남아서 그러는 거잖아. 너 다시 쇼에 서고 싶은 거잖아."

초희의 눈빛이 살짝 흔들렸다. 하지만 그녀는 다시 마음을 다잡고 말했다.

"가령아, 나 이제 서른하나야. 내가 모델 일 계속한다 그래도 어디 써 주는 데도 없어요. 그리고 이제 내가 아니라 우리 애들이 할 거야. 걔들 서포트하는 게 지금 내가 제일 하고 싶은 일이야. 말했잖아. 앞으론 하고 싶은 일만 하면서 살 거라고."

"그랬지. 근데……."

"오가령 씨, 잔소리 그만하시고요. 나 내일모레 미팅 갈 때 뭐 사 가면 좋을지 추천이나 좀 해 줘."

"몇 시에 가는데? 오전이면 샌드위치 같은 거, 오후면 그냥 커피나 사 들고 가. 될지 안 될지도 모르는데 괜히 돈 많이 쓰지 말고. 너 저번에도 어디 업체 미팅 가서 회식비만 몽땅 내고……."

"야! 잊고 있었는데 그 얘길 왜 또 꺼내? 아으, 그 양아치 같은 새끼들! 다 된 것처럼 얘기해놓고 먹튀를 하냐."

초희가 물을 벌컥벌컥 마시며 씩씩거렸다. 그런 그녀의 눈치를 흘끔 보던 가령이 조심스레 말을 꺼냈다.

"근데 나 같아도 너희 회사 애들……."

"우리 애들 뭐?"

초희가 대표로 있는 에이전시엔 소속 모델이 세 명 있었다. 남자 둘, 여자 하나. 그들의 볼품없는 외모를 잠시 떠올려 보던 가령은 떨떠름한 표정을 지었다.

"저기 있잖아……. 나 진짜 궁금한 게 있는데."

"또 초치는 말 할 거면 그 입 다물라."

"진짜 딱 하나만 물어볼게."

"뭔데?"

"요즘은 모델들도 와꾸가 돼야 되는데……."

"야."

"솔직히 걔네 너무 못생겼어!"

에라 모르겠다. 가령은 이제껏 속에만 담아 두었던 말을 결국 내뱉고 말았다.

"못생겼다고? 우리 애들이? 너 눈이 어떻게 된 거 아니야?"

"내가 아니라 네 눈이 어떻게 된 것 같은데?"

"네가 몰라서 그래. 모델은 얼굴이 중요한 게 아니야. 개성과 아우라. 그리고 우리 애들 얼마나 열심히 하는데, 특히 소나는 진짜 재능 있어. 내가 무슨 수를 써서라도 우리 소나만큼은 꼭 성공할 수 있도록 도와줄 거야."

초희의 반짝이는 눈동자 속에서 가령은 문득 과거 그녀가 프랑스로 떠나기 전에 건넸던 작별 인사가 떠올랐다.

'울지 마. 내가 뭐 어디 죽으러 가나?'
'마초, 다시 생각해 봐. 너 여기서도 충분히 잘하고 있잖아. 대체 미셸이 뭐길래……'
'내 유일한 꿈이자 마지막 종착지? 그러니까 너도 행운을 빌어 줘. 나 꼭 성공하고 돌아올게.'

하지만 자신감 넘치던 스물여섯 살의 그녀는 파리로 떠난 지 3년 만에 아무것도 이루지 못하고 다시 한국으로 돌아왔다. 그리고 돌연 은퇴를 선언했다.

은퇴 사유는 귀국 후 2년이 지난 지금까지도 아무도 모른다.

"무슨 생각을 그렇게 해?"

"어? 아니야."

상념에 빠져 있던 가령이 배시시 웃었다. 프랑스에서 대체 무슨 일이 있었기에 돌아오자마자 은퇴를 한 거냐고 묻고 싶었지만 도저히 입이 떨어지지 않았다.

말 많은 가령이 갑자기 조용해지자 초희가 의아한 눈빛으로 쳐다봤다.

"이 호텔 근무 환경은 별론가 봐?"

"왜?"

"너 다크서클 장난 아니야. 전에 일하던 호텔에선 이러지 않았잖아. 막 밤새 술 마셔도 끄떡없었잖아."

초희가 일주일 전에 이 호텔로 이직한 호텔리어 가령을 놀렸다. 외모에 굉장히 신경을 많이 쓰는 편에 속하는 가령은 화들짝 놀라며 얼른 파우더를 꺼내 눈 주변을 확인했다.

그사이 초희는 자연스레 하객들의 패션을 살폈다.

남편이 유명 로펌에 다닌다더니 잘사는 집 결혼식은 역시 달랐다. 수천만 원을 호가하는 명품 옷, 고급 외제차 한 대 값이 넘는 가방, 목걸이, 구두…….

저 사람들은 대여한 거 아니겠지?

초희는 괜히 대여한 제 옷이 부끄러워졌다. 남과 비교하며 살지 않기로 했는데 왜 이렇게 위축이 되는 걸까.

이럴 땐 안 보는 게 상책이지. 그녀는 작게 한숨을 내쉬며 고개를 돌렸는데.

"……!"

초희는 놀란 얼굴로 고개를 다시 돌려 어느 한 곳을 쳐다봤다. 하객들 사이에서 낯익은 얼굴을 발견한 그녀의 두 눈이 커다래졌다.

'루카…….'

흰색 셰프 복장을 한 남자의 뒷모습에서 초희는 눈을 떼지 못했다. 체격이나 언뜻 보였던 옆선이 루카와 매우 흡사했다.

초희는 저도 모르게 자리에서 벌떡 일어났다.

그런데 하필 그 순간 하객들이 모여들며 루카와 닮은 그 남자는 신기루처럼 사라져 버렸다. 정말 눈 깜짝할 새도 없이 말이다.

초희가 멍한 눈으로 남자가 있던 자리를 응시했다.

이게 어떻게 된 거지? 내가 헛것을 본 걸까?

"마초, 왜 그래? 어디 아는 사람이라도 있어?"

가령이 걱정스레 묻자 초희가 멍한 얼굴로 고개를 흔들며 도로 자리에 앉았다.

"그럴 리가 없어…… 한국에 있을 리가 없잖아……."

"누가?"

"아니야, 아무것도. 그냥 닮은 사람을 봐서. 아니, 어쩌면 허상일지도……."

"너 요새 많이 힘들구나? 그러니까 연애 좀 해. 언제까지 모쏠로 살래?"

"갑자기 얘기가 왜 그쪽으로 튀어?"

"왜냐면 곧 우리 둘 중 하나에게 핑크빛이 생길 것 같거든."

파우더를 찍어 바르는 손이 마구 빨라지더니 가령은 얼른 가방 속에 화장품을 집어넣고 미소를 장착했다.

왜 저래? 의아한 얼굴로 초희가 가령을 쳐다보고 있었는데.

"실례하겠습니다."

옆에서 들리는 낮은 목소리에 초희가 고개를 돌렸다. 미셸 신상 구두를 신은 안경 쓴 남자가 미소를 지으며 서 있었다.

"혹시 여기 자리 있습니까?"

안경남이 초희 옆자리를 가리키며 정중하게 물었다. 그의 말이 끝나기도 전에 가령이 성급히 외쳤다.

"없어요. 있어도 없으니까 얼른 앉으세요."

'남자 대환영'이라고 이마에 써서 붙인 듯한 가령의 태도에 안경남이 웃음을 터뜨리며 자리에 앉았다. 반면 초희는 루카의 허상이 계속 눈앞에 아른거려 정신을 차릴 수가 없었다. 시선은 자꾸만 허상이 보였던 입구 쪽으로 향하고 있었다.

"마초희 씨 맞죠?"

"절 아세요?"

초희가 적대감이 가득한 눈으로 안경남을 쳐다봤다. 그러자 안경남이 명함을 건네며 제 소개를 했다.

"아, 저는 오늘 결혼하는 신랑이랑 같은 로펌에서 근무하고 있어요. 마초희 씨 얘기는 형수님한테 들었습니다. 모델 친구가 있다고 해서 기대 많이 하고 왔는데, 기대 이상이시네요."

안경남은 자연스럽게 초희의 몸매를 눈으로 훑어보며 그녀 쪽으로 의자를 끌어 가깝게 붙어 앉았다. 허벅지가 닿을 정도로 말이다. 초희는 안경남의 다리 사이를 흘끔 내려다보더니 불쾌한 표정을 지었다.

"초희 씨, 이따 결혼식 끝나고 피로연 가실 거예요?"

"아뇨. 왜요?"

화를 참는 듯 이를 악물고 초희가 대꾸하는데도 눈치 없는 안경남이 이번엔 얼굴을 들이댔다. 안경남이 귓가에 속삭였다.

"그럼 이따 나랑 놀까? 내가 재밌게 해 줄게. 1203호……."

"얼굴 치워. 박아 버리기 전에."

"……!"

"치우라고."

초희가 이마로 안경남의 머리를 세게 밀치더니, 앞머리를 후, 하고 불어 넘겼다. 그건 그녀가 굉장히 화가 많이 나 있다는 일종의 경고 행위였다.

"일 났다, 일 났어."

중얼거리던 가령이 난 안 볼란다 하며 먼 산을 쳐다봤다.

그러는 동안 박치기를 당한 안경남이 당황한 기색으로 초희를 노려봤다.

"이 여자가 미쳤나."

"미친 건 너고. 아니, 나 궁금해서 그러는데 뭘 어떻게 재밌게 해 줄 건데? 세상 지루하게 생긴 놈이."

"뭐? 놈? 너 뭔데 이렇게 무례해!"

"초면에 남의 귀에 바람이나 불고 자위하는 너는 품위 있는 거냐?"

"뭐, 뭐라고? 참나. 재수가 없을래니까!"

주변이 술렁이며 시선이 모이기 시작하자 안경남은 얼굴이 새 빨개진 채로 줄행랑을 치고 말았다.

"하하하. 저희는 괜찮아요. 다들 볼일 보십시오. 하하하하."

수습은 늘 그렇듯 가령이 맡았다. 겨우 사람들의 시선이 분산 되고 나서야 가령은 초희를 타일렀다.

"마초, 너 제발 그 성격 좀 죽이면 안 되겠니? 친구의 남편 직장 동료잖아."

"그래서 뭐. 그렇다고 성희롱을 그냥 봐줘?"

"귓속말이 무슨 성희롱이야."

"내가 기분 나쁘면 성희롱이지."

"어어. 그, 글치? 그렇지. 그렇지만……."

"너도 그니까 제발 쓸데없는 짓 좀 하지 마. 나 남자 안 만난 다니까."

"대체 왜? 너 설마……."

"아니야."

"아니긴. 너 아직도 못 잊은 거지? 프랑스에서 만났다던 그 남자."

초희가 딴청을 피우며 물을 마셨다. 하지만 가령은 멈추지 않고 말을 계속했다.

"근데 사귄 것도 아니었다며. 그냥 한번 잔 거라며. 아, 그 남자 이름이 뭐였더라? 외국인이었는데……."

"……루카."

초희가 잔을 내려놓으며 나지막한 목소리로 오래간만에 그 이름을 불러 봤다.

"오! 맞아. 루카. 네가 술만 취하면 부르는 그 이름 루카."

"내가?"

"그래. 네가. 그래서 내가 생각해 봤는데…… 그런 거 아닐까? 왜 그런 말 있잖아. 외국 남자 한번 맛보면 못 돌아온다고."

"오가령."

"맞지? 아주 정곡을 찔렀지? 너 그래서 다른 남자 못 만나는 거지? 그 프랑스 남자 때문에."

"내가 그 얘기 안 했나?"

"무슨 얘기?"

"루카 걔 한국계야."

"뭐? 한국인? 야, 넌 무슨 거기까지 가서 한국 남자를 만나? 잘생겼어?"

"잘생겼지. 더 놀라운 사실 하나 알려 줄까?"

궁금해 죽겠다는 듯 가령이 두 눈을 동그랗게 뜨자, 초희가 마저 말을 이었다.

"그 녀석 학생이었어."

"뭐?"

가령의 입이 떡 벌어졌다. 그 반응을 예상했다는 듯 초희는 작게 웃으며 저도 모르게 과거를 회상했다.

'루카, 근데 너 몇 살이야?'

'나이 알면 내가 더 좋아질 텐데?'

'뭐래. 난 너 싫어하거든?'

'난 너 좋아해. 아니, 사랑해.'

'미쳤어? 날 언제 봤다고 사랑한대.'

'원래 미쳐야 성공하는 법이야. 사랑도 일도.'

기상 이변으로 8년 만에 파리에 폭설이 내리던 그날, 하얀 설원으로 변한 샹드막스(Champs de Mars) 공원에서 녀석은 말했다.

'저 에펠탑에 또 언제 눈이 쌓일진 모르겠지만, 그날도 우린 함께 있을 거야. 내 사랑은 미쳤고, 이제 성공할 일만 남았거든.'

눈앞에 펼쳐진 에펠탑의 야경 따윈 눈에 들어오지도 않았다. 사방에서 쏟아지는 불빛 때문에 유난히 반짝이던 녀석의 눈동자가 더 아름다웠으니까.

"마초!"

상념에 젖어 있던 초희를 깨운 건 가령이었다.

"어, 왜? 나 불렀어?"

"불렀지 그럼. 세 번이나 넘게. 무슨 생각을 그렇게 해?"

아련한 눈빛으로 무언가를 떠올리고 있던 초희를 가령이 의아하게 쳐다보다가 조심스레 입을 열었다.

"저기 있잖아…… 그 루카라는 애, 미성년자는 아니었지? 그치?"

"아! 내가 왜 그 생각을 못 했지?"

"이년아!"

"농담이야. 대학생이었어. 정확한 나이는 모르겠지만."

"세상에 말도 안 돼. 나이도 모르는 남자랑 잤다고? 네가?"

"그 얘긴 그만하자."

"왜 그만해? 이렇게 재밌는 얘기를. 더 해 줘, 더. 그래서 그 남자 전공은 뭐였는데?"

"패션."

"어머, 그럼 디자이너?"

"아마 지금쯤 그렇게 돼 있겠지. 비공식이긴 하지만 미셸의 수제자였으니까."

"수제자? 우리가 아는 그 미셸?"

가령은 초희가 입고 있는 미셸 원피스를 가리키며 물었다. 그러자 초희가 고개를 끄덕였다. 동시에 가령이 초희의 등짝을 찰싹 내리쳤다.

"아야! 아프잖아. 갑자기 사람을 왜 때려?"

"넌 그런 남자를 버리고 한국에 혼자 오면 어떡해."

"아깐 거기까지 가서 한국 남자를 왜 만났냐며."

"그건 그 남자의 배경을 몰랐을 때 한 얘기고. 너 당장 짐 싸서

도로 가, 프랑스로. 가서 루카 씨 잡으라고."

"2년이나 지났거든?"

"다시 만나고 싶긴 한가 보네?"

"아니. 전혀. 루카랑 나는 절대 안 돼."

"왜?"

"그런 게 있어. 우린…… 안 돼. 안 되는 사이야……. 난 루카 다시 만나더라도 또 버릴 거야. 도망칠 거야."

초희는 자신에게 다짐하듯 되뇌며 아까 하객들 사이에서 봤던 녀석의 허상을 지우려 애썼다.

갑자기 심각해진 초희의 표정을 살피던 가령은 이제야 알 것 같았다. 그녀가 2년 전 돌연 은퇴를 선언한 이유를.

아마 루카라는 남자가 적지 않게 영향을 끼친 게 분명했다.

"마초, 내가 처음이자 마지막으로 딱 한 번만 물을게."

"……."

"대체 프랑스에서 무슨 일이 있었던 거야?"

"그걸 왜 이제야 물어?"

"이제야 네가 대답해 줄 것 같아서."

"미안하지만 오늘은 참아. 좋은 날이잖아. 나 그거 말하다가 울지도 모른다구."

우는 흉내를 내던 초희가 장난이었다는 듯 가볍게 웃으며 자리에서 일어났다.

"나 화장실 좀 다녀올게."

"어? 마초!"

의자를 집어넣고 나가려던 초희를 가령이 불러 세웠다.

"왜?"

"너 원피스 찢어졌어."

"찢어지다니 어디가…… 어? 이거 왜 이래?"

뒤늦게 원피스 옆 라인이 찢어진 것을 발견한 초희가 화들짝 놀랐다. 맨다리가 훤히 들여다보이자 그녀는 찢어진 원피스를 손으로 꽉 쥐고 당황해했다.

"이게 언제 찢어진 거지?"

기억을 되짚어 보다가 아까 안경남이 황급히 의자를 박차고 도망가던 게 떠올랐다. 아마 그 소동 때문에 날카로운 뭔가가 원피스에 닿아 찢어진 듯했다.

"아오, 그 망할 놈의 새끼."

아주 욕이 절로 튀어나왔다.

"가령, 너 바늘이랑 실 있어?"

"당연히 없지. 근데 그렇게 많이 찢어진 건 아니야, 패션으로 봐도 될 정도?"

"이게 많이 안 찢어진 거야? 다리가 다 보이는데……."

도로 자리에 앉아 전전긍긍하며 손에 피가 안 통할 정도로 원피스를 꽉 부여잡고 있는 초희를 가령은 이해할 수 없다는 듯 쳐다봤다.

생각해 보면 이상한 게 한둘이 아니었다. 모델 시절엔 짧은 원피스와 숏 팬츠도 곧잘 입고 돌아다니던 그녀였는데…….

"근데 너 요즘 왜 긴바지랑 긴 치마만 입어?"

"왜긴 왜야. 편하니까 그러지. 너 쓸데없는 소리 하지 말고 편의점이나 어디 가서 반짇고리 좀 구해다 줘. 부탁할게."

초희가 평소답지 않게 약한 모습을 보이자 가령도 같이 심각해졌다. 그러다 좋은 수가 떠올랐는지 벌떡 일어났다.

"일단 나가자. 내가 원피스 고쳐 줄게."

* * *

"안에 탈의실 있으니까 옷 벗어서 걸어 놔."

가령이 직원 휴게실을 가리켰다. 그러곤 의기양양한 표정으로 말했다.

"내가 금방 실이랑 바늘 사 와서 꿰매 줄게."

"네가?"

"이보세요. 나 세탁소 딸내미거든? 그러니까 이제 그 손 좀 풀어."

구부정하게 서서 아직도 원피스를 꽉 쥐고 있는 초희를 가령이 못마땅하게 쳐다봤다.

"다리에 무슨 용 문신이라도 있어? 왜 그렇게 가리는 거야?"

"그게…… 지금은 말하자면 길고. 이따 얘기해 줄게."

"알았어. 얼른 들어가. 나 갔다 올게."

서둘러 비상구 쪽으로 달려가는 가령의 뒷모습을 바라보던 초희는 이제야 원피스 자락을 쥐고 있던 손에서 힘을 풀었다. 그러곤 직원 휴게실 안으로 들어갔다.

휴게실은 제법 넓었다. 그리고 다행히도 안에 사람은 없었다. 가령의 말대로 구석엔 탈의실로 보이는 검은색 칸막이 세 칸이 있었다.

혹시 몰라 탈의실 문을 툭툭 건드리며 문을 열었고, 안에 아무도 없는 것을 확인한 그녀는 이제야 마음 놓고 그중 가운데 탈의실로 들어갔다.

대체 옷이 얼마나 어떻게 찢어진 건지 제대로 확인도 할 겸 초희는 미리 원피스를 벗었다. 실크 소재의 슬립만 걸친 채 찢어진 원피스를 칸막이 위에 걸어 놓고 수선할 부위를 자세히 확인했다.

"망했다……"

초희는 찢어진 부위를 보고 망연자실했다.

원피스의 원단 자체도 바느질이 까다로운 소재인 데다, 찢어진 방향도 달랐다. 이건 미셸 선생이 와도 수선이 어려웠다.

그렇다면 이제 문제는 뭐냐? 돈이었다.

수선해도 고치지 못할 이 옷을 내가 전액 물어내야 할지도 모른다는 것이었다.

"진짜 환장하겠네."

초희는 너무 어이가 없어서 웃음만 나왔다. 그러다 원피스 라벨에 새겨진 미셸의 이름을 발견하곤 과거 어느 순간을 떠올렸다.

'단추 또 떨어졌네? 하여튼 덤벙거리긴. 아, 그리고 너 내가 준 지갑도 길에다 막 버리고 다니더라?'

'버린 게 아니라 잃어버린 거거든?'

'안 되겠다. 네 물건에 아주 내 이름을 다 박아 버려야지.'

'내 물건에 네 이름을 왜 박아?'

'몰라서 물어?'

'어. 모르는데?'

'넌 내 거니까.'

녀석은 돌려 말하는 법이 없었다. 언제나 직설적이고 솔직했다. 그는 가죽으로 된 반짇고리에서 실과 바늘을 꺼내, 고된 노동을 하느라 언제 떨어진 줄도 몰랐던 그녀 옷의 단추를 달아 주곤 했다.

'내가 또 바느질이 특기인 건 어떻게 알고 넌 매번 단추가 없냐? 이거 너한테만 보여 주는 거야. 나 바느질할 때 겁나 섹시하거든.'
'섹시한 건 모르겠고. 잘하긴 하네.'
'잘하는 게 바느질만 있는 게 아닌데.'
'또 뭘 잘하는데?'
'그걸 보여 주기엔 이 탈의실은 너무 좁아.'
'……'
'오늘 저녁에 뭐 해? 우리 집에 올래?'

가지런한 이빨로 실을 뜯은 녀석은 눈을 위로 뜨며 그녀를 바라봤다. 초희는 그때 깨달았다. 바느질하는 남자가 정말 섹시할 수도 있다는 사실을.

"미쳤나 봐. 오늘 왜 이래? 왜 자꾸 생각나는 건데!"

초희는 머리카락을 마구 헝클어뜨리며 괴로워했다. 아깐 녀석과 닮은 허상을 보질 않나, 자꾸만 튀어나와 머릿속을 괴롭히는 녀석과 함께했던 추억들까지…….

안 돼. 여기까지만 하자. 딱 여기까지야.

고개를 흔들며 그녀가 정신을 차리려 노력하고 있을 때였다.

끼익, 하고 문이 열리는 소리가 들렸다. 초희는 당연히 가령이겠거니 소리쳤다.

"빨리 왔네? 이거 어차피 수선 안 될 것 같으니까 대충 시침질만 해 줘."

"……."

가령에게서 대답이 들려오지 않자 초희는 의아한 눈빛으로 정면을 응시했다. 그런데 그때 칸막이 위에 걸쳐 놓은 원피스가 바깥으로 사라졌다.

아무래도 뭔가 잘못됐다는 생각이 들 무렵. 탈의실 밖에선 옷감이 구겨지는 소리와 실이 끊어지는 소리, 바늘이 옷감을 뚫고 들어갔다 실과 함께 나오는 소리가 들렸다. 오래간만에 듣는 반가운 소리였다.

초희는 이제야 긴장을 풀고 가령이 바느질하는 소리를 벗 삼아 벽에 등을 기댔다. 그리고 천천히 고개를 숙여 자신의 왼쪽 다리를 물끄러미 쳐다봤다.

무릎에서부터 종아리까지 흉측한 상처가 길게 새겨져 있었다.

초희가 쓴웃음을 지으며 정적을 깨고 먼저 입을 열었다.

"가령아, 나 아까 너한테 거짓말했다? 에펠탑 꼭대기에 미련 같은 거 다 버리고 왔다고 한 거, 그거 거짓말이라고."

"……."

"사실 하나도 못 버리고 왔어. 그럴 시간이 없었거든. 그러고 보니까 작별 인사도 제대로 못 하고 왔네. 그래서 그런가? 가끔 보고 싶어……. 근데 그게 그 녀석이 보고 싶은 건지, 아니면 열정 넘치던 그때의 내가 그리운 건지, 좀 헷갈려."

"……."

"근데 갠 잘 지내겠지? 잘 지냈으면 좋겠는데…… 야. 오가령, 너 내 말 듣고 있냐? 나 좀 창피하니까 뭐라고 말 좀 해 봐."

고해성사라도 하듯 제 속내를 조금씩 털어놓기 시작한 초희는 오늘따라 조용해도 너무 조용한 가령이 이상하다는 생각이 들어 밖으로 나가려 했다.

막 문을 열려던 순간. 갑자기 칸막이 위로 원피스가 다시 넘어왔다. 초희는 제 머리 위에 떨어진 원피스를 손에 들고 이리저리 살펴보다 화들짝 놀랐다.

"어? 이게 뭐야?"

대체 어느 부분이 찢겨져 있었는지도 모를 정도로 완벽한 바느질 솜씨였다.

"오가령! 너 세탁소 물려받아야겠는데? 이거 뭐야. 대박."

감탄사를 계속 내뱉으며 초희는 얼른 원피스를 걸치고 탈의실 밖으로 뛰쳐나갔다.

"어? 얘 어디 갔어?"

한데 휴게실 안엔 아무도 없었다.

* * *

"천하의 신석중 변호사가 헌팅을 실패하다니. 킥킥."

흡연 구역에 모인 남자들이 담배를 피우며 떠들고 있었다. 그 무리 옆으로 한 남자가 기지개를 켜며 다가갔다. 남자는 흰색의 셰프 복장이었다.

명품 슈트를 입은 신석중 변호사 외 세 명이 경계 가득한 눈으로 남자를 흘끔 쳐다봤다.

남자의 외모는 수려했다.

큰 키에 다부진 체격만으로 벌써 비율은 퍼펙트. 거기에 더해 새하얀 피부, 섬세한 콧날, 날렵한 턱선 그리고 시니컬한 눈빛에선 절대 흉내 낼 수 없는 아우라가 뿜어져 나왔다.

남자의 수려한 외모에 괜히 기가 죽었던 신석중은 일부러 더 허세를 부리며 아까 있었던 일을 떠벌렸다.

"실패는 무슨 그딴 싸구려는 줘도 안 먹어."

"난 주면 먹을래. 그 모델 몸매 죽이던데? 그 정도면 최상이잖아. 이번엔 내가 가 볼까?"

"야야, 아서라. 대화 몇 마디 해 보니까 못 배운 티가 팍팍 나더라. 하긴 그러니까 모델 같은 걸 했겠지. 퇴물 모델 주제에 꼴에 명품 입었더라? 그거 누가 사 줬겠어? 몸 주고 스폰받은 거지. 걸레 같은 년."

"스톱."

신석중의 말을 끊은 건 옆에서 느긋하게 스트레칭을 하던 남자였다. 그는 신석중에게 더 가깝게 다가가며 셰프복 주머니에서 뭔가를 꺼냈다.

저건 담배 케이스?

모두의 기대를 깨고 까만색 가죽으로 된 케이스에서 남자가 꺼낸 건 바늘이었다.

빨간 실이 매달린 바늘.

예상치 못한 도구의 등장에 신석중이 당황하며 말까지 더듬었다.

"다, 당신 뭐야?"

"넌 뭔데? 나 방금까지 기분 무지 좋았는데, 너 때문에 다 잡쳤잖아. 어떻게 책임질래?"

"이 새끼가 어디서 손님한테 반말이야? 당장 주방으로 안 꺼져? 아니다. 너 무릎 꿇고 사과해. 사과하라니까!"

"내가 왜? 사과는 그쪽이 해야지."

"뭐? 너 이름이 뭐야? 내가 여기 호텔 대표랑 친하거든? 너 당장 실업자 만드는 건 일도 아니야."

"실업자는 내가 아니라 변호사 양반이 될 것 같은데? 왜? 내가 그 더러운 입을 꿰매 버릴 거니까."

"……!"

"내가 또 하필 바느질이 특기거든."

그는 반짇고리를 들어 흔들며 피식 웃었다. 그러다 돌연 표정 굳힌 뒤 바늘 뒤쪽 부분으로 신석중의 입을 쿡 찌르며 살벌한 음색으로 말했다.

"주둥이로 먹고사는 새끼가 주둥이 함부로 놀리고 다니면 안 되지."

＊ ＊ ＊

휴게실을 벗어난 초희는 가령을 찾기 위해 1층 로비로 올라갔다.

"마초!"

초희가 로비에 도착하자마자 멀리서 가령이 숨을 헉헉 들이 마시며 달려왔다.

"어떡해. 나, 나 실 못 구했…… 어? 멀쩡하네?"

가령은 마치 새것 같은 초희의 원피스를 보며 화들짝 놀랐다. 덩달아 초희도 놀란 얼굴로 가령을 쳐다봤다.

"네가 한 거 아니야?"

"내가 무슨 수로 그걸 꿰매? 바늘이랑 실도 없는데."

"네가 아니라고? 그럼 아까 휴게실에 왔다 간 사람은 누구야?"

"누가 왔다 갔어?"

"어……. 옷도 꿰매 줬어. 완벽하게……."

"세상에, 대체 누가?"

"진짜 너 아니야? 에이, 너지? 너 괜히 내가 아까 뻘소리 한 거 때문에 쪽팔릴까 봐 아닌 척하는 거지?"

"뭔 소리? 뻘소리?"

가령이 금시초문인 표정을 지으며 고개를 갸웃하자, 초희는 어안이 벙벙한 얼굴로 다시 원피스를 내려다봤다. 가령이가 꿰맨 게 아니면 대체 누가? 어쩐지 내 말에 대꾸도 안 하고…….

"마초, 저기 좀 봐 봐."

초희가 원피스를 수선해 준 사람의 정체를 밝히는 데 정신이 팔려 있던 그때였다. 가령이 호텔 로비에 위치한 커피숍을 가리켰다.

"쟤 금소나 맞지? 너희 회사 모델."

"야, 우리 소나 오늘 영어학원 가는 날이거든? 걔가 이런데 왜 있…… 어?"

절대 아니라며 의기양양하게 말하던 초희가 말끝을 흐렸다.

정말 가령이 가리킨 그곳엔 소나가 있었다. 더 놀라운 건 소나가 차유리와 함께 있다는 사실이었다.

"근데 같이 있는 저 여잔 누구야? 귀티가 장난 아닌데?"

"차유리잖아."

"차유리? 그 명원그룹 셋째 딸?"

"너 여기 잠깐 있어. 나 갔다 올게."

"가서 어쩌려고? 우리 빨리 올라가야지. 결혼식 시작했겠다."

"그럼 너 먼저 올라가."

"혼자? 야, 너 또 왜 그러냐. 초희야아. 응? 제발 참아."

심상치 않은 초희의 표정에 가령은 너무 걱정이 돼서 팔을 붙들고 애교까지 부려 봤지만, 소용없었다.

"참긴 뭘 참아? 확인할 거야. 둘이 왜 같이 있는지."

"그러다 또 무슨 꼴을 당하려고. 저년이 차유리면 그년이잖아. 너 대학 때 아버지 관련해서 헛소문 퍼트려서 자퇴하게 만든 년."

"그니까. 그러니까 이번엔 또 무슨 짓을 하려고 저러나 확인하러 간다고."

초희는 이를 바득바득 갈며 제 팔을 붙든 가령의 손을 떼어냈다. 그러곤 소나와 차유리를 향해 성큼성큼 걸어갔다.

"어머."

초희를 먼저 발견한 건 차유리였다.

소나는 한발 늦게 제 바로 옆에 초희가 서 있는 것을 알아차리곤 자리에서 벌떡 일어났다.

"대표님……."

마치 치부를 들킨 사람처럼 낯빛이 붉어진 소나는 초희의 시선을 피하기 바빴다.

"금소나, 너 오늘 영어학원 가는 날 아니야?"

"그게⋯⋯."

"소나 씨 일단 앉아요. 마 대표한텐 내가 말할게. 우리 구면이 거든."

"아니. 됐고. 금소나 네가 말해. 너 왜 여기 있어?"

소나가 잔뜩 주눅이 들어 고개를 숙이자 차유리가 짜증이 가득 실린 얼굴로 자리에서 일어났다.

"너 성격 여전하구나? 소나 씨 곤란해하는 거 안 보이니?"

"넌 뭔데?"

차유리가 금테 두른 카드지갑에서 명함 한 장을 꺼내 내밀었다.

[명원패션 여성복 총괄 본부장 차유리]

명함을 확인한 초희는 애써 태연한 얼굴로 되물었다.

"그래서 뭐? 네가 패션 회사 본부장인데 뭐 어쩌라고."

"아직도 상황 파악 안 됐니? 거기 명함에 있는 번호로 계좌 번호나 보내. 위약금 줄 테니까."

"위약금?"

"소나 씨 우리 여성복 모델로 계약하기로 했어."

초희는 어이가 없다는 듯 웃음을 터뜨렸다.

"뭐야? 너 지금 나 비웃니?"

"나한테 비웃음당할 짓 한 건 아는구나?"

차유리를 한껏 째려보던 초희가 이번엔 시선을 돌려 소나를 바라봤다.

"소나야, 이거 함정이야. 저 못된 어른이 나한테 복수하고 싶어서 너한테 접근한 거야. 지가 파혼당한 게 나 때문이라고 생각하고 있거든."

"야, 마초희!"

차유리가 씩씩거리며 소나의 어깨를 잡아 돌려세웠다.

"소나 씨 잘 들어요. 난 소나 씨 잠재력을 보고 계약하자고 한 거야, 진짜. 세상에 어떤 모자란 사람이 개인적인 원한으로 회삿돈을 자그마치 2억이나 써?"

"2억? 너 애한테 2억 준다고 했어?"

"너는 못 하겠지만, 난 더 달라면 더 줄 수도 있어."

"미쳤구나. 소나야, 이거 다 사기야. 가자."

초희가 소나의 팔을 덥석 잡아끌었다. 그런데 꼼짝도 안 한다. 우리 소나가.

"금소나……."

"대표님이랑 안 갈래요. 저 성공하고 싶단 말이에요."

"……."

"대표님 밑에 있으면 대표님처럼 될 것 같아요. 미래가 안 보여요."

아까완 달리 제 두 눈을 똑바로 쳐다보며 소나가 말했다. 초희는 황당하다는 표정으로 차유리를 노려봤다.

"너 애한테 무슨 얘길 한 거야?"

"있는 사실 그대로 숨김없이 전부 다. 특히 프랑스에서 네가 무슨 짓을 하며 살았는지 그건 더 자세히 얘기해 줬어."

"그래? 내가 무슨 짓을 했는데?"

"너 파리에서 상류층 사모님들 앞에서 홀딱 벗고 누드 크로키 모델까지 했었다며. 유학생들 사이에서 소문 쫙 났던데? 마초희는 돈 되는 일이면 뭐든 다 한다고. 그런데도 파리에서 런웨이 한 번 못 올라가고 은퇴했다고. 그 이유도 여기서 말해야 하나? 너…….”

“대표님 저 다시 돌아갈 생각 없어요. 그러니까 제발 저 좀 놔주세요. 부탁드릴게요.”

차유리의 말을 의도적으로 끊은 건 소나였다. 소나는 과하다 싶을 정도로 초희를 향해 허리를 숙였다. 그리고 부탁했다. 제발 이만 가 달라고.

대리석 바닥 위로 뚝뚝 떨어지는 소나의 눈물을 발견한 초희는 그저 멍한 얼굴로 고개 숙인 소나를 바라봤다.

배신감이 먼저 들어야 정상이건만, 그간 정이 많이 들었나 보다. 소심한 이 아이가 악랄한 차유리 밑에서 앞으로 어떻게 버텨 낼까 싶어 걱정이 앞섰다.

“소나야, 마지막으로 한 번만 더 물을게. 진짜 나랑 같이 안 갈 거야?”

“네.”

일말의 고민도 없이 바로 들려온 대답에 초희는 당황해서 저도 모르게 말까지 더듬었다.

“그, 그래. 알았어. 기왕 이렇게 된 거 너 꼭 성공해라. 나처럼 되지 말고. 그럼 나 간다.”

뒤늦게 쿨한 척해 봤지만 이미 늦은 것 같다. 소나에게 단칼에 거절당한 그녀를 보며 차유리가 고소하다는 듯 비웃고 있었다.

‘젠장!’

자존심이 확 구겨진 초희는 이를 악물고 뒤를 돌아 버렸다.

그러곤 그대로 로비를 도망치듯 벗어났다.

"무능한데 자존심만 센 년."

도망치는 초희의 뒷모습을 보며 차유리가 읊조렸다. 자리에 앉은 그녀는 다리를 꼬더니 느긋하게 커피를 마셨다.

이 호텔 커피가 원래 이렇게 맛있었나?

처음으로 초희를 이겼다는 승리감에 도취한 차유리의 입가에 웃음이 번졌다. 사실 차유리는 대학 입학식 때부터 지금까지 초희를 제대로 이겨 본 적이 없었다.

그녀 때문에 대학 수석 입학도 놓쳐, 짝사랑하던 남자의 마음도 빼앗겨. 제 인생 첫 패배와 실패를 안겨 준 초희가 차유리는 너무 싫었다.

그래서 그녀가 프랑스로 떠났다는 소식에 무척이나 반가웠는데, 2년 전부터 다시 슬금슬금 그녀의 이름이 팀 회의에서 언급되는 게 아닌가.

'다들 모델 중에 마초희라고 아세요? 런웨이 위에서 포스 장난 아니에요.'

'지금은 은퇴하고 에이전시 차렸대. 본부장님, 거기 소속 모델들을 한번 써 보는 건 어떨까요?'

그렇겐 못 하지. 내 모든 걸 걸어서라도 마초희 그 계집애 이 바닥에서 아웃시켜 버릴 거야.

차유리가 과거를 회상하며 이를 바득바득 갈고 있던 그때.

"본부장님."

소나의 부름에 차유리가 고개를 들었다. 그러자 소나가 다부진 얼굴로 말했다.

"시키는 대로 했으니까 돈은 바로 입금해 주세요."

당돌한 소나의 요구에 차유리가 피식 웃었다.

"당연하지. 대신……."

"……."

"앞으로 돈값 제대로 해. 알았니?"

갑자기 싸늘하게 변한 차유리의 얼굴을 마주한 소나는 뭔가 잘못됐음을 뒤늦게 깨닫고 말았다. 저 눈빛은 라이벌을 향한 질투심이라고 하기엔 굉장히 위험해 보였기 때문이다.

* * *

결혼식보다 더 성대한 피로연이 호텔 펜트하우스에서 열렸다.

신나는 음악과 화려한 조명에 춤을 추며 파티를 즐기는 사람들이 있는가 하면, 구석진 테이블에서 숨도 안 쉬고 술만 들이켜는 사람도 있었다.

"마초, 그만 마셔. 피로연 안 간다더니 우리 호텔 와인 거덜 내려고 작정했어?"

가령의 잔소리에도 초희는 아랑곳하지 않고 이번엔 아예 와인을 병째 들고 마시기 시작했다.

"아깐 괜찮다며. 소나 걔 대기업이랑 계약해서 오히려 잘된 거라며."

"너 같으면 괜찮겠냐? 꼭. 내가 걔한테 히끅. 얼마나 정성을 쏟았는데. 걔네 엄마 병간호도 내가 대신해 줬고, 내가 직접 특별 과외도 시켜 주고, 영어학원도 1년 치나 끊어 주고……."

"네가 원해서 한 거잖아. 걔가 해 달라고 안 했잖아."

"그래……. 다 내 잘못이지. 내 잘못이야."

"마초희."

"왜?"

술에 취한 초희가 두 눈을 게슴츠레 뜨며 가령을 쳐다봤다. 어쩐 일인지 가령의 표정이 심각했다.

"아까 차유리가 말한 거 진짜야? 너 진짜 파리에서 돈 벌려고 막 돈 많은 사모님들 앞에서 다 벗고……."

"일한 거야, 일."

"그런 일 하려고 프랑스 간 거 아니었잖아. 돈이 필요했으면 차라리 나한테라도 연락했어야지."

"나도 염치라는 게 있거든요? 그리고…… 가까울수록 더 말하기 힘든 것도 있는 법이야."

"우리 사이에 그런 게 뭐가 있어? 나 솔직히 너한테 섭섭해. 은퇴한 이유도 말 안 해 주고. 차유리는 아는 것 같던데……."

"걔가 알긴 뭘 알아. 그냥 아는 척하는 거지. 가령아…… 잘 들어. 내가 은퇴한 이유는……."

"루카라는 남자 때문이지?"

"하아……."

"맞네."

"……안 되겠다. 루카 얘긴 이제 그만하자. 나 오늘 진짜 너무 너무 힘들다. ……힘들다구우."

초희가 울먹이며 또다시 와인을 원샷했다. 그런 초희를 안쓰럽게 쳐다보던 가령은 자신이 그녀를 너무 몰아세웠나 싶어 미안한 마음이 들었다.

"알았어. 그 남자 얘기 이제 안 할게. 그러니까 술만 마시지 말고 안주도 좀 먹어……. 앗, 미안. 내가 다 먹었구나."

가령이 테이블 위에 놓인 텅 빈 접시들을 멋쩍은 표정으로 보고 있었는데.

마침 테이블 위에 각종 디저트들이 세팅되기 시작했다. 홀 직원이 내려놓고 간 3단 트레이를 본 가령의 두 눈이 휘둥그레졌다.

"대박! 마초, 이것 좀 봐. 와우. 난 마카롱부터 먹어야지."

평소 단 음식이라면 아주 환장하는 가령의 얼굴이 그 어느 때보다도 더 진지했다. 오늘 너무 힘들다고 울먹이기까지 한 친구의 고충은 뒷전이 되고 말았다.

신이 난 얼굴로 디저트를 흡입하듯 먹는 가령을 초희는 대수롭지 않게 쳐다보다가, 맨 위에 있는 접시를 놀란 눈으로 바라봤다.

"이건……."

"뭐야? 그거 되게 특이하게 생겼다."

"……까눌레."

작은 원통형에 세로로 홈이 파진 모양.

맨 위에 놓인 디저트를 궁금해하는 가령의 호기심을 초희가 대신 풀어 줬다. 하지만 이름을 듣고도 잘 모르겠는지 가령이 심드렁한 얼굴로 진한 갈색을 띤 까눌레를 응시했다.

"뭐? 까누리? 이름도 특이하네. 암튼 난 패스! 색깔이 맛없을 것 같아."

가령은 맨 위 단은 패스하고 2단으로 내려가 스콘을 집어 들었다. 반면 초희는 아까부터 계속 까눌레에서 눈을 떼지 못하고 있었다. 그러다 저도 모르게 손을 뻗어 그것을 집어 들었다.

갓 구운 모양인지 따뜻한 촉감이 손가락 끝에서 느껴졌다.

홀리듯 그것을 한입 베어 물자, 바삭하게 씹히는 소리가 났다.

촉촉함이 입 안에 번짐과 동시에 특유의 바닐라와 럼주 향이 뒤섞여 코끝에 스며들었다.

'프랑스엔 그런 말이 있어. 갓 구운 까눌레를 아침에 사다 주는 남자는 무조건 잡아야 한다.'

'웃기시네. 나 불어 못한다고 막 지어내는 거지?'

'일단 먹어 봐. 먹어 보면 알 거야. 내 말의 의미를.'

'……어? 이거 진짜 신기한 맛이다. 태어나서 처음 먹어 본 맛이야.'

'그래서 다들 그 맛을 절대 잊지 못하지. 파리에 그거 먹으러 오는 사람도 많아.'

'그럴 것 같아. 식감도 특이하고, 근데 너 진짜 나한테 이거 주려고 아침부터 온 거야?'

'그럴 리가.'

'그럼 왜 왔는데?'

'축하해. 캐스팅 확정됐어. 미셸이 직접 널 선택했어.'

까눌레를 처음 맛보았던 그날, 녀석은 초희에게 말했었다.

미각과 후각은 추억을 불러오는 힘이 아주 세다고. 그러니 앞으로 까눌레를 먹을 때마다 인생 최고로 기뻤던 순간을 떠올리게 될 거라고.

그때마다 그 기쁜 순간에 함께 있던 자신도 같이 떠올려 달라고.

"마초…… 너, 너 지금 우는 거야?"

갑자기 까눌레를 먹으며 초희가 눈물을 흘렸다.

복받치는 감정에 말을 잇지 못하고 울기만 하는 초희를 따라 가령도 울먹거렸다.

"야아, 마초 너 왜 울어어. 울지 마아아앙. 왜 우냐구우."

가령의 물음에 초희가 울며 그리고 웃으며 대답했다.

"맛있어서…… 너무, 맛있어…….."

하루하루 인생 최악의 날을 갱신 중이던 초희는 까눌레를 먹는 순간 녀석의 말대로 인생 최고로 기쁘고 행복했던 날을 떠올리며 뜨거운 눈물을 흘릴 수밖에 없었다.

"가령아, 나 포기 안 해! 우리 소나 다시 데려올 거야!"

"갑자기 또 왜 그래?"

"차유리 그딴 계집애한테 절대 지지 않을 거라고. 나 간다!"

차유리를 아주 박살 낼 기세로 초희가 자리에서 벌떡 일어났다. 그러곤 대리석 바닥 위를 힘차게 달렸다.

"꺅!"

그런데 하필 균열이 생긴 대리석에 구두 굽이 걸렸고, 그렇게 그녀는 허공에 붕 뜨더니 바닥으로 쾅, 하고 넘어지고 말았다.

"마초!"

가령이 입가에 슈거파우더를 묻힌 채로 제일 먼저 달려갔다.

그리고 뒤통수를 바닥에 찧고 대자로 뻗은 초희의 어깨를 잡고 흔들었다.

"마초, 괜찮아?"

"으……."

초희가 앓는 소리를 내며 정신을 차리려 노력했다. 하지만 쉽지 않았다. 눈앞에 있는 가령의 얼굴마저 흐릿하게 보일 정도로 충격이 심했다.

"악! 어떡해. 피! 머리에서 피가…… 초희야, 눈 감으면 안 돼! 정신 차려! 여기 누가 구급차 좀 불러 주세요. 사람이 쓰러졌어요! 내 친구 이러다 죽으면 어떡해……."

피가 난다고? 내가 죽는다고?

안 돼. 이대로 죽기엔 나 너무 억울한데…….

초희는 정신을 잃지 않기 위해 필사의 노력을 했다. 그런데 그때였다. 포커스가 나간 사진처럼 뿌옇던 시야에 정말 거짓말같이 누군가의 얼굴이 선명하게 등장했다.

"……루…… 카?"

그 순간 초희의 몸이 허공으로 붕 떴다. 넓고 안락한 남자의 품에서 의식을 잃지 않으려 발버둥 치던 그녀는 결국 까무룩 정신을 잃고 말았다.

초희를 번쩍 안아 든 셰프복 차림의 남자는 제 품에 안겨 정신을 잃은 초희를 애틋하게 바라봤다.

2

한 달 후, 명원호텔 와인 바.

오전에는 브런치, 오후에는 애프터눈 티와 와인을 파는 이곳은 예약 없이는 쉽게 들어올 수 있는 곳이 아니었다. 그런데 예약도 없이, 심지어 운동복 차림으로 당당하게 들어선 이가 있었으니.

"마쵸!"

초희는 어디선가 제 이름을 부르는 소리에 고개를 돌렸다. 창가 쪽에 먼저 자리를 잡고 앉아 있던 가령이 손을 흔들고 있었다.

"여기야, 여기!"

그 소리가 어찌나 컸는지 사람들의 시선이 초희에게로 집중됐다. 그녀는 한껏 치장한 사람들의 비웃는 눈초리에 괜히 주눅이 들어 후다닥 창가로 달려가 앉았다.

"그렇게 부르지 말라니까."

"그럼 가초, 나초……."

"죽을래?"

"아니. 난 오래 살 거야. 한 달 전에 너 대가리 깨져서 저승 갈 뻔한 거 목격한 후로 나 되게 열심히 살잖아. 진짜 사람 죽는 건 한순간이겠더라."

갑자기 꽤 진지하게 삶과 죽음을 논하는 가령을 째려보며 초희는 후드집업 지퍼를 목까지 쭉 잡아 올렸다.

"여기 왜 이렇게 춥냐?"

초희가 살짝 몸을 떨자 가령이 걱정스레 쳐다봤다.

"감기 걸린 거 아니야? 너 한여름에 꼭 감기 한 번씩 크게 걸리잖아."

"에이, 아직 아니야. 아까 뛸 때만 해도 더워 죽을 뻔했어."

"또 뛰었어? 무리하지 말라니까. 그러다 상처 벌어지면 어떡해. 뒤통수는 좀 괜찮고?"

"괜찮기는 대체 몇 바늘을 꿰맨 건지 아직도 따끔거린다고. 아, 맞다! 나 진짜 큰일 났어."

"왜왜? 또 뭔데?"

가령이 놀라 두 눈을 크게 뜨자 초희가 심각한 얼굴로 대답했다.

"땜빵 생겼어."

"뭐?"

"뒤통수에 땜빵 생겼다고. 이거 봐 이거."

초희가 주변을 두리번거리며 눈치를 살피더니 허리를 숙여 제 뒤통수를 내밀었다. 그러곤 머리카락을 살짝 들어 올려 가령에게 상처 부위를 보여줬다.

"어때? 티 많이 나?"

"어. 영구인 줄."

"젠장."

초희는 절망스러운 얼굴로 머리카락을 얼른 재정비했다. 그러면서 마침 서버가 내온 아이스 아메리카노를 벌컥벌컥 마셨다.

"야야, 진정해. 그거 머리카락 들춰야 보이지 지금은 티 하나도 안 나는데?"

"당연히 안 나겠지. 땜빵 위에 헤어피스 붙였으니까. 이거 떼면 바로 보여. 게다가 바람이라도 불면……."

"풉. 상상만 해도 진짜 너무 웃기다. 바람 불면이래."

"오가령, 너 지금 웃음이 나오냐? 이거 지식인 찾아보니까 머리 안 자랄 수도 있대. 나 어뜩하냐구……."

"진짜? 그럼 그것도 호텔에 청구해. 아니다. 너 보상금 두둑하게 받았잖아. 그걸로 치료하면 되지."

"……."

보상금 얘기에 초희의 표정이 굳어졌다. 눈치 빠른 가령이 잽싸게 물었다.

"이번엔 누구야?"

"둘 다. 오빠 합의금, 아버지는 보증금이랑 내 통장까지 다 들고 튀었어."

"뭐? 그 돈이 어떤 돈인데. 네 목숨값이잖아."

"몰라. 내가 죽어야 끝나려나 봐."

"으이구. 제발 그런 끔찍한 소리 좀 하지 마. 그래도 보상금은 날렸지만 큰 거 하난 남았잖아."

초희의 기분을 풀어 주기 위해 가령이 더 활짝 웃으며 주머니에서 꺼낸 골드카드를 들고 흔들었다.

"근데 넌 어떻게 하필 딱 그 부실 공사한 부분을 밟고 넘어지냐?"

덕분에 호텔 측에선 과실을 인정하고 그녀에게 보상금과 이 명원 호텔 1년 프리패스권을 부여했다. 가령이 들고 있는 저 골드카드가 바로 그것이었다.

저 카드만 있으면 명원호텔의 모든 서비스를 무료로 이용할 수 있는 거였다.

거기엔 숙박, 수영장, 피트니스, 사우나 등 뷔페나 와인 바도 포함이었다.

대신 조건이 있었다. 언론이나 외부엔 절대 알려서는 안 될 것.

초희 입장에선 받지 않을 이유가 없었다.

"내가 아주 그 카드 뽕을 뽑을 거야. 명원그룹 너무 싫어. 생각해 봤는데 난 그 명원이랑 얽힌 사람들이랑은 진짜 안 맞는 것 같아. 그러니까 너도 빨리 이직해."

"나 이직한 지 이제 겨우 한 달 됐거든? 그리고 말은 바로 해라. 명원그룹이 아니라 네 제자 금소나 뺏어간 차유리가 싫은 거겠지."

"그게 그거잖아. 차유리가 명원그룹 후계자라며. 네가 말한 거 아니야?"

"얼마 전까진 그랬지. 큰오빠는 횡령으로 감방에, 둘째 언니는 경영에 전혀 관심 없고, 막내인 차유리가 유력한 후계자감이었는데⋯⋯."

무슨 비밀 얘기라도 하듯 가령이 주변 눈치를 살피더니 손으로 입을 가리고 작게 말했다.

"새로운 포식자의 등장!"

"포식자?"

"응. 지금 이 호텔에 또 다른 후계자감이 경영 수업을 받고 있다는 소문이 있어. 그 세 명의 남매랑은 모친이 다르대. 이제 개싸움만 남은 거지."

"그래? 차유리 고년 속 좀 썩겠는데?"

초희가 아주 고소해 죽겠다는 듯 메뉴판을 펼쳤다.

"우리 오늘 여기서 제일 비싼 와인 마시자."

"콜! 안주는?"

"난 애프터눈 티."

"또? 야, 근데 넌 그거 시키면 맨날 까누리만 먹으면서. 질리지도 않아?"

"까눌레라니까. 그리고 질리지 않아. 그걸 먹으면 막⋯⋯ 잘 살고 싶어지고⋯⋯."

그때처럼 다시 행복해질 수 있다는 용기도 덤으로 생긴다.

"근데 진짜 신기해. 어떻게 프랑스에서 먹어 본 맛이랑 똑같을 수가 있을까?"

한 달 전, 피로연에서 까눌레를 맛본 초희는 그 맛이 자꾸만 생각나서 유명하다고 하는 서울의 까눌레 맛집은 모조리 다 찾아가 먹어 봤다.

결과는 늘 실망스러웠다. 식감이 비슷하면 향이 다르고, 향이 비슷하면 식감이 달랐다.

프랑스에서 먹었던 그 맛이 아니었다.

"혹시 파티셰가 프랑스인 아닐까?"

가령의 말이 어느 정도 일리가 있다는 생각을 하며 초희는 저 멀리 떨어져 있는 주방 쪽을 멍하니 쳐다보고 있었는데.

"아, 맞다. 이거."

가령이 불쑥 무언가를 건넸다. 가죽 소재로 된 와인색 지갑이었다.

"으이구, 이 칠칠아. 넌 왜 맨날 네 물건을 제대로 못 챙겨서 여기저기 버리고 다니냐? 이거 우리 집 침대 밑에 있었어."

"그래? 땡큐. 덕분에 아빠랑 오빠한테 지갑은 안 뜯겼네."

초희가 우스갯소리를 하며 건네받은 지갑을 응시했다. 지갑 앞면엔 누군가의 서명이 금색 자수로 새겨져 있었다.

"근데 그 지갑은 어디 브랜드야? 로고가 처음 보는 거라서. 앞에 금색 실로 새겨진 게 로고 맞지?"

"몰라."

초희가 시치미를 뚝 떼고 대답했다. 그러곤 황급히 지갑을 주머니에 쏙 넣었다.

"요거 봐라? 너 방금 되게 수상했던 거 알지?"

"내가 뭐. 얼른 주문이나 하자."

또 말을 돌리며 초희가 서버를 불러 주문을 했다. 그녀를 굉장히 수상쩍다는 듯 쳐다보던 가령은 서버가 테이블을 벗어나자마자 대뜸 물었다.

"그 지갑 루카 씨가 사준 거지?"

"그 이름이 또 왜 나와?"

"한 달 만에 말한 거거든? 너 또 울까 봐."

"내가 언제 울었다고."

"속일 사람을 속여라. 너 피로연에서 그 루카 씨 보고 싶어서 운 거잖아."

"아니거든? 까눌레가 너무 맛있어서……."

"아아. 그러셔요? 그럼 그건 그렇다 치고. 구급차에선 왜 그런 거야?"

"구급차?"

"진짜 기억 안 나?"

"왜? 또 뭔데?"

"너 정신 잃자마자 어떤 남자가 달려와서 너 들쳐 안고 구급차로 옮겼는데……."

"옮겼는데?"

"네가 그 남자 손을 꽉 잡더니."

"잡더니?"

"'루카…….' 하고 막 울면서 안 놔주던데? 그래서 어쩔 수 없이 같이 응급실까지 갔잖아. 기억 안 나세요?"

"전혀."

초희는 아무리 기억을 더듬어 봐도 지금 가령이 말한 일은 전혀 떠오르지 않았다. 다만 그날 정신을 잃기 전 보았던 루카의 환영은 어렴풋이 기억이 난다.

"근데 그 남자가 누구야? 나 구급차로 옮긴 사람 말이야."

"차림새를 보니까 주방 쪽 사람인 것 같더라고. 내가 나중에 혹시라도 호텔에서 보면 그땐 정말 감사했다고 인사 전할게."

"네가 왜? 인사는 내가 해야지."

"잘생겼거든."

가령은 그날 보았던 남자의 생김새를 떠올리며 수줍게 웃었다.

"키도 엄청 커. 어깨도 딱 벌어진 게 비율 장난 아니야. 야, 넌 그렇게 생긴 남자를 캐스팅해야지. 하여튼 보는 눈이 없어요. 그 루카 씨도 안 봐도 뻔해. 잘생겼다는 건 니 기준이지?"

"내 기준이 어때서? 그리고 루카는 누가 봐도 잘생겼…… 오가령, 내 말 듣고 있냐?"

초희는 자기가 말하고 있는데 딴 곳을 쳐다보고 있는 가령을 흘겨보다가 고개를 돌렸다.

"뭘 그렇게 봐?"

"저 유니폼이었어. 너 구해 준 그 남자가 저런 복장이었다니까."

가령이 어딘가를 가리키며 말했다. 그곳엔 셰프 복장을 한 누군가가 서 있었다. 초희는 그와 눈이 마주치자마자 잽싸게 시선을 피해 버렸다. 그리고 최대한 얼굴이 보이지 않게 몸을 틀었다.

"근데 저 남자도 되게 훈훈하다. 어머, 이쪽으로 오는데?"

"이쪽으로 온다고?"

"어. 벌써 옆에 와 있는데?"

"뭐? 악, 깜짝이야!"

가령이 옆에 서 있는 남자를 공손히 가리키자 초희가 화들짝 놀랐다. 그런데도 남자는 해사한 미소를 지으며 초희를 향해 인사했다.

"마초희, 오래간만이네?"

"어. 윤하제 안녕? 반갑다 야. 근데 네가 왜 여깄어?"

방금까진 모른 척하더니, 뒤늦게 자신을 반겨 주는 그녀를 하제는 귀엽다는 듯 쳐다보며 대꾸했다.

"난 여기 디저트 총괄로 일하고 있어."

"어머 어머. 디저트요? 마초, 그럼 이 사람한테 물어봐. 그거 까눌레."

가령이 끼어들자 하제는 자신이 뭘 잘못했나 싶은 표정으로 이마를 긁적였다.

"디저트에 무슨 문제라도 있습니까? 아, 저는 초희 대학 동기예요."

"저는 초희랑 어렸을 때부터 친구고, 저도 이 호텔에서 근무해요. 프런트."

"아, 그러시구나. 반가워요."

하제가 눈웃음을 짓자 가령의 얼굴이 새빨개졌다. 그 모습을 옆에서 지켜보던 초희가 그건 좀 아니라는 듯 고개를 절레절레 흔들었다.

하지만 아무것도 모르는 순진한 가령은 그저 하제의 얼굴에 빠져 허우적거리고 있었다.

더는 안 되겠는지 초희가 나섰다.

"윤하제, 바쁠 텐데 얼른 가서 일 봐."

"디저트 뭐 물어본다면서."

"별거 아니야. 그냥 그 까눌레 있잖아. 그거 누가 만들었나 해서. 혹시 네가 만들었어?"

초희의 물음에 하제가 약간 당황한 기색을 보이더니 서둘러 대답했다.

"어. 내가 만들었지. 우리 호텔 디저트는 다 내 손을 거쳐서 나가는 거니까."

"아……. 그렇구나."

"근데 그건 왜?"

"아니야 아무것도. 얼른 가 봐. 저기서 너 찾는다."

마침 홀 직원이 달려와 하제에게 귓속말을 했고, 하제는 아쉬운 듯 다음에 또 보자며 인사를 하고 다른 테이블로 향했다.

떠나가는 하제의 뒷모습을 뭐에 홀린 듯 가령이 손으로 턱을 괴고 쳐다봤다.

"저 셰프 복장……. 진짜 사람 환장하게 하는구나. 뭔가 금욕적으로 보여서 안이 더 궁금하달까?"

"오변태. 정신 차려."

"왜? 네가 가지려고?"

"가지긴 뭘 가져. 너 쟤가 누군지 몰라?"

"윤하제라며. 근데 그 이름 어디서 많이 들어 봤……. 어머나. 설마 그 윤하제?"

"……."

"진짜야? 그때 그 윤하제가 이 윤하제야?"

가령의 물음에 초희는 그걸 이제 알았냐는 듯 작게 한숨을 내쉬었다.

"쏘리. 난 진짜 몰랐어. 저 양반이 차유리 약혼자였던 거 알았으면 쳐다도 안 봤지."

"이제 알았으면 그렇게 해. 쳐다도 보지 마. 너도 알잖아. 내가 쟤랑 엮이는 바람에 차유리한테 무슨 짓을 당했는지."

초희가 과거를 떠올리며 이를 바득바득 갈자 가령은 그 심정 백번 이해한다는 표정으로 맞장구를 쳤다.

"알지 그럼. 너 그 일 때문에 학교도 잘렸잖아."

"잘린 거 아니고 내가 그만둔 거거든? 마침 아버지 때문에 학비도 없었고…… 하여튼 내 불행에 가족이 끼지 않은 적이 없네. 진짜 지겹다."

갑자기 속이 타는 모양인지 초희가 물을 벌컥벌컥 마셨다. 그런 초희의 눈치를 흘끔 보며 가령이 말을 이었다.

"근데 이건 그냥 나의 망상일지도 모르는데……."

"거기까지만 해라."

"너도 느꼈지?"

"뭘?"

"아까 윤하제 씨가 널 보는 눈빛이 뭐랄까…… 미련이 그득했다고 해야 할까? 정말 저 남자 너 때문에 차유리랑 파혼 깬 거 아니야? 진짜 둘이 뭐 없었어?"

"있었으면 뭐?"

"오올, 너 뭐야? 루카 씨가 첫사랑인 줄 알았더니. 요 앙큼한 것!"

"너 아주 요새 루카 루카 입에 달고 산다?"

"일부러 그러는 거야. 너 익숙해지라고. 루카 이름만 나오면 넌 슬픔에 잠기거나 울거나 둘 중 하나잖아."

"……."

또 초희의 표정이 어두워지자 가령이 진지하게 말했다.

"초희야, 2년이나 지났어. 너도 이제 그만 잊어. 냉정하게 말해서 루카 씨도 너 다 잊고 잘 먹고 잘살고 있을걸? 그런 게 아니라면 널 만나러 진작 한국에 왔겠지. 안 그래?"

웬일로 맞는 말만 하며 정곡을 쑤셔 대는 가령의 진지한 조언 때문에 초희는 어안이 벙벙했다. 그게 미안했는지 가령은 일부러 더 밝은 척 웃으며 마침 나온 와인과 디저트를 반겼다.

"오, 굿 타이밍! 드디어 나왔다."

가령이 호들갑을 떨며 와인을 맞이하는 사이, 초희는 언제나처럼 3단 트레이 맨 위 단에 시선을 고정했다.

"어?"

그런데 그것이 없었다.

초희는 믿기지 않다는 듯 고개를 숙여 맨 밑의 접시도 살펴봤지만, 그 어디에도 까눌레는 없었다.

* * *

주방으로 돌아온 하제는 홀에서 봤던 초희를 떠올리며 호탕하게 웃었다.

"셰프님, 무슨 기분 좋은 일이라도 있으십니까?"

"어. 아마도 그럴 예정."

수셰프의 물음에 하제는 자신감 넘치는 표정으로 대답하며 마음속으로 다짐했다.

이번엔 기필코 그녀의 마음을 얻고 말겠다고.

무슨 짓을 해서라도.

"진영아 나 오늘 일찍 퇴근할 거니까 마무리 좀 부탁한다."

"넵! 아, 근데 저 드릴 말씀이 있는데요⋯⋯."

수셰프가 말끝을 흐리며 머뭇거렸다. 그러자 하제가 심각한 얼굴로 되물었다.

"무슨 일인데? 괜찮으니까 말해. 어서."

"막내 말입니다. 차강주."

"차강주가 왜?"

수셰프는 그 이름만 들어도 울화가 치미는지 불만을 토로했다.

"그 새끼 완전 또라입니다. 설거지 좀 시켰더니 세상에 그릇을 다 깨 먹은 거 있죠. 그래서 이 그릇이 얼마짜린 줄 아냐고 뭐라고 했더니만 '내 손은 얼마짜린 줄 아십니까?'라고 하는 겁니다. 세상에 그 자식 대체 정체가 뭡니까? 지가 무슨 명원그룹 손자라도 되나?"

"몰랐어?"

"뭐, 뭘요?"

수셰프가 말까지 더듬으며 기겁을 하자 하제가 슬며시 웃었다. 그 즉시 수셰프는 직감했다.

"설마⋯⋯ 에이, 아니야. 아니죠?"

"너무 걱정하지 마."

"진짜예요? 진짜 차강주가 명원그룹 손⋯⋯."

수셰프는 믿기 어렵다는 듯 손으로 입을 가리며 경악했다. 수셰프의 오버스러운 반응에 하제가 피식 웃으며 주변을 살피더니 작게 말했다.

"그러니까 이제 차강주 그만 갈구고 적당히 일 시키다가 보내주자. 어차피 곧 나갈 녀석이야."

"저 잘리진 않겠죠?"

"글쎄. 그 녀석이 그럴 만한 힘이 있을까? 호적에도 못 오른 첩 자식인데."

늘 자상하고 배려 있게 주변 사람들을 잘 대해 주던 하제가 첩 자식 운운하며 냉소적으로 반응하자 수셰프는 살짝 무서웠다. 그를 알아챈 하제가 얼른 표정을 지우고 다시 해맑게 웃으며 말을 돌렸다.

"근데 차강주는 아까부터 왜 안 보여?"

"그러게 말입니다. 쓰레기 버리고 오랬더니 함흥차삽니다."

"그래? 별다른 일은 없었고?"

"있었어요! 아까 진짜 겁나 예쁜 여자가 찾아와서 차강주 바짓가랑이를 잡고 막 사정하더라고요."

"여자?"

"네. 아마 전 여친 아닐까요? 재벌 3세라 그런지 전 여친 클라스가 아주 끝내줍니다. 몸매며 얼굴이며. 아, 둘이 붙어 섞어서 막 얘기하더라고요."

"붙어라……."

"네. 얼핏 들어도 완전 수준급이던데요? 근데 차강주 걔 강원도에서 왔다면서요. 아아, 이제 알겠다. 일부러 신분 숨기려고 거짓말한 거였네. 그쳐?"

하제는 수셰프의 수다에 대충 맞장구를 쳐주며 주방에 있는 베이킹 도구를 둘러보다가 까눌레 틀을 발견하곤 뭔가 생각이 많아지는 듯한 표정을 지었다.

"진영아."

"네. 셰프!"

"우리 이번에 새로 리뉴얼한 애프터눈 티 메뉴에 까눌레가 있었나?"

"아뇨. 까눌레 만들기 너무 까다롭다고 빼라고 하셨잖아요."

"그치? 내가 분명 그랬던 것 같은데……."

하제가 고개를 갸웃하며 아까 홀에서 초희가 했던 말을 떠올렸다.

'별거 아니야. 그냥 그 까눌레 있잖아. 그거 누가 만들었나 해서.'

그녀는 분명 까눌레라고 했다. 혹시 다른 디저트랑 이름을 헷갈린 건가?

하제는 후자에 좀 더 가능성을 두고 설거지를 하며 투덜거리는 수셰프에게 넌지시 물었다.

"진영아 까눌레랑 헷갈릴 만한 디저트가 뭐가 있지?"

"글쎄요. 디저트에 별 관심 없는 사람들은 거의 대부분 헷갈리지 않을까요? 이름도 어렵잖아요. 까눌레, 티그레, 타르트 타탱, 갸또브헤똥……."

수셰프의 말에 하제는 확신했다. 초희가 먹은 건 분명 까눌레가 아니라 다른 디저트였을 거라고.

"네가 고생이 많다. 그럼 더 수고해라. 난 퇴근 준비하러 이만."

하제는 수셰프의 어깨를 두드리며 위로를 건넨 후 서둘러 주방을 벗어났다.

59

* * *

"루카!"

글래머러스한 몸매와 이국적인 이목구비. 그녀의 이름은 소피였다. 소피는 루카란 이름을 애타게 부르며 누군가의 뒤를 쫓아 쓰레기장으로 향했다.

10센티미터가 넘는 하이힐을 신고도 그녀는 잘 달렸다. 급기야 쫓아가던 남자를 추월해 앞을 막아섰다.

"내 말 안 들려? 아님 내 한국어가 구려서 못 알아듣는 거야?"

"비켜."

남자는 소피의 어깨를 가볍게 옆으로 밀었다. 그러곤 들고 있던 커다란 봉투에서 쓰레기를 꺼내 일일이 하나씩 분리수거를 했다.

그 모습을 옆에서 지켜보던 소피는 기가 차서 말이 안 나왔다. 그녀는 남자가 입고 있는 셰프 복장에 달린 명찰을 보며 헛웃음을 지었다.

"차강주? 그게 루카 너의 한국 이름이야?"

"어. 왜? 잘 어울리냐?"

"아니. 전혀. 너 고작 한국에서 이런 허드렛일이나 하려고 미셸의 후계자 자리를 포기한 거야? 이게 말이 돼?"

"고작이라니. 분리수거가 얼마나 중요하고 어려운 일인데."

태연한 얼굴로 사람 복장 터지는 소리를 잘도 하는 강주 때문에 소피는 돌아 버릴 지경이었다.

미셸도 극찬한 천재적인 감각의 디자이너 루카 퓌에슈가, 호텔 쓰레기장에서 분리수거나 하며 인생을 낭비하고 있다니.

"루카, 제발 돌아가자. 미셸도 널 애타게 기다리고 있어."

"내가 누굴 위해 돌아가야 되는데?"

"당연히 너 자신을 위해서지."

"그래? 그렇단 말이지……."

분리수거를 끝낸 강주가 앞치마에 손을 닦으며 여유로운 미소로 소피를 쳐다봤다.

"소피, 넌 여전히 거짓말이 형편없구나? 날 위해서라고? 아니지. 널 위해서잖아."

"루카……."

"내가 돌아가야 네가 미셸에서 한 자리 챙길 수 있을 테니까."

"……."

"내가 돌아가야, 나와 같은 한국계인 네가 유리해질 테니까."

"그래. 나 네 덕 좀 보려고 해. 근데 좀 도와주면 안 돼?"

"뭐 이렇게 구걸을 당당하게 해?"

"장난하지 말고! 너만 프랑스로 데리고 오면 미셸이 비서실장 자리뿐만 아니라 내가 원하는 거 다 준다고 했어. 그 정도로 미셸이 루카 널 바라고 있다고. 그러니까 제발 같이 돌아가자. 어차피 너여기 오래 있지도 못하잖아."

"아니. 난 여기 되도록 오래 있을 예정이야."

"뭐?"

"한국에 계속 있을 거라고."

"미쳤어? 어머니 죽인 놈들도 아직 못 잡았어. 누가 그런 짓을 했을 것 같아?"

어머니라는 단어에 태연하던 강주의 표정이 차갑게 얼어붙었다.

"이곳이 너한테 얼마나 위험한 곳인지 다 알면서, 그런데도 한국에 계속 있겠다고?"

"내가 원래 위험한 거 좋아하잖아."

굳은 표정을 다시 감춘 채 강주가 씨익 웃었다.

"미쳤군, 돌았어. 아, 너 내가 혹시나 해서 묻는 건데……."

"초희 만났냐고?"

"표정을 보니 이미 만났네."

"당연한 거 아니야?"

"미친놈."

"고맙다. 내가 초희한테 미친 거 알아봐 줘서. 나 곧 성공하겠는데?"

"뭐라고?"

"아, 내가 혹시나 해서 말해 두는 건데……."

갑자기 강주가 서늘한 표정으로 소피에게 가깝게 다가가 낮은 목소리로 말했다.

"초희 찾아가서 쓸데없는 소리 하기만 해 봐. 내가 너 죽여 버린다. Tu comprends?"

아주 살벌한 음색이었다.

불어로 알아들었냐고 힘주어 말한 강주는 그렇게 소피에겐 눈길도 주지 않고 쓰레기장을 벗어났다.

호텔 로비를 지나 직원용 엘리베이터로 향하던 강주가 돌연 걸음을 멈췄다. 그러곤 곧장 뒤를 돌아봤다. 그의 입가에 서서히 미소가 번졌다.

강주의 시선 끝엔 초희가 있었다.

그녀가 친구 가령과 함께 로비를 가로질러 밖으로 나가는 중이었다.

"머리는 다 나았나?"

로비 한가운데 우두커니 서서 강주는 그녀의 뒷모습을 걱정스레 바라봤다. 그러다 초희가 무슨 재밌는 얘기라도 나누었는지 가령과 함께 깔깔거리며 웃자, 강주도 같이 웃음을 터뜨렸다.

"오늘은 웃네?"

강주가 점점 더 멀리 사라져가는 그녀의 뒷모습을 애틋하게 바라보고 있었는데.

그런데 그때였다. 강주의 표정이 순식간에 굳었다. 어떤 남자가 달려가 초희의 손목을 잡은 것이다. 그 남자는 강주도 아는 인물이었다.

"윤하제……."

강주는 초희의 팔목을 잡은 하제의 손을 싸늘한 눈빛으로 응시했다.

"저 새끼가 감히 누굴 만져."

이미 눈이 확 돌아 버린 그는 차 회장과의 약속도 잊고 성큼성큼 걸어갔다.

그녀가 있는 곳으로.

그녀와 가까워질수록 그의 심장이 크게 요동치기 시작했다.

아직은 때가 아님을, 지금이라도 멈춰야 함을 머리로는 알겠는데 생각과 달리 강주의 몸은 말을 듣지 않았다.

마치 고장 난 열차처럼 앞으로만 직진. 또 직진하며 걸음에 점점 더 가속이 붙어 빨라지던 그때. 하필 그 순간, 로비 유리창에 뒤쪽 상황이 고스란히 비쳤다.

그곳엔 검은색 정장을 입은 남자들이 각각 숨어 저를 예의주시 하고 있었다.

강주는 이를 악물고 언제 그랬냐는 듯 자연스럽게 뒤를 돌아 저를 감시하고 있는 남자들을 지나쳐 비상구로 향했다.

쾅!

비상구로 나가자마자 강주는 주먹으로 세게 벽을 때려 버렸다.

"젠장!"

그는 괴로운 얼굴로 마른세수를 하며 밖에 두고 온 초희를 떠올 렸다. 미칠 것만 같았다. 이제껏 잘 참아 왔는데, 고지를 눈앞에 두고 이제 와서 모든 계획을 박살 내기엔 위험 부담이 너무 컸다.

그래. 조금만 더. 마지막으로 온 힘을 다해, 한 번만 더.

강주는 주먹을 꽉 움켜쥔 채 극도의 인내심을 발휘하며 계단을 올라갔다.

억지로 돌아선 그의 발걸음이 매우 무거워 보였다.

* * *

"내가 집까지 태워다 줄게."

"미안."

초희가 제 팔목을 잡은 하제의 손을 떼어 내며 딱 잘라 거절 했다. 하제가 민망해하며 멋쩍은 미소를 짓자 옆에 있던 가령이 나섰다.

"얜 걸어간대요. 그냥 두세요."

"이 밤에 위험하게 왜 걸어가요?"

"많이 먹어서 소화도 시킬 겸 걸어간대요. 원래 마초 얘가 걷고 뛰는 거 좋아하거든요."

계속 저를 대신해 대답하는 가령을 초희가 째려봤다.

"왜 째려봐? 넌 사람 무안하게 거절을 하더라도 이유는 얘기해 줘야지. 그죠, 하제 씨?"

"네. 고마워요. 덕분에 덜 무안해졌네요. 하하. 그럼 친구분이라도 제가 모셔다드릴게요."

"그럴까요? 차는 어디?"

"저쪽에 있는 5323이요."

하제가 건너편 차도에 있는 차를 가리켰다. 그러자 가령이 '내가 하제 씨랑 같이 가면서 너한테 마음 있는지 없는지 확인해 볼게.' 하고 초희에게 속삭이더니 잽싸게 길을 건넜다.

아오, 저 웬수!

초희가 속으로 구시렁거리며 건너편 하제의 차에 올라타고 있는 가령을 흘겨봤다.

"넌 진짜 안 타고 갈 거야? 나 너 데려다주려고 일부러 일찍 퇴근했는데."

"미안. 다음에 보자. 그리고 쟤 그냥 가다가 아무 데나 버리면 돼."

"에이, 그건 안 되지. 누구 친군데. 내가 집까지 안전하게 잘 데려다주고 연락할게. 아차, 근데 내가 네 번호를 모르는구나?"

갑자기 어색한 톤으로 연기를 하며 하제가 핸드폰을 내밀었다.

초희가 안 통한다는 듯 고개를 흔들며 거절했다.

"연락 안 해도 돼."

"하아……. 마초희 진짜 너무하네. 넌 내가 그렇게 싫어?"

"네가 싫은 게 아니라. 난 두 번 다시 차유리랑 엮이고 싶지 않아. 걔 아직도 너한테 미련 있어. 근데 내가 너랑 이렇게 같이 있는 거 들키기라도 해 봐. 그럼 난 또 억울한 일 당할 거고. 그땐 정말 네가 싫어질 것 같아."

"……."

"미안해. 먼저 갈게."

상처로 얼룩진 하제의 얼굴을 차마 똑바로 쳐다보지 못하고 초희는 도망치듯 호텔 앞을 빠져나왔다.

정문을 지나 버스 정류장으로 향하던 초희는 주머니에서 진동이 울리자 핸드폰을 꺼내 액정을 확인했다. 발신인은 그녀가 한 달 전 원피스를 대여했던 가게의 실장이었다.

초희는 서둘러 전화를 받았다.

"네. 실장님. 무슨 일이세요? ……네?"

초희의 두 눈이 커다래졌다.

"저번에 빌렸던 원피스에 문제가 생겼다고요?"

* * *

"실장님!"

대여 숍에 뛰어 들어온 초희를 맞이한 건 평소 그녀와 친하게 지내는 박 실장이었다.

박 실장이 빨간색 원피스를 들고 다가왔다.

"마 대표. 큰일 났어."

"왜요? 옷 찢어졌던 거 사장님한테 걸렸어요?"

"아니. 그건 전문가가 와서 봐도 모를 정도로 완벽했다니까. 대체 어디서 수선한 거야? 찢어졌던 건 맞지? 말 안 했으면 모를 뻔했다고. 나도 그 수선공 소개 좀 해 주라."

"알겠어요. 저도 누군지 알게 되면 소개해드릴게요. 근데 진짜 무슨 일인데요?"

"아 맞다. 그 얘기 하려고 불렀지. 아니 이 원피스 이번에 대여 나가거든. 그래서 어디 이상 없는지 살펴보다가 이런 걸 발견했지 뭐야."

박 실장이 저번 날 초희가 입었던 레드 색상의 원피스를 뒤집더니 안감을 보여 줬다.

"대체 이게 뭘까? 미셸 로고는 아닌데……."

"……!"

원피스 안감에 실로 새겨진 문양을 보게 된 초희는 충격을 받았는지 손을 심하게 떨었다.

"마 대표!"

원피스를 손에 쥔 채 초희가 제자리에 털썩 주저앉아 버렸다. 그 바람에 그녀의 주머니에선 지갑이 떨어져 나왔고.

지갑에 금색 자수로 새겨진 루카의 서명과 그녀가 손에 쥐고 있는 원피스 안감에 새겨진 문양은 완벽하게 일치했다.

이건 루카의 서명이었다. 녀석이 한 달 전 그날, 그 호텔에 있었던 게 분명해졌다.

* * *

무슨 정신으로 호텔까지 다시 왔는지 모르겠다. 곧장 로비 안으로 뛰어 들어간 초희는 프런트로 허겁지겁 달려갔다.

"혹시 투숙객 중에 루카 퓌에슈라고 있나요?"

"손님 죄송합니다. 투숙객 정보는 알려 드릴 수 없습니다."

"네. 알죠. 아는데…… 그냥 그런 이름이 있나 그것만 확인하면 되는데. 부탁드려요."

"죄송합니다. 규정상 그건 불가능합니다."

곤란해하는 프런트 직원의 얼굴을 마주하자 초희는 뒤늦게 자신이 괜한 요구를 한 건가 싶어 얼굴이 화끈 달아올랐다.

"네. 저도 너무 죄송해요. 그럼 수고하세요."

그래, 그냥 가자. 내일 가령이한테 부탁해 보면 되지.

아니지. 그 녀석이 이 호텔에 있으면 뭐 어쩔 건데?

벌써 그 일이 있은 지 한 달이나 지났고, 그 후로도 녀석이 날 찾아오지 않은 걸 보면…… 녀석은 날 만날 생각이 없는 게 분명한데.

"하."

초희는 헛웃음이 절로 나왔다. 그러다 문득 손에 든 쇼핑백이 생각나 안을 들여다봤다.

"가뜩이나 돈도 없는데 이건 왜 산 거냐고. 아오, 이 머저리!"

박 실장의 만류에도 기어코 36개월 할부로 지른 원피스를 노려보며 초희는 한숨을 길게 내쉬었다. 그런데 그때였다. 주머니에서 핸드폰이 진동했다. 발신인을 확인하니 모르는 번호였다.

순간 초희의 심장이 빠르게 뛰기 시작했다.

설마⋯⋯.

초희는 저도 모르게 헛기침을 하며 목소리를 가다듬었다. 그러곤 떨리는 손가락으로 통화 버튼을 터치했다.

"여보세요?"

─무슨 일 있어? 왜 그렇게 전화를 조심스럽게 받아?

"누⋯⋯구세요?"

─내 목소리 벌써 까먹었어?

"아⋯⋯."

─나야. 하제.

김샌 얼굴로 초희가 대꾸했다.

"내 번호 어떻게 알았어?"

─가령 씨한테 물어봤지. 아, 가령 씨는 집까지 잘 데려다줬으니까 걱정하지 말라고 전화했어. 근데 너는? 소리가 밖인 것 같은데.

"집에 가는 길이야."

─아직도? 지금 어디야? 내가 당장 데리러 갈게.

통화를 하며 호텔 밖으로 나온 초희는 고개를 들어 살짝 미련이 남은 눈빛으로 고층의 호텔을 올려다봤다.

"저기 하제야⋯⋯."

─어. 어딘데?

"그게 아니라. 뭐 하나만 물어봐도 되나? 이유는 묻지 말고."

─알았어. 이유 안 물을게. 말해.

잠시 망설이던 초희가 입을 열었다.

"한 달 전에 다이너스티 홀에서 너랑 같은 유니폼을 입은 사람을 봤거든?"

─그래? 그럼 우리 주방 사람인가 보네. 이름이 뭔데?

"루카 퓌에슈."

─외국인이야?

"들어 본 적 없어?"

─어. 우리 호텔 셰프 중에 그런 이름을 가진 사람은 없어. 특히 외국인은 더더욱.

"아…… 그래? 없단 말이지……."

─응. 이제 궁금한 건 풀렸어?

아니. 더 복잡해졌다. 하지만 초희는 애써 웃으며 대답했다.

"어. 고마워."

─고마우면 우리 호텔 또 와 주라. 나 피하느라 그 프리패스권 썩히지 말고.

"가령이가 말했구나?"

─어. 너 좋은 친구 됐더라? 암튼 네가 좋아하는 디저트 내가 많이 만들어 줄 테니까 언제든지 와. 그리고 초희야, 사실 나 아직도 너…….

하제가 말끝을 흐렸다. 무슨 중요하게 할 말이라도 있는지 머뭇거리는 게 수화기 너머로 전해졌다. 하지만 그는 계속 말이 없었다.

"여보세요?"

전화가 끊겼나 싶어 초희가 먼저 말을 했다. 그러자 하제가 아까완 달리 다급한 목소리로 말을 이었다.

―미안. 끊을게.

갑자기 하제가 하려던 말도 다 마무리 짓지 않고 전화를 끊어버리자 초희는 당황스러운 얼굴로 핸드폰을 응시했다.

* * *

아직 거리에 있다는 초희를 데리러 가기 위해 하제는 서둘러 옷을 걸치고 밖으로 나갔다. 하지만 집 앞 주차장에서 옐로우 색상의 스포츠카를 발견하곤 황급히 통화를 마무리 지을 수밖에 없었다.

"미안. 끊을게."

하제가 전화를 끊자마자 곧 차에서 차유리가 내렸다. 하제의 표정이 굳어졌다.

"누구 전화길래 입이 귀에 걸렸을까?"

조롱하는 말투로 차유리가 물었다. 그리고 그녀는 하제가 들고 있는 핸드폰을 빤히 쳐다보며 다가갔다. 그녀에게서 술 냄새가 진동하자 하제가 미간을 구겼다.

"여긴 또 왜 왔어?"

"누구냐니까? 여자 맞지? 어떤 년이야? 핸드폰 줘 봐."

"취했어. 돌아가."

이런 일이 처음은 아니었다. 무시하는 게 상책이라는 걸 경험으로 익히 아는지라 하제는 곧장 뒤로 돌았다.

"거기 서! 거기 안 서?"

그런데 그때였다. 갑자기 뒤에서 차유리가 달려가 하제의 손에서 핸드폰을 뺏더니 통화 목록을 확인했다. 곧 차유리의 빨간 입술이 비틀렸다.

"내가 이럴 줄 알았어. 너 아직도 마초희 그년이랑 연락하니? 이래도 나랑 파혼한 게 그년 때문이 아니야?"

"어. 아니야. 그러니까 핸드폰 돌려줘."

무덤덤한 하제의 반응에 더 화가 난 차유리가 비틀거리며 고함을 질렀다.

"그럼 뭐야? 대체 이유가 뭐냐고!"

결국 분을 이기지 못하고 차유리는 핸드폰을 바닥으로 내던졌다. 하지만 하제는 그저 박살 난 핸드폰을 무표정한 얼굴로 쳐다보다가 감정 없는 어조로 말했다.

"내가 너랑 파혼한 이유, 진짜 궁금해?"

"내가 지금 몰라서 묻는 거야? 네 첫사랑 마초희 그년 때문이 잖아."

"초희 때문이었으면 애초에 너랑 결혼 진행하지도 않았겠지. 그 애가 누구 때문에 억울하게 온갖 추문에 휘말리다 결국 학교 자퇴했을 때도 가만있지 않았을 거고. 프랑스로 떠나보내지도 않았겠지."

하제가 후회로 얼룩진 얼굴로 말을 이었다.

"제발 부탁인데, 초희 건드리지 마. 내가 너랑 파혼한 이유는 따로 있으니까."

"그게 뭔데?"

"너랑 결혼하면 너희 아버지한테 명원호텔 받기로 했었어."

"뭐?"

금시초문인 듯 차유리가 두 눈을 치켜떴다. 하지만 하제는 멈추지 않았다.

"애석하게도 너희 아버지는 유언장 하나 없이 돌아가셨고. 호텔엔 다른 주인이 생길 예정이고."

"다른 주인? 차강주 말하는 거야?"

"그래. 그게 우리의 파혼 사유야. 심플하지?"

하제의 말이 끝나자마자 차유리가 비련의 여주인공처럼 달려가 하제의 팔을 붙들고 애원했다.

"그 이유 때문이면 내가 줄게. 명원호텔 내가 주면 되잖아."

"회장님이 차강주를 그렇게 예뻐한다던데. 그 자식은 어떻게 할 건데?"

"그렇지 않아도 그 새끼 내가 처리하려고 했어. 호텔에서 무슨 수를 써서라도 쫓아낼 거라고."

"그래? 그럼 쫓아내고 와. 그때 다시 얘기해."

하제가 제 팔을 붙들고 있던 차유리의 손을 뜯어냈다. 그러곤 친절한 미소를 보이며 말했다.

"갈 땐 대리 불러."

별거 아닌 그 한마디에 차유리의 얼굴은 붉어졌다. 하지만 뒤를 돌아선 하제의 표정은 180도 돌변했다. 그렇게 그는 바닥을 나뒹구는 제 핸드폰을 주워 들고 서둘러 건물 안으로 들어가 버렸다.

그 모습을 뒤에서 지켜보던 차유리는 뒤늦게 정신을 차리고 생각했다.

"그나저나 마초희 그년은 언제부터 하제랑 연락한 거야? 왜 연락하는 건데?"

설마 제자 뺏긴 거 억울해서 나한테 복수하려고 하는 건가? 그래서 하제한테 다시 접근해서 수작 부리는 건가?

온갖 상상의 나래를 펼치던 차유리는 가방에서 핸드폰을 꺼내 어디론가 전화를 걸었다.

"주소 보낼 테니까 당장 이쪽으로 와."

그렇게 차유리가 전화를 끊은 지 20분도 지나지 않아 누군가 달려왔다.

얼마나 뛰었는지 얼굴이며 목이며 땀이 범벅이었다. 청바지에 후드집업 차림을 한 소나는 자동차에 몸을 기대고 서 있는 차유리를 발견하자마자 얼굴이 하얗게 질리고 말았다.

잔뜩 겁먹은 얼굴로 소나가 차유리 앞에 쭈뼛거리며 섰는데.

쫙!

소나의 얼굴이 옆으로 날아갔다. 차유리가 뺨을 내리친 것이다.

"왜 이렇게 늦게 와? 너도 내가 우습니?"

빨개진 볼을 손으로 가리며 소나가 고개를 들었다.

"저녁에 편의점 알바를 하고 있어서요……."

"그딴 걸 왜 하는데?"

"계약금 아직 안 주셨잖아요."

"어머, 얘 지금 나한테 따지는 거야? 너 마초희 밑에 있을 때도 이랬니?"

차유리가 소나의 턱을 쥐고 세게 흔들었다.

"근데 너 말이야. 마초희가 진짜 아끼는 제자 맞아? 그년이 조용해도 너무 조용하잖아. 재미없게. 그래서 내가 확인을 좀 해야겠어."

차유리가 소나에게 핸드폰을 건넸다. 소나가 무슨 영문인지 모르겠다는 눈빛을 보내자 차유리가 말했다.

"마초희한테 전화해서 당장 여기로 오라고 해. 그럼 돈 줄게. 네가 원하는 만큼."

차유리의 표독스러운 얼굴을 마주한 소나는 두려움에 떨었다. 그리고 핸드폰을 보며 갈등했다.

* * *

그렇지 않아도 루카 때문에 심란한데 윤하제의 등장까지. 초희의 마음은 뒤숭숭했다. 호텔 앞에서 겨우 발걸음을 옮겨 정문을 벗어난 초희는 또 모르는 번호로 전화가 오자 걸음을 멈춰 세웠다.

"이 번호는 또 뭐야?"

초희는 투덜거리면서도 혹시 이번엔 진짜 녀석에게서 온 전화 아닐까? 기대하는 제 모습을 발견하곤 작게 한숨을 내쉬었다.

그사이 진동은 멈췄고, 전화는 더 이상 오지 않았다.

"몰라. 무시해. 무시하자."

핸드폰을 주머니에 쑤셔 넣은 그녀는 고개를 절레절레 흔들며 신호등을 향해 걸어갔다. 마침 초록 불이 켜졌다. 멀리서 오토바이가 달려오고 있는 줄도 모르고 그녀는 서둘러 앞으로 걸음을 옮겼다.

불행히도 그녀의 주머니에선 또다시 진동이 느껴졌다. 전화를 받을까 말까 고민하며 걷느라 초희는 오토바이를 보지 못하고 계속 앞으로 나아갔다.

"꺅!"

거의 오토바이가 그녀를 칠 뻔하던 그 순간, 누군가 뒤에서 초희의 허리를 잡아당겨 끌어안았다. 그 덕분에 오토바이는 간신히 초희를 피해 갔고, 졸지에 누군가의 품에 안기게 된 초희는 놀란 얼굴로 천천히 고개를 들었다.

"……!"

자신을 구한 남자의 얼굴을 확인한 초희의 표정이 하얗게 질리고 말았다.

"사고 날 뻔했잖아! 제발 앞이랑 옆 좀 똑바로 보고 다니라고 내가 몇 번 말했어?"

"……."

반쯤 넋이 나가 있는 그녀의 손목을 잡아끌고 보도블록 위로 올라온 강주는 초희의 몸을 위아래로 살펴보며 어디 다친 곳은 없는지 확인했다.

"다친 데는 없는 것 같고……."

"너……."

초희는 너무 놀라 말문이 막혀 버렸다. 그저 이번에도 또 녀석의 환영은 아닌가 의심의 눈초리로 그를 뚫어지게 쳐다봤다.

머리카락이 살짝 길어진 것만 빼곤 녀석은 그대로였다.

아니, 아니다. 녀석은 조금 변했다.

프랑스에선 항상 여유가 넘치던 녀석이 지금은 굉장히 불안한 얼굴로 계속 주변을 살피며 경계하는 듯한 눈빛을 보였다. 그러더니 무언가에 쫓기듯 잡았던 그녀의 손을 놓아주며.

"그럼 간다."

하고 가 버렸다.

어안이 벙벙한 얼굴로 서둘러 사라져 가는 녀석의 뒷모습을 가만히 바라만 보던 초희는, 어디서 그런 용기가 났는지 녀석을 향해 전속으로 달려갔다. 그리고 아주 다급하고 큰 목소리로 외쳤다.

"루카! 너 거기 서! 야!"

큰 소리로 그의 이름을 부르며 뒤쫓아 가던 초희는 그만 발을 헛디뎌 넘어지고 말았다.

"악!"

전력 질주를 하다 넘어진 탓에 충격은 꽤 컸다. 그나마 다행이라면 왼쪽 무릎이 아니라 오른쪽 무릎으로 먼저 넘어졌다는 거였다.

"으."

쓰라린 오른쪽 무릎을 마구 비비며 괴로워하면서도 초희는 눈으론 계속 녀석을 찾기 바빴다.

"뭐야? 또 없어……."

마치 한 달 전처럼 그는 또 흔적도 없이 사라져 버렸다.

너무 황당해서 아픈 것도 잊고 자리에서 벌떡 일어난 초희는 어이없는 웃음을 터뜨렸다.

얘 설마 나한테 복수하는 건가?

그게 아니면 말이 안 되잖아. 대체 왜 도망을 가는데?

생각할수록 열도 받고, 화도 나고, 궁금하고…… 그러다 걱정이 되기까지 했다.

설마 무슨 일 있는 건 아니겠지? 아까 보니까 되게 불안해 보였는데…….

문득 녀석의 초조하고 불안했던 그 눈빛이 선명하게 떠올랐다. 그러다 왠지 오른쪽 무릎이 휑하다는 느낌이 들었고, 고개를 숙여 확인하니 바지가 찢어져 있었다.

"하아…… 오늘 진짜 왜 이러냐?"

초희는 신경질적으로 앞머리를 쓸어 넘기며 빵꾸 난 무릎을 원망스레 쳐다봤다. 뻥 뚫린 바지가 지금 제 마음과 닮은 것 같아 괜히 더 씁쓸해졌다.

* * *

한편 그녀를 길 위에 버려두고 호텔 뒤쪽으로 도망친 강주는 저를 부르며 따라오다 넘어진 그녀가 너무 걱정이 돼서 미칠 것만 같았다.

아무래도 안 되겠다.

넘어진 그녀를 일으켜주기 위해 건물 밖으로 나가려던 강주가 다시 몸을 숨겼다. 호텔 앞에는 저를 감시하며 따라다니던 남자들이 사방에 깔려 있었다.

"젠장!"

그는 이러지도 저러지도 못하고 정말 환장할 것 같은 표정으로 마른세수를 했다. 그러곤 한숨을 크게 내쉬었다. 그런데 때마침 주차장에서 오토바이 한 대가 빠져나오고 있었다.

강주는 고민할 새도 없이 달려가 오토바이 앞을 막아섰다.

끼익.

"인마! 너 미쳤어? 박을 뻔했잖아!"

황급히 브레이크를 잡고 오토바이를 멈춰 세운 운전자가 헬멧 가리개를 올려 얼굴을 드러냈다. 수셰프 진영이었다.

"이 짜식이 누구 인생을 망치려고! 왜 남의 오토바이 앞에 뛰어들어…….."

"일단 내리고, 좀 빌립시다."

"뭐?"

강주가 아주 당당한 얼굴로 수셰프를 오토바이에서 끌어 내린 후 본인이 그 자리를 차지했다. 졸지에 어제 산 오토바이를 빼앗긴 수셰프가 씩씩거리며 욕을 하려다가 뒤늦게 떠올랐다.

녀석이 명원그룹 손자라는 사실을. 그사이 수셰프를 향해 강주가 불쑥 손을 내밀었다.

"뭐. 뭐 어쩌라고?"

"헬멧."

"이거 이거 미쳤구만. 이 도둑놈 새끼."

하면서도 수셰프는 곧장 헬멧을 벗어 녀석에게 내밀었다.

의외로 제 말에 고분고분 잘 따르는 수셰프를 의아하게 쳐다보던 강주는 왠지 이유를 알 것 같아 피식 웃었다. 그러곤 얼른 헬멧을 받아 썼다.

"땡큐. 이 은혜는 내가 꼭 갚을 테니까 원하는 거 생각해 둬요."

자신감 넘치는 강주의 말에 수셰프는 올라가려는 입꼬리를 겨우 내리고 근엄한 표정을 지었다.

"내가 뭘 원해서 이러는 건 아니고…….."

말이 끝나기도 전에 엄청난 속도로 오토바이가 주차장을 벗어 났다.

"아오, 저 싸가지 없는 새끼. 이 형님이 말씀하시는데……. 그나저나 뭘 달라고 할까? 가게 하나 차려 달라고 할까? 아님 월급 인상?"

이제야 마음 놓고 활짝 웃던 수셰프는 행복한 꿈을 꾸며 높은 주차장 언덕을 올라갔다.

* * *

지이잉.

골목 어귀에 우뚝 멈춰 선 초희는 방금 도착한 문자를 확인했다. 아까 대여 숍에서 카드로 결제한 할부금 내역이 뒤늦게 도착한 것이었다.

"망할!"

아주 욕이 절로 나왔다. 초희는 다시 쇼핑백을 열어 원피스를 보며 생각에 잠겼다.

지금이라도 가서 무를까?

박 실장 언니 말대로 이거 그 녀석이 새긴 서명만 잘 뜯으면 아무 문제 없을 것 같은데.

초희는 원피스를 꺼내 자수 부분을 유심히 들여다봤다.

"지 성격처럼 아주 그냥 꼼꼼하게도 박아 났네."

아까 저를 버리고 도망간 녀석을 생각하니 결코 좋은 말이 나오지 않았다.

초희는 투덜거리며 괜히 손가락으로 자수를 매만졌다. 그러다 문득 한 달 전 탈의실에서 있었던 일이 떠올라 입이 떡 벌어졌다.

'그러고 보니까 작별 인사도 제대로 못 하고 왔네. 그래서 그런가? 가끔 보고 싶어…….'

가령인 줄 알고 제 속마음을 내비쳤던 그 날.

사실 녀석이 보고 싶다고 입 밖으로 내뱉어 버렸던 그 날.

그러니까 그때 내가 한 말들을 녀석이 밖에서 다 듣고 있었단 말이지?

이 자수를 새기면서.

"아우씨!"

갑자기 밀려든 수치심에 초희의 얼굴이 붉어졌다. 정말 미치고 팔짝 뛸 노릇이었다. 생각할수록 너무 쪽팔리고 자존심이 상했다.

내가 그런 말까지 했는데도, 그 말을 다 들었는데도 아까 날 버리고 도망간 거야?

"하."

실소가 툭 하고 터졌다.

됐어. 나도 이제 미련 없어. 그딴 거 명원호텔 앞 신호등에 다 갖다 버리고 왔다고.

초희는 원피스를 다시 쇼핑백에 처박아 버리고 걸음을 옮겨 집으로 향했다. 그런데 웬일인지 집 앞에 오토바이 한 대가 서 있었다.

그녀가 의아한 눈초리로 웬 오토바이? 하며 주변을 서성이고 있었는데.

"왜 이렇게 늦게 와?"

"악, 깜짝이야!"

뒤에서 누군가 불쑥 다가와 그녀의 어깨를 잡아끌었다. 놀란 초희가 고개를 돌리자, 강주가 헬멧을 벗으며 헝클어진 머리카락을 넘기며 말했다.

 "일찍일찍 다녀. 걱정했잖아."

 그는 마치 어제 헤어진 사람처럼 태연한 얼굴로 들고 있던 헬멧을 초희의 품에 안겼다. 초희는 쇼핑백을 쥔 손으로 헬멧까지 들고 있으려니 옴짝달싹도 못 하게 되었다.

 그사이 강주는 그녀의 무릎에 난 상처를 먼저 살폈다.

 "다행히 흉 지진 않겠네. 집에 약은 있지?"

 갑자기 초희 앞에 한쪽 무릎을 꿇고 앉은 강주가 뒷주머니에서 항상 지니고 다니던 가죽 반짇고리를 꺼내 바늘을 뽑아 들었다.

 "너…… 뭐, 뭐 하는 거야?"

 "가만있어. 움직이면 찔린다."

 녀석은 진지한 눈빛으로 초희의 찢어진 바지를 보더니 능숙한 바느질로 구멍을 메꿔 가기 시작했다.

 손에 이어 발까지 움직일 수 없게 된 초희는 녀석을 흘끔 내려다봤다.

 짙은 눈썹과 높은 콧대. 위에서 보니 더욱더 입체적인 녀석의 이목구비에 초희는 괜히 긴장되기 시작했다. 그 바람에 침을 삼켜야 할 타이밍마저 잊을 정도로 심장이 마구 요동쳤다.

 "왜 그렇게 봐?"

 녀석은 정수리에 눈이라도 달렸는지 그녀를 향해 놀리듯 말했다.

 "나 여전히 섹시하지?"

 강주가 바느질에 열중하며 웃음기 섞인 목소리로 묻자, 초희는 마치 제 속내를 들키기라도 한 듯 얼굴이 새빨개졌다.

"농담인데 얼굴은 왜 빨개져?"

강주가 바느질을 마무리하며 위를 흘끔 올려다봤다. 그는 붉어진 그녀의 얼굴을 확인하곤 피식 웃었다.

"다 됐다."

반짇고리에 바늘을 집어넣으며 자리에서 일어난 강주가 아까부터 계속 말이 없는 초희를 빤히 쳐다봤다.

"나 버린 거 후회하는 표정이네?"

"아니거든?"

"아니라고? 맞는 것 같은데."

"너 뭐야? 지금 웃음이 나와? 네가 왜 한국에 있는데?"

"몰라서 묻는 거야?"

강주는 돌연 장난기를 지운 얼굴로 초희를 빤히 쳐다봤다. 이렇게 가까이에서 그녀를 보고 있으니 갑자기 감정이 북받쳐 목이 멨다. 애써 마른침을 삼킨 그는 그녀를 애틋하게 바라보며 마침내 말을 이었다.

"나도 너 보고 싶었어."

그는 여전히 돌려 말하는 법이 없었다. 그리고 초희는 여전히 그가 이렇게 브레이크 없이 달려들 때면 살이 떨릴 정도로 심장이 쿵쾅거렸다.

가로등 불빛에 반사된 녀석의 눈동자.

어떤 수많은 감정이 복잡하게 얽혀 있는 녀석의 눈동자가, 그 뜨거운 시선이 제 얼굴에 닿아 떨어질 생각을 하지 않자 초희는 몸을 움직일 수가 없었다.

3

초희는 들키기 싫었다. 이제 와서 제 마음을 들키는 건 창피하고 억울한 일이었다. 그래서 애써 태연한 척 대꾸했다.

"나도, 보고 싶었다고? 그게 무슨 말이야? 난 너 보고 싶다고 한 적 없는데."

"아니야. 너 있어. 내가 분명 들었거든. 명원호텔 직원 휴게실에서."

그녀는 동공 지진을 일으키며 당황해했다. 녀석에게 절대 넘어가지 말자고 다짐한 지 1분도 지나지 않아 또 말리고 만 것이다.

"그러니까 그날은, 그니까 그게……."

"괜찮아. 너 이미 나한테 다 들켰으니까."

"내가 뭐, 뭘 들켰는데?"

"아까 신호등 앞에서 나 왜 따라왔어?"

또 말문이 막혀 버린 초희는 뒤늦게 아주 기막힌 핑계가 떠올랐다.

"착각하지 마. 이거 때문이니까."

초희는 녀석에게 쇼핑백을 불쑥 내밀었다. 그리고 쇼핑백 안을 들여다보는 녀석을 향해 날이 선 목소리로 말했다.

"기억하지? 그 원피스."

"당연하지. 아 감사 인사하려고 따라왔던 거야?"

"감사는 무슨! 너 그게 얼마짜리 옷인 줄 알아? 아, 맞다……. 잘 알겠구나. 아니 아무튼 너 때문에 내가 이거 대신 물어내게 생겼으니까 네가 책임져."

"어떻게 책임지면 되는데?"

"그거 가지고 프랑스로 돌아가. 너 한국에 있을 사람 아니잖아."

"……."

살짝 흔들리는 녀석의 눈동자를 외면한 채 초희는 들고 있던 헬멧을 녀석의 품에 던지듯 넘기고는 집으로 향했다. 하지만 계속 제 뒤를 뒤따라오는 녀석의 발걸음 소리가 들렸고, 초희는 무시하려고 애를 쓰며 더 빨리 걸었다.

"천천히 좀 걸어. 또 뛰다 넘어져서 뒤통수 깨질라."

초희는 걸음을 멈추고 고개를 돌렸다. 갑자기 그녀가 뒤돌아 매서운 눈빛으로 쳐다보자, 뒤따라가던 강주가 의아한 얼굴로 고개를 갸웃하며 물었다.

"왜?"

"……너지?"

"뭐가?"

"나 피로연장에서 뒤통수 깨졌을 때 네가 나 구급차로 옮겼지?"

"이제 알았어?"

"……!"

"거봐. 너도 나 보고 싶었던 거 맞다니까. 그날 초희 너 구급차에서 무의식중에도 나 찾더라?"

"그래서 뭐? 한 달 내내 가만히 있다가 왜 이제 와서 난리야?"

"아, 이제 알겠다. 넌 그게 섭섭했던 거구나? 내가 한 달 만에 나타나서. 이런, 이럴 줄 알았으면 좀 더 빨리 올 걸 그랬네."

"그게 아니라!"

"그만 인정해. 넌 나 보고 싶었어. 그리고 너보다 내가 훨씬 더 많이 널 보고 싶었고."

초희는 거의 모든 걸 체념한 얼굴로 대꾸했다.

"한국엔 언제 온 거야?"

"알면 놀랄걸?"

"왜 온 거야? 이번엔 대답 똑바로 해라."

"내 애인이 하루아침에 말도 없이 한국으로 도망갔거든."

"그래서 뭐 나한테 복수라도 하려고 왔어? 그래서 너도 아까 도망간 거야? 나도 당해 보라고?"

"그걸 또 마음에 담아 뒀어? 아깐 피치 못할 사정이……."

"됐고. 근데 내가 왜 네 애인이야?"

"그 애인이 너라곤 안 했는데?"

"뭐?"

"농담이야. 당연히 너지. 나한테 여자가 마초희밖에 더 있어?"

놀랐다가 안도했다가 시시각각 변하는 초희의 얼굴을 보며 강주는 웃었다.

"너 방금 심쿵했는데?"

"당연하지. 아주 놀라서 심장이 쿵 떨어졌다. 넌 2년 동안 여자도 안 만나고 뭐 했어? 난 그동안 남자 한 트럭은 바뀌었는데."

"이거 섭섭하네. 내가 지금 여기에 있기 위해 뭘 포기했는지 알면 나한테 미안해서라도 그런 농담 못 할 텐데."

미소 뒤 쓸쓸한 눈빛은 그의 사연을 궁금케 했다. 그 때문에 마음이 조금 약해진 초희가 슬그머니 물었다.

"뭘…… 포기했는데?"

"프랑스에서의 안락하고 편안한 삶?"

"뭐?"

"아무래도 너랑 한국에서 계속 살면서 결혼도 하고 애도 낳으려면 많은 준비가 필요하더라고. 한국엔 날 싫어하는 사람들이 너무 많거든. 그 말은 나 때문에 네가 위험해질 수도 있다는 거고."

"잠깐. 내가 왜 너랑 결혼해? 애를 왜 낳아? 우리가 무슨 사이인데? 아무 사이도 아니었잖아."

"난 아무 사이도 아닌 여자랑 그런 밤을 보내진 않아. 더구나 난 네가 처음이자 마지막이었다고. 생각 안 나? 우리 로얄 몽소 래플스 호텔에서 에펠탑 야경 보면서 함께 뜨거운……."

"갑자기 그 얘기가 왜 나와?"

애써 태연한 척해 보았지만 초희의 얼굴은 불타는 것처럼 새빨개졌다. 그런 그녀가 귀여워 강주는 남몰래 미소 지었다.

"뭘 또 그렇게 부끄러워해? 안아 버리고 싶잖아."

정말 단숨에 그녀를 확 껴안아 버릴 것처럼 강주는 강렬한 눈빛으로 초희를 바라봤다. 뭔가 위험을 감지한 초희는 저도 모르게 뒤로 한 걸음 물러났다.

"스톱. 가까이 오지 마."

"왜? 흔들릴까 봐?"

"너 착각하지 마. 그날 너만 좋았어, 너만. 난 말이야, 타임머신 같은 게 있어서 그날로 다시 돌아간다면 절대 너랑은 안 잤을 거야."

"왜? 넌 별로였어? 그렇다고 하기엔 우리 꽤……."

"하지 마라. 이상한 말 하지 마."

"초희야."

"내 이름 부르지 마."

"너 혹시 나한테 미안해서 그래? 그래서 나한테 못되게 구는 건가?"

"내가 너한테 뭘 미안해해야 하는데?"

"2년 전 일 기억 안 나?"

"……."

"너 나 버리고 도망갔잖아."

아팠던 기억이 떠오른 모양인지 녀석은 상처받은 눈빛으로 초희를 응시했다.

"그때 내가 널 얼마나 기다렸는지 알아?"

"……."

"근데 나 너 용서할 거야. 그날 도망간 거 용서해 줄 테니까, 그러니까 너도 지금 내가 무슨 짓을 하든 용서해 줘."

"무슨 짓? 너 또 뭘 하려고 그러는데……."

강주는 헬멧과 쇼핑백을 바닥에 내던지더니 초희에게로 성큼 다가갔다. 그리고 그녀의 턱을 잡아당겨 깊게 입을 맞췄다.

"……!"

초희의 두 눈이 휘둥그레졌다. 놀란 것도 잠시 그녀는 녀석의 단단한 가슴을 밀치며 벗어나려 노력했다. 하지만 녀석은 꼼짝도 하지 않고 더 격정적으로 키스를 퍼붓기 시작했다.

그렇게 녀석의 일방적인 키스는 계속됐다.

입술의 부드러운 감촉, 힘껏 빨아들이는 뜨거운 열기, 숨이 차올라 헐떡이는 숨결.

그리웠던 마음을 키스로 대변이라도 하듯 입술은 더 깊게 포개졌다.

"하아."

강주는 최대한 인내심을 발휘해 키스를 멈추고 그녀를 가슴에 폭 안아 버렸다. 그러곤 거칠어진 호흡을 가다듬었다.

"이거 안 놔?"

화가 난 목소리로 여전히 제 품에서 벗어나려고 하는 그녀를 달래 주려는 듯 강주는 그녀의 머리를 부드럽게 어루만졌다.

그리고 나지막한 목소리로 말했다.

"늦게 와서 미안해. 좀 더 참아 볼까도 생각해 봤는데, 아까 널 가까이에서 본 순간…… 도저히 참을 수가 없었어."

"이거 놓으라고 했다?"

그의 진지한 고백에도 아랑곳하지 않고 그녀는 계속 품 안에서 벗어나려고 몸부림을 쳤고, 그럴수록 강주는 그녀를 안은 팔에 더 세게 힘을 주었다.

"너 진짜 물어 버린다? 이거 놔! 놓으……아얏!"

기어코 강주를 밀쳐내고 멀리 떨어지려던 초희는 괴성과 함께 다시 녀석의 품에 안길 수밖에 없었다. 머리카락이 금방이라도 뽑혀 나갈 듯 당겨지는 느낌 때문이었다.

"이, 이거 왜 이래? 뭐야?"

당황하며 말까지 더듬던 그녀는 통증 때문에 머리는 움직이지도 못하고 눈만 위로 치켜뜨며 상황을 파악하기 바빴다. 하지만 뒤통수에 눈이 달린 것도 아니고 정반대편에서 벌어진 일이 보일 턱이 있나.

그저 영문도 모른 채 어리둥절하던 초희의 시야에 강주의 얼굴만은 명확히 보였다. 녀석은 입을 꾹 다문 채 웃음을 억지로 참고 있었다.

"너 지금 나 비웃는 거지?"

"가만있어 봐. 내 소매 단추에 니 머리카락 엉켰어."

"뭐? 그럼 풀면 되잖아. 아니다, 그냥 대충 뜯어 버려. 너랑 이렇게 같이 있는 것보단 그깟 머리카락 뽑히는 게 백번 나으니까."

"그래? 이거 머리카락 색깔이 좀 다른 거 보니까, 헤어피스 같은데. 진짜 뜯어?"

"어. 그냥 뜯…… 아, 안 돼! 뜯지 마! 만지지 마! 너 당장 손 떼! 손 떼라고오!"

방금까지만 해도 세상 쿨한 반응을 보이던 초희는 뒤늦게 저 헤어피스를 뜯으면 감춰 둔 땜빵이 보이게 된다는 사실을 인지했고, 곧장 태세를 전환했다.

"저기…… 미안한데, 그거 뜯지 말고 잘 좀 풀어 봐. 너 그런 거 잘하잖아."

"아니야. 이거 풀기 어려울 것 같아. 그냥 뜯."

"뜯지 말라고! 너 뜯기만 해 봐!"

"너 지금 나한테 소리 지른 거야?"

"아니, 그게 아니라…… 알았어. 소리 질러서 미안해. 됐지? 그러니까 제발 내 머리에서 손 떼라고."

"그럼 어쩌라고? 밤새 이러고 있을까?"

그녀의 바람대로 머리카락에서 손을 뗀 강주는 그녀의 양쪽 어깨에 팔을 올리며 여유 만만한 표정을 지었다.

"나야 좋지. 너랑 밤새 이러고 있으면."

졸지에 녀석의 커다란 팔 가운데 갇혀 버린 초희는 이러지도 저러지도 못하다가 마침 좋은 수가 떠올라 녀석을 흘끔 쳐다봤다. 그러다 녀석과 두 눈이 딱 마주치고 말았다.

"루카."

"왜."

"너도 아까 네 멋대로 했으니까, 나도 내 멋대로 좀 할게."

"얼마든지."

"그래. 그럼 너 좀 벗길게."

"……!"

말과 동시에 초희는 녀석의 셔츠 단추를 위에서부터 하나씩 풀기 시작했다.

"지금 뭐 하는 거야? 여기 밖이거든?"

줄곧 여유가 넘치던 녀석이 처음으로 당황한 기색으로 초희를 내려다봤다. 다부진 눈빛과 앙다문 입술, 빠른 속도로 셔츠 단추를 풀고 있는 그녀는 누가 봐도 지금 진심이었다.

"하."

강주는 엉뚱한 초희의 행동에 실소를 터뜨렸고, 초희는 풀어 헤친 셔츠 사이로 녀석의 근육질 몸이 보이자 살짝 멈칫하며 시선을 내리깔았다.

"됐다. 빨리 벗어."

"지금?"

"어."

"저기 사람 오는데."

"거짓말하지 마."

"진짜거든?"

강주가 턱 끝으로 골목 초입을 가리켰다. 그곳으로 시선을 옮긴 초희는 뒤늦게 사람을 발견하곤 화들짝 놀랐다. 그리고 서둘러 다시 녀석의 셔츠 단추를 잠그기 시작했다. 바빠진 그녀를 재밌다는 듯 쳐다보던 강주는 고개를 살짝 숙여 그녀의 귓가에 작게 말했다.

"이러지 말고 집으로 올라가자. 네가 원하는 대로 다 벗어 줄게."

* * *

"미쳤어. 저 녀석을 집에 데려오다니!"

초희는 욕조에 앉아 다리를 덜덜 떨며 녀석이 벗어 준 셔츠 단추에서 헤어피스를 겨우 떼어 냈다. 그리고 자리에서 일어나 세면대 앞에 섰다.

거울을 보며 땜빵 위에 다시 헤어피스를 붙인 초희는 한숨이 절로 나왔다.

"대체 이제 무슨 꼴이야! 아이씨, 쪽팔려……."

초희는 제 볼을 찰싹찰싹 때리며 자학했다.

사실 뭐 엄청난 재회의 순간을 바란 건 아니었지만, 그래도 적어도 오늘처럼 이렇게 형편없는 꼴로 녀석을 다시 만날 생각은 없었는데.

"그나저나 내 땜빵 못 봤겠지? 아니야. 저 녀석 눈치가 얼마나 빠른데. 보고도 모른 척한 거일 수도 있어. 아오, 젠장!"

갑자기 밀려든 수치심에 초희는 몸을 부르르 떨었다. 그러다 문득 녀석을 향한 몇 가지 의문들이 생겨났다.

한국엔 대체 왜 왔으며, 정말 나를 만나러 온 거였다면 한 달 전엔 왜 정체를 숨겼으며, 아깐 왜 도망갔으며, 지금은 또 왜 나타났느냔 말이다.

이번에야말로 기필코 원하는 대답을 다 얻어내고야 말겠다는 다짐을 하며 그녀는 심호흡을 한번 크게 했다. 그리고 기세등등한 표정으로 문을 활짝 열고 나가려다가 다시 들어오고 말았다.

밖에서 뭘 봤는지 초희의 얼굴에 붉은 기가 돌고 있었다.

그녀는 손에 쥐고 있던 녀석의 셔츠를 물끄러미 응시했다. 그러곤 살짝 열린 문 사이로 거실 상황을 예의주시했다.

상의를 탈의한 녀석의 넓디넓은 등이 제일 먼저 보였고, 녀석은 무슨 일에선지 창문에 달린 방범창을 쥐고 흔들다가, 그것이 손쉽게 뜯어지자 당황하면서도 다시 끼워 넣느라 애를 쓰고 있었다.

"쟤 지금 뭐 하는 거야?"

93

초희는 중얼거리며 녀석의 행동을 다시 유심히 살폈다.

방범창이 잘 안 끼워지는지 녀석은 팔에 힘을 줬고, 그때마다 등 근육의 모양이 잡혔다가 풀어졌다 하는데 그 자태가 참 혼자 보기 아까울 정도로 훌륭했다.

앗, 근데 내가 지금 왜 저 녀석을 훔쳐보고 있는 거지?

초희는 뒤늦게 정신을 차리고 당차게 거실로 나갔다. 그리고 방금 막 나온 사람처럼 헛기침을 두어 번 하며 녀석의 주변을 맴돌고 있었는데.

인기척을 느낀 녀석이 갑자기 뒤를 돌더니 성큼 다가왔다. 사람 하나 더 있을 뿐인데, 한 번도 좁다고 느껴본 적 없던 거실이 매우 비좁게 느껴졌다.

그런데 그때였다. 녀석을 바로 앞에서 마주한 초희가 두 눈을 크게 떴다.

"……!"

아까는 너무 경황이 없어 못 봤던 걸까? 지금 보니 녀석의 왼쪽 가슴에 흉터가 있었다. 딱 봐도 생긴 지 얼마 안 된 흉터가 분명했다.

근데 좀 심상치가 않았다. 살이 움푹 팬 게 마치…… 총상 같았다.

그녀의 시선이 제 가슴 쪽에 머물러 있자 강주가 괜히 몸을 옆으로 돌리며 능청스레 말했다.

"나 계속 벗고 있어도 되나?"

"어?"

"옷 달라고."

"아. 어어. 여기."

허둥지둥하던 초희가 서둘러 녀석이 내민 손에 셔츠를 건넸다. 그러자 녀석이 태연하게 셔츠를 입으며 창문을 턱 끝으로 가리켰다.

"저거 수리 좀 해. 도둑 들면 어쩌려고."

"남이야. 옷이나 빨리 입어."

부끄러웠던 초희는 괜히 더 퉁명스럽게 말하며 녀석의 시선을 피했다.

"벗으랬다. 입으랬다. 제멋대로네?"

"몰랐어? 나 원래 이래."

"알지. 그러니까 내 프러포즈도 받아 줄 것처럼 여지만 잔뜩 주고 말도 없이 토꼈겠지."

"야! 내가 언제 너한테 여지를 줬다고 그래?"

"그럼 나 혼자 착각한 건가?"

녀석이 셔츠 단추를 잠그며 약간 화가 난 얼굴로 초희를 쳐다봤다. 이 상황에서 불리한 건 그녀였다.

"다 지난 얘기 그만하자. 이만 가 줬으면 좋겠어."

또 회피하고 도망치는 것을 선택한 초희는 강주의 몸을 현관 쪽으로 세게 밀었다. 버티고 절대 움직이지 않을 것 같던 강주가 일부러 현관 앞까지 밀려나 줬다. 그러다 갑자기 제 자리에 우뚝 멈춰 섰다.

"나 배고파. 우리 저녁이나 간단하게 같이 먹으면서 오해 좀 풀었으면 좋겠는데. 예를 들면 초희 네가 그렇게 꿈꾸던 미셸 쇼를 앞둔 바로 전날 갑자기 사라진 이유가 뭔지. 나랑 관련이 있는 것 같긴 한데. 그래서 자꾸만 나한테서 도망치려고 하는 것 같은데."

"다 틀렸거든? 난 그냥 지쳐서 도망 온 거야. 그렇게 거창한 이유 따위 없어."

"그 말을 내가 믿을 것 같아?"

"믿든 안 믿든 맘대로 해. 아무튼 난 밥 먹었고, 배 안 고파. 그러니까 밥은 니네 집 가서 먹어."

"나 집 없는데?"

"숙소는 있을 거 아니야. 가서 먹으라고."

"혼자 먹어야 되잖아."

"혼자 먹든지 말든지."

"난 프랑스에서 너 혼자 밥 먹을까 봐 항상 옆에 있어 줬는데."

"……."

초희는 입이 열 개라도 할 말이 없었다.

그랬지. 그랬었다. 녀석은 늘 끼니때마다 나타나 제 옆에 있어 줬다. 그게 밥 혼자 먹을까 봐 걱정돼서였다니. 이제야 알았다.

또 마음이 약해진 초희는 살짝 미안한 기색으로 녀석을 바라봤다.

얼굴이 조금 야윈 것도 같다. 진짜 밥도 못 먹고 다니나?

"알았어. 갈게. 가면 되잖아."

초희의 표정이 심각해지자 강주는 농담이 너무 지나쳤나 싶은 마음에 서둘러 신발을 신었다. 작전상 후퇴다.

"내일 다시 올게."

"루카."

"어. 왜? 생각이 바뀌었어? 밥 먹고 가?"

"아니. 내일 오지 말라고. 그럼 잘 가!"

살짝 마음이 약해질 뻔했지만, 초희는 서둘러 작별 인사를 건네며 강주를 문밖으로 밀어 버렸다. 그리고 쾅, 하고 문을 닫았다.

도어 록이 잠기는 소리가 들리고 얼마 지나지 않아 밖에서 녀석의 목소리가 들려왔다.

"나 진짜 내일 오지 마?"

"……."

"알았어. 그럼 내일모레 올게."

이건 또 무슨 소리야? 안 되겠다. 이러다간 녀석에게 계속 휘둘릴 거고, 그러다 결국 다 들켜 버리고 말 거야.

내가 2년 전 녀석을 버리고 한국으로 도망쳐 온 그 이유에 대해서.

초희는 두 번 다시 녀석이 자신을 찾아오지 못하도록 단단히 으름장을 놓기 위해 문을 열었다.

그런데 녀석이 어느새 사라지고 없었다.

후다닥 계단을 내려가 건물 밖으로 나가자 녀석이 탄 오토바이는 벌써 골목을 벗어나고 있었다.

그 모습을 심란하게 쳐다보던 초희는 문득 아까 이 앞에서 녀석과 뜨겁게 입을 맞추던 일이 떠올라 괜히 얼굴이 화끈거렸다.

뜨거워진 입술을 조심스럽게 매만지며 상념에 빠져 있던 초희를 깨운 건, 얼굴에 떨어지기 시작한 차가운 빗방울이었다.

고개를 들어 하늘을 보니 아주 요란한 천둥과 번개를 동반한 폭우가 쏟아지기 시작했다.

* * *

한남동.

굵은 비를 뚫고 부촌가에 진입한 오토바이 한 대.

그 오토바이는 이 주변에서 가장 크고 장엄한 저택 앞에 멈춰 섰다.

이미 비에 홀딱 젖은 강주가 헬멧을 벗고 오토바이에서 내렸다. 그러곤 끝이 보이지 않을 정도로 높은 성벽을 올려다봤다.

그런데 마침 골목 끝에서 옐로우 색상의 스포츠카 한 대가 굉음을 내며 달려오고 있었다. 그 차는 당장이라도 강주를 밀어버릴 것처럼 속도를 줄이지 않고 광속으로 달려왔다.

하지만 헤드라이트를 쏘아 올리며 달려오는 차를 정면에서 보고도 강주는 눈 하나 깜짝하지 않았다.

그는 달려오는 차를 피하지 않고 그대로 서 있었다.

마치 죽을 각오라도 되어 있는 사람처럼.

끼익! 쾅!

* * *

"루카?"

초희는 편의점에서 우유를 마시며 나오다가 하마터면 우유를 뿜을 뻔했다. 골목 초입에 주차된 오토바이를 발견한 것이다.

분명 어제 루카가 타고 온 오토바이와 같은 기종이었다.

"저 녀석이 진짜, 오늘 안 온다더니. 하여튼 말 진짜 안 들어."

초희가 구시렁거리며 저도 모르게 편의점 유리창에 비친 제 모습을 점검하느라 바빴다.

이럴 줄 알았으면 세수라도 하고 나올걸. 모자라도 쓰고 나올걸!

게다가 어제랑 똑같은 운동복 차림이라니.

초희는 고개를 숙여 운동복 바지 무릎에 새겨진 박음질을 응시했다. 어젠 너무 경황이 없어 오늘 아침에서야 이 박음질을 제대로 보게 된 것이다.

역시 평범하진 않았다. 뭐랄까. 핸드 스티치 작품 같다고 해야 할까. 오천 원짜리 바지가 마치 오백만 원짜리 같았다.

이런 거 보면 녀석이 천재가 맞긴 맞나 보다. 어떻게 이런 문양으로 옷을 꿰맬 생각을 했을까? 그런 녀석이 왜 한국에 있는 건데? 패션의 중심지 파리에 있어야지. 미셸 옆에 있어야지.

"설마……."

미셸 후계자 자리를 박탈당했나? 혹시 녀석이 너무 오만하게 굴어서 미셸과 다툰 걸까? 그래서 한국으로 쫓겨난 건가?

수만 가지의 생각들이 뒤죽박죽 얽혀 버렸다. 문제는 그 수만 가지의 생각들이 전부 다 루카와 관련된 거였단 점이다.

"안 되겠어. 오늘 아주 결판을 내자."

초희는 이번에야말로 진지하게 녀석과 대화를 나눠보고자 오토바이 쪽으로 걸음을 옮겼다. 그리고 오토바이 앞에서 녀석이 오기만을 기다리고 있었는데.

"좀 비켜 주시겠어요?"

웬 모르는 남자가 다가와 말했다.

"우리 애 앞에서 비켜 달라고요."

"네? 애요? 아…… 이 오토바이 주인이세요? 네네. 비켜야죠. 비켰습니다."

초희는 얼른 오토바이 앞에서 비켜 주었고, 남자는 초희에게 경계의 눈빛을 보내며 잽싸게 오토바이에 올라타더니 사라졌다.

멀리 떠나가는 오토바이를 아쉽게 쳐다보던 초희는 갑자기 한 가지 의문이 들었다.

난 왜 저 오토바이 주인이 루카가 아닌 게 아쉬운 걸까?

나 진짜 왜 이러지? 왜 계속 그 녀석 생각을 하는 건데!

그때 초희의 입이 떡 벌어졌다.

"말도 안 돼……."

그녀가 실소를 터뜨리며 머리카락을 마구 헝클어뜨렸다.

"설마 나…… 지금 그 녀석 기다리는 거야?"

결론이 그렇게 나자 초희는 미칠 지경이었다.

* * *

주말이라 모처럼 침대에 널브러져 있던 초희는 점심 무렵 갑자기 부동산 아주머니에게서 전화가 오자 식은땀이 났다.

아무래도 아버지가 들고 튄 보증금 문제로 전화를 한 모양인데. 어떡하지?

그녀는 심호흡을 크게 한 번 한 후, 전화를 받았다.

"네. 사장님."

ㅡ아가씨 지금 어디야?

"집이죠. 근데 무슨 일……이세요?"

―집? 잘됐네. 그럼 잠깐 내려와 봐. 할 얘기 있으니까.

망했다. 초희는 전화를 끊자마자 급격히 힘이 빠진 얼굴로 침대에서 내려가 주섬주섬 카디건을 챙겨 입었다.

"아아, 몰라. 사무실이든 방이든 둘 중 하나 빼면 되지 뭐."

초희가 애써 긍정 회로를 돌리며 밖으로 나갔다.

그런데 무슨 일에선지 건물 앞에 부동산 아주머니 말고도 작업복 차림의 아저씨 두 명이 더 있었다. 세 사람은 초희가 온 줄도 모르고 진지한 대화를 나누는 중이었다.

"안녕하세요."

초희가 의아한 눈초리로 아주머니에게 인사를 하며 다가갔다. 그러자 아주머니가 뒤늦게 초희를 발견하곤 반색했다.

"어머. 금방 나왔네? 점심은 먹었고? 안 먹었으면 요 앞에 국밥집으로 가자. 내가 사 줄게."

"네? 바, 밥을 사 주신다고요?"

"왜 그렇게 놀라? 내가 밥 사 준다는데."

"공짜는 아닌 것 같아서요."

솔직한 속내를 내비치며 초희가 아주머니께 사정했다.

"사장님, 저 진짜 한 번만 봐주세요. 솔직히 사장님 잘못도 있잖아요. 왜 제 허락도 없이 저희 아버지한테 보증금을 빼 주냐고요."

"당장 수술비가 없어서 죽을지도 모른다는데 그럼 어떻게 해. 그리고 아버지가 나 통화까지 연결해 줬어, 아가씨라면서. 목소리가 어찌나 똑같던지."

또 어디서 내 목소리 대역 갖다 썼구만.

초희는 헛웃음이 절로 나왔다. 그래, 아주머니가 무슨 죄야. 그런 아버지를 둔 내가 대역 죄인이지.

"아버지가 빼 간 보증금은 제가 아주 빠른 시일 안에 다시 돌려드릴게요. 그러니까 저……."

"그 보증금 안 돌려줘도 돼."

"안 돌려줘도 된다고요? 그 소린…… 방 빼란 말씀이신가요?"

"아가씨 진짜 운 좋은 줄 알아. 잠깐만 이리로 와 봐."

아주머니가 같이 있던 사람들에게 잠시 양해를 구하고 초희를 끌고 가더니, 멀찍이 떨어진 곳에서 은밀한 목소리로 말했다.

"어제 갑자기 건물주한테 전화가 왔는데, 여기 싹 다 수리하기로 했어. 일단 방범창부터 다 새로 하라던데? 아, 그리고 여기 앞에 CCTV도 달기로 했어."

"갑자기 방범창은 왜요? CCTV는 왜?"

"몰라. 그거야 주인 마음이지. 솔직히 아가씨는 손해 볼 거 없잖아. 오히려 이득이지."

"그렇긴 한데…… 그래서 보증금은요? 어떻게 하래요?"

"당분간 그냥 넣어 두래."

"네? 그건 또 왜요?"

"이건 아가씨가 선택할 문제긴 한데……."

아주머니가 심각한 얼굴로 마저 말을 이었다.

"아가씨네 윗집 지금 비어 있잖아. 거기 내부 인테리어를 싹 다시 하기로 했어. 아마 당분간 엄청 시끄러울 거야. 그거 보상 차원에서 건물주가 보증금 문제는 보류해 주겠다 이거지."

"네? 사장님 그건……."

초희가 기막힌 표정으로 아주머니를 쳐다봤다. 그러자 아주머니는 세입자에게 허락도 안 받고 중간에서 제멋대로 일을 처리해버린 게 찔렸던 모양인지 말을 더듬었다.

"아, 아무래도 좀 그렇지? 소음이……."

"저 사실 귀가 잘 안 들리는 편이에요."

"어?"

"소음 같은 거 상관없다구요. 와 살았다. 그럼 저 여기서 안 나가도 되는 거죠?"

화를 낼 줄 알았던 초희에게서 뜻밖의 반응이 날아오자 아주머니가 당황한 눈치로 호탕하게 웃었다.

"역시 난 아가씨가 허락할 줄 알았다니까."

"허락하고 말고가 어딨겠어요. 제가 손해 보는 게 하나도 없는데. 근데 사장님, 우리 건물주 혹시 천사세요?"

한결 편안해진 얼굴로 초희가 너스레를 떨자, 아주머니가 맞장구를 쳤다.

"천사 맞을걸? 저번에 보니까 후광이 막! 사람이 훤칠하니 엄청 잘생겼더라. 난 무슨 연예인인 줄 알았다니까."

"그래요? 와, 잘생기기까지 했어요? 인생 부럽다."

"왜, 아가씨도 예쁘잖아."

"저는 건물이 없잖아요. 천사 같은 마음씨도 없고요."

"건물 있는 남자를 만나면 되지. 말 나온 김에 이 사장님이랑 잘해 보는 건 어때? 내가 애인 있나 물어볼까?"

"아뇨. 저는 제가 성공해서 제힘으로 건물 사고 싶은 사람이라."

"어느 세월에?"

아주머니가 놀리듯 말하며 갑자기 핸드폰을 꺼내더니.

"그러지 말고 아가씨가 감사 인사라도 직접 하면서 친해져 봐. 내가 번호 알려 줄게."

괜찮다는 데도 아주머니는 굳이 큰 소리로 번호를 불러 줬고. 얼떨결에 그 번호를 저장해야 되는 상황에 놓인 초희는 이름을 뭐라고 등록해야 하나 고민하다가 넌지시 말을 꺼냈다.

"건물주님 성함은 어떻게 되세요?"

초희의 물음에 아주머니는 핸드폰 주소록을 자세히 들여다보며 대답했다.

"차·강·주."

아주머니는 건물주의 이름을 한 글자씩 끊어 명확하게 알려 준 뒤 웃으며 덧붙였다.

"이름도 잘생겼지?"

건물주에게 홀딱 빠진 아주머니를 보며 초희는 속으로 생각했다.

이 깐깐하기로 소문난 부동산 아주머니를 확실한 제 편으로 만든 그 건물주, 그 차강주 씨는 천사의 탈을 쓴 여우가 분명하다고.

* * *

한남동. 명원그룹 차 회장 저택.

산해진미로 가득 찬 테이블. 그 넓은 테이블에서 혼자 밥을 먹고 있는 사람이 있었다.

강주였다.

반찬이 이렇게나 많은데도 다 제 입맛에 맞지 않는 모양인지 그는 하얀 사골 국물만 겨우 떠서 허기를 채우고 있었는데.

지이잉.

마침 테이블 위에 올려둔 핸드폰이 진동했다.

[건물주님 안녕하세요. 세입자 마초희입니다. 베풀어 주신 은혜 절대 잊지 않겠습니다. 보증금은 빠른 시일 안에 원위치시킬 테니 너무 걱정하지 마시고요. 언제 시간 되면 제가 밥 한 끼 꼭 대접하겠습니다. 그럼 좋은 저녁 시간 되세요.]

문자를 읽어 내려갈수록 무표정하던 강주의 얼굴에 화색이 돌았다. 그는 피식 웃으며 답장을 써 내려갔다.

[지금 시간 되는데. 마침 밥도 안 먹었고. 지금 사 주세요. 당장.]
[앗. 그 부분은 빈말이었는데. 죄송합니다. 그럼 이만.]

역시 그럼 그렇지. 칼같이 딱 잘라 선을 긋는 문자 내용을 만족스럽게 쳐다보며 강주가 웃음을 터뜨렸다.

"역시 어려운 여자야."

이러니까 내가 미칠 수밖에.

못 말리겠다는 듯 문자에서 계속 눈을 떼지 못하고 있던 강주는 갑자기 옆에서 인기척이 들리자 자연스럽게 핸드폰을 주머니 속에 숨긴 후 고개를 돌렸다.

마침 차유리가 와인을 마시며 다이닝 룸 안으로 들어서고 있었다.

"너 팔자 되게 좋아 보인다?"

조롱 섞인 말투에 강주는 일부러 더 맛있게 밥을 먹었다. 아까는 손에도 대지 않던 반찬들을 열심히 맛보며 아주 복스럽게 말이다.

"그래. 맛있기도 하겠지. 강원도에서 온 촌놈 새끼가 5성급 호텔 오너가 되게 생겼는데. 기분이 어떠니?"

"지금 죽어도 여한이 없을 정도로 좋아."

"하. 재수 없는 새끼. 이럴 줄 알았으면 어제 널 차로 확 밀어 버렸어야 했는데. 그랬으면 어제 죽은 건 갑자기 튀어나온 고양이가 아니라 네가 됐겠지?"

"아이고 무서워라. 어제 대리 운전한 기사님한테 고마워해야겠네? 근데 누구야? 어려 보이던데."

강주는 어제 운전석에서 내리던 여자애의 멍든 얼굴을 떠올렸다.

"네가 알아서 뭐 하게?"

"내 생명의 은인인데 보답을 좀 할까 해서. 궁금한 것도 많고."

"뭐?"

"차유리 본부장의 폭행은 언제부터 시작됐는지, 횟수는 주 몇 회이며, 진단서는 미리미리 끊어 놔야 합의금이 팍팍 오르는데. 그 애는 알까 모르겠네."

강주가 진지하게 고민하는 척하며 저를 놀리자 차유리가 눈을 치켜떴다. 그리고 들고 있던 와인 잔을 녀석의 머리 위에서 기울였다. 새빨간 와인이 강주의 이마에서부터 얼굴선을 타고 흘러내렸다.

"이 새끼야. 네 주제를 알아야지. 어디서 건방지게!"

"……."

강주는 들고 있던 수저를 테이블 위에 대충 내던지곤, 주머니에서 꺼낸 손수건으로 얼굴을 닦으며 피식 웃었다.

"웃어? 너 지금 나 비웃는 거니? 제발 나대지 말고 조용히 있다가 너 챙길 거 챙기고 꺼져."

"내가 챙길 거 다 챙기면 남는 게 없을 텐데?"

"뭐?"

"농담."

"미친놈. 근데 넌 왜 이렇게 말이 짧니?"

"못 배워서 그러지. 가방끈 긴 누나가 이해 좀 해 줘."

아무리 싸움을 걸어도 항상 끝은 진 것 같이 기분이 더러웠다.

차유리는 대체 어떻게 해야 녀석을 화가 나게 만들 수 있는지 고민하고 있었는데. 하필 그때 메이드가 달려왔다.

"도련님, 회장님께서 찾으십니다."

"누가 도련님이야! 호적에도 못 올라간 근본 없는 새끼를. 근데 할아버지가 차강주를 왜 찾는데?"

"그건 저도 잘 모르겠습니다."

차유리의 앙칼진 질문에 메이드는 얼른 대꾸하고 도망치듯 사라졌다.

그 뒤를 따라 강주도 자리에서 일어나더니 다이닝 룸 창문을 거울처럼 보며 얼굴과 머리카락을 매만졌다. 그 모습을 옆에서 어이가 없다는 듯 쳐다보던 차유리는 습관적으로 와인을 마시려다가, 잔에 아무것도 없자 신경질을 냈다.

"짜증 나!"

"그럼 호적에도 못 올라간 근본 없는 새끼는 이만."

강주가 두 손을 모아 공손하게 허리를 숙여 인사하더니 다이닝 룸을 벗어났다.

"저 새끼 뭐야? 지금 나 놀린 거지? 그런 거지?"

차유리는 당장 강주의 머리채를 휘어잡을 기세로 달려 나가려다 맞은편에서 들어오던 휠체어에 쾅, 하고 부딪히고 말았다.

"윽!"

"언니 괜찮아?"

"……어."

"그럼 좀 비켜."

둘째 정윤이 탄 휠체어를 옆으로 밀치고 달려 나가려던 차유리를 막은 건 또 휠체어였다.

"유리야, 강주한테 너무 뭐라고 하지 마. 불쌍한 애야."

"불쌍하긴 뭐가 불쌍해. 강원도 어디 산골짜기에서 굴러먹다 온 새끼가 우리 호텔 거저 가지게 생겼는데. 호텔 쟤한테 가면 백 퍼 망해. 할아버지는 대체 뭘 믿고 그걸 저 새끼 준다는 거야?"

"강주도 노력하고 있잖아. 너랑 오빠가 그렇게 뒤에서 방해하고 괴롭혀도 호텔 주방에서 1년이나 버텼고……."

"버티긴, 나 아직 시작도 안 했거든? 내가 저 새끼 호텔에서 꼭 내쫓아 버릴 거야!"

"유리야."

"됐어. 말리지 마. 언닌 그냥 보고만 있어. 그리고 이번 달에 열리는 주총에서……."

"차유리."

"또 왜? 큰오빠 감방에 있을 때 해임시켜야 된다니까. 그리고 명원패션 사장에 나 좀 올려 줘. 언니 지분이 필요하다고."

제 욕심 때문에 오빠를 내치자고 하는 동생을 바라보는 정윤의 심정은 말이 아니었다.

"알았어. 네가 하자는 대로 할게. 대신 강주 좀 그냥 내버려 둬."

"언닌 왜 자꾸 그 자식만 싸고돌아?"

"불쌍하잖아. 아버지 살해당한 현장에도 있었다던데."

"그러니까 더 독한 놈이지. 그 꼴을 보고도 몇 푼 챙기겠다고 여기 기어들어 왔잖아."

"……그거 아니야."

"뭐가 아닌데?"

"강주의 목적은 돈이 아닌 것 같아……."

정윤은 의미심장한 눈빛으로 회장님 서재 쪽을 응시했다.

* * *

"이제 얼마나 남았지?"

명원그룹 명예 회장이자 이 집에 사는 남매들의 할아버지 차 회장은 강주를 향해 물었다. 그러자 강주가 손목에 찬 시계를 확인하며 대답했다.

"정확히 7일 13시간 32분 남았네요."

"그동안 이 집에서 잘도 버텼구나?"

강주가 주방에서 1년을 버틴다면 호텔을 갖게 되는 걸로 남매들은 알고 있지만, 사실 그건 강주의 계략이었다.

강주가 버텨야 할 곳은 호텔 주방이 아니라 이 집에서였다.

그 사실을 세 남매에게 감쪽같이 속이고 위장 취업까지 하며 결국 버텨 낸 녀석을, 차 회장이 탐나는 눈빛으로 쳐다봤다.

"회장님도 이제 슬슬 준비하셔야죠. 저한테 주기로 한 거 있으시잖아요."

"너 정말 호텔도 집도 돈도 다 필요 없고 원하는 게 고작 그거 하나인 게야?"

"네."

"미련하구나."

"아, 근데 최근 들어 갑자기 갖고 싶은 게 하나 생기긴 했는데, 달라면 주시겠어요?"

"일단 들어나 보지. 갖고 싶은 게 뭔데?"

차 회장의 물음에 강주는 단 1초의 망설임도 없이 대답했다.

"명원패션이요."

* * *

"명원패션에서 뭘 한다고요? 모델 선발 대회?"

알바 자리를 구하기 위해 대여 숍을 찾아왔던 초희는 박 실장에게서 흥미로운 소식을 들었다.

"그렇다니까. 명원패션 관계자한테 직접 들은 거야. 아마 다음 주쯤에 선발 공고 올라온다니까 마 대표도 준비해 봐."

"상금은요? 대우는요?"

"업계 최고 대우래. 완전 자신만만하던데? 근데 내보낼 만한 애들은 있어? 맨날 같이 다니던 여자애는 딴 데로 갔다며."

"아…… 네. 명원패션으로 갔어요."

"진짜? 다 키워 놨더니 대기업에서 빼 갔단 말이야? 어머, 마 대표 선구안 좋네, 좋아."

"그죠? 제 말이 그 말이에요. 내가 또 보는 눈이 있지."

초희가 일부러 더 괜찮은 척 호탕하게 웃으며 말했지만, 사실 속은 말이 아니었다.

소나와 연락이 끊긴 지도 벌써 한 달이 지났다.

내 전화도 피하고, 메신저도 씹고, 무슨 일 있는 건 아니겠지?

낯가림이 심한 소나가 행여 그곳에서 따돌림이라도 당하는 건 아닌지 초희는 너무 걱정돼서 어젠 악몽까지 꿨다.

"마 대표! 그럼 월수금만 출근할래? 근데 우린 오전 타임만 알바가 필요한데. 괜찮아?"

"실장님, 진짜 죄송한데요."

"안 되겠지?"

"네. 아무래도 제가 이러고 있을 때가 아닌 것 같아요. 우리 애 들 그 대회 나가려면 특훈을 좀 시켜야 할 것 같아요."

의욕 넘치는 초희를 흐뭇하게 바라보던 박 실장이 넌지시 물 었다.

"근데 마 대표는 왜 은퇴한 거야? 나이 핑계 대지 말고. 진짜 이유가 뭐냐고."

"그게 사실은……."

"응. 말해 봐. 뭔데?"

"비밀이에요."

"에이, 뭐야. 섭섭하네. 내가 마초희 현역 모델 시절 1호 팬이었는데."

10년 전 런웨이에서 신인 모델과 의상실 조수로 처음 만났던 두 사람은 갑자기 그때가 떠올라 웃음을 터뜨리고 말았다.

"언니 그때 생각나요? 난 무대 망쳐서 울고, 언닌 디자이너 선생님한테 깨져서 울고. 우리 초면에 화장실에서 막 부둥켜안고 울었잖아요."

"야. 난 그날 이후로 그 바닥은 쳐다도 안 보잖아. 아오. 그 선생 진짜 지독했어. 내 돈도 떼먹었다고. 넌 그때 모델료 제대로 받았어?"

"저는 받긴 받았는데, 받자마자 아버지한테 뜯겼죠."

"쏘리. 괜한 걸 물었구나. 아, 맞다! 저번에 그 원피스 수선해 준 사람은 찾았어? 나 번호 좀 알려 달라니까."

아, 겨우 잊고 있었는데. 또 생각났다.

밝았던 표정이 사그라진 초희가 씁쓸한 미소를 지으며 대꾸했다.

"저도 몰라요. 그 사람 번호 같은 거……."

벌써 일주일이나 지났다. 내일모레 온다던 녀석은 지금까지 코빼기도 보이지 않았다.

"아마 돌아갔을 거예요. 원래 있던 자리로……."

"그게 무슨 소리야?"

"아무것도 아니에요. 그냥 혼잣말. 아무튼 실장님, 대회 소식 알려 줘서 땡큐요. 우리 애들 입상하면 제가 진짜 크게 한턱 쏠게요."

"그래. 꼭 그렇게 해. 도움 필요하면 언제든 연락하고. 아, 그러지 말고 우리 점심이나 같이 먹자. 내가 사 줄게."

"저도 그러고 싶은데, 병원 예약해 놨어요."

"병원은 왜? 어디 아파?"

"뒤통수에 문제가 좀 생겨서. 하하. 암튼 언니 신경 써 줘서 너무너무 고마워요. 그럼 저 가 볼게요."

초희가 박 실장을 와락 껴안으며 고마움을 전했다.

그렇게 인사를 하고 밖으로 나온 초희는 강렬하게 내리쬐는 햇빛에 숨이 턱 막혔다.

한낮의 더위가 절정에 달했다.

"으, 더워."

티셔츠를 팔락이며 원망스레 쨍한 하늘을 올려다보던 초희의 표정이 시무룩해졌다. 마침 하늘 위로 비행기가 지나가고 있었기 때문이다.

"나쁜 놈! 가면 간다고 말이라도 하고 가든가. 그냥 이렇게 사라져 버리면 어쩌라고……."

그 녀석만 생각하면 왜 이렇게 화가 나는지 모르겠다. 가슴이 답답하고 꽉 막힌 것 같다. 그렇지 않아도 더워서 열이 나는 얼굴이 더 화끈거렸다.

지이잉.

그때 기막힌 타이밍으로 핸드폰이 진동했다.

[밥 언제 사 줄 거예요?]

건물주에게서 온 문자였다.

프로필 사진이 에펠탑인 것도 거슬려 죽겠는데, 매일같이 문자로 밥 사달라고 닦달하는 이 인간 때문에 요즘 스트레스가 극한에 달했다.

초희는 입바람을 후, 하고 불어 앞머리를 넘겼다.

"아오, 짜증 나."

하여튼 있는 놈이 더 무섭다니까. 누가 밥 안 사 준대? 사 주면 되잖아.

근데 뭘 사 주지? 동네에서 국밥이나 한 그릇 하자고 하면 당장 보증금 내놓으라고 하는 거 아니야? 이 인간 그러고도 남을 놈이야. 나 뜯어먹으려고 작정한 것 같은데…….

"아, 맞다!"

초희의 얼굴에 화색이 돌았다. 명원호텔 프리패스권이 떠오른 것이다.

그래. 그렇지 않아도 까눌레 먹고 싶었는데 한번 가 보자.

까눌레 먹을 생각에 신이 난 초희는 서둘러 문자를 보냈다.

[내일 저녁 7시 괜찮으세요?]

[오늘도 되는데.]

[오늘은 제가 안 돼요.]

[왜요?]

[바빠요. 아무튼 내일 되냐구요.]

[장소는요?]

[명원호텔 27층에 있는 와인 바요.]

[거기 비싸지 않나? 그냥 집 근처 국밥집 같은 데 가서 먹어도 되는데. 마초희 씨 돈 없잖아요.]

[저도 건물주님 호텔에서 밥 한 끼 사 드릴 돈은 있거든요?]

[그래요? 그럼 건너편에 있는 SJ호텔에서 먹는 건 어때요? 명원호텔은 내가 좀 불편한데.]

[안 돼요! 무조건 명원호텔에서 먹어야 돼요. 그럼 내일 늦지 말고 오세요. 저도 바쁜 사람이니까.]

[잠깐만요.]

[왜요?]

[26층 중식당에서 봅시다. 그럼 이만.]

뭐야. 순 지 맘대로야! 보증금만 아니었어도 상대도 안 했을 텐데. 진짜 이상한 사람이야. 빨리 밥 사 주고 치워 버리든가 해야지.

속으로 구시렁거리던 초희는 건물주의 프로필 사진을 물끄러미 응시하다가 또 루카를 떠올리고 말았다.

넌 지금쯤 이 에펠탑 근처 어딘가에 있겠구나.

그래. 잘된 거야. 나랑 부딪혀 봤자 결국 너만 상처받을 거야. 잘 끝낸 거야. 잘한 거야.

그렇게 스스로 마음을 다독여 보던 초희는 작게 한숨을 내쉬었다.

"근데 이 사람 이거 에펠탑 어디서 퍼 온 사진이겠지?"

왠지 어디서 본 것만 같은 익숙한 사진을, 초희는 한참을 들여다보며 고개를 갸웃했다.

4

명원대학교 병원.

초희는 뒷머리를 만지작거리며 로비에 들어섰다. 며칠 전부터 땜빵이 난 부위가 따끔거리기도 하고, 정말 이대로 머리카락이 안 나는 건 아닌지 걱정돼서 요즘 잠도 제대로 못 잤다.

아, 물론 잠을 못 자는 진짜 이유는 따로 있었지만.

그 녀석 정말 떠난 거겠지? 이럴 줄 알았으면 그날 밥이라도……아니야. 약해지지 말자. 후회하지 말자. 잘한 거야. 잘 끊어 낸 거야.

"안 타세요?"

또 저도 모르게 그 녀석 생각을 하고 있던 초희를 깨운 건 뒤에서 있던 아주머니였다. 아주머니는 마침 도착한 엘리베이터를 손가락으로 가리키고 있었다.

"아, 죄송합니다."

서둘러 엘리베이터에 올라탄 초희는 맨 구석으로 밀려났다. 큰 키 덕분에 시야는 확보했지만, 막무가내로 올라타는 사람들 때문에 몸은 샌드위치가 되어 옴짝달싹도 못 하게 되었다.

"……!"

그런데 그때였다. 문이 닫히기 직전 저 멀리 누군가의 뒷모습을 발견한 초희의 두 눈이 휘둥그레졌다.

"어? 잠깐만요! 저 좀 내릴게요! 스톱!"

다급한 마음에 손을 번쩍 들고 소리쳤다. 하지만 이미 문은 닫혔고, 무거운 침묵 속에서 사람들이 힐끔거리며 그녀를 쳐다보고 있었다.

그 시선이 부담스러웠던 초희는 살짝 무릎을 굽혀 키를 줄인 뒤, 들고 있던 손을 슬그머니 내렸다. 그렇게 그녀의 존재감이 잊혀 갈 때쯤 초희의 표정이 다시 심각해졌다.

뒷모습이긴 했지만 체격이나 헤어스타일, 결정적으로 걸음걸이가 분명 소나였다.

근데 병원엔 무슨 일로 왔을까? 어디 아픈가?

소나를 향한 걱정으로 초희는 시름이 깊어졌다. 서둘러 엘리베이터에서 내린 그녀는 곧장 핸드폰을 꺼내 전화를 걸었다. 하지만 오늘도 그 애는 전화를 받지 않았다.

"금소나 너 진짜 왜 이러니……."

깊은 한숨과 함께 초희는 마른세수를 했다. 그러곤 마지못해 진료실로 향했다.

"선생님 안녕하세요."

예약 시간에 맞춰 진료실 안으로 들어간 초희는 의사와 잘 아는 사이인 듯 손을 흔들며 인사했다.

반듯한 헤어스타일, 깔끔한 무테안경을 쓴 의사의 인상은 차갑기 그지없었다. 그는 모니터로 차트를 확인하더니 마뜩잖은 눈초리로 초희를 쳐다봤다.

"오늘은 다리 흉터 때문에 온 게 아니네요?"

"네. 그래서 제가 간호사 쌤한테 쌤 말고 다른 쌤으로 예약해 달라고 했는데, 왜 또 쌤이죠? 여기 쌤 진료실 아니잖아요."

초희가 다시 명패를 확인했다. 그의 이름 '고수완'이 아닌 '김지선'이 떡하니 새겨져 있었다.

"너 예약했다길래 내가 김지선 선생이랑 바꿨어. 마초희 주치의는 나니까."

뭔가 잔뜩 화가 난 것 같은 수완의 표정에 초희는 왠지 오늘 잘못 걸린 것 같은 기분이 들었다.

"저기요 선생님. 오늘 무슨 안 좋은 일 있어요? 나 왠지 화풀이 당할 것 같은 느낌이네."

"너 다른 병원 가서 수술한다며. 진단서도 다 떼 갔잖아."

"어. 했지."

초희가 짐짓 당황한 표정을 짓자 수완이 날카로운 표정으로 쳐다봤다.

"그럼 바지 좀 올려 봐. 수술 잘됐나 보……."

"안 했어."

"야!"

"아, 왜. 왜 소릴 질러?"

초희가 주눅이 든 얼굴로 말했다. 그러자 뭐가 그렇게 화가 나는지 수완이 자리에서 벌떡 일어났다.

"마치훈 그 자식 연락처 내놔. 동생 다리를 이 모양으로 방치해 놓고 그 자식은 대체 어디서 뭐 하는 거야?"

"그걸 내가 어떻게 알아. 오빠 친구잖아."

"나 그 자식이랑 옛날에 손절했거든?"

"좋겠다. 오빠 우리 오빠랑 남이라서."

지친 기색이 역력한 초희의 한숨 섞인 한 마디에 수완이 억지로 화를 가라앉혔다.

"마치훈이 또 네 수술비 갖고 튀었어?"

어떻게 알았지? 초희가 멋쩍게 웃으며 애써 괜찮은 척했다.

"그런 거 아니야. 나 수술받을 생각 없어. 어차피 한 번으로 끝날 것도 아니고 완전히 깨끗해질 수도 없잖아."

"그래도 해 보는 데까지 해 봐야지. 내가 도와줄게."

"오빠가 왜?"

"늦었지만 갚으려고. 나 옛날에 아주머니 살아 계실 때 너희 집에서 공짜 밥 많이 얻어먹었잖아."

고아였던 수완은 학창 시절을 떠올리며 잠시 추억에 잠겨 있다가 초희를 애틋하게 바라봤다.

"너 마음 추스를 시간이 필요할 것 같아서 그동안 가만히 있었던 거야. 근데 이제 더 이상 미루면 안 될 것 같아."

"나 진짜 괜찮은데. 어디 불편한 데도 없고, 그냥 좀 보기 흉측한 거 빼곤 멀쩡해."

"초희야. 그게 더 위험한 거야. 정형외과에서 찍은 CT 보니까 유리 조각이 아직 남아 있어. 그거 제거해야 돼."

"근육 깊숙이 박혀서 잘못 제거하면 못 걷는대. 운이 좋은 거 랬어. 통증 없이 잘 박혀 있어서."

"그 말은 언제든 위험해질 수도 있다는 거야. 너 그러다 문제 생겨서 다리 썩으면 어쩔래?"

초희의 입이 떡 벌어졌다. 그녀는 수완을 원망스레 쳐다봤다.

"의사가 환자한테 무슨 그런 끔찍한 소릴 해?"

"그러니까 외과 수술부터 하고 흉터……."

수완이 말끝을 흐리며 모니터를 응시했다. 그는 화면에 띄워 놓은 초희의 흉터 사진을 보며 한숨을 길게 내쉬었다.

"근데 너 이거 어쩌다 생긴 흉터야?"

"……."

말 많던 초희가 입을 다물었다. 수완은 이 질문을 1년 전 병원 에서 초희와 조우했을 당시에도 똑같이 물었었다. 그때도 그녀는 대답을 회피했었다.

"왜 말을 못 해? 내가 몰라서 묻는 것 같아?"

"알면 계속 모른 척해 줘."

"어떻게 모른 척해? 이건 사고가 아니라 상해잖아."

"……."

"이 화상 흉터 누가 불로 지진 거야. 의도적으로."

순간 뜨거운 화로에서 파이프를 꺼내는 누군가의 실루엣이 떠 올라 초희는 두 눈을 꽉 감아 버렸다. 초희의 상태를 아직 보지 못한 수완은 모니터를 응시하며 계속 말을 이었다.

"화상도 모자라서 유리에 찔리기까지…… 너 어디서 고문이라도 당했……."

"그만해!"

초희가 숨이 잘 쉬어지지 않는지 가슴을 붙잡고 외쳤다. 뒤늦게 괴로워하는 초희를 발견한 수완은 당황한 표정으로 그녀를 바라봤다.

"초희야……."

"미안해. 소리 질러서."

쌕쌕 가쁜 호흡을 가다듬으며 그녀는 안정을 되찾으려 노력했고, 수완은 조용히 초희에게로 다가갔다.

"이거 먹어. 먹고 진정해."

수완이 의사 가운 주머니에서 초콜릿 하나를 꺼내 내밀었다. 얼떨결에 초콜릿을 받은 초희는 눈을 흘겼다.

"나 어린애 아니거든?"

"내 눈엔 너 아직도 어린애야."

촉촉해진 초희의 눈동자를 마주한 수완은 괜히 더 무심하게 말했다.

"근데 너 동생 있었어?"

"동생?"

"아까 어떤 여자애가 네 동생이라고 찾아왔어. 수술비 얼마냐고 묻던데?"

그 순간 초희는 아까 1층에서 스치듯 봤던 소나의 뒷모습이 떠올랐다.

"아우 진짜 금소나……."

"왜 그래? 너 설마 지금 우는 거야?"

소나가 저를 버리고 명원패션으로 간 이유를 이제야 알았다.

소나를 향한 미안함에 초희는 손으로 얼굴을 가린 채 울음을 터뜨릴 수밖에 없었다.

* * *

"차강주는?"

퇴근하고 집으로 돌아온 차유리가 제일 먼저 하는 일은 강주의 행적을 파악하는 거였다.

"도련…… 아니, 그분은 지금 회장님 서재에 계십니다."

"거긴 또 왜?"

"글쎄요, 거기까진 저도 잘…….."

차유리가 서재 쪽을 흘끔 보더니 서둘러 가방에서 수상한 봉투 하나를 꺼내 메이드에게 넘겼다. 은밀한 눈빛에 보답이라도 하듯 메이드가 의미심장한 얼굴로 고개를 끄덕이더니 저녁 준비가 한창인 주방으로 달려갔다.

그사이 차유리는 허겁지겁 2층으로 올라가 복도 맨 끝에 있는 방에 들어갔다. 강주의 방이었다.

차유리는 제 방보다 훨씬 넓어 보이는 공간을 마뜩잖은 표정으로 둘러보다가 왜 이 방이 넓어 보이는지 그 이유를 뒤늦게 알아차렸다.

이곳엔 기본적인 가구를 제외하곤 아무것도 없었다.

1년간 사람이 지낸 곳이 맞나 싶을 정도로 옷장이며 책꽂이며 텅텅 비어 있었다.

게다가 구석엔 언제든 떠날 준비가 되어 있는 사람처럼 커다란 캐리어가 떡하니 놓여 있었다. 그리고 그 옆에 아주 특이한 물건이 있었는데.

"저게 뭐야?"

놀란 차유리가 두 눈을 크게 뜨고 걸음을 옮겼다. 그곳엔 사람 몸통보다 커다란 유리 볼이 있었다. 창밖의 뉘엿해진 해를 품은 유리 볼의 색은 참 오묘했다.

이 방에 들어온 목적마저 잊은 채 차유리는 그것에 홀려 눈을 떼지 못했다.

"그거 예쁘지?"

"……!"

갑자기 들려온 소리에 차유리가 화들짝 놀라며 고개를 돌렸다. 언제부터 있었는지 강주가 문에 기댄 채 서 있었다. 그는 유리 볼을 애틋하게 쳐다보며 말을 이었다.

"우리 엄마 유작이야."

"뭐? 유작? 너희 엄마가 뭐 하는 사람인데?"

"와, 실망이네. 이 집 남매들 정보력 왜 이래? 누나, 내가 충고 하나만 할게."

"그 입 닥쳐. 내가 너 따위 강원도 촌놈이 하는 충고를 들을 것 같니?"

"이상하네. 강원도가 무시당할 만큼 그렇게 작은 도시는 아니 던데."

차유리가 어이없다는 표정으로 강주를 지나쳐 가려던 그때.

"나에 대해 다시 제대로 알아보는 게 좋을 거야."

평소와 다른 차가운 음성에 차유리가 의아한 눈초리로 고개를 돌렸다. 그러자 강주가 시계로 시간을 확인하더니 피식 웃었다.

"시간 얼마 안 남았는데. 하루만 더 참아 보지 뭐."

"뭔 개소리야?"

"곧 알게 될 거야. 기대해. 아, 그리고 나 오늘 저녁 안 먹을 거야. 헛수고하지 말라고 미리 알려 주는 거야."

"……!"

"누나, 우리 양심적으로 한번 썼다 실패한 건 하지 말자. 내가 그 뒤로 어디서 맘 편히 밥을 못 먹어. 그때 그 약 너무 셌어."

"이 미친 새끼!"

치부를 들킨 게 쪽팔렸는지 차유리는 강주의 가슴팍을 세게 밀치고 도망가 버렸다. 그 모습을 무표정한 얼굴로 보던 강주가 방으로 들어갔다.

그는 문에 기댄 채 핸드폰 주소록에 유일하게 저장된 초희의 번호를 응시하며 쓸쓸한 미소를 지었다.

"보고 싶네……."

* * *

"헐. 마초, 네가 이 술 다 마신 거야?"

포장마차에 들어선 가령은 테이블 위에 놓인 빈 소주병을 보고 놀라 기겁했다.

"어? 너 언제 왔어?"

"방금 왔지. 야, 너 그만 마셔."

"아니야. 괜찮아. 괜찮다니까."

초희는 가령이 뺏은 소주병을 다시 뺏어 입 안에 들이부었다.

"미쳤나 봐. 너 왜 그래? 낮에 병원 다녀왔다더니, 거기서 무슨 소리 들었어? 땜빵 영원히 안 없어진대?"

"아니. 그건 괜찮대. 곧 괜찮아질 거래."

"그럼 왜 이러는데?"

가령의 걱정 섞인 물음에 초희는 소주를 한 모금 더 들이켜더니 빈 잔을 테이블 위에 내려놨다. 그리고 왼쪽 다리를 물끄러미 내려다봤다.

"가령아 나 사실 너한테 말하지 못한 거 있어."

"야, 네가 나한테 말 안 한 게 뭐 한둘이냐? 루카 씨 얘기도……."

가령이 말끝을 흐렸다. 갑자기 초희가 바지를 무릎까지 걷어 올렸기 때문이다.

"마초……."

그녀의 다리에 새겨진 흉측한 상처를 본 가령이 경악했다.

"이, 이거…… 왜……."

가령은 서둘러 카디건을 벗어 초희의 무릎 위에 덮어 주며 울먹였다.

"대체 어떻게 된 거야? 너 그럼 이거 때문에 은퇴한 거야? 마초, 요즘 의학 기술 좋잖아. 이거 없앨 수 있어. 그치? 대답 좀 해 봐."

"완전히 없애는 건 힘들다고 했어."

"그래도 해 보는 데까지 해 봐야지. 너 혹시 돈 없어서 그래? 야, 내가 해 줄게. 내가 빚을 내서라도 고쳐 줄게. 일어나. 당장 병원 가자."

가령이 일어나 초희의 팔을 잡아당겼다. 하지만 도리어 초희는 가령의 팔을 당겨 자리에 앉혔다.

"가령아."

"또 왜 그래?"

"소나가……."

"갑자기 그 배신자는 왜?"

"차라리 배신을 하지…… 그 나쁜 년!"

"금소나가 또 뭔 짓을 했는데?"

"소나가 내 다리 봤나 봐. 걔 일부러 명원패션 간 것 같아. 계약금 받아서 나 수술시켜 주려고. 의사 선생님한테 수술비 얼마냐고 물어봤대. 고칠 수 있냐고 꼭 고쳐 달라고 한바탕 울고 갔대. 난 그것도 모르고……."

사실 한편으론 그 애를 원망하기도 했었다. 왜 하필 내가 그토록 싫어하는 차유리한테 간 건지. 불행한 일은 한꺼번에 몰려온다고, 내 불행에 소나까지 숟가락 얹는구나. 내가 널 어떻게 가르쳤는데. 너무 밉다. 그러면서.

그랬는데.

"마초, 자책하지 마. 충분히 오해할 수 있는 상황이었어. 그리고 정 걸리면 지금이라도 데려오면 되지. 전화 해 봤어?"

"내 전화 안 받아. 집도 이사 갔어."

"걔는 누구 제자 아니랄까 봐, 누구랑 똑 닮았네. 의리가 아주 끝내준다 끝내줘."

이번엔 가령이 잔에 소주를 가득 따르더니 단숨에 원샷했다.

"캬아. 근데……."

"어쩌다 다리가 이 모양 이 꼴이 됐냐고?"

"사실 대충 짐작 가는 구석이 있긴 해."

"……."

"루카 씨랑 연관 있는 거지?"

그렇게 물으며 가령이 초희의 잔에 술을 따랐다. 잔에서 넘실 거리는 소주를 응시하던 초희가 대답했다.

"맞아. 그래서 도망친 거야."

"루카 씨는 몰라?"

"알면 안 되지. 그 녀석…… 상처받을 거야."

"지금 누가 누굴 걱정해? 나 정확한 이유는 모르겠지만 어쨌든 그 사람 때문에 네가 이렇게 됐는데 밉지도 않아?"

"그러니까 환장하지. 난 루카가 미웠던 적 단 한 번도 없어. 정 말 단 한 번도……."

읊조리던 초희가 술을 들이켰다. 그 모습을 안타깝게 지켜보던 가령이 말했다.

"너 그 사람 진짜 많이 좋아하는구나?"

"……."

"그럼 잡지 그랬어. 보내지 말지."

가령의 말에 초희의 눈빛이 살짝 흔들렸다. 후회하는 기색이 역력 했다. 하지만 곧 그녀는 고개를 흔들며 제게 다짐하듯 말했다.

"아니야. 그 녀석한테 안 들키고 이렇게 끝나서 얼마나 다행인데."

"진짜?"

"어, 진짜. 진짜 진짜 천만다행. 나 있잖아. 걔랑 있으면 정신 못 차려. 막 실수투성이에 그 녀석 아주, 사람 혼을 홀딱 빼놓는

다니까. 더 같이 있었으면 다 들켰을 거야. 그럼 2년 동안 참은 거 다 헛수고 되는 거잖아. 그건 너무 싫어……."

금세 또 얼굴에 쓸쓸함이 번졌다. 초희는 말끝을 흐리며 소주를 마셨다.

오늘은 모든 걸 다 내려놓고 취하고 싶은 밤이었다.

* * *

만취 상태인 초희가 침대 위에 쓰러지듯 누웠다.

"으."

천장이 내려왔다 올라갔다. 몸은 마치 허공에 떠 있는 기분이 들었다. 술의 힘을 빌려 그 녀석을 잊어 보려고 해 봤지만 실패다. 그것도 대실패.

초희는 벌떡 일어나 새로 단 방범창을 멍하니 쳐다봤다.

'저거 수리 좀 해. 도둑 들면 어쩌려고.'

녀석의 걱정하는 말투와 표정이 생생하게 떠올랐다.

젠장. 그날 집엔 왜 데려와선, 안 그래도 좁은 집 어딜 가나 그 녀석이 서 있던 곳이라 미칠 것 같다.

"아아, 그만 생각해. 잠 좀 자자. 제발."

초희가 억지로 눈을 감고 다시 누웠다. 그런데 지이잉 하고 핸드폰이 울렸다. 이 밤에 또 누구야? 초희는 구시렁거리며 핸드폰을 확인했다.

[일찍 일찍 다닙시다. 내일 중요한 약속도 있는 사람이.]

문자를 확인하자마자 초희는 술김에 마음속에 내재된 불만을 문자로 토해 냈다.

[남이야 일찍 다니든 말든! 당신이 내 부모야? 제발 신경 끄시구요. 문자 좀 그만하세요. 할 일 되게 없나 봐. 건물주 참 부럽네.]

초희는 문자를 전송하자마자 핸드폰을 반대편으로 휙 던져 버렸다. 그러곤 이불을 머리끝까지 덮고 잠을 자려고 노력했다.

* * *

한편, 그녀가 집에 들어간 지 30분이 지나도록 방에 불이 꺼지지 않자 강주의 얼굴엔 근심이 가득했다.

"무슨 일 있나? 술을 왜 저렇게 많이 마신 거야?"

그녀가 너무 보고 싶어 달려왔는데. 만취 상태로 비틀거리며 집에 들어가는 그녀의 뒷모습밖에 볼 수 없어 답답했다.

그렇게 강주는 한참을 서성이다 떨어지지 않는 발걸음을 겨우 옮겨 골목을 내려갔다.

그런데 그때, 뒤쪽에서 누군가 저를 따라오는 발걸음 소리가 들렸다. 그와 동시에 좀 더 빠른 걸음으로 골목을 내려가는가 싶던 그는 갑자기 뒤를 돌아 건물 뒤쪽으로 달려갔다.

곧 그곳에서 강주는 저를 뒤쫓던 누군가를 끌고 나와 모자를 벗겼다.

앳된 얼굴의 여자애였다.

"넌……."

강주도 아는 얼굴이었다. 저번 날 차유리 대신 운전하다 고양이를 죽인 그 여자애.

"너 뭐야? 차유리가 시켰냐?"

"네?"

"나 왜 따라오냐고."

"그쪽이야말로 누구신데요? 왜 우리 대표님 집을 몰래 훔쳐보냐구요!"

소나가 용기를 내서 따져 물었다. 그러자 강주가 '대표님?' 하며 생각에 잠겨 있다가 여자애를 쳐다봤다.

"너 차유리 편 아니구나? 초희 편이야. 그치?"

"그런 건 왜 물어요?"

"나도 같은 편이거든. 나 초희 남자 친구야. 그러니까 긴장 풀라고."

두 주먹을 움켜쥐고 있는 소나에게 강주는 모자를 돌려주며 말했다. 하지만 소나는 더 긴장하며 강주를 쳐다봤다.

"거짓말. 대표님은 저랑 같은 모쏠이랬는데……. 왜 그런 거짓말을 하세요?"

"초희가 지 모쏠이래?"

소나가 고개를 끄덕이자 강주가 세상 억울하다는 표정을 지었다.

"미안한데 초희가 너 위로하려고 거짓말한 거야. 걔 나랑 찐하게 연애했어. 너도 내 이름 들어 봤을걸?"

"아! 그럼 혹시…… 루카?"

"거봐. 들어 봤잖아."

"당연히 들어 봤죠. 대표님이 술만 취하면 그 이름 부르며 우셨는데."

"……."

줄곧 흐트러짐이 없던 강주의 표정이 그녀가 울었다는 말에 살짝 굳어졌다. 갑자기 진지해진 강주의 얼굴을 흘끔 보던 소나가 조심스레 입을 열었다.

"그쪽이 정말, 루카……예요?"

"어. 왜?"

"그럼 저희 대표님 좀 설득해 주세요!"

"무슨 설득?"

"수술이요."

"수술?"

"모르세요? 대표님 다리요. 그래서 은퇴한 거잖아요. 흉터 때문에……."

소나의 말에 충격을 받은 듯 강주의 새까만 눈동자가 순간 흔들렸다.

* * *

"셰! 차강주 오늘도 결근이라는데요?"

수셰프의 말에 하제가 의아한 표정을 지었다.

"또? 어제도 결근했잖아."

"그제도 안 나왔어요. 이제 막 나가기로 작정했나 봐요."

하제는 차강주의 행동을 이해할 수가 없었다. 제가 알기론 그 녀석은 이 호텔을 상속받기 위해 주방에서 얼마간의 시간을 버텨야 한다고 들었다.

하지만 이상하게도 어째 녀석이 가지려는 것은 이 호텔이 아닌 것만 같았다. 아니, 분명했다. 녀석은 이 호텔에 관심이 전혀 없다.

혹시 다른 꿍꿍이가 있는 걸까?

하제는 사무실로 돌아가며 어디론가 전화를 걸었다. 주변에 아무것도 없는 것을 확인한 그가 마침내 입을 열었다.

"차강주에 대해 다시 알아봤어?"

곧 수화기 너머의 소리를 들은 하제의 두 눈이 커다래졌다.

"뭐? 다 조작된 거라고?"

출신 지역이며 학교며 그 어디에도 차강주라는 사람은 없다는 게 정보통의 소식이었다. 하제는 자조적인 미소를 띠며 상대를 향해 물었다.

"그럼 대체 그 녀석 정체가 뭔데?"

* * *

"속은 좀 괜찮나?"

명원호텔 옥상 정원에서 가령과 초희는 해장 커피를 마시고 있었다.

"당연하지."

"마음은?"

"너 같으면 괜찮겠냐?"

"안 괜찮지. 나 앞으로 루카 씨 아니, 그 사람 이름 절대 언급하지 않을게. 그동안 미안했어. 너한테 그렇게 크나큰 상처가 있는 줄도 모르고……."

"왜 이래, 닭살 돋게. 그냥 하던 대로 해. 뭐 덕분에 내성이 생긴 건 인정."

"그럼 계속해 볼게. 그래서 루카 씨는 그 뒤로 연락 없는 거지? 진짜 프랑스로 영영 돌아간 거야? 다신 못 보는 거야?"

"너 죽을래?"

초희가 째려보자 가령이 멋쩍게 웃었다.

"농담이야. 농담."

"그나저나 그건 어떻게 됐는데? 된대?"

초희의 역질문에 짐짓 당황하는 표정을 짓던 가령이 말을 이었다.

"당연히 안 된다 그러지. 규정상 안 되는 거야. 그렇지만 또 내가 누구야. 짜자잔!"

장난이었다는 듯 가령이 활짝 웃으며 피트니스 카드를 내밀었다.

"피트니스 센터에서 근무하는 직원한테 특별히 부탁했어."

"역시 내 친구! 그럼 이제 이 카드로 우리 표석이 피트니스 다닐 수 있는 거야?"

"어. 대신 너는 못 들어가는 거 알지? 너 대신 표석이 걔를 등록한 거니까."

"우와. 진짜 고마워. 내가 이번에 대회 우승만 하면 아주 한턱 크게 쏠게!"

카드를 이리저리 보며 기뻐하는 초희를 가령이 물끄러미 쳐다봤다.

"근데 너도 참 대단하다. 어떻게 이런 식으로 호텔 프리패스권 뽕을 뽑냐. 이거 명원호텔 윗분들이 알면 아주 난리 나겠는데? 대체 얼마를 써대는 거야. 쓰란다고 진짜 막 쓰고 있어. 넌 진짜 또라이야."

웃겨 죽겠다는 듯 가령이 배꼽을 잡고 웃자 초희가 너스레를 떨었다.

"오가령, 나 아직 시작도 안 했어. 오늘부터 이 호텔에 출근할 거야. 저녁에는 중식당에서 풀코스로 먹고, 후식으로 까눌레…… 아, 맞다."

"왜?"

"거기 윤하제 있잖아."

"어차피 주방에만 있을 텐데 뭐. 근데 그러지 말고 둘이 잘해 보는 건 어때? 사랑은 또 다른 사랑으로 잊는다잖아. 윤하제는 너한테 마음 있는 것 같던데. 더구나 네가 환장하게 좋아하는 그 까눌레 만든 장본인이잖아. 사귀면 맨날 먹을 수 있는 거 아니야?"

"그건 좀 마음에 들긴 하네. 근데 내가 미쳤냐? 차유리랑 엮인 남자는 절대 싫어!"

"왜? 이참에 복수해 버려. 차유리가 좋아하는 윤하제 진짜 뺏어 버리면 되잖아."

"그런가? 아, 몰라. 아무튼 소나부터 데려오고."

"어떻게 데려올 건데?"

"쳐들어가야지, 명원패션. 아주 박살을 내 버릴 거야. 소나 안 주면 거기 드러누울 거야."

"우리 다음은 경찰서에서 보겠구나."

경찰서라는 말에 정신이 확 돌아온 초희가 시무룩해졌다.

"그럼 우리 소나 어떻게 데려오지? 그때 계약금이 2억이랬는데. 설마 소나가 그 돈을 다 쓰진 않았겠지?"

"그건 나중에 생각하고, 너 가 봐야 되는 거 아니야? 중식당에서 약속 있다며. 근데 누구 만나는데?"

"아, 맞다!"

초희가 핸드폰으로 시간을 확인하더니 자리에서 벌떡 일어났다.

"벌써 시간이 이렇게 됐네? 나 먼저 내려갈게. 중식당에서 건물주 밥 사 주기로 했어."

"푸하하하. 그걸 또 여기서 사 먹이는 거야? 와 대단하다. 지 돈 하나도 안 쓰고 생색내기 쩌네. 너. 이러다 그 프리패스권으로 접대도 하겠다? 미팅도 여기서 다 잡고."

"들켰네? 암튼 이건 땡큐. 간다!"

초희가 피트니스 카드를 가방에 고이 집어넣으며 서둘러 옥상을 벗어났다.

* * *

"혹시 차강주 씨 일행분 되세요?"

중식당 안으로 초희가 들어서자마자 깔끔한 유니폼을 입은 직원이 달려 나왔다.

"이쪽으로 따라오시면 됩니다."

직원의 극진한 대우에 초희는 어색하며 안으로 들어갔는데.

세상에. 이거 뭐야? 왜 아무도 없어?

이 넓은 홀이 텅 비어 있었다.

직원은 창가 자리로 안내했고, 초희는 자리에 앉으며 도심의 야경이 훤히 내려다보이는 창밖을 흘끔거리다가 다시 주변을 살폈다.

중식당이라고 해서 그냥 조금 고급스러운 중국집 정도를 생각하고 왔는데. 아니었다.

여기 엄청 비쌀 것 같은데? 뭐 어차피 프리패스권 사용할 거니까 상관없지만……. 근데 아까 차강주 씨 일행이냐고 하지 않았어? 뭐야. 그 사람이 예약했나?

설마 그 사람 이런 식으로 내 보증금 뜯어먹으려고 이 홀 전체를 빌린 건 아니겠지?

초희는 조심스레 메뉴판을 집어 들고 가격을 살폈다.

"……!"

그런데 그녀가 생각한 것보다 0이 더 붙어 있었다. 이게 대체 얼마야? 중국 음식이 왜 이렇게 비싸?

초희의 가슴이 괜히 콩닥거렸다. 와인 바에서 디저트 몇 개 먹는 것과는 차원이 다른 수준이었다. 이러다 프리패스권 뺏기면 어떡하지? 이럴 줄 알았으면 그냥 국밥집 갈걸.

그래. 지금이라도 늦지 않았어.

초희는 서둘러 핸드폰을 꺼내 건물주에게 다음에 보자고 문자를 보내려고 했는데.

"누구한테 연락하려고?"

"……!"

맞은편에서 들려온 익숙한 목소리에 초희는 화들짝 놀라며 고개를 번쩍 들었다.

"엄청 반가워하는 얼굴이네?"

놀란 초희와 달리 강주는 태연한 얼굴로 자리에 앉았다. 그러곤 슈트 재킷을 벗어 의자에 걸어두었다. 모든 행동이 자연스럽기 그지없었다.

"너…… 네가 왜 여기 있어? 프랑스 안 갔어?"

"내가 거길 왜 가. 마초희가 여깄는데."

"뭐?"

"난 누구처럼 말도 없이 사라지진 않을 거니까 걱정하지 마."

하여튼 이 녀석 할 말 없게 만드는 데는 선수다. 찔리는 구석이 아주 많았던 초희는 속이 탔다.

일단 진정하자. 말리면 안 돼. 정신 똑바로 차려.

초희는 물을 벌컥벌컥 마시며 녀석에게 어떤 태도를 취해야 할지 머릿속으로 정리하기 바빴다.

"난 네가 뭐라고 하든 프랑스로 안 가. 그러니까 포기해."

들켰다. 녀석은 마치 그녀의 마음을 읽기라도 한 듯 초희를 빤히 쳐다보며 말했다.

"2년 전에 네가 왜 그런 선택을 했는지도 이젠 중요하지 않아. 중요한 건 우리가 지금 같이 있는 거야. 그러니까 나 밀어낼 생각 하지 마. 밀려날 생각 없으니까."

손이 살짝 떨리자 그걸 숨기기 위해 초희는 얼른 물컵을 내려놓았다. 그러곤 최대한 냉정한 어투로 말했다.

"나 여기 있는 건 어떻게 알았어? 너 설마 나 미행한 거야? 루카. 이거 범죄야."

"왜?"

강주가 정말 아무것도 모른다는 얼굴로 초희를 쳐다봤다. 그러자 초희는 답답하다는 듯 한숨을 길게 내쉰 후 대답했다.

"싫다는 사람 따라다니는 거, 그거 스토커나 하는 짓이야."

"네가 싫다고 안 했잖아."

"내, 내가 안 했어?"

"어."

"그럼 이제 해야겠네. 나 너 싫어."

"……."

단단하던 녀석의 눈빛이 살짝 흔들렸다. 초희는 어쩐 일인지 그 눈빛을 보자 말문이 막혀 버렸다. 가슴이 쥐어짜듯 아프기 시작했다. 하지만 멈춰서는 안 됐다. 지금 멈추면 더 아플 테니까. 나도 이 녀석도.

"너 이렇게 막 불쑥불쑥 나타나는 것도 싫고. 널 보면 프랑스에서 있었던 끔찍했던 기억들이 떠올라서 진짜 미칠 것 같아. 너무 싫다고……."

그냥 마음에도 없는 소리로 녀석을 돌려보내면 되는 거였는데. 순간 가슴속 깊이 묻어두었던 진심이 불쑥 튀어나와 초희는 당황스러웠다.

"끔찍했던 기억?"

"……."

"내가 모르는 뭔가가 있었구나? 그래서 날 버린 거야. 그치?"

"이렇게 다 지난 얘기 끄집어내는 것도 싫어. 그러니까 루카, 제발 이제 그만 내 인생에서 사라져 줬으면 좋겠어."

"……."

"내 얘기 다 끝났으니까 이만 가 줘. 나 여기서 약속 있어."

녀석은 아무 말이 없었다. 초희는 저를 빤히 쳐다보는 녀석의 눈빛을 더는 견디지 못하고 먼저 시선을 피해 버렸다.

"빨리 가라니까."

"누구랑 약속 있는데? 남자야?"

"그건 네가 알 거 없…… 응! 남자야."

녀석을 빨리 보내야 한다는 생각에 초희는 말도 안 되는 거짓말을 하고 말았다.

거기서 끝냈어야 했는데. 이놈의 주둥이가 말을 듣지 않았다.

"나 사실 애인 있어. 사귄 지 한 1년 됐나?"

"1년이나? 근데 나랑 키스한 거야?"

"내가 했나? 네가 했잖아! 야, 너 이상한 소리 할 거면 빨리 가."

"이상한 소리 안 할게. 그냥 마초희 애인 얼굴이나 보고 가지 뭐."

녀석은 절대 갈 생각이 없다는 듯 다리까지 꼬고 앉아 팔짱을 꼈다. 그렇게 녀석은 오만한 자태로 초희 얼굴만 뚫어져라 쳐다봤다.

"근데 애인이 별로 좋은 사람은 아닌가 봐? 여자를 기다리게 하다니."

"내가 빨리 온 거야."

"그래? 진짜 애인 맞아?"

전혀 믿지 않는 듯한 녀석의 눈빛에 초희가 발끈했다.

"당연하지. 그 남자 건물도 있고, 엄청 잘생겼대."

"아…… 그렇대? 너도 아직 보진 못했나 봐?"

"어?"

뒤늦게 말실수를 깨달은 초희가 서둘러 말을 돌렸다.

"암튼 그럼 내 애인 보고 가든가."

허세를 부리던 초희는 녀석의 눈치를 흘끔 보더니 테이블 밑으로 손을 옮겨 아주 빠른 속도로 문자를 치기 시작했다.

[건물주 님, 정말 죄송한데요. 염치없지만 부탁 하나만 할게요.]
[무슨 부탁이요?]

다행인지 불행인지 건물주에게서 빠른 답장이 날아왔다. 초희는 안도의 한숨을 내쉬며 녀석의 눈치를 살폈다. 녀석은 여유 만만한 태도로 핸드폰을 들여다보고 있었다. 그사이 초희는 또 잽싸게 문자를 했다.

[오늘 하루만 제 애인인 척 좀 해 주면 안 될까요?]
[어떻게 하면 되는데요? 구체적으로 알려 주시겠어요? 제가 연애는 한 번밖에 안 해 봐서.]

젠장. 건물주가 하필 연애 고자라니.

그나저나 잘생겼다고 했는데 루카보다 키도 작고 막 못났으면 어떡하지? 이 자식 그럼 나 엄청 비웃을 텐데. 아니야, 부동산 아주머니의 안목을 믿어 보자.

[그냥 오셔서 제 어깨에 팔을 딱 두르신 담에 '자기야, 늦어서 미안' 뭐 그런 식으로 굉장히 친근감 있게. 그러니까 아주 다정한 연인 사이 컨셉으로 부탁드릴게요. 아, 사귄 기간은 1년.]

오타가 나든지 말든지 미친 듯이 타이핑을 해서 문자를 보낸 초희는 언제 그랬냐는 듯 고개를 들고 녀석을 쳐다봤다.

녀석 역시 아까부터 계속 핸드폰만 들여다보고 있었다.

어? 웃어? 쟤 핸드폰으로 뭘 그렇게 보고 있는 거야?

"루카, 너 진짜 안 갈 거야?"

"안 간다니까. 근데 네 애인은 왜 안 와?"

이제야 핸드폰에서 시선을 떼고 강주가 초희를 쳐다보며 물었다. 초희가 의기양양한 표정으로 대답했다.

"거의 다 왔대. 내 애인 곧 도착할 거야. 보면 아주 깜짝 놀랄 걸? 너랑 비교도 안 되게 멋진 사람이야."

"그래? 거의 다 왔대? 그렇단 말이지……."

녀석이 말끝을 흐리며 핸드폰을 대충 테이블 위에 툭 하고 올려놓더니 자리에서 일어났다.

드디어 가려나 보다, 초희가 속으로 안도하고 있었는데.

"옆으로 좀 가 봐."

녀석이 갑자기 다가와 저를 밀며 옆자리에 앉더니, 제 어깨에 팔을 딱 두르는 게 아닌가.

"너 뭐 하는 거야! 이거 안 놔? 얘가 미쳤나 봐. 내 애인 지금 온다니까."

"이미 왔을걸?"

"어디?"

"여기."

초희는 어안이 벙벙한 얼굴로 녀석을 쳐다봤다. 그러자 녀석이 아주 다정한 얼굴로 말했다.

"자기야, 늦어서 미안."

"너…… 너 뭐야?"

"이렇게 해 달라며. 굉장히 친근감 있게, 아주 다정한 연인 사이 컨셉으로."

강주가 짓궂게 웃으며 초희의 어깨에 두른 팔에 더욱 힘을 주어 제 쪽으로 밀착시켰다. 졸지에 녀석의 품에 폭 안기게 된 초희는 당황해서 말까지 더듬었다.

"뭐? 뭐 뭐? 대체 이게 무슨! 아니야. 말도 안 돼."

중얼거리며 핸드폰을 들자마자 건물주의 번호를 길게 누른 그녀는 수화기 너머에서 들리는 통화 연결음에 귀를 기울이고 있었는데.

지이잉. 지이잉.

아까 강주가 테이블 위에 올려놓았던 핸드폰이 진동했다. 그것을 본 초희가 화들짝 놀라며 제 옆에 바짝 붙어 앉은 강주를 세게 밀치고 핸드폰을 응시했다.

'세입자'라는 문구 밑에 제 번호가 찍힌 것을 확인한 초희는 곧장 녀석을 째려봤다.

"네가 건물주라고?"

"어쩌다 보니 그렇게 됐네."

"네 이름이 차강주야?"

"것도 어쩌다 보니…… 근데 넌 계속 부르던 대로 불러도 돼. 부르고 싶은 대로 불러. 넌 그래도 돼."

강주가 씩 웃으며 그녀를 바라봤다.

"하."

초희는 너무 황당해서 웃음밖에 나오지 않았다. 다시 생각해 보니 이상한 게 한둘이 아니었다.

제일 이상한 건 보증금 문제. 세상에 어떤 건물주가 도둑맞은 보증금을 천천히 주라고 하겠는가. 미치지 않고서야.

잠깐, 근데 이 녀석이 건물주면…….

"야!"

갑자기 초희가 소리를 버럭 지르자 강주가 놀란 얼굴로 쳐다봤다.

"왜? 왜 그래?"

"너 대체 뭐야? 건물주 바뀐 게 1년 전이잖아."

"근데? 그게 뭐."

"1년 전부터 한국에 있었던 거야?"

"그 전일 수도 있지."

강주가 웃음기를 지운 얼굴로 초희를 애틋하게 바라보며 대답했다. 초희는 순간 말문이 턱 막혔다.

갑자기 저 눈빛은 뭔데? 무슨 사연이라도 있는 사람처럼.

아, 속지 말자. 이러다 또 넘어가는 거라고. 근데 내가 무슨 말을 하려고 했더라?

초희는 재빨리 하려던 말이 뭐였는지 떠올리느라 바빴다.

"아, 생각났다. 그러니까 내 말은 네가 1년 전에 왔든, 그 전에 왔든 어쨌든! 너 그럼 그동안 몰래 숨어서 나 훔쳐봤다는 거잖아."

"훔쳐본 거 아니고, 지켜본 거."

강주가 억울한 얼굴로 바로 받아치자 초희는 또 넘어갈 뻔하다가 다시 정신을 차리고 말을 이었다.

"그게 그거지! 너 그거 스토커라고 내가 말했을 텐데?"

"스토커라니. 그건 내가 좀 억울하네. 난 너 맨날 못 봤어. 나도 사정이 있어서 가끔 봤어 가끔."

"진짜 환장하겠네……."

초희는 실성한 사람처럼 웃으며 자리에서 일어났다.

"비켜."

강주가 싫다며 고개를 흔들었다. 초희는 녀석의 긴 다리 때문에 테이블 밖을 벗어나지 못하고 멀뚱히 서 있을 수밖에 없었다. 그러다 좋은 수가 떠올랐는지 갑자기 허리를 숙여 테이블 밑을 엉금엉금 기어 밖으로 빠져나갔다.

그 모습을 강주가 불만스럽게 쳐다봤다.

"야, 넌 뭐 그렇게까지 해서 도망을 가?"

"잘 있어."

짧은 인사와 함께 녀석에겐 눈길도 주지 않고 그냥 지나쳐 가려던 초희는 멈칫했다. 뒤에서 가방을 잡아당기는 느낌이 들었기 때문이다.

고개를 돌려 옆을 보니 녀석이 잡고 있던 가방을 놓아주며 자리에서 일어나고 있었다. 녀석이 제 앞에 서자 큰 그늘이 졌다.

큰 키와 다부진 체격은 여전했다.

"밥은 먹고 가."

녀석은 제 어깨를 잡아끌어 자리에 앉혔다.

"한국에선 너랑 밥 한 끼 먹는 게 뭐가 이렇게 힘든지 모르겠다."

조금은 지친 기색으로 말하며 녀석은 도로 자리에 앉았다. 그리고 물을 마시며 애타는 속을 애써 달랬다.

강주는 아까부터 계속 아무 말이 없는 그녀를 흘끔 보며 눈치를 살폈다.

"미안. 방금 한 말은 내가 너를 탓하려던 게 아니라, 네가 내 맘을 너무 몰라 주니까 투정 좀 부려 봤어. 화났어? 표정 좀 풀지……."

초희는 이 상황이 너무 이해가 안 됐다. 대체 내가 뭐라고 이 녀석이 내 눈치를 보며 쩔쩔매는 건지, 얜 화도 안 나는 건지, 왜 나한테 큰 소리 한 번 못 내는 건지, 난 또 왜 그게 속이 상하는 건지.

"루카……."

어떤 감정이 한풀 잦아든 표정으로 초희가 강주의 이름을 불렀다. 나지막한 그녀의 목소리에 강주는 직감했다. 그녀가 무슨 얘기를 하려는 건지.

그래서 그는 회피를 선택했다.

"일단 밥부터 먹고 얘기하자."

"내 얘기부터 들어."

"싫어. 밥 먹고."

"루카, 아니 차강주 씨."

"초희야, 약속은 지켜. 네가 나 짜장면 사 주기로 했잖아."

"네가 먼저 저녁 사 달라고 일주일 넘게 사람 괴롭혔잖아. 그리고 그건 건물주 차강주가 루카 너인 걸 몰랐을 때 한 약속이고."

초희의 냉정한 말투에 강주는 서운한 기색을 내비쳤다.

"난 그걸 얘기한 게 아닌데……."

초희가 무슨 말인지 전혀 모르겠다는 얼굴을 하자 강주가 약간 골이 난 표정으로 그녀를 쳐다봤다.

"그럼 이렇게 하자. 너 이 자리에 건물주 만나러 온 거지?"

"……어."

"그럼 지금부터 난 너를 세입자로 대할게. 그럼 됐지?"

"어?"

"그래서 보증금은 언제 갚을 건데?"

젠장. 초희는 속으로 욕을 삼켰다. 녀석이 갑자기 이렇게 나올 줄 몰랐던 거다. 돈 얘기에 작아진 그녀를 빤히 쳐다보던 강주가 남몰래 웃음을 참으며 말을 이었다.

"보증금 안 내도 되는 방법이 하나 있긴 한데."

"됐거든? 내가 알바를 두 탕 세 탕 뛰는 한이 있더라도 보증금 꼭 채워 놓을 거야."

"넌 왜 그렇게 힘들게 살아? 그냥 나한테 오면 되는데. 너도 알다시피 나 보증금 그런 거 관심 없어. 내가 관심 있는 건 초희 너 하나야. 네가 건물 달라고 하면 줄 수도……."

"차강주 씨."

"왜?"

"너 몇 살이야?"

갑자기 나이 공격을 당한 강주가 저도 모르게 당황한 기색을 보이고 말았다. 그러다 서둘러 제 페이스를 되찾고 입을 열었다.

"내 나이 알면 더 좋아질 거라고 내가 전에 말했을 텐데……."

"말 돌리지 말고 똑바로 말해. 너 몇 살이냐고."

"나이는 왜? 사랑하는 데 나이가 뭐가 중요해?"

"난 너 안 사랑해."

몇 번을 들어도 가슴 아픈 말. 내내 올곧던 강주의 눈동자가 세게 흔들렸다.

초희는 녀석의 상처받은 눈빛을 피하며 일부러 물을 마셨다. 그리고 벌컥벌컥 물을 들이켜며 흔들리던 마음을 겨우 다잡았다.

그녀는 컵을 내려놓으며 마저 말을 이었다.

"한국에선 나이 많은 사람한테 야, 너, 이러는 거 아니야."

"그럼 뭐라고 하는데?"

"누나라고 해. 존댓말하고."

"아니고. 네가 나한테 뭐라고 해야 하냐고."

"어?"

"나이 많은 사람한테 야, 너 이러는 거 아니라며. 내가 너보다 나이가 많을 수도 있잖아."

"웃기시네. 너 2년 전에 대학생이었잖아. 너 다니던 학교도 구경시켜 주고……."

"그치? 내가 너 캠퍼스 투어도 시켜 주고, 참 잘해 줬는데. 넌 밥도 한 끼 안 사 주냐? 그리고 참고로 나 학교 늦게 입학했어. 학창 시절에 방황 좀 하느라."

미처 그 생각까지는 하지 못했다. 초희는 조금 당황한 눈치로 녀석을 흘끔 쳐다봤다. 녀석은 아주 진지한 눈빛으로 저를 빤히 쳐다보고 있었다.

"앞으로 오빠라고 해. 존댓말하고."

녀석이 제가 한 말을 돌려주며 피식 웃었다. 초희는 여전히 믿기지 않는 눈치로 물었다.

"너…… 진짜야? 나 못 믿겠어. 민증 까."

"내일 깔게. 그렇지 않아도 오늘 민증 그거 받는 날이거든. 일단 밥부터 시키자. 뭐 먹을래?"

강주가 손을 들자 서버가 기다렸다는 듯이 버선발로 달려왔다.

"여기서 제일 오-래 걸리는 걸로 부탁해요."

강주가 초희를 빤히 쳐다보며 말했다.

"내가 이 여자랑 오래 같이 있고 싶거든요. 할 얘기도 많고."

"네?"

중간에서 서버가 어찌할 바를 몰라 하고 있자 강주가 미소를 지으며 다시 말했다.

"농담이고, 내가 아까 주문한 거 갖다줘요. 주방장한테 다 말해 놨으니까 그거 가져오면 돼요."

"아, 네네."

서버가 서둘러 주방으로 향했다. 강주는 물을 마시면서도 초희에게서 눈을 떼지 않았다.

"또 표정이 왜 그래? 내가 너보다 나이 많다는 게 그렇게 충격적이야? 하긴 내가 동안이긴 하지."

너스레를 떨며 분위기를 바꿔 보려고 노력하는 강주를 초희가 차갑게 쳐다봤다.

"또 장난이야? 넌 꼭 감추고 싶은 게 있을 때 이런 식으로 농담하면서 말 돌리더라?"

"……."

"이래서 내가 널 싫어하는 거야. 프랑스에서도 넌 나에 대해 다 알려고 하면서, 정작 너에 대한 건 뭐 하나 제대로 말해 준 게 없어. 맨날 어쭙잖은 농담이나 하고. 그때마다 그냥 넘어가 주니까 내가 무슨 바본 줄 알아?"

"스물일곱."

녀석이 자신의 나이를 밝히며 다부진 눈빛으로 말했다.

"나도 한국에 와서야 알았어. 정확한 내 나이 말이야. 그때 네가 물었을 때 말 못 한 건 몰라서 못 한 거야."

"……."

"난 한 번도 너 바보 같다고 생각한 적 없어. 나이도 제대로 대답 못 하는 나 그냥 넘어가 주는 너 보면서 배려 있고 따뜻한 여자라고 생각했어."

"사람 잘못 봤거든? 나 안 따뜻해."

"아니. 난 정확히 봤어. 내 눈은 정확하거든. 자, 궁금한 거 또 뭐? 말해, 다 얘기해 줄게. 그러니까 나 싫어하지 마."

초희는 거의 울 것 같은 얼굴로 녀석을 쳐다봤다. 이래서 녀석을 마주치면 맨날 도망가려고만 했던 거다.

일단 한번 붙잡히면 어떤 말로도 이길 수가 없다. 게다가 이거 봐, 저렇게 진심인 얼굴로 나만 쳐다보는데 뭘 어쩌겠난 말인가.

"아, 그리고 아마 호적? 그런 서류상으로는 너보다 훨씬 더 어릴 거야. 내일 민증 깔 때 놀라지 말라고 미리 이실직고하는 거야."

"뭐 얼마나 어린데?"

아니, 내가 이런 걸 왜 묻고 있지? 주제가 이게 아니었는데.

이미 녀석의 말재간에 휘둘리고 만 초희가 아랫입술을 꽉 깨물었다.

"스물넷인가 그렇게 돼 있을걸?"

"뭐? 스물……넷? 그니까 원래는 스물일곱인데 호적상으론 스물넷이라고?"

"어. 증거도 있어. 27년 전에 내가 찍힌 사진이 있거든."

"어쨌든 나보다 어린 건 맞잖아. 그게 몇 살이든 간에."

"그래서 뭐. 넌 나한테 누나 소리 듣고 싶어? 미안한데 꿈 깨. 그 누나 소리 나 진짜 끔찍하게 싫거든."

강주는 갑자기 차유리가 떠올라 넌덜머리가 난다는 얼굴로 말했다.

"어차피 한국에선 좋아하는 여자한테 누나라고 안 한다면서. 우리 엄마가 즐겨 보던 한국 드라마에선 그러던데."

녀석의 입에서 엄마라는 단어가 나오자마자 초희의 표정이 굳어졌다. 하지만 일부러 태연한 척 굴며 넌지시 물었다.

"사모님도 아셔? 너 여기 이러고 있는 거."

"아마 알지 않을까? 내가 널 미치도록 좋아한다고 엄마한테도 다 말했으니까. 너도 알잖아. 내가 한 수십 번 고백했을 텐데."

"난 수십 번 거절했잖아."

"그러니까 이제 그만 받아 주라. 나이도 깠는데."

"루카, 진짜 미안한데 여긴 너랑 어울리는 곳이 아니야. 그러니까 이제 그만 너희 나라로 돌아가."

초희가 진심을 담아 얘기했다. 정말 진심이었다. 하지만 강주는 받아들이기 어려웠다.

"너희 나라? 말이 너무 심한 거 아니야?"

녀석이 처음으로 서늘한 눈빛으로 그녀를 쳐다봤다. 뭔가 잘못 건드린 기분이었다. 하지만 그게 뭔지 초희는 알지 못했다.

"그렇지 않아도 내가 이곳에 있는 거 마음에 안 들어 하는 사람들 사방 천지에 깔렸는데, 너까지 왜 이래?"

"그걸 몰라서 물어? 너 그동안 한국에서 뭐 했어?"

"……."

"한 달 전에 네 복장 분명 주방 유니폼이었어. 네가 왜 주방에서 일을 해? 이게 말이 돼?"

"말이 돼. 직업에 귀천은 없으니까. 난 네 옆에 있을 수만 있다면 무슨 일이든 할 수 있어."

"그건 네 생각이고. 나 솔직히 말할게. 내가 프랑스에서 그나마 널 상대했던 건, 네가 미셸 선생의 제자였기 때문이야. 너한테 잘 보이면 미셸 선생의 런웨이에 설 수도 있겠다 싶었거든."

"……."

"근데 지금은 아니잖아. 넌 주방에서 허드렛일이나 하고 있고. 난 이제 런웨이에 관심도 없고. 널 더 이상 상대할 이유가 없다는 거야. 그러니까 돌아가. 네가 있던 자리로."

무거운 침묵이 흘렀다.

그때였다. 테이블 위에서 녀석의 핸드폰이 지이잉 소리와 함께 몸을 떨었다. 초희는 자연스럽게 핸드폰을 응시했다. 액정에 '회장님'이라는 발신인이 떠올랐다.

회장님? 초희가 녀석을 의아한 눈빛으로 쳐다보고 있었는데. 뭔가 숨기는 게 있는 사람처럼 녀석이 핸드폰을 손에 쥐더니 자리에서 일어났다.

아까 처음 만났을 때 생기 넘치던 얼굴은 온데간데없었다. 그는 고뇌에 찬 모습으로 한참 동안 초희를 바라보더니 이내 결심을 내렸다.

"짜장면은 다음에 사 줘. 오늘은 내가 살게. 그럼 먹고 조심히 들어가. 또 보자."

또 보자고? 그 모진 소리를 듣고도 녀석은 내게 큰 소리 한 번 안 내고 조심히 들어가란다. 그렇게 녀석은 긴 다리로 성큼성큼 걸어 어느새 홀을 빠져나갔다.

녀석이 앉았던 텅 빈 자리를 멍하니 바라보고 있던 그때, 기름진 음식 냄새가 코를 자극했다. 고개를 돌리니 서버들이 아주 다양한 중국 음식들을 가져오고 있었다.

"죄송한데 그만 가져와 주세요. 저 안 먹을 거라서……."

초희가 말끝을 흐렸다. 서버가 마지막으로 테이블 위에 내려놓은 음식 때문이었다.

짜장면과 다진 청양고추였다.

'넌 한국에 돌아가면 제일 먹고 싶은 게 뭐야?'

'짜장면!'

'뭘 이렇게 바로 대답해? 진짜 먹고 싶었나 보네.'

'어. 진짜 먹고 싶어. 다진 청양고추 막 뿌려 가지고 비벼 먹으면 끝내주거든.'

'지금 가자. 차이나타운.'

'루카, 거긴 그 맛이 아니야. 너 한국식 짜장면 한 번도 안 먹어 봤지?'

'어. 무슨 맛인데?'

'음…… 무슨 맛이냐면……. 혹시 우리가 한국에서 다시 만나게 되면 그때 내가 사 줄게. 너도 먹어 보면 알 거야.'

문득 떠오른 기억 한 조각. 초희는 저도 모르게 의자를 박차고 자리에서 벌떡 일어났다. 그리고 머리카락을 쓸어 넘기며 답답해했다.

"쟤 진짜 왜 저래? 왜 내가 그냥 지나가는 소리로 한 말까지 다 기억하냐고. 날 왜 이렇게 염치없는 사람으로 만드냐구우."

녀석이 왜 중식당에서 보자고 했는지, 아까 왜 그렇게 짜장면 타령을 해댔는지 이제야 알게 된 초희는 미칠 것만 같았다.

마른세수를 하며 갈등하던 그녀는 고민을 채 끝내지도 않고 무작정 홀을 달려 나갔다. 다행인지 불행인지 녀석이 마침 엘리베이터에 올라타고 있었고.

"루카!"

녀석의 이름을 크게 부르며 초희가 달려갔다.

하지만 녀석은 내 목소리를 듣지 못했는지 달려갔을 땐 이미 문이 닫혀 있었다.

굳게 닫힌 문을 보며 초희는 또 갈등했다. 따라 내려가서 녀석을 잡을 것인가. 말 것인가.

띵.

이게 무슨 운명의 장난인지 하필 그때 바로 옆 엘리베이터가 도착했다.

"그래. 가자 가."

초희는 서둘러 엘리베이터에 올라탔다. 그리고 1층에 내리자마자 두리번거리며 녀석의 모습을 찾아 로비를 뛰어다니고 있었는데.

"초희야."

누군가 뒤에서 초희의 어깨를 잡아끌었다. 초희가 고개를 돌렸다.

"윤하제?"

"어딜 그렇게 급하게 가? 사람이 인사하는데도 못 보고."

하제는 손을 흔드는 저를 보고도 그녀가 그냥 지나쳐 갈 정도로 정신이 없는 모습을 보이자 당황스러워하며 말했다. 그런데도 여전히 그녀는 제 뒤쪽을 두리번거리며 누군가를 눈으로 찾고 있었다. 아주 절실하게 말이다.

"누구 찾아?"

"어? 아…… 아니야 아무것도."

초희는 마지막으로 한 번 더 로비를 쭉 훑어보다가 그만 포기하고 시선을 돌려 하제를 쳐다봤다. 그는 셰프 복장이 아니었다.

"퇴근하는 길이야?"

"어. 너는? 여긴 무슨 일로 왔어? 디저트 먹으러 왔나?"

"어? 응!"

뭐 좋은 사이라고 긴 얘기 나누고 싶지도 않고 초희는 하제와 빨리 대화를 종결하기 위해 궁리를 하다가 서둘러 대답했다.

"나 디저트 먹으러 왔지. 그럼 넌 퇴근 잘하고 난 이만 올라갈게. 배가 좀 많이 고파서. 잘 가."

잽싸게 인사를 하고 초희는 하는 수 없이 다시 엘리베이터 쪽으로 향했다. 그렇게 엘리베이터 앞에 서서 멍하니 있었는데.

"같이 가자."

하제가 멀뚱히 서 있던 그녀 대신 버튼을 누르며 말했다. 초희가 확 고개를 돌려 하제를 쳐다봤다.

"너 퇴근한다며."

"다시 출근하지 뭐. 너 좋아하는 디저트 내가 만들어 줄게."

"그럴 필요까진 없는데……."

"그럴 필요까지 있어. 너 지금 머릿속이 되게 복잡하고 마음 심란하지?"

초희가 저도 모르게 고개를 끄덕였다. 하제가 피식 웃으며 말했다.

"가령 씨한테 들으니까 너 스트레스 받을 때마다 내 디저트 먹으면서 풀었다며."

"오가령 걘 별걸 다 말했네. 근데 맞아. 나 지난 한 달 동안 네가 만든 디저트 먹으면서 힐링했어. 그건 인정한다."

"그럼 너 나한테 빚 있는 거네?"

마침 엘리베이터가 도착했다. 하제가 초희의 어깨를 뒤에서 살짝 밀며 엘리베이터에 태우며 말했다.

"그럼 오늘 빚 좀 갚아."

"응?"

"나 좀 도와 달라고."

"뭘 도와줘?"

"내가 지금 개발 중인 디저트가 있는데 시식 좀 해 줘."

그렇게 말하며 하제는 와인 바가 아닌 그 바로 위 층을 눌렀다.

"내 사무실로 가자. 거기서 편하게 먹자."

"아니야. 됐어. 무슨 사무실이야."

손까지 흔들며 정색하는 초희를 서운하게 쳐다보다, 하제는 포기하지 않고 그녀를 설득했다.

"나랑 둘이 있는 거 불편해서 그러는 거면, 가령 씨도 퇴근하고 오라고 할게. 내가 연락한다? 할게."

초희의 눈치를 보며 하제가 서둘러 문자를 보냈는데 1초도 지나지 않아 문자 알림음이 들려왔다.

"가령 씨도 온대. 완전 콜이래."

하제가 가령의 답장을 보여 주며 웃었다.

망할 오가령. 속으로 구시렁거리던 초희는 결국 빠져나갈 구멍을 찾는 걸 포기했다.

그래, 그냥 가서 디저트나 먹자. 먹으면 녀석을 잠시라도 잊을 수 있겠지.

아닌가? 더 생각나려나?

몰라. 이젠 나도 모르겠어. 초희는 한숨을 길게 내쉬며 어깨를 축 늘어뜨렸다.

5

하제의 사무실 안엔 베이킹을 할 수 있는 공간이 따로 있었다. 초희는 억지로 현재 상황에 몰두하기 위해 노력했다. 그래서 더 전투적으로 사무실 안을 구경하며 돌아다녔다.

"사무실이 베이킹 스튜디오 같아. 오븐도 있고. 특이하다."

"여기서 메뉴 개발도 하고 그래. 아, 혹시 따로 먹고 싶은 디저트 없어?"

"음…… 난 까눌레."

"까눌레? 진짜? 이렇게 생긴 거?"

하제가 허공 위에 그림을 그렸다. 그 모양을 보던 초희가 고개를 끄덕였다. 하제는 의외라는 듯 고개를 갸웃하며 재킷을 벗고 셰프복을 갖춰 입었다. 그 유니폼을 유심히 보던 초희가 넌지시 물었다.

"근데 혹시 주방 직원 중에……."

"어. 말해."

"차…… 아니야. 나 이 차 마셔도 돼?"

초희가 커피포트 옆에 있는 녹차를 가리켰다. 하제는 대수롭지 않게 여기며 고개를 끄덕이더니 서둘러 오븐으로 향했다. 그의 머릿속엔 온통 초희에게 맛있는 디저트를 만들어 줘야 한다는 생각뿐이었다.

안에서 분주하게 움직이며 베이킹 하는 하제의 모습이 보였고, 초희는 따뜻한 차를 마시며 소파에 걸터앉았다. 그러다 또 자연스럽게 아까 중식당에서 있었던 일을 떠올리고 말았다.

'나 솔직히 말할게. 내가 프랑스에서 그나마 널 상대했던 건, 네가 미셸 선생의 제자였기 때문이야. 너한테 잘 보이면 미셸 선생의 런웨이에 설 수도 있겠다 싶었거든.'

나 미쳤나 봐. 내가 그런 말까지 했어? 와, 그건 진짜 내가 생각해도 나쁜 년이다.

초희는 미칠 것만 같았다. 그 침묵 속에서 녀석은 무슨 생각을 했을까? 미세하게 흔들리던 눈동자는 무엇을 의미했을까? 상처받았을까? 받았을 거야. 그러니 그렇게 뒤도 안 돌아보고 가 버렸겠지.

테이블 위에 찻잔을 내려놓고 초희는 핸드폰을 꺼냈다. 그리고 액정에 '건물주'의 번호를 띄운 채 지그시 바라봤다.

통화 버튼을 누를까 말까 고민하던 그녀는 고개를 마구 흔들었다. 그러곤 주머니에 억지로 핸드폰을 쑤셔 넣었다.

"아오, 신경 쓰여. 돌아 버리겠네. 진짜."

―신경 쓰이게 해서 미안.

이게 무슨 소리야? 방금 분명 루카 목소리였는데.

―지금 어디야?

이게 어디서 나는 소리야?

초희가 두 눈을 동그랗게 뜨고 주위를 두리번거리고 있었는데.

―나 아직 호텔인데. 여보세요? 초희야. 마초희.

뒤늦게 주머니에서 나는 소리임을 깨달은 초희는 얼른 핸드폰을 꺼냈다. 아까 핸드폰을 정신없이 주머니에 넣으면서 실수로 통화 버튼이 눌러진 모양이다.

이런 망할.

얼굴이 새빨갛게 달아오른 그녀는 애써 침착한 척 핸드폰을 귀에 가져다 댔다. 너무 쪽팔려서 저도 모르게 이를 악물었다.

―괜찮아.

"뭐, 뭐가?"

―아까 네가 했던 말 나 하나도 상처 안 받았어.

녀석은 마치 그녀 속에 들어왔다 나간 사람처럼 말했다. 초희는 그래서 더 미안했다.

―근데 너 지금 어디야? 설마 나 찾느라 호텔 돌아다니고 있는 건 아니지?

"아니거든? 나 벌써 집에 가는 길이거든? 그리고 전화는 잘못 걸었어. 미안. 끊을게."

녀석에게 속내를 더 들키기 전에 초희는 서둘러 전화를 끊어 버렸다.

* * *

일방적으로 끊어진 통화에도 강주의 입가엔 미소가 걸렸다.

"하여튼 마음이 너무 여려."

그래서 좋다. 너무 좋다.

사실 오늘 일로 어드밴티지 하나 정돈 제대로 챙겼다고 생각했다. 하지만 이렇게 그녀가 먼저 연락할 거라곤 전혀 예상하지 못했던 강주는 날아갈 것처럼 행복했다.

어찌나 좋은지 자꾸만 새어 나오는 웃음을 참지 못하고 소리까지 내며 웃었다. 그렇게 그는 환한 미소로 탈의실에서 유니폼을 꺼내고 있었는데.

"네가 왜 여깄어? 오늘 결근한다며."

마침 수셰프가 휴게실에 들어왔다. 강주는 그를 대수롭지 않게 쳐다보며 말했다.

"윤 셰프 지금 어딨습니까? 내가 아주 긴히 할 얘기가 있는데."

"셰프님은 왜? 셰프님 아까 겁나 예쁜 여자랑 사무실 들어가던데. 무슨 얘기인진 모르겠지만 내일 하는 게 좋을걸. 분위기가 딱 봐도 데이트였거든."

"여자? 어떤 여잔데요?"

강주는 순간 아주 안 좋은 직감이 들었다.

"그게 왜 궁금한데? 너 설마……."

"설마 뭐요."

"그쪽 취향이야? 너 윤 셰프님 좋아하지? 그래서 지금 질투하는 거지? 내가 이럴 줄 알았다니까. 저번에 그 쭉쭉빵빵 봉쥬르 여자도 매몰차게 버리고 막 그냥 가고 말이야. 남자 좋아하는 거 아님 그런 여자를 마다할 리가 없지."

수셰프의 말에 강주는 어이가 없다는 듯 헛웃음을 짓다가 돌연 굳어진 얼굴로 팔을 확 올렸다.

"옴마얏!"

수셰프는 강주가 저를 때리려는 줄 알고 몸을 움츠렸는데. 웬걸. 강주가 들고 있던 유니폼을 자신의 바로 뒤에 있는 쓰레기통에 골인시켰다. 수셰프는 웬만한 농구 선수 뺨치는 강주의 폼을 넋 놓고 바라보다가 언제 그랬냐는 듯 허리를 곧게 세웠다.

"아님 말고. 뭘 그렇게까지 정색을 하나, 사람 무안하게. 근데 유니폼은 왜 버려? 너 내일도 출근 안 할 거냐?"

"모레도 안 합니다."

"뭐? 그게 무슨 말이야?"

강주가 대답하기 귀찮다는 표정으로 어깨를 으쓱였다. 그러곤 캐비닛 안을 마저 정리하기 시작했다. 안에는 각종 베이킹 도구와 재료가 가득 들어 있었다.

"수셉. 내가 내일 주소 하나 문자로 찍어 줄 테니까 이거 몽땅 택배로 보내 줘요."

"인마. 진짜야? 진짜 그만두는 거야?"

수셰프가 허겁지겁 달려와 강주 옆에 섰다.

"너 여기서 버텨야 이 호텔 가질 수 있는 거 아니었어? 호텔 포기한 거야? 그럼 나는? 너 은혜 갚는다며."

"아, 맞다."

"아, 맞다아? 까먹었냐 설마? 까먹을 게 따로 있지. 이 새끼 너 은혜 안 갚을 거면 저번에 빌려 탔던 내 오토바이! 그거 기스 겁나 많이 났던데. 수리비 청구할 거야! 우씨. 택배? 내가 네 꼬봉이냐? 네 물건 네가 챙겨 가, 이 새끼야!"

수셰프는 녀석이 이 호텔의 주인이 될지도 모른다는 생각에 그동안 꾹 참고 있던 것을 폭발시켰다. 그 얘기를 덤덤히 듣고 있던 강주가 태연하게 말했다.

"내가 말 안 했나? 오토바이 의자 밑에 안 열어 봤어요?"

"의자 밑에?"

"작별 선물 넣어 뒀으니까 가서 확인하시고. 어쨌든 윤 셰프는 지금 사무실에 있다는 거네?"

의자 밑을 상상하느라 눈알을 굴리던 수셰프를 향해 강주가 재차 물었다.

"윤 셰프 사무실에 있냐고."

"아이, 진짜 몇 번을 말해. 사무실에 있다니까. 여자랑 들어가는 거 봤다고. 근데 작별 선물 뭐야? 뭘까? 현금일까? 현물일까?"

"둘 다일 거란 생각은 안 하네?"

"둘 다?"

강주의 말이 끝나기도 전에 수셰프가 화들짝 놀라며 밖으로 달려 나갔다.

그 모습을 한심하게 쳐다보던 강주도 정리를 끝낸 캐비닛을 닫고 휴게실을 빠져나왔다. 비상계단으로 나간 강주는 주머니에 손을 꽂은 채 여유만만한 표정으로 사무실로 향했다.

그런데 웬일인지 문을 열고 복도로 나오자마자 그는 다시 백스텝으로 몸을 숨겼다.

하필 복도 저 끝에 차유리가 코너를 돌아 모습을 드러낸 것이다. 강주는 넌덜머리가 난다는 표정을 지었다.

"아오, 벌써부터 피곤하네."

집에서 보는 것도 끔찍한데 밖에서까지 봐야 하나 그냥 피할까 하는 마음이 들었다. 다시 비상계단으로 나가 계단을 내려가던 강주는 문득 수셰프의 말이 떠올라 피식 웃었다.

"윤하제가 지금 여자랑 있단 말이지? 재밌겠네."

강주는 다시 뒤를 돌아 계단을 올라갔다. 그는 신이 난 얼굴로 복도로 나와 윤하제의 사무실로 향하는 차유리의 뒤를 은밀히 따라갔다.

차유리가 짝사랑하는 하제 앞에선 어떤 모습일지 궁금해서 참을 수가 없었다.

* * *

"와. 이렇게 금방 만든다고?"

하제가 갓 구운 까눌레를 테이블 위에 내려놓자 초희는 두 눈을 크게 떴다. 디저트에서 눈을 떼지 못하는 그녀를 바라보던 하제가 웃음을 터뜨리고 말았다.

"그게 그렇게 좋아?"

"어. 나 까눌레 완전 좋아하거든. 특히 네가 만든 거. 만약 평생 한 가지 음식만 먹고 살아야 한다고 하면 난 이 까눌레 고를 거야."

"그 정도야? 근데 왜? 어쩌다 좋아하게 됐는데?"

"음……."

까눌레를 응시하며 잠시 감상에 빠져 있던 초희가 진지한 목소리로 말을 이었다.

"처음엔 이렇게 많이 좋아하고 있는 줄 몰랐어. 근데 한국에서 다시 만났을 때……."

초희는 며칠 전 강주와 다시 한국에서 재회했을 때가 떠올랐다. 호텔 앞 횡단보도에서 날 구해 줬을 때. 내 구멍 난 트레이닝 복 바지 꿰매 줬을 때. 집 앞에서 녀석이 멋대로 키스했을 때.

"초희야. 마초희."

"어?"

"한국에서 다시 만났다고?"

뒤늦게 말실수를 깨달은 초희가 서둘러 정정했다.

"아니, 아니. 먹었을 때, 까눌레를 다시 한국에서 먹었을 때."

"아……."

"암튼 그때부턴 그냥 걷잡을 수 없을 만큼 커져 버렸어. 좋아하는 마음을 진짜 꾹꾹 눌러 담고 있었는데 이젠 한계인 것도 같고…… 그래서 겁이 나. 참을 수가 없게 돼 버릴까 봐."

이게 정말 까눌레 얘기인 건지 하제는 헷갈렸다. 혹시 그녀에게 다른 남자가 있는 걸까? 문득 궁금해진 하제는 그녀를 바라보며 어떻게 말을 꺼내면 좋을지 고민했다.

"왜 그렇게 봐?"

"아니야 아무것도. 어서 먹어. 식기 전에."

"땡큐. 잘 먹을게."

하제의 말이 끝나기가 무섭게 초희는 까눌레를 하나 집어 들었다.

으, 이 뜨끈한 촉감. 기대된다.

초희는 두근거리는 마음을 겨우 진정시킨 후 입을 크게 벌렸다. 그리고 한입 베어 물려던 그 순간.

쾅.

갑자기 문이 열렸다. 초희는 입 안에 넣으려던 까눌레를 다시 쏙 빼내고 말았다. 문을 열고 들어온 사람은 다름 아닌 차유리였기 때문이다.

"마초희 네가 왜 여깄어?"

기분 좋게 들어왔다가 초희를 발견한 차유리는 눈빛으로 분노를 터뜨려 냈다. 그 매서운 눈빛에 초희는 저도 모르게 손에 들고 있던 까눌레를 버리듯 내려놓고 자리에서 벌떡 일어났다.

당황한 건 하제도 마찬가지였다. 하제가 난처한 얼굴로 차유리를 향해 물었다.

"너야말로 여긴 왜 왔어?"

"갑자기 약속 취소한 게 마초희 때문이었어?"

"그게……."

"오늘 내 생일이야. 헤어졌어도 생일날은 같이 저녁 먹기로 약속했잖아. 그 약속 한 번도 어긴 적 없었잖아. 근데 왜! 왜 또 저녁이야!"

차유리의 말을 들어보니 초희는 괜히 자신이 잘못한 것 같은 기분이 들었다.

그렇게 중간에 끼어서 눈치 보느라 이러지도 저러지도 못하고 있던 초희는 후퇴를 결심했다. 다년간의 경험으로 보아 이럴 땐 피하는 게 상책이었다.

차유리가 윤하제를 노려보고 있는 사이, 초희는 슬그머니 그 옆을 지나 도망가려고 했는데.

"깍!"

머리채를 잡히고 말았다.

"이 여우 같은 년! 너 이딴 식으로 계속 나 몰래 뒤에서 하제 만났지?"

"이거 놔라. 놓으라고!"

초희가 초인적인 힘을 발휘해 겨우 차유리의 손아귀에서 빠져나왔다. 그리고 머리카락을 매만지며 차분히 해명했다.

"오해야. 로비에서 우연히 만났어."

"우연히? 그래, 우연히 만났다 쳐. 근데 남의 남자 사무실엔 왜 왔니?"

"하. 야, 말은 바로 하자. 둘이 파혼했잖아. 지금은 아무 사이도 아니잖아. 윤하제, 네가 말해 봐. 내 말이 틀렸어?"

저를 불륜녀 취급하는 차유리의 행동에 화가 난 초희는 하제를 원망스레 쳐다봤다. 그러자 하제가 초희에게 미안한 기색을 내비쳤다.

그 모습을 옆에서 지켜보던 차유리가 분노로 몸을 부들부들 떨었다.

"이 거지 같은 게……."

차유리는 잔뜩 일그러진 얼굴로 초희를 잡아먹을 것처럼 노려봤다. 꿈에 나올까 무서운 눈빛이었다. 초희는 흠칫 놀랐지만 애써 아무렇지 않은 척 굴었다.

"아무튼 오늘 일은 차유리 네가 오해한 거야. 그니까 둘 사이는 둘이 해결하시고, 제발 나 좀 끼워 넣지 마. 그럼 난 이만 갈⋯⋯ 윽."

짝! 소리와 함께 초희의 얼굴이 옆으로 날아갔다.

차유리가 초희의 뺨을 날려 버린 것이다. 순식간에 벌어진 일이라 하제가 당황한 얼굴로 초희에게 바짝 다가갔다.

"초희야, 괜찮아?"

어찌나 세게 맞았는지 입술까지 터져 피가 나고 있었다. 하제가 차유리를 향해 고함을 쳤다.

"차유리, 너 이게 뭐 하는 짓이야!"

"하제야. 제발 정신 차려. 너 지금 저 여우 같은 년한테 속고 있는 거라고."

"너야말로 정신 차려. 내가 데리고 온 거야. 초희는 안 온다고 했는데 내가 억지로 데려왔다고!"

하제가 답답해 죽겠다는 얼굴로 차유리를 쳐다봤다. 그런데도 차유리는 멈추지 않았다.

"아니야. 넌 마초희 쟤가 어떤 앤지 몰라."

피가 나는 입술을 손등으로 닦고 있는 초희를 차유리가 가리키며 말을 계속했다.

"쟤 은퇴 왜 한 줄 알아?"

은퇴라는 단어에 초희가 날 선 눈빛으로 차유리를 쳐다봤다. 차유리가 가소롭다는 듯 웃으며 말했다.

"미셸 고위급 간부한테 성상납하다 걸렸거든. 미셸 선생이 그거 알고 쇼 바로 전날 쟤 잘랐잖아. 그 얘기 파리에서 모르는 사람 없던데?"

차유리의 말에 초희가 어이가 없다는 듯 웃으며 차유리를 쳐다 봤다.

"네가 안다는 게 그거였어? 난 또 뭐라고."

"쪽팔린 줄이나 알아. 그런 주제에 무슨 후배들을 키우겠다고, 꼴값 떨고 있네 진짜. 금소나 걔가 지금 나한테 얼마나 고마워하고 있는 줄 알아? 너처럼 아무것도 못 하고 퇴물 모델로 전락할 뻔한 인생 내가 구제해 줬으니 얼마나 고맙겠어."

초희가 화를 억누르며 차유리를 향해 말했다.

"말이 나와서 하는 얘긴데. 차유리, 우리 소나 내가 곧 데려갈 거니까 잘 데리고 있어. 나한테 한 것처럼 걔한테 무슨 짓 했다간 내가 너 진짜 가만 안 둘 거야."

"하. 무슨 수로 데려가게? 너 돈 있니? 위약금 얼만지는 알아?"

"얼만데?"

"계약금의 다섯 배."

"뭐?"

"알아듣기 쉽게 다시 말해 줘? 넌 죽을 때까지 나한테서 금소나 못 데려간다고. 알았니? 이 거지 같은 년아."

저를 비웃는 차유리를 보니 피가 거꾸로 솟았다. 초희가 앞머리를 훅 불며 이 화를 어떻게 다스려야 할지 고민하고 있었는데.

"초희야 미안해. 오늘은 이만 돌아가는 게 좋을 것 같아."

하제가 곤란한 얼굴로 다가오더니 사정했다. 그런 하제를 빤히 쳐다보던 초희는 이를 악물고 돌아설 수밖에 없었다.

그렇게 초희가 나가자마자 차유리는 초희가 마시던 찻잔을 바닥으로 내던졌다. 그 모습을 정말 질린다는 듯 쳐다보던 하제가 나지막한 목소리로 말했다.

"나 언제까지 이렇게 살아야 돼?"

"네가 나한테 올 때까지."

차유리의 말에 하제가 무표정한 얼굴로 말했다.

"이 호텔 나 주면 너한테 간다니까. 그러니까 제발 그전까진 내 앞에 얼씬거리지 마. 내 인생에 간섭도 하지 말……."

하제가 말끝을 흐렸다. 갑자기 노크 소리와 함께 문이 열렸기 때문이다.

문을 열고 나타난 건 강주였다. 강주의 등장으로 놀랄 사람은 여기 없었다. 그가 이 호텔 주방에서 일하고 있다는 사실을 하제도 차유리도 잘 알고 있었으니 말이다.

그런데 뭔가 분위기가 심상치 않았다.

능글거리는 행동과 말로 늘 사람 약이나 올릴 줄 알던 강주의 눈빛이 평소와 매우 달랐다.

퍽!

순식간이었다. 강주가 성큼성큼 하제에게로 걸어가더니 긴 다리로 그의 복부를 걸어차 버렸다.

"윽!"

고통스러워하며 바닥에 나뒹구는 하제를 차유리가 놀란 얼굴로 쳐다보다가 강주를 향해 소리쳤다.

"뭐 하는 짓이야!"

차유리가 경악했다. 녀석이 갑자기 사람을 발로 걸어찬 걸로도 모자라 하제의 손목을 구둣발로 꽉 짓밟는 게 아닌가.

"그 발 안 치워? 이 미친 새끼야!"

"그러게 왜 손을 함부로 써."

"뭐?"

"닥치라고. 손목이 아니라 이 새끼 숨통을 끊어 버리기 전에."

차유리의 목소리가 커질수록 강주는 오히려 더 세게 밟았다. 제 발아래에서 당장 숨이 끊어질 것처럼 비명을 질러 대는 하제를 보면서도 강주는 눈 하나 깜짝하지 않았다.

처음 보는 강주의 서늘한 눈빛을 마주한 차유리는 입을 다물 수밖에 없었다. 그리고 뒤늦게 깨닫고 말았다. 자신이 녀석의 뭔가를 잘못 건드렸다는 것을.

겁에 질린 두 사람과는 달리 강주는 그저 무표정한 얼굴로 차유리를 쳐다보았다. 그러다 그는 재미없다는 듯 하품까지 하며 유유히 사무실을 나가 버렸다.

차유리는 얼이 빠진 얼굴로 강주가 나간 문만 멍하니 쳐다보다가 뒤늦게 정신이 들었는지 핸드폰을 꺼내 어디론가 전화를 걸었다.

"송 비서! 당장 보안팀 풀어서 차강주 그 자식 잡아 와! 당장!"

수화기 너머로 그녀가 고함을 질렀다. 그러곤 바닥에 쓰러져 있는 하제를 걱정스레 쳐다봤다.

차유리가 서둘러 전화를 끊고 하제를 부축해 일으켰다.

"괜찮아?"

"괜찮을 리가 없잖아."

비틀거리며 겨우 자리에서 일어난 하제는 소파로 가서 털썩 주저앉았다.

"일어나. 빨리 병원 가자. 가서 진단서 끊어 놔. 우리 그 새끼

폭행으로 고소하자. 그래, 그거 좋네. 그거면 차강주 이 호텔에서도 쫓아낼 수 있어."

하제가 한심하다는 듯 비웃으며 차유리를 쳐다봤다.

"그 웃음은 뭐야? 내가 못 할 것 같아?"

"차유리, 너 차강주에 대해 어디까지 알고 있어?"

"내가 뭘 알아야 돼? 고졸에 강원도 촌뜨기……."

"그거 다 가짜 정보야. 차강주가 판 짰고 회장님이 도왔다고. 그리고 그 녀석 목표는 호텔이 끝이 아니야. 이 호텔은 그저 발판일 뿐."

"뭐? 그럼 차강주가 진짜 원하는 게 뭔데?"

"그걸 내가 어떻게 알아?"

하제는 짜증이 가득 실린 얼굴로 말하며 손목을 감싸 쥐었다. 영문도 모른 채 녀석에게 손목을 짓밟힌 게 꽤 억울했다.

"그나저나 그 새끼는 왜 갑자기 남의 사무실 쳐들어와서 지랄인데! 안 그래도 마초희 그년 때문에 짜증나 죽겠는데. 아오, 열받아! 차강주 그 미친놈 대체 뭐야?"

팔짝팔짝 날뛰는 차유리만큼이나 하제도 녀석의 정체에 대해 궁금해 미칠 것만 같았다.

* * *

"아이씨, 못 참아!"

엘리베이터 거울을 통해 새빨개진 뺨을 확인한 초희는 아랫입술을 꽉 깨물었다.

아깐 너무 경황도 없고, 솔직히 윤하제를 따라 사무실에 간 제 잘못도 있고 하니 더 나서지는 못하고 물러났지만. 너무 분했다. 아무리 그래도 제가 이렇게 입술이 터질 정도로 맞을 만한 짓을 한 것 같진 않았기 때문이다.

'미셸 고위급 간부한테 성상납하다 걸렸거든. 미셸 선생이 그거 알고 쇼 바로 전날 재 잘랐잖아. 그 얘기 파리에서 모르는 사람 없던데?'

게다가 그따위 헛소문이나 퍼트리고 다니는 차유리에게 맞고만 있었다는 게 정말 참을 수 없을 정도로 분노가 치밀었다.

"복수할 거야!"

엘리베이터에서 내린 초희는 마침 구석에 있는 소화전이 눈에 들어왔다.

그녀는 정신없이 달려가 소화기를 품에 꽉 안은 채 다시 엘리베이터 앞에 섰다. 그런데 그때 갑자기 로비에서 검은색 슈트를 입은 보안팀 직원들이 우르르 달려오는 게 아닌가.

"손님, 그거 뭡니까?"

"네?"

"손에 든 거 뭐냐고요."

"아…… 이거, 이거는……."

말끝을 흐리며 게처럼 옆으로 슬금슬금 걸음을 옮기던 초희는 그대로 줄행랑을 쳤다. 부리나케 로비 밖으로 도망을 친 초희는 정말 미친 듯이 달려 정문을 벗어났다.

"거기 서!"

그런데 이게 웬일이야? 이번엔 반대쪽에서 아까보다 더 많은 수의 보안팀 직원들이 저를 쫓아오는 게 아닌가.

아니, 이 소화기가 대체 뭐라고 저렇게 인력 낭비를 하시나. 초희는 그런 생각을 하면서도 뜀박질을 멈추지 않았다. 다년간의 조깅 실력이 빛을 발하는 순간이었다.

"택시!"

도로로 뛰어나간 그녀는 미친 듯이 손을 흔들었다. 하지만 제 앞에 멈춘 건 택시가 아니라 웬 스포츠카 한 대였다. 곧 창문이 내려가더니.

"타!"

"어?"

창문 너머로 얼굴을 드러낸 건 강주였다.

초희는 고민했다. 아까 중식당에서 난 미셸의 제자인 널 이용한 거라고, 이제 주방에서 허드렛일이나 하는 너는 필요 없다고 아주 못된 말만 쏙쏙 골라 하며 녀석에게 상처를 준 게 고작 한 시간 전 일이었다.

그래놓고 이 차를 타면…… 난 아주 우스워지겠지?

"찾았다! 저깄습니다!"

근데 이건 또 뭔 소리야?

초희는 뒤를 흘끔 쳐다봤다. 보안 직원들이 진짜 개떼처럼 몰려오고 있었다. 그를 본 초희는 냉큼 차에 올라탔다. 그렇다. 그냥 우스워지는 길을 택하기로 한 것이다.

"빨리빨리. 출발!"

게다가 염치도 없이 녀석을 재촉하기까지 했다. 다행인지 불행인지 녀석은 말을 참 잘 들었고, 그녀의 바람대로 녀석은 액셀을 힘껏 밟아 차를 출발시켰다.

"안전벨트."

"어? 어……."

안전벨트를 맨 초희가 룸 미러로 뒤를 살폈다. 다행히 쫓아오는 차는 없었다.

으, 살았다.

하지만 그 평화는 오래가지 않았다.

"너 왜 거짓말해?"

갑자기 녀석이 비난의 눈초리로 저를 흘겨봤다. 초희는 영문을 모르겠다는 얼굴로 고개를 갸웃했다.

"내가 무슨 거짓말을 했는데?"

"아까 집에 가는 길이라며. 근데 왜 아직도 호텔에 있냐고."

"그건…… 그냥 뭐 그렇게 됐어. 근데 왜 화를 내? 남이야 어디 있든 말든."

"어디 있든 말든? 너…… 됐다. 그만하자."

소화기를 품에 안은 채 '왜 저래?' 하며 구시렁거리는 초희를 보며 강주는 억지로 화를 삼켰다.

"근데 그건 뭐야? 어디 불났어?"

"몰라. 이거 때문에 아까 쫓긴 거잖아. 이거 얼마나 한다고 사람을 막 미친 듯이 쫓아오더라."

그들이 쫓은 건 소화기를 훔친 그녀가 아니라 저라는 사실을 아는 강주는 괜히 찔리는 구석이 있어 말을 아꼈다. 그러다 빨간

신호에 정차했고, 그제야 고개를 돌려 그녀의 얼굴을 제대로 볼 수 있었다.

"피까지 났어?"

강주가 초희의 턱을 잡고 돌렸다. 오른쪽 뺨이 새빨갛게 부어오른 걸로 모자라 입술이 터져 피가 나고 있었다.

강주가 이를 악물었다. 이 정도로 세게 맞은 걸 알았다면 윤하제 손목 따위 그냥 아작을 내 버릴걸. 그래서 차유리 눈에서도 아주 피눈물 쏟게 만드는 건데.

"왜, 왜 이래. 이거 놔."

초희가 당황해하며 강주의 손을 얼른 뿌리쳤다. 그러곤 고개를 돌려 창밖을 내다봤다. 창문에 녀석의 얼굴이 비쳤다. 녀석은 여전히 제게서 눈을 떼지 않고 있었다.

"너 왜 맞고 다니냐?"

"어떻게 알았어? 나 맞은 거."

"딱 보면 알지. 어떤 성깔 더럽고 못된 여자한테 뺨 맞았네. 그러게 왜 집에 안 가고 돌아다니다……."

"파란불! 직진!"

"뭐."

"앞에 보라고 앞에."

초희가 앞을 가리켰다. 그러자 녀석이 차를 출발시키며 퉁명스럽게 말했다.

"네가 옆에 있는데 내가 앞이 제대로 보이겠냐?"

왜 저래? 아까부터 계속 툴툴거리는 말투로 저를 대하는 강주 때문에 초희는 어이가 없었다.

그녀는 의아한 눈초리로 녀석을 흘끔 쳐다봤다. 핸들을 잡은 녀석의 손에 잔뜩 힘이 들어가 있었다. 아주 땅이 꺼져라 한숨도 크게 내쉬었다. 그걸 본 초희는 생각했다.

아까 중식당에서 나랑 헤어진 사이에 녀석에게 무슨 안 좋은 일이 있었던 게 분명해.

* * *

"왜 따라 내려? 그냥 가라니까."

초희를 따라 차에서 내린 강주는 뚱한 표정으로 말했다.

"넌 나만 보면 왜 자꾸 가래? 가면 또 막 따라오고, 갑자기 전화해서 신경 쓰여 죽겠다고 투정 부릴 거면서."

강주가 놀리듯 말하자 초희의 얼굴이 새빨개졌다.

"내, 내가 언제! 아까 그 전화는 잘못 건 거라고."

"난 좋았어."

"뭐가?"

"네가 전화해 줘서."

아까 그녀의 전화를 받고 얼마나 기분이 좋았던지. 다시 생각해도 너무 행복해 웃음이 절로 나왔다.

초희는 갑자기 녀석이 환하게 웃자 말문이 막혀 버렸다. 저도 모르게 녀석의 얼굴에 빠져 넋을 잃고 쳐다보고 있었는데.

어디선가 꼬르륵 소리가 들렸다. 순간 제 배에서 난 소리인 줄 알고 초희가 배를 움켜잡았다.

"내 배에서 난 소리야."

강주의 말에 초희는 배에서 손을 천천히 떼어 내며 그를 불쌍하게 바라봤다.

"너 배고파?"

"당연한 거 아니야? 하루 종일 아무것도 안 먹었는데."

"왜? 왜 아무것도 안 먹었어?"

"아까 너랑 같이 맛있게 먹으려고 안 먹었지. 나 말이야 한국 와서 단 한 번도 편하게 밥 먹어 본 적 없어."

거짓말하지 말라고 받아치려던 초희는 녀석의 쓸쓸한 눈빛에 또 말문이 막혀 버렸다.

"뭘 또 그렇게 불쌍하게 봐? 농담이야."

아닌 것 같다. 농담이 아닌 것 같아. 방금 또 소리가 났어. 이 녀석 배 진짜 많이 고픈가 보다. 초희는 망설였다.

"그럼 밥을……."

"같이 먹어 주게?"

"아니! 길 건너에 국밥집 맛있으니까 가서 먹으라고."

"싫어. 혼자는 안 먹어. 나 갈게."

같이 밥 먹어 준다는 줄 알고 얼굴에 화색이 돌았던 강주가 갑자기 축 처진 어깨로 차에 타려고 하자, 초희는 녀석의 팔을 덥석 붙잡았다.

"먹고 가라니까. 너 이렇게 가면 나 또 신경 쓰인다고."

"그럼 더더욱 이러고 가야겠네. 너 신경 쓰이게."

"야!"

초희가 한숨을 크게 내쉬었다.

"너 진짜 나한테 왜 이래?"

"내가 뭘."

"너 묻는 말에 똑바로 대답해. 한국엔 언제 왔어? 정확히."

그녀가 다부진 눈빛으로 묻자 강주도 각 잡고 서서 정확하고 명확하게 얘기했다.

"너 도망가고 정확히 일주일 후에 왔어. 벌써 2년이나 흘렀네."

강주의 대답을 들은 초희는 입이 떡 벌어졌다.

"뭐? 2년? 그럼 너 그동안 어디서 뭐 했는데? 그 호텔 거기 주방에 계속 있었던 거야?"

강주가 짐짓 굳어졌던 표정을 감춘 채 미소를 지었다.

"2년 동안 내가 어디서 어떻게 지냈는지 그거 얘기하려면 하루 꼬박 새워도 모자라. 그래서 말인데…… 덥기도 하고, 다리도 아프고, 우리 들어가서 얘기하면 안 될까?"

녀석이 집을 가리키며 은밀한 눈빛을 보냈다. 초희는 본능적으로 팔로 엑스 자를 그려 제 몸을 보호했다.

"안 돼."

"왜?"

녀석이 뚱한 표정으로 되물었다. 그러자 초희는 저번 날 상체를 탈의한 채 막 집안을 돌아다니던 녀석의 다부진 몸이 떠올라 두 눈을 꽉 감았다 떴다.

"네가 뭘 몰라서 그러는데 한국에서는 여자 혼자 있는 집에 남자 막 함부로 들이는 거 아니야."

"저번엔 들어가게 해 줬잖아."

"그땐 피치 못할 사정이 있었잖아. 아아, 몰라. 나 하나도 안 궁금해. 그래, 그냥 지금처럼 살자. 너 그 2년 동안 나 모른 척하고 잘 살았잖아. 그런 것처럼 앞으로도…….”

“이젠 그렇게 못 하지.”

녀석이 반항기 가득한 눈빛으로 그녀를 빤히 쳐다봤다. 초희는 순간 그 눈빛을 피하는 것도 잊고 말았다.

“이제 더는 못 참아.”

“그, 그럼 뭐 어쩌라고.”

“매일 볼 거야.”

초희에게서 눈을 떼지 않은 채 강주는 그녀의 손가락 끝을 살짝 만지며 말을 이었다.

“매일 만질 거고…….”

농밀한 눈빛에 초희가 놀라 손을 빼 뒤로 감췄다.

“누구 맘대로 만져? 너 한 번만 더 멋대로 나 만지기만 해 봐.”

“너는 나 만져도 돼. 네 멋대로, 언제든지, 어디든, 어떻게든 말이야.”

“쓸데없는 소리 하지 말고 가.”

도망치듯 뒤돌아 건물 안으로 달려 들어가던 초희는 멀리 가지 못했다.

“이거 안 놔?”

그녀를 뒤에서 꽉 껴안은 채 강주가 작게 속삭였다.

“너 때문이야.”

“뭐가 또 나 때문인데?”

귓가에 녀석의 나지막한 음성이 들려왔다.

“난 그날이 처음이자 마지막이었어.”

“갑자기 그게 무슨…….”

"나 그거 안 한 지 2년 넘었다고."

녀석의 호흡이 가빠지기 시작한 순간, 초희는 뒤에서 무언가의 강직도를 느껴 버리고 말았다. 귀가 새빨개진 그녀는 저도 모르게 숨을 참고 말았다.

초희는 순간 그런 생각이 들었다. 뭐지? 나 지금 느끼고 있는 거야?

미쳤어!

뒤늦게 정신을 차리고 팔꿈치로 녀석의 가슴을 퍽 하고 쳐 버렸다. 하지만 녀석은 꼼짝도 하지 않았다. 그렇다고 이러고 가만히 있을 순 없기에 밑으로 쑥 주저앉아 녀석에게서 겨우 빠져나왔다.

"너 진짜 혼난다!"

초희는 화끈거리는 얼굴을 손으로 부채질하며 녀석을 향해 소리쳤다. 그런데 어쩐 일인지 자꾸만 밑으로, 그러니까 녀석의 허리 밑으로 자꾸만 시선이 내려가는 게 아닌가.

그녀는 억지로 시선을 끌어올리는 노력을 해야만 했다.

곤란해하는 녀석의 시선을 피하며 초희는 하늘에 뜬 달을 바라보며 말했다.

"가! 가라고 했다. 너 진짜 3초 안에 안 가면 혼난다."

"어떻게 혼내 줄 건데? 기대되네."

녀석은 뭐가 그리 좋은지 목소리에 웃음기가 한껏 묻어 있었다. 초희가 녀석을 째려봤다. 그러자 녀석은 뜨끔해 하며 자세를 바로 했다. 그러곤 공손한 얼굴로 말했다.

"3초 지났는데, 빨리 혼내 주시죠. 이왕이면 안에 들어가서……."

"너 이러려고 자꾸 내 주변을 맴도는 거였어?"

초희가 실망한 얼굴로 녀석을 쳐다봤다. 그러자 녀석이 고개를 갸웃하며 되물었다.

"이러려고?"

"어. 너 나랑 자고 싶어서 이러는 거잖아."

"뭐, 안 자고 싶은 건 아니지."

"그래, 그럼 한번 자자. 원하는 대로 해 줄게. 대신 한번 자면 너 다신 내 앞에 나타날 생각하지 마. 알았지? 따라와."

초희는 홧김에 말을 하고는 방향을 틀어 집 쪽으로 향했다. 그런데 뒤에서 아무 소리도 들리지 않았다.

"왜 안 따라와?"

초희가 휙 뒤를 돌아봤다. 그런데 좋다고 따라올 줄 알았던 녀석이 차에 올라타고 있었다. 화를 내고 있었던 것도 잊고 초희는 당황한 얼굴로 달려가 조수석 창문을 두드렸다.

곧 창문이 내려가고 녀석의 얼굴이 드러났다.

강주는 초희를 원망스레 쳐다보며 말했다.

"나 너랑 안 자."

"뭐?"

"너랑 안 잔다고. 대신 평생 네 옆에 있을 거야. 그래, 그럴 거야. 안 잘 거야, 안 자!"

녀석은 마치 자신에게 다짐하듯 여러 번 안 잔다는 것을 강조하며 외쳤다. 그런 녀석을 초희는 황당하게 쳐다봤다. 어째 뉘앙스가 꼭 삐진 사람 같았다.

"그리고 너, 그딴 소리 딴 놈한테 하면 너야말로 진짜 혼난다."

"그딴 소리?"

"그래. 나니까 이러고 그냥 가는 거야. 난 너 사랑하니까."

예전부터 느꼈지만, 이 녀석은 사랑한다는 말을 너무 쉽게 한다. 그러니까 그 말에, 그 단어에 큰 의미를 두지 말자. 초희는 그렇게 마음속으로 되뇌었다.

하지만 마음과 달리 이미 아까부터 그녀의 심장은 요동치고 있었다. 그 말과 그 단어 때문에.

녀석은 마치 그런 마음을 들여다보기라도 한 듯 여유로운 미소를 지었다.

"잘 자. 난 오늘 밤 누구 때문에 못 잘 것 같지만, 노력해야지. 꿈에서도 너 만나려면."

그렇게 녀석은 '간다.' 짧게 외치고는 창문을 닫았다.

부앙, 소리와 함께 골목을 빠져나가는 차 뒤꽁무니를 응시하던 초희는 한동안 멍해져 있었다. 그러다 불현듯 아까 등허리에서 느껴졌던 그것이 떠올라 몸을 부르르 떨었다.

"으으!"

괴성과 함께 머리카락을 마구 헝클어뜨리며 그녀는 건물 안으로 잽싸게 뛰어 들어갔다.

* * *

"루카, 네가 여긴 어떻게 들어왔어?"

초희는 이해가 되지 않았다. 샤워를 하고 욕실에서 나오니 녀석이 침대에 누워 있었다. 마치 자기 집처럼 편하게.

"너 얼른 안 내려와? 왜 남의 침대에……."

초희는 어안이 벙벙한 표정으로 강주의 얼굴을 뚫어져라 쳐다 봤다.

그런데 참 이상한 일이었다. 녀석은 그녀의 말이 들리지 않는지 그저 손으로 턱을 괸 채 관능적인 눈빛을 보내고 있었고, 그녀의 다리 역시 의지와 상관없이 녀석에게로 향하고 있었다.

그렇게 초희는 순식간에 녀석의 옆에 누워 아주 가까운 거리에서 서로를 바라봤다.

칼같이 잘 다듬어진 턱선, 바다처럼 깊고 짙은 눈동자, 조물주의 세심한 손길이 느껴지는 콧날과 입술.

녀석의 얼굴을 가까이에서 바라보며 초희는 뒤늦게 깨달았다.

아, 꿈이구나. 지금의 너는 허상이고, 나는 꿈속이구나.

그 순간 초희의 표정이 어느 때보다도 편안해졌다. 그녀는 녀 석을 애틋한 눈빛으로 바라봤다.

좋다. 너무 좋네. 이렇게 아무 걱정 없이 네 얼굴 실컷 바라 볼 수 있어서.

"나도."

녀석은 마치 제 마음속 생각을 들은 것처럼 바로 대답했다. 초희는 놀란 얼굴로 녀석을 향해 물었다.

"들렸어?"

"당연하지. 네가 말 안 해도 난 다 알아."

"뭘 다 알아?"

"너도 나 사랑하잖아. 보내기 싫잖아. 나 밀어낼 때마다 아프잖 아."

순간 눈물이 핑 돌았다. 초희가 약해진 틈을 타 녀석은 그녀의 몸 위에 올라탔다. 초희는 위에서 저를 내려다보는 강주의 눈빛을 피하지 않았다.

무슨 꿈이 이리도 생생한지. 녀석의 눈빛에 무수히 많은 감정이 스쳐 지나가고 있는 게 또렷이 보였다. 그중 가장 강렬한 욕망은 색정이었다.

"2년 만에 하려니까 떨리네."

"뭐, 뭘 하려고?"

"너도 하고 싶어서 나 부른 거 아니야?"

강주가 초희의 얼굴에서 시선을 떼지 않은 채로 셔츠 단추를 풀기 시작했다. 그러다 인내심에 한계가 다다른 표정으로 셔츠를 그냥 벗어 버렸다. 단추 몇 개가 툭 떨어져 나가는 소리와 함께 녀석의 넓은 직각 어깨와 탄탄한 가슴 근육이 드러났다.

보고 있자니 감탄사가 절로 나왔는데…… 잠깐, 뭔가 이상하다. 초희가 대뜸 녀석의 단단한 가슴에 손을 떡하니 올렸다.

"흉터가…… 여기 되게 위험한 자국이 있었는데. 이거 진짜 꿈인가 보네. 그치? 루카, 이거 꿈이지?"

녀석은 또 내 목소리가 들리지 않는지 그저 미소만 짓고 있었다.

초희도 웃으며 녀석의 수려한 얼굴을 올려다봤다. 색기가 좔좔 흐르다 못해 넘치는 그의 눈빛을 마주하자 문득 그런 생각이 들었다.

그래, 이건 꿈이야. 그럼 내가 그냥 하고 싶은 대로 맘껏 해도 되는 거잖아.

내가 하고 싶은 대로…….

초희의 시선은 점점 밑으로 옮겨 갔고, 녀석의 섹시한 장골 그리고 그 아래 중심부에 닿으려던 찰나.

"……!"

순식간이었다. 녀석의 입술이 제 어깨 위 살갗에 닿았다.

강주의 커다란 몸 아래에서 초희는 꿈인데도 심장이 빨리 뛰는 게 느껴졌다.

과격한 몸짓과 달리 녀석은 부드러운 손길로 그녀를 어루만졌다. 녀석이 저를 애틋하게 쳐다볼 때면 초희는 정말 미쳐 버릴 것만 같았다.

"보고 싶었어."

다정한 목소리와 말투. 하지만 그와 달리 녀석의 손길은 점점 더 무례하게 변했다. 그녀의 슬립 안을 파고든 녀석의 커다란 손이 허벅지 안쪽을 거쳐 목적지를 향해 거침없이 위로 올라갔다.

그는 욕정에 가득 찬 눈빛으로 그녀의 눈동자를 옭아매고 있었다.

거부할 틈은 없었다. 그녀는 속수무책으로 무너져 내렸다. 어느새 다리 사이를 파고든 녀석의 몸. 그리고 그녀의 양쪽 손목은 포박당해 머리 위로 올려졌다.

"으흣!"

짐승처럼 제 몸을 핥아 대던 녀석의 입술이 제 입술에 닿는 순간 온몸이 녹아내릴 것처럼 힘이 빠져 버렸다. 헐떡이는 녀석의 숨결이 너무 뜨거웠다.

"아, 거, 거긴…… 안 돼!"

키스에 정신이 팔려 발목에서 찰랑이던 롱 슬립이 가슴 위까지 올라간 줄도 몰랐다. 그사이 강주의 얼굴은 어느새 아래로 내려가 있었다.

녀석은 매끈한 그녀의 왼쪽 발목을 잡고 종아리에 난 흉터를 혀로 핥고 있었다.

쾌락인지 고통인지 알 수 없는 감각.

그만두라고 말하고 싶은데 말문이 막힐 정도로 아찔했다. 발버둥 칠수록 녀석의 입술은 더욱더 강하게 움직였다.

"……그만! 거긴 싫어……."

아무리 꿈이라지만 너한테만은 보여 주고 싶지 않아.

"싫어. 루카, 그만해…… 제발……."

애원하듯 말했지만 소용없었다. 그의 입술은 멈추지 않았다. 흉측한 제 다리 위에서 아름다운 녀석의 입술은 떨어질 줄 몰랐다.

"……!"

그런데 그때였다. 어디선가 쾅쾅쾅, 망치질하는 소리가 들렸다. 침대가 흔들리고 천장이 금방이라도 무너질 것처럼 균열이 가기 시작했다.

"으악!"

초희의 두 눈이 번쩍 떠졌다. 곧 흐릿했던 시야가 점점 선명해지더니 텅 빈 옆자리가 보였다.

"……."

적막이 감도는 침실 안.

"어떡해……."

말도 안 돼.

"내가 그 녀석이랑…… 루카랑…… 꿈에서 뭘 한 거야? 나 진짜 미쳤나 봐!"

꿈을 꿔도 하필 그런 꿈을 꾸다니. 내가 그 녀석이랑 자다니!

쾅쾅. 쾅쾅쾅.

얼굴을 양손으로 감싸 쥐며 괴로워하던 초희는 꿈에서 저를 깨운 망치질 소리의 근원지인 천장을 올려다봤다.

아침마다 공사 소음으로 하루를 시작한 지 벌써 일주일째.

그녀는 그러려니 하며 베개로 귀를 틀어막고 이불 속으로 들어갔다가 다시 벌떡 일어났다.

"잠깐, 근데 저 공사, 건물주가 하는 거잖아?"

초희가 곰곰 생각에 잠겼다.

공사를 주도하고 있는 건 건물주. 건물주는 차강주. 차강주는 루카.

에잇!

"루카 이 녀석 대체 무슨 공사를 하는 거야?"

서둘러 침대에서 내려온 초희는 천장을 째려봤다. 대체 내 윗집에서 녀석은 지금 무슨 짓을 벌이고 있는 걸까?

6

그녀가 사는 집은 3층, 그 건물 2층엔 마초 에이전시가 있었다. 그런데 오늘따라 이상하게 늘 조용하던 에이전시가 시끌벅적했다.

"대표님!"

소속 모델 고표석이 저를 부르자 초희는 뒤늦게 정신을 차리고 대답했다.

"어? 왜?"

"하실 말씀 있다면서요."

"아…… 어. 내가 어디까지 얘기했더라?"

오래간만에 사무실로 소집당한 마초 에이전시 소속 모델 고표석과 지해용이 의아한 눈초리로 초희를 쳐다봤다.

대표님이 이상하다. 중요하게 할 말이 있다고 저희를 불러 놓고 계속 천장만 올려다보며 딴생각 중이다.

"제가 위에 올라가서 항의하고 올까요?"

"뭐라고?"

"지금 시끄러워서 대표님 말씀이 잘 안 들린다구요!"

또 시작된 공사 소음에 표석이 소리를 고래고래 질렀다. 초희는 먹먹해진 귀를 매만지며 다시 천장을 올려다봤다.

아니, 대체 무슨 공사를 하는 거야? 왜 공사를 하는 거야?

"표석아! 그렇게 하자. 올라가 보자!"

"네? 그만하라고요? 집에 가라고요?"

두 사람은 마치 헤드셋을 끼고 퀴즈를 맞히는 예능인처럼 동문서답을 하고 있었다.

해용은 서로 엉뚱한 소리만 해대고 있는 표석과 초희를 옆에서 한심하게 쳐다봤다. 그러다 안 되겠는지 표석을 문밖으로 밀며 위를 가리키며 시크하게 말했다.

"위에. 갔다. 오라고."

또박또박 한 글자씩 끊어 말하는 해용의 말을 표석이 알아들었다. 표석은 반색하며 손가락으로 오케이 표시를 한 뒤 후다닥 계단을 뛰어 올라갔다.

그사이 공사 소음이 멈췄고, 초희는 기진맥진한 표정으로 해용을 쳐다봤다.

"미안. 시끄럽지?"

"네."

해용이 바로 대꾸했다.

하여튼 이 녀석은 입에 발린 소리는 절대 안 하는 타입이라니까.

표석이 같았으면 괜찮다고, 대표님이 더 고생 많으시다고 해 줬을 텐데.

초희는 살짝 서운한 표정으로 해용을 흘끔 쳐다봤다.

"하실 얘기가 뭐예요?"

"아…… 그 얘기는 표석이 오면 할게. 근데 그동안 잘 지냈어? 뭐 하고 지냈어? 지금 여름 방학이지? 해용이 네가 무슨 과더라?"

"경영이요."

"아아 맞다. 아버지가 어디 제약회사 사장이랬는데…….."

초희가 말끝을 흐렸다. 해용의 얼굴에 '그래서 뭐 어쩌라고' 그렇게 쓰여 있었기 때문이다.

"근데 나 진짜 궁금한 게 하나 있는데. 넌 나랑 계약 왜 한 거야?"

"표석이가 하고 싶다고 해서요."

그러니까 지금 이게 어떻게 된 거냐면 초희가 길거리에서 캐스팅을 한 건 해용이었다.

근데 녀석이 자기 친구도 같이 계약시켜 주면 한다기에 둘을 계약했는데, 얘는 마스크가 독보적이라 열심히 하면 뭔가 될 것 같은데 되게 하기 싫어하고, 표석이는 솔직히 제가 봐도 가능성이 제로인데 너무 열심히 하는 거지.

둘이 반반씩 섞이면 얼마나 좋을까?

"대표님, 근데 금소나 걔 요즘 뭐 하고 돌아다니는 거예요?"

소나 얘기에 초희가 두 눈을 크게 떴다.

"소나? 소나는 왜? 혹시 너 연락되니?"

"저번 주였나? 편의점에서 걔 알바하고 있는 거 봤어요."

"소나가 알바를 한다고? 왜?"

계약금을 몇 억씩이나 받은 애가 알바를 왜 하고 있느냔 말이다. 런웨이에 섰다는 소식은 들리지도 않고.

"모르죠. 근데 표정이 좀 안 좋아 보이던데 그리고……."

"대표님! 큰일 났어요!"

소나의 근황을 좀 더 자세히 얘기하려던 해용의 말을 끊은 건 표석이었다. 헐레벌떡 달려 들어온 표석이 가쁜 호흡을 내쉬며 말했다.

"위에, 위에……."

"위에 뭐? 아아, 됐어. 그냥 말하지 마. 표석, 지금 그게 중요한 게 아니야. 해용아 그래서 소나 표정이 어떻게 안 좋았는데? 그리고 뭐?"

"누구한테 맞았던데. 얼굴에 멍이 들었더라고요. 지금 대표님처럼."

해용이 초희의 얼굴을 가리켰다. 녀석의 예리함에 초희가 흠칫 놀랐다.

"화장으로 가린다고 가렸는데 그래서 더 티가 났죠."

"대표님 누구한테 맞았어요? 어? 진짜 멍들었네."

표석이 초희의 살짝 부어오른 오른쪽 뺨을 유심히 쳐다봤다. 초희는 순간 어제 차유리에게 뺨을 맞은 일이 떠올라 또 분노가 샘솟았다.

소나가 맞았다고? 혹시 차유리 그년이 또?

"우씨. 그 미친년 내가 가만 안 둬!"

초희는 갑자기 아랫입술을 꽉 깨물며 분노를 온몸으로 드러냈다. 그녀는 이 원수를 어떻게 갚으면 좋을까 고민하다가 뒤늦게 녀석들을 소집한 이유가 떠올랐다.

"너네 오늘부터 특훈이야!"

"무슨 특훈이요?"

"다음 달에 명원패션 주최로 모델 선발 대회가 열릴 거래. 신인, 경력 아무나 다 지원할 수 있대. 우리 거기 나가자. 상 휩쓸어 버리자고!"

"저희 둘이요?"

"응. 표석이 너는 몸부터 좀 다시 만들자. 내가 피트니스 끊어 놨으니까 내일부터 가면 돼. 그리고 해용이 넌 너만의 개성 있는 워킹법을 빨리 찾아야 돼. 관중들을 확 사로잡을 수 있는."

"대표님처럼요?"

"어? 나?"

"대표님 데뷔 영상 본 적 있어요. 그거 보고 이쪽 일 관심 생긴 거예요. 그래서 계약한 거고."

얘 뭐야. 아깐 표석 때문이라더니. 초희는 갑자기 해용이 제 칭찬을 하자 쑥스러워하며 몸을 배배 꼬았다.

"뭐, 내가 그때 좀 멋있긴 했지. 하하."

"저도 봤어요! 그 빨간 미니 원피스에 노란 구두 신고!"

이번엔 표석이까지 합세했다.

"얘들아 알았으니까 나 그만 좀 띄워. 이러다 날아가겠다."

"근데 대표님, 그때 몇 살이었어요?"

"나이는 왜?"

초희가 정색하며 표석을 흘겨봤다. 그러자 표석이 진지한 얼굴로 대답했다.

"지금이랑 그대로길래 궁금해서요."

"근데 너넨 그 영상 어디서 봤어?"

"저는 방금 봤어요. 영상이 아니라 사진으로."

"뭐? 방금? 사진? 그게 무슨 말이야?"

초희가 되묻자 표석이 해맑은 얼굴로 대답했다.

"위에 공사하는 집 있잖아요. 거기 대표님 사진 걸려 있어요. 액자가 저 현관문의 네 배 정도 되는 것 같더라구요. 엄청 커요."

"뭐, 뭐라고?"

"올라가 보세요. 진짠데……."

표석의 말이 끝나기도 전에 초희는 밖으로 달려 나갔다. 마침 위에서는 이삿짐센터 유니폼을 입은 사람들이 내려오고 있었다. 초희는 서둘러 계단을 올라갔다.

문은 활짝 열린 상태였다. 초희는 천천히 그 안으로 들어갔다.

거실엔 정말 표석의 말대로 제 사진이 벽에 크게 걸렸다. 그리고 그 앞에는 강주가 서 있었다. 그는 팔짱을 낀 채 액자 속 초희를 애틋하게 바라보는 중이었다.

뭔가 말을 걸기 참 애매한 상황에 놓였다. 초희가 도로 나가야 하나, 왜 남의 사진을 막 걸어 놓냐고 따져야 하나, 대체 어떻게 해야 할지 고민하고 있었는데.

그 고민을 끝내기도 전에 강주가 먼저 고개를 돌려 그녀를 바라봤다.

그가 웃으며 말했다.

"사진 잘 뽑았지?"

"아…… 지금 내가 널 칭찬해 줘야 하는 상황이야?"

"그랬으면 좋겠는데, 표정을 보니 또 욕을 먹겠군."

"야!"

초희가 소리를 버럭 지르자 강주는 그럴 줄 알았다는 듯 태연한 얼굴로 귀를 매만졌다.

"이제 다음 멘트는 '너 또 왜 왔어?', '가라니까'겠지?"

"아주 잘 아네. 너 또 왜 왔는데?"

"말했잖아. 매일 볼 거라고."

"가라니까."

"말했잖아. 안 간다고. 갈 생각 있었음 어제 너랑 잤지."

강주가 초희에게 성큼 다가갔다.

"나 어제 참느라 죽을 뻔했어. 꿈도 꿨어. 너랑 침대에서……."

"치, 침대?"

초희가 화들짝 놀라며 뒷걸음치다 넘어질 뻔했다. 하지만 강주가 더 빨랐다. 그는 당황한 그녀의 허리를 잡아 안으며 피식 웃었다.

"왜 이렇게 놀라? 혹시 우리 어제 같은 꿈 꿨나?"

"아, 아니거든? 나 어제 꿈 같은 거 안 꾸고 완전 꿀잠 잤거든?"

초희가 녀석의 품에서 떨어져 나오며 강하게 부정했다. 그런 그녀를 강주가 잔뜩 서운한 기색으로 바라봤다.

"그래? 난 니 꿈 꿨는데. 우리 되게 좋은 시간 보냈는데……."

"야, 너 그렇게 쳐다보지 좀 마."

"내가 어떻게 쳐다보는데?"

말로 설명하기 곤란했다. 녀석의 눈빛이 닿을 때마다 명치 끝이 미친 듯이 간지럽다가도 너무 아리고, 어떨 땐 심장이 반으로 쪼개질 것처럼 아팠다.

"초희야, 너도 그런 얼굴로 나 쳐다보지 마."

"……."

"그런 얼굴로, 그런 눈빛으로 맨날 가라고 하면 누가 가냐? 내가 어떻게 가냐?"

강주가 작게 한숨을 내쉬며 손을 뻗더니 초희의 뺨을 만졌다.

"이거 어쩔 거야. 멍들었네. 병원 가자."

"뭐 이런 걸로 병원을 가. 괜찮아."

초희는 제 손목을 잡아끄는 강주의 손을 뿌리치며 말했다.

"근데 너…… 내가 혹시나 해서 묻는 건데, 여기로 이사 온 건 아니지?"

"왜 아니야? 맞지. 진작 왔어야 했는데 너무 늦게 왔네. 반가워, 우리 이제 가족보다 더 가까운 이웃사촌이야. 일단 거기서부터 시작하려고."

그렇게 말하며 녀석이 환하게 웃었다. 부드럽게 호선을 그으며 웃는 녀석의 입술을 응시하던 초희는 순간 얼굴이 화락 달아올랐다. 어젯밤 꿈속에서 저 입술로 제 다리를 핥던 녀석이 생각난 것이다.

"대표님!"

꿈을 떠올리며 정신을 못 차리던 그녀를 구한 건 표석이었다. 표석은 감히 두 사람 사이에 끼어들지 못하고 문 앞에 서서 다급히 외쳤다.

"큰일 났어요! 얼른 내려와 보세요!"

초희는 강주를 흘끔 보더니 서둘러 계단을 내려가 사무실로 뛰어 들어갔다. 그러자마자 뜻밖의 인물이 사무실에 있는 것을 보고 그녀는 두 눈이 커다래졌다.

"소나야!"

"대표님……."

소나가 울먹이며 초희를 향해 달려오더니 품에 와락 안겼다.

갑작스러운 소나의 등장에 초희는 믿기 어려운지 두 눈을 끔뻑이다가 자신의 품 안에서 엉엉 소리 내어 우는 소나를 안타깝게 바라봤다.

묻고 싶은 말이 참 많았지만, 초희는 그저 아이의 등을 어루만져 주었다. 그렇게 한참을 초희의 품에서 울던 소나가 갑자기 바닥에 무릎을 꿇고 앉았다.

"잘못했어요! 대표님, 저 다시 받아주세요. 진짜 잘할게요. 제가 더 노력할게요."

소나가 왜 명원패션으로 갔었는지 이미 알고 있던 초희는 아이를 일으켜 세웠다. 그리고 미안한 눈빛으로 말했다.

"소나야…… 다음부턴 절대 그러지 마. 대체 내가 뭐라고 네가 그런 거지 같은 데를 가!"

소나의 뺨에 멍 자국이 옅게 남아 있는 것을 본 초희는 너무 속상해서 아이를 타박했다.

"너 그년한테 맞았지? 왜 맞았어? 몇 대 맞았어? 똑바로 말해. 안 그럼 안 받아 줄 거야."

"네?"

"몇 번!"

"세…… 번? 아, 네 번인가?"

"기억이 안 날 정도로 많이 맞은 거야? 이 죽일 년!"

연장을 찾는 듯 두리번거리던 초희가 그냥 맨손으로 달려 나가려고 하자 표석과 해용이 문 앞을 막아 섰다. 불같은 초희의 성격을 잘 알고 있었기 때문이다.

전에도 한 번 이런 비슷한 일이 있었다. 그때 그녀는 가위를 들고 가서 갑질하는 디자이너의 옷을 조각 내 버렸다지.

그때가 떠오른 해용과 표석이 씁쓸한 표정을 지으며 더욱 필사적으로 문 앞을 사수했다.

"비켜! 내가 아주 그년 얼굴도 갈기갈기 찢어 버릴 거야!"

당장 뭔 사고를 쳐도 크게 칠 기세인 초희를 소나가 황급히 붙잡았다.

"대표님 제발 참으세요! 이제 다 끝났어요. 저 위약금 내고 당당하게 나왔고, 이제 거기랑 엮일 일 절대 없어요. 저 무서워요. 다신 그 얼굴 보고 싶지도 않아요."

차유리의 얼굴을 떠올리기만 해도 소름이 끼치는지 소나의 얼굴이 창백해졌다. 그런 소나를 안타깝게 쳐다보던 초희는 애써 화를 가라앉히다가 문득 그런 의문이 들었다.

"근데 위약금을 내고 왔다고? 내가 어제 들어 보니까 액수가 장난 아니던데. 그 큰돈을 어디서 구했어?"

"그, 그게…… 그러니까……."

뭐라고 둘러대면 좋을지 눈알을 데구르르 굴리던 소나는 때마침 어슬렁거리며 사무실에 들어온 강주를 발견하곤 놀라 두 눈을 크게 떴다.

"금소나 너 왜 말을 못 해? 그 큰돈이 어디서 났냐니까?"

초희가 재차 물었다. 그러자 소나는 사무실 문 앞에 서 있는 강주를 흘끔 쳐다봤다. 강주가 뭔가 부탁하는 눈빛으로 손가락을 입술에 갖다 대고 있었다. 이미 강주와 약속한 게 있었던 소나는 입을 다물 수밖에 없었다.

하지만 아무것도 모르는 초희는 소나가 제 물음에 똑바로 대답하지 못하고 계속 말을 얼버무리자 표정이 심각해졌다. 뭔가 굉장히 안 좋은 촉이 왔기 때문이다.

"너 설마……."

"죄송해요! 절대 말하지 말라고 하셔서……."

"말하지 말라고 했다고? 거기 어디야?"

"네?"

초희가 다 알고 있다는 표정으로 쳐다봤지만 다 아는 게 아닌 것 같았다. 소나는 난감했다.

"어디 사채 썼냐고. 똑바로 말 안 해? 금소나 너 진짜!"

초희가 속상해 죽겠다는 얼굴로 소나의 등짝을 찰싹 소리가 나게 때렸다. 소나는 아파하면서도 이렇게 그냥 넘어간 게 다행인 건가? 싶어 알쏭달쏭했다.

"그런 거 함부로 쓰면 안 돼. 넌 내 꼴을 보고도 그런 델 간 거야? 대체 어디야? 당장 가서 무르자. 사채는 하루라도 빨리 갚아야 돼. 그냥 두면 큰일 난다고."

과거 오빠가 쓴 사채 때문에 놈들에게 끌려가 위험한 일을 당할 뻔했던 초희는 행여라도 제가 밟았던 전철을 소나가 따라 밟을까 봐 덜컥 겁이 났다.

걱정이 가득 담긴 초희의 얼굴을 마주한 소나는 마음이 뭉클해졌다.

"대표님 걱정 마세요. 사채 아니에요. 저 겁 많아서 그런 거 못 써요."

"진짜 아니야? 그럼 누가 너한테 그렇게 큰돈을 빌려줬는데?"

"그러니까…… 그……로또! 로또요. 제가 로또에 당첨됐어요!"

"뭐?"

백 퍼 안 믿는 눈치다. 소나는 환장할 것만 같았다. 거짓말은 정말 그녀의 적성이 아니었기 때문이다. 심장이 벌렁벌렁하니 들킬까 조마조마했다.

"금소나 너 진짜……."

"죄송해요. 사실 그 돈은……."

에라, 모르겠다. 만난 지 얼마 안 된 강주와 한 약속보다 초희가 우선이었던 소나는 모든 사실을 이실직고하기로 마음먹었다.

그런데 그때.

"거기 어디야?"

"네?"

"로또 어디서 샀냐고. 넌 치사하게 그런 일이 있었음 나한테 말을 했어야지. 당첨되고 입 싹 닫은 거야? 내가 뭐 너 뜯어먹을까 봐 그랬나?"

"하하하. 그런 게 아니라, 죄송해요."

"근데 진짜 로또 어디서 샀어?"

멋쩍게 웃는 소나를 향해 초희가 작게 물었다. 소나는 의심을 피하기 위해 바로 대답했다.

"명원대 사거리에 있는 편의점이요."

"오케이, 알았어. 나도 조만간 가 봐야겠다. 몇 등 당첨된 거야?"

로또에 엄청난 관심을 보이는 초희 몰래 소나는 안도의 한숨을 내쉬었다. 그리고 머리를 쥐어짜 내고 짜내서 최대한 현실감 있게 로또 당첨 후기를 전했다.

초희는 소나가 제게 거짓말을 하고 있으리라곤 전혀 상상도 하지 못한 채 그 얘기를 진지하게 듣고 있었다. 강주는 그런 초희를 문에 기댄 채 지켜보며 작게 웃음을 터뜨렸다.

"하여튼 돈 되게 좋아해."

"네. 저희 대표님 돈 되게 좋아하세요. 근데 누구세요? 아까부터 왜 계속 거기 서 계세요?"

표석이 불쑥 고개를 돌려 강주를 향해 물었다. 마찬가지로 해용도 강주를 위아래로 훑어보며 경계의 눈빛을 보냈다. 그러다 강주의 수려한 외모와 훤칠한 키 그리고 다부진 몸매를 보며 확신했다.

"새로 계약한 모델인가?"

"오오 진짜? 대박. 어쩐지……."

해용의 말에 맞장구를 치며 표석이 강주의 외모를 자세히 보더니 엄지를 추켜세웠다.

"역시 우리 대표님 안목은 끝내준다니까. 그러니까 이 몸을 캐스팅……."

"아니야. 그 사람은 외부인이야, 외부인."

자화자찬에 빠진 표석의 말을 자르고 초희가 말했다. 그러자 강주가 못마땅한 표정을 지으며 대꾸했다.

"내가 왜 외부인이야? 이 건물 내 건데."

녀석이 건물주부심을 부리며 사무실 안으로 들어왔다. 초희는 녀석을 막을 수가 없었다. 건물주님이 본인 건물에 들어오겠다는데 어떻게 말리겠는가.

"여기 수리 좀 해야겠네. 모델 에이전시답게 거울도 싹 달고 말이야. 음……."

강주는 아주 느긋한 자태로 턱을 매만지며 사무실을 둘러봤다. 그렇게 머릿속으로 인테리어 구상을 하고 있었는데.

"얘들아, 가자!"

초희가 찬바람을 쌩 일으키며 저를 그냥 지나쳐 가는 게 아닌가. 당황한 강주가 고개를 홱 돌렸다. 그녀가 아이들을 우르르 끌고 밖으로 나가고 있었다.

"우리 저녁 먹으러 가자. 소나도 돌아왔으니까 오늘은 내가 쏜다!"

"초희야, 나는? 나도 가도 되지?"

그녀의 뒤를 바짝 쫓으며 강주가 물었다. 하지만 돌아오는 대답은 없었다. 이제 완전 투명 인간 취급이다. 그래도 오지 말라고는 안 하니까 다행인 건가?

긴가민가하던 강주가 이마를 긁적이며 나란히 걷는 세 사람의 뒤를 따라가고 있었는데, 갑자기 초희가 고개를 휙 돌렸다. 매서운 눈초리에 강주는 저도 모르게 걸음을 멈췄다.

"건물주 씨, 오늘은 우리 회사 사람들끼리 단합 대회 하는 거니까 끼어들지 마시고, 따라오지도 마세요. 아셨죠?"

초희가 으름장을 놓더니, 다시 아이들을 끌고 골목을 내려갔다.

그 모습을 뚱하게 쳐다보던 강주는 다른 것도 아니고 회사 일을 한다는 그녀를 방해할 생각은 없었기에 그냥 얌전히 뒤돌아 집으로 돌아갔다. 그런데 건물 앞에 다다랐을 때쯤 문자가 한 통 도착했다.

　[왜 안 오세요? 지금 대표님 걸음 엄청 느려졌는데. 약국 건너편 '황소고기'입니다.]

　지원군에게서 온 문자를 확인한 강주가 피식 웃었다. 그는 차 한 대 팔아 치운 보람이 있다고 생각하며 골목을 내려갔다.

* * *

　"위약금을 현금으로 지불하고 갔다고?"
　차유리는 비서에게서 오늘 오전에 있었던 일들을 보고받고는 어이없는 웃음을 지었다.
　"송 비서는 지금 그게 말이 된다고 생각해? 금소나 걔가 그 큰 돈을 어디서 구해?"
　차유리의 말이 끝나기도 전에 송 비서는 그 큰돈이 입금된 통장과 소나가 받아 간 전속 계약 해지 합의서를 내밀었다.
　서류들을 확인한 차유리가 이번엔 큰 소리로 웃음을 터뜨렸다.
　"푸하하. 미친 거 아니야? 걔 무슨 로또라도 맞았대? 어이가 없네."
　"아, 그리고 이것도……."
　"이건 또 뭔데!"

차유리는 송 비서가 쭈뼛거리며 내민 서류를 홱 뺏어 들었다.

"뭐? 고소장?"

"금소나 양이 본부장님께 꼭 전해 주라고 하더라고요."

"합의금이 지금 이게 얼마야? 2…… 20억? 위약금보다 액수가 더 크잖아!"

고소장 내용을 읽어 내려가던 차유리가 눈을 치켜떴다. 송 비서가 흠칫 놀라며 말까지 더듬었다.

"그, 그래도 합의를 해 주시는 게……."

"송 비서 너 미쳤니? 내가 그딴 어린 계집애가 부린 얄팍한 술수에 그냥 넘어갈 것 같아?"

"이번 주 안으로 합의 안 해 주면 언론에 알리겠다고 하고 갔습니다."

"뭐? 언론?"

가만히 생각에 잠겨 있던 차유리가 자리에서 벌떡 일어났다.

"이거 마초희 그년 짓이 분명해!"

"네?"

"멍청한 금소나 혼자 벌일 수 있는 짓이 아니라고. 이거 분명 마초희 그년이 뒤에서 금소나 조종하고 있는 거야. 애초에 처음부터 둘이 판을 짠 거라고. 짜증 나!"

"그럼 어떻게 할까요?"

"어떻게 하긴 뭘 어떡해!"

차유리가 고함을 지르며 고소장을 갈기갈기 찢어 버렸다. 송 비서는 바닥에 흩뿌려진 종이 쪼가리를 손바닥에 주워 담으며 소심하게 말했다.

"본부장님이 금소나 양 폭행한 사실이 언론에 알려지게 된다면, 이번 주총에서 불리해지실 것 같은데…… 그렇게 되면 사장님 해임안 상정은 물 건너가고, 본부장님이 사장으로 승진하는 것도 물 건너가는……."

"송 비서 넌 누구 편이니? 나도 알아! 안다고. 닥치라고!"

손톱을 깨물며 초조한 기색을 숨기지 못하는 그녀를 송 비서가 흘끔 보더니 죽겠다는 얼굴로 또 입을 열었다.

"본부장님, 한 가지 더 전해 드려야 할 소식이 남았는데요."

"뭔데? 아니, 잠깐. 일단 급한 대로 금소나 그년 입부터 막아."

"그럼 합의해 주시는 겁니까?"

"어. 일단은 원하는 대로 해 주라는 거지. 그다음 주총 끝나고 사장 되기만 해 봐. 내가 마초희, 금소나 다 죽여 버릴 거야."

사람 죽인다는 말을 아무런 죄의식도 없이 해대는 차유리를 보며 송 비서는 신물이 났다.

"그다음!"

"네?"

"하나 더 남았다며."

"아, 그게…… 동생분……."

"누가 내 동생이야!"

"차강주 씨가 호텔을 그만뒀다고 합니다. 주방에 사직서 제출한 걸로 파악되고 있습니다."

듣던 중 반가운 소리였다. 차유리가 이제야 구겨져 있던 미간을 펴고 활짝 웃었다.

"그 새끼 쫄았네. 어제 일로 나한테 보복당할까 봐 겁먹었어.

그러게 왜 수습도 못 할 일을 벌여?"

차유리는 문득 어제 악마 같은 얼굴로 하제의 손목을 밟던 녀석이 떠올랐다.

대체 왜 그런 걸까? 그 호텔 하나 갖겠다고 내내 얌전히 있던 녀석이. 큰오빠와 제가 아무리 때리고 짓밟아도 악, 소리 한번 내지 않고 참아 내던 녀석이.

"그 녀석 호텔 관둔 거 할아버지도 아셔? 아셔야 할 텐데."

"그렇지 않아도 회장님께서 호출하셨습니다. 저녁 식사에 동생분 아니, 차강주 씨도 꼭 참석하라고 하신 모양입니다."

"그래?"

차유리가 반색했다. 드디어 할아버지가 녀석을 내칠 모양인가 보다.

"송 비서, 그럼 우리 오늘 파티할까? 저번에 내가 말한 거 그거 준비해. 작별 인사는 제대로 해 줘야지. 우리 귀여운 애송이."

소나와 초희에게 받은 스트레스를 강주에게 풀려는 듯 차유리가 악랄한 미소를 보였다.

"차강주 지금 위치는?"

* * *

"건배!"

'황소고기'는 소고기 전문점이었다. 가게 한가운데 자리를 잡은 마초 에이전시 소속 모델 셋과 대표는 힘차게 잔을 부딪쳤다.

그런데 웬일인지 불판 위에서 지글지글 맛있게 익어 가는 소고기를 눈앞에 두고도 초희는 신경이 온통 밖에 쏠려 있었다.

녀석의 모습이 보이지 않았다. 따라오지 말랬더니 정말 녀석은 따라오지 않은 모양이다. 괜히 먹는 걸로 치사하게 군 것 같아 초희는 마음이 좋지 않았다.

졸졸 따라올 때 그냥 가만히 둘걸. 그나저나 얘는 맨날 오지 말라고 해도 잘만 따라오더니. 오늘은 왜 이렇게 말을 잘 들어?

에잇, 몰라. 고기나 먹자.

초희는 속으로 투덜거리며 고기를 한 점 집어 들었는데.

"어? 저기 건물주 형님이다!"

그녀는 표석의 말에 고기를 불판 위에 내팽개치고 밖을 내다봤다. 하지만 아무리 눈을 씻고 찾아봐도 녀석은 없었다. 뭔가 수상쩍은 기운을 느낀 초희가 확 고개를 돌려 표석을 쳐다봤다.

표석이 익살스러운 표정으로 입을 가리며 웃고 있었다. 그러곤 해용과 소나를 향해 너스레를 떨었다.

"거봐. 내 말이 맞지? 그 건물주 형님이 대표님 애인 맞다니까."

"고표석!"

"넵."

표석이 차렷 자세로 허리를 곧게 폈다. 초희는 이를 악물며 말했다.

"아니거든? 나 애인 없거든?"

"그럼 전 남친이에요?"

"그런 거 아니라고."

"에이, 맞으면서. 그럼 그 형님 집에 대표님 사진이 왜 걸려 있어요?"

"사진? 무슨 사진?"

소나가 궁금해하자 표석은 아까 자신이 목격했던 것을 큰 소리로 떠벌리기 시작했다.

"아니, 글쎄 그 형님 집에 대표님 데뷔 때 사진이 있더라니까? 게다가 이따만한 액자로 만들어서 걸어 놨더라고. 그리고 막 그 형님이 되게 애절한 눈빛으로 사진을 바라보더라니까. 막 이렇게 만지면서."

표석은 사진 속 초희의 얼굴을 어루만지던 강주의 흉내를 내다가 초희가 째려보는 것을 느끼곤 얼른 입을 다물었다.

제자에게 놀림당한 초희가 복수라도 하듯 해용을 향해 물었다.

"해용아 난 아직도 의문인 게 너희 둘은 어떻게 해서 친구가 된 거니?"

"대표님 너무하십니다."

"내가 뭘. 나 진짜 궁금해서 그래."

"칫."

표석이 토라지자 초희가 억지로 웃음을 참으며 해용을 쳐다봤다. 그러곤 궁금해 죽겠다는 눈빛을 보냈다. 옆에 있던 소나도 마찬가지로 호기심 가득한 얼굴로 해용을 쳐다봤다.

해용은 두 사람의 관심이 부담스러웠는지 마지못해 입을 열었다.

"아버지가 딱 얘 같은 놈이랑 어울리지 말라고 했거든요. 가난 하고 무식하고…… 근데 의리는 있는."

"응?"

"아버지한테 복수하고 싶어서 얘랑 다니는 거예요."

아니, 무슨 친구 앞에서 저런 말을 해? 초희는 괜히 물었다 싶은 마음에 미안한 눈빛으로 표석을 쳐다봤는데. 표석은 이미 다 알고 있다는 듯 헤벌쭉 웃고 있었다.

"자자, 다들 잔 채우자."

초희가 분위기도 전환할 겸 아이들 잔에 술을 따르며 갑자기 건배사를 했다.

"얘들아 내가 앞으로 더 열심히 뛰어서 너네 런웨이에 더 많이 설 수 있도록 노력할게. 그런 의미로 자, 건배!"

그렇게 네 사람은 또 한 번 잔을 부딪쳤다.

초희는 맥주를 마시며 아주 행복한 얼굴로 소나와 표석 그리고 해용을 쳐다봤다.

"내 새끼들 많이 먹어."

갑자기 애정이 솟구쳤다.

그게 부담스러웠던 해용은 초희를 외면했고, 표석은 얼씨구나 하고 고기를 세 점 네 점씩 먹기 시작했다. 소나가 표석에게 눈치를 줬다.

"야, 적당히 먹어. 소고기 비싼데……."

"소나야. 괜찮으니까 너도 얼른 먹어. 많이 먹어. 오늘이 마지막이니까."

"마지막이요?"

"어. 너네 내일부터 얄짤없다. 식단 관리 빡세게 들어갈 거야. 아, 소나 너도 들었지? 명원패션 주최로 모델 콘테스트 열리는 거."

"네. 저도 그거 회사에서 포스터 봤어요."

"우리 거기 나가자. 1등 해서 차유리 그년 코를 아주 납작하게 만들어 버리자! 아, 그리고 얘들아, 조만간 프로필 사진도 찍어야 하니까 다들 얼굴 관리 잘하고. 특히 소나는 그 멍부터 빨리 없 애야겠다."

소나의 얼굴에 든 멍을 보더니 초희는 또 울화가 치밀었다.

"차유리 그 찢어 죽일 년!"

초희가 엄한 표정을 짓자 아이들이 일제히 젓가락을 들었다.

"잘 먹겠습니다!"

전투적으로 고기를 먹기 시작한 아이들을 보며 초희가 금세 표정을 풀고 흐뭇하게 웃었다.

"대표님."

"어. 왜?"

"이번엔 진짜 왔어요."

소나가 조심스레 손가락으로 밖을 가리켰다.

"들어오라고 할까요?"

통유리로 된 가게 창문 너머로 건너편 주차장 쪽이 보였다. 그 곳엔 차에 기댄 채 누군가와 통화를 하고 있는 강주가 보였다. 초희는 심각해 보이는 녀석의 얼굴을 걱정스레 쳐다봤다.

"제가 갔다 올게요!"

녀석과 함께 밥을 먹을지 말지 초희의 고민이 채 끝나기도 전에 소나가 자리에서 벌떡 일어났다. 초희는 나가려는 소나를 말리려고 손을 뻗었지만, 잡지는 않았다.

하필 그 모습을 표석이 봤고, 표석과 눈이 마주친 초희는 멋쩍은 얼굴로 애꿎은 손만 만지작거렸다.

"고표석 넌 고기나 먹어라."

초희가 주먹을 말아쥐었고 표석은 모른 척 다시 열심히 고기를 먹었다. 그렇게 초희는 곧 가게에 들어서게 될 강주를 최대한 신경 쓰지 않으려고 노력했다.

"대표님!"

그런데 웬일인지 소나가 혼자 들어왔다. 초희가 의아한 눈초리로 물었다.

"건물주는?"

"바쁜 일 있으시다고 간대요. 이걸로 계산하래요."

소나가 강주에게 받은 골드 색상의 카드를 초희에게 내밀었다.

"너희들 먼저 먹고 있어."

초희는 얼른 자리에서 일어나 카드를 들고 밖으로 달려 나갔다. 그런데 한발 늦고 말았다. 녀석의 차는 이미 도로 저 끝을 달려 시야에서 완전히 사라져 버리고 말았다.

"내가 너무 심했나?"

초희는 손에 쥔 카드를 응시했다. 그러다 어젯밤 배가 고파 배에서 소리까지 나던 녀석이 떠오르자 괜히 가슴 한구석이 답답해졌다.

* * *

"콜록."

대문을 열고 정원에 들어서자마자 강주는 미지근한 바람을 타고 날아온 연기를 들이마시곤 저도 모르게 기침을 했다.

그가 천천히 고개를 돌려 연기의 근원지를 확인했다.

해 질 녘 오렌지빛으로 물든 하늘 아래에선 영화에서나 볼 법한 아주 성대한 가든 파티가 준비 중이었다.

레이스 장식의 커다란 파라솔, 완벽한 테이블 세팅.

요리사가 그릴에서 직화로 구워낸 고기를 접시에 옮겨 담느라 정신이 없었다. 앞치마를 두른 메이드들은 분주하게 움직이며 테이블 위로 음식들을 나르고 있었다.

그리고 그들을 진두지휘하고 있는 이는 차유리였다.

"거기 말고 여기 할아버지 자리에 놓으라고. 할아버지는 언제 내려오신대?"

"업무 끝나고 내려오신다고 합니다."

"차강주는? 그 새끼 안 오는 거 아니겠지."

"그 새끼 여기 왔는데."

"악, 깜짝이야!"

차유리는 바로 제 뒤에 강주가 서 있는 것을 발견하곤 화들짝 놀랐다. 그 모습을 재밌다는 듯 보며 비웃던 강주는 자꾸만 튀어나오려는 기침을 억지로 참으며 테이블 위 진수성찬을 응시했다.

"무슨 경사라도 났어?"

"어. 것도 아주 대박 경사지. 너 왜 진작 얘기 안 했니?"

"무슨 얘기?"

"이 집에서 나간다며. 아까 할아버지한테 다 들었어."

그 얘기를 듣는 순간 차유리는 마치 십 년 묵은 체증이 내려가는 기분이었다. 그녀의 얼굴에 미소가 만연했다.

"이거 섭섭한데? 누난 내가 나가는 게 그렇게 좋아? 그럼 또 나가기 싫어지는데. 그냥 눌러앉을까?"

"뭐?"

"농담이야. 그나저나 윤하제 씨 손목은 괜찮나?"

차유리의 눈매가 가늘어졌다. 그렇지 않아도 아까 하제 집에 갔었는데, 그가 손목이 팅팅 부어 출근도 하지 못한 채 침대에 누워 있었다. 그때 얼마나 열이 받던지.

"난 또 둘이 짝짜꿍해 가지고 고소장 같은 걸 준비하지 않을까 예상하고 있었는데. 이렇게 분에 넘치는 밥상을 받을 줄이야. 여기 어디 폭탄 숨겨 놓은 건 아니지?"

강주가 빈정거리는 말투로 테이블 밑을 두리번거렸다. 저를 놀리는 듯한 행동을 보이는 강주 때문에 차유리는 또 열불이 났다.

"너……."

하지만 버럭 화를 내려다가도 이 녀석이 이러는 것도 오늘이 마지막이라는 생각 때문에 억지로 화를 눌러 참았다. 그리고 말을 돌렸다.

"너…… 여기 나가면 어디로 가니? 강원도로 돌아가는 건가?"

차유리의 친절한 말투에 영 적응이 안 되는지 강주가 미간을 구기며 대답했다.

"아니. 거긴 연고가 없어서."

"연고가 없다고? 너 거기서 태어나고 자란 거 아니었어?"

"미치겠네. 나에 대해 아직도 안 알아봤어? 이거 무슨 배짱 이야?"

강주가 어이가 없다는 듯 웃음을 터뜨렸다. 그러다 곧 무표정한 얼굴로 차유리를 쳐다봤다.

"이러면 곤란하지. 재미가 없잖아."

"이거 웃기는 새끼네? 네가 뭔데? 아니, 네가 뭔지 내가 알게 뭐야."

참다못한 차유리가 강주의 가슴팍을 손가락으로 밀치며 도발했다.

"야, 나 하나만 묻자. 너 대체 우리 집엔 왜 온 거니? 이렇게 아무것도 손에 쥔 거 없이 나갈 거면서 그동안 왜 그랬냐고."

"아닐 텐데…… 나 손에 쥔 거 많아. 여기 안 보여?"

강주가 양쪽 손바닥을 보여 주며 피식 웃었다. 차유리는 저도 모르게 녀석의 손바닥을 보고 있다가 뒤늦게 정신을 차렸다.

"너 뭐야! 그게 무슨 말이야?"

따져 묻는 차유리를 향해 강주는 무슨 비밀 얘기라도 하듯 작게 속삭였다.

"나 할아버지한테 건물 하나 받았어. 것도 서울에 있는 거."

"건물? 푸하하하. 아아, 그러셔요? 고작 건물 하나 받겠다고 1년 동안 주방에서 굴러먹은 거였어? 어떡하니 우리 동생 불쌍해서. 하여튼 이래서 출신은 못 속인다니까. 쯧쯧."

배까지 잡고 웃어 대던 차유리가 이번엔 강주를 불쌍하게 쳐다보며 혀를 내찼다. 그러거나 말거나 강주가 어깨를 으쓱이곤 자리로 가서 앉으려는데, 차유리가 붙잡았다.

"네 자린 여기야."

차유리는 강주의 팔을 잡아끌더니 그릴 바로 옆자리에 앉혔다. 그러곤 의미심장한 미소를 지었다.

"아, 너 혹시 beef 알레르기는 없지?"

"그런 알레르기도 있나?"

강주가 느긋한 얼굴로 다리를 꼰 채 팔짱을 꼈다. 그러자 차유리가 긴가민가하는 표정으로 녀석의 얼굴색을 살피며 자리로 돌아가 앉았다.

"아버지는 고기 굽는 연기만 맡아도 응급실 실려 가고 그랬는데. 역시 넌 아버지랑 닮은 구석이 하나도 없구나? 이거 친자 검사 다시 해 봐야 되는 거 아니야?"

"그러시든지."

"아니야, 됐어. 어차피 오늘이면 다신 볼 일도 없는데 뭐."

차유리가 와인을 마시며 멀쩡한 강주를 재미없다는 듯 쳐다봤다. 그때 마침 정윤이 휠체어를 끌고 차 회장과 함께 나타났다. 차유리가 얼른 자리에서 일어나 차 회장을 맞이했다.

"할아버지는 여기 앉으세요. 그쪽은 석양 때문에 눈 따가우세요."

차유리가 아양을 떨며 차 회장을 극진히 보필하며 자리로 안내했다. 그 모습이 역겨웠던 건지 아니면 다른 문제가 생긴 건지 강주의 표정은 매우 좋지 않았다.

"강주야, 너 어디 불편하니? 무슨 땀을 그렇게 많이 흘려?"

정윤이 휠체어를 끌어 강주에게로 다가갔다.

이마에 식은땀이 송골송골 맺힌 강주를 걱정스레 쳐다보던 정윤은 테이블 위에 놓인 글라스에 물을 가득 따라 내밀었다.

"이거라도 마셔."

강주가 글라스를 잠시 응시했다.

그에겐 룰이 있었다. 이 집 안에선 상대가 아무리 천사 같은 마음씨의 소유자 첫째 누나 차정윤이라고 해도 절대 아무거나 함부로 받아먹지 말 것.

하지만 겉으론 태연한 척하고 있지만, 강주의 상태는 꽤 심각했다. 금방이라도 목구멍이 타들어 갈 것만 같은 갈증과 답답함, 그는 더는 견디지 못하고 정윤이 건넨 글라스를 받았다.

"땡큐."

"강주야. 너 안색이 너무 안 좋아. 오늘은 그냥 들어가서 쉬는 게 좋을 것 같은데……."

"아니야. 괜찮아."

그렇게 애써 미소 지으며 물을 한 모금 마셨는데.

쨍그랑.

순식간이었다. 물컵을 바닥으로 떨어뜨림과 동시에 강주의 목부터 얼굴까지 새빨간 두드러기가 번지고 있었다. 그걸 본 정윤이 경악하며 메이드를 향해 소리쳤다.

"당장 그릴 빼세요!"

쾅.

그와 동시에 강주가 바닥으로 쓰러지고 말았다. 그는 금방이라도 질식해 죽을 것처럼 목을 움켜쥐며 괴로워하고 있었다.

"당장 구급차 불러요!"

휠체어에서 뛰어내리듯 바닥으로 몸을 던진 정윤이 괴로워하는 강주를 흔들어 깨웠다. 그녀는 행여 그가 의식을 잃을까 봐서 계속 말을 걸었다.

"강주야 조금만 기다려. 절대 눈 감지 말고. 괜찮아. 괜찮아질 거야."

그렇게 정윤이 간절한 얼굴로 동생을 보살피고 있는 사이.

바닥에 쓰러져 고통스러워하는 강주를 안쓰럽게 쳐다보던 차 회장이 긴 한숨과 함께 제 옆에 앉아 그 모습을 관망하기만 하는 차유리를 쳐다봤다.

"차유리."

"할아버지 너무 걱정하지 마세요. 정 박사님 곧 오실 거니까."

차유리의 말이 끝나기도 전에 이런 일이 있을 줄 알고 미리 대기라도 하고 있었던 것처럼 정 박사가 의료진들과 함께 달려오고 있었다.

"하여튼 쟤도 독종이야. 지 약점 들킬까 봐 목숨 걸고 앉아 있었다니. 알레르기가 없기는⋯⋯."

"차유리!"

차 회장이 호통을 쳤다.

"대체 왜 이런 짓을 하는 게야! 강주랑 잘 지내라고 내가 누누이 말했을 텐데?"

"네. 앞으로 그럴 생각이에요. 할아버지가 더 이상 저 녀석한테 아무것도 주지 않겠다고 약속하시면요."

"뭐야?"

"건물 하나 주셨다면서요? 딱 거기까지예요. 이제 십 원 한 푼도 저 새끼랑 나눠 가질 생각 없어요. 잊으셨어요? 저 새끼 엄마 때문에 우리 엄마가 죽었어요. 백배 천배로 갚아 줄 거예요."

표독스러운 얼굴을 숨기지 않고 그대로 다 드러낸 채 차유리가 와인을 마셨다. 그러곤 의료진들에게 실려 나가는 강주를 보며 중얼거렸다.

"굿바이, 차강주. 너랑 난 앞으로 죽을 때까지 볼 일 없을 거야."

* * *

"아직 안 들어온 건가?"

2차로 노래방에 3차 치킨집까지, 오래간만에 아이들과 단합
대회를 마치고 골목에 들어선 초희는 건물을 올려다봤다. 맨 윗
집에 불이 꺼져 있었다. 아무래도 녀석은 집에 없는 모양이다.

대체 아깐 어딜 그렇게 급하게 간 걸까? 한국에서 하는 일도
없으면서.

설마 아직도 호텔 주방에서 알바하나? 근데 그런 일을 왜 하는
걸까? 일을 해야 하는 상황이라면 패션 쪽도 있고 녀석의 스펙으
로 할 수 있는 일은 너무나도 많은데.

"진짜 이해할 수가 없네……."

초희는 구시렁거리며 손에 쥐고 있던 검은 봉지를 쳐다봤다.

"역시 괜히 사 왔어."

혹시 몰라서 녀석에게 줄 치킨을 포장해 왔는데. 초희는 김이
샌 얼굴로 어깨를 축 늘어뜨렸다. 아까 쫄레쫄레 제 뒤를 따라
골목을 내려오던 녀석을 밀어낸 게 후회가 됐기 때문이다.

됐어. 이제 와서 후회하면 무슨 소용이야. 내가 후회할 일을 한
게 뭐 한둘인가?

자책과 함께 터덜터덜 건물 안으로 들어간 초희는 계단을 올라
갔다. 그런데 웬일인지 망설여져서 현관문을 열고 집으로 들어가
려다 멈칫했다.

"진짜 없나?"

난간에 붙어 위를 올려다보다가 후다닥 계단을 뛰어 올라갔다.

그리고 녀석이 사는 집 현관 앞에 우두커니 서서 고민했다.

"아아 됐어. 깊게 생각하지 말자. 이웃끼리 치킨 나눠 먹는 게 뭐가 어때서."

다른 의미는 없어. 그냥 치킨만 주는 거야. 그래. 그거야.

초희가 다부진 얼굴로 마침내 용기를 내 초인종을 눌렀다.

그런데 인기척이 없기에 노크도 해 봤다. 하지만 안에서는 아무 소리도 들리지 않았다.

현관에 얼굴까지 대고 귀를 기울이던 그녀는 도어 록을 흘끔 쳐다봤다. 사실 이 집의 비밀번호를 알고 있다. 이곳의 전 주인과 막역한 사이였기 때문이다.

그러니까 녀석이 지내게 될 4층은 원래 6개월 전만 해도 연예인이 살던 집이었다. 물론 그땐 그 연예인 언니가 그렇게 유명한 배우는 아니었다. 근데 이 집의 터가 좋은지 이사 오자마자 언니가 예능 하나를 고정으로 들어가더니 진짜 빵 떠 버렸다.

만년 조연이던 언니가 드라마 주연을 맡고, 연말에 연기대상에서 우수상까지 받으며 승승장구하는 모습을 지켜보며 초희는 내 꼭 돈 벌어서 4층으로 이사 오고 말리라! 다짐했었는데…….

아련한 눈빛으로 현관을 쳐다보다가 뒤늦게 정신을 차렸다. 아, 그래서 결론은 가끔 언니가 방송하느라 바쁠 때, 고양이 밥 주러 종종 들렀던 덕에 이 집의 비밀번호를 알고 있다는 것이다.

"바꿨으려나?"

긴가민가하며 초희는 비밀번호를 눌렀다. 곧 아주 경쾌한 소리와 함께 도어 록이 풀렸다. 하긴 오늘 이사 왔으니 바꿀 시간이 없었겠지.

"실례합니다!"

초희가 일부러 큰 소리로 외쳤다.

"들어갑니다. 들어왔다!"

주인도 없는 집에 몰래 들어가는 게 괜히 양심에 찔려 초희는 재차 들어간다고 자신의 존재를 팍팍 드러내며 거실에 입성했다. 그리고 슬며시 불을 켰다.

"와."

아까 낮에는 제대로 보지 못했던 인테리어가 이제야 눈에 들어왔다. 전에 언니가 살던 집의 인테리어도 나쁘지 않았는데, 그것보다 훨씬 더 세련되고 감각적이었다.

특히 거실을 통창으로 바꿔 놓은 건 정말 신의 한 수였다. 멀리 보이는 한강의 야경이 마치 액차 속 사진처럼 담겨 있었다.

녀석의 디자인 감각이 돋보이는 실내를 쭉 둘러보던 초희는 발밑에 걸린 무언가를 내려다봤다.

커다란 캐리어가 활짝 열려 있었다. 안에는 녀석의 짐이 아무렇게나 널브러져 있었다.

"얘는 짐 정리하다 말고 어딜 간 거야?"

식탁 위에 치킨을 내려놓고 나가려던 초희가 멈칫했다. 그러다 결국 내내 피하고 싶었던 그곳에 시선이 닿고 말았다. 거실 한가운데 잠시 멈춰 서 있던 그녀는 벽에 걸린 액자를 응시했다.

런웨이 위에 선 제 모습이 낯설게 느껴졌다.

괜히 부끄럽기도 하고, 낯뜨거워지는 느낌에 몸서리를 치고 있었는데.

철컥.

문이 열리는 소리가 들렸다. 거실 한가운데서 어디 숨을까 말까 허둥지둥하며 고민하던 초희는 현관에 들어선 강주를 발견하곤 두 눈이 커다래졌다.

"루카!"

남의 집에 몰래 들어와 있었다는 사실도 잊은 채 초희가 현관 으로 달려갔다.

녀석의 얼굴과 목 부근이 울긋불긋했다. 게다가 눈의 초점이 흐렸다. 항상 주름 하나 없던 셔츠는 잔뜩 구겨져 있었고, 어딘가 에서 급히 도망쳐 온 사람처럼 구두도 꺾어 신었다.

"너 어디 아파? 왜 이래? 뭐야, 뭐냐고⋯⋯."

위태롭게 서 있는 강주를 초희가 안쓰럽게 바라봤다. 그러자 그는 안간힘을 다해 미소 지었다. 하지만 그 아름다운 미소와 달 리 목소리는 자꾸만 갈라지고 있었다.

"별거, 아니야. 근데, 여긴 왜 왔어?"

별거 아닌 게 아니었다. 초희는 재차 물었다.

"너 무슨 일 있는 거지?"

"미안한데 내일 얘기하자⋯⋯."

자꾸만 가빠져 오는 호흡 때문에 말하는 것조차 고통스러웠다. 하지만 강주는 죽을힘을 다해 내색하지 않았다. 그리고 씩씩한 척 그녀를 지나쳐 방으로 들어가려는데.

쾅!

긴장이 풀린 탓일까? 그는 그대로 힘을 잃고 쓰러지고 말았다.

"루카!"

초희가 아연실색하며 달려갔다. 그녀는 바닥에 주저앉아 강주의 어깨를 잡고 흔들었다. 하지만 녀석은 반응이 없었다. 그저 두 눈을 감은 채 꼼짝도 하지 않았다.

어떡해. 얘 진짜 많이 아픈가 봐, 몹쓸 병이라도 걸린 건 아니겠지?

너무 놀라서 얼굴이 하얗게 질려 버린 초희는 구급차를 부르기 위해 핸드폰을 꺼냈다. 그런데 녀석의 커다란 손이 불쑥 올라와 핸드폰을 뺏어 갔다.

"……안 돼."

"왜 안 되는데? 너 이러다 죽어. 병원 가야 돼."

강주가 힘겹게 셔츠 소매를 걷어 제 팔을 보여 줬다. 주삿바늘 자국이 선명했다.

"병원 갔다 온 거라고?"

"……어."

걱정하는 그녀를 안심시키기 위해 강주가 살짝 눈을 뜨며 애써 웃었다.

"지금 웃음이 나와? 넌 이렇게 아픈 사람이 병원에 그냥 있지, 여긴 왜 온 건데?"

"죽을 땐 죽더라도, 네 얼굴 한번 더 보고 죽으려고……."

"뭐?"

"농담이야. 나 진짜 괜찮으니까, 그러니까 나 신경 쓰지 말고 내려가. 자고 일어나면 괜찮아질 거야."

그렇게 거우 눈을 떴던 강주가 다시 두 눈을 감아 버렸다. 그 모습을 보고 있자니 초희는 정말 환장할 노릇이었다.

"여기 이러고 잔다고? 방에 들어가서 자. 침대에……."

방 안을 들여다본 초희는 말끝을 흐렸다. 침대를 보니 비닐도 뜯지 않은 매트리스만 덩그러니 놓여 있었다. 이불도 없었다. 아직 안방은 정리가 덜 된 모양이다.

게다가 녀석은 차가운 방바닥 위에 쓰러져 몸을 오들오들 떨고 있었다. 한여름에 감기라도 걸린 사람처럼.

"하아……"

거친 숨을 내뱉으며 괴로워하는 녀석을 보며 초희는 저라도 정신 똑바로 차려야 한다는 생각이 들었다. 곧 그녀는 자리에서 벌떡 일어나 젖 먹던 힘까지 발휘해 녀석을 침대 위로 옮겼다. 그리고 집에서 가져온 이불을 녀석의 몸 위에 덮어 주었다.

이불 속으로 파고드는 녀석을 보자 초희는 가슴이 먹먹했다. 답답하고 화도 났다.

"너 대체 한국에서 뭐 하고 돌아다니는 거야? 네가 왜 이런 꼴로 있는데?"

"……"

"너 진짜 이럴 거면…… 돌아가."

"……"

녀석은 대답이 없었지만 분명 다 듣고 있었다.

"프랑스에선 이런 적 한 번도 없었잖아. 너 감기 한 번 안 걸릴 정도로 건강한 사람이었잖아."

녀석은 언제나 건강하고 여유가 넘치고 아름다웠다. 그런데 한국에서 만난 루카의 모습은 조금 달랐다.

건강하지만 나약하고, 여유가 넘치지만 불안하고, 아름답지만 뾰족하고.

"루카, 이건 정말 널 위해서 하는 얘기야. 한국은 너랑 어울리는 곳이 아닌 것 같아. 그러니까 제발 돌아가. 네가 원래 있던 자리로……윗."

순식간이었다. 절실한 표정으로 제게 훈계하던 초희의 손목을 강주가 확 끌어당겼다. 그 바람에 강주의 몸 위에 엎어진 초희는 다시 일어나려고 했지만 그럴 수가 없었다. 손목을 잡아끄는 힘이 너무 셌다.

"이거 놔…… 아프잖아."

아프다는 그녀의 말에 강주가 천천히 두 눈을 떴다.

착각이었을까? 녀석의 눈동자가 젖어 있었다. 초희는 말문이 막혀 버렸다. 그저 녀석의 흔들리는 까만 눈동자를 바라볼 뿐.

"정말 날 위한다면……."

"……."

"오늘 밤 나랑 같이 있어 줘."

7

초희는 두 눈을 번쩍 떴다. 그리고 멍한 눈으로 천장을 바라봤다. 누리끼리했던 제집 벽지 색깔이 언제 저렇게 하얘졌나 곰곰 생각에 잠겨 있던 그녀가 상체를 벌떡 일으켰다.

"내가 왜 여기서 잤지?"

모던한 인테리어의 침실. 여긴 녀석의 집이 분명했다.

'오늘 밤 나랑 같이 있어 줘.'

아, 이제야 생각났다. 어젯밤 같이 있어 달라고 애절하게 말하던 녀석은 병원에서 대체 무슨 약을 맞고 왔는지 기절하듯 잠이 들었다.

그냥 가려다가 녀석의 몸에 살짝 열이 오른 것 같길래 찬 수건으로 녀석의 얼굴과 몸을 닦아 주다가 마음이 약해졌다.

그래서 녀석이 깰 때까지만 옆에 있어 주려고 한 건데…….

녀석을 간호하다가 저도 모르게 잠이 든 모양이다. 그렇게 세상 모르고 잠든 나를 침대로 옮긴 건 녀석이겠지?

"으휴. 내가 못 살아 진짜."

넓은 매트리스를 저 혼자 다 차지하고 있는 게 썩 민망해서 두리번거렸다. 다행인지 불행인지 녀석은 방에 없었다. 그녀는 슬그머니 침대에서 내려갔다.

곧장 거실로 나가려던 초희는 방 안에 딸린 화장실로 쪼르르 달려가 세면대 앞에 섰다. 혹시 눈곱은 안 꼈는지 얼굴을 살피며 헝클어진 머리카락을 매만지고 있었는데.

"거울 안 봐도 예뻐."

"꺅!"

언제 왔는지 녀석이 화장실 문 앞에 서 있었다.

"왜 그렇게 놀라?"

놀란 초희를 향해 강주가 의아한 눈빛을 보냈다. 초희는 녀석의 시선을 피하며 괜히 얼버무렸다.

"아니…… 그, 그게…….”

초희가 녀석을 흘끔 쳐다봤다.

이제껏 한국에서 봐 온 녀석의 패션은 무채색 계열의 셔츠와 팬츠. 늘 튀지 않고 단정했었다. 그런데 오늘 그의 패션은 굉장히 스타일리시했다.

찢어진 데님 팬츠에 상의는 오버사이즈 레몬색 니트.

니트가 얇은 덕에 녀석이 움직일 때마다 직각 어깨와 탄탄한 팔근육이 잘 드러났다.

녀석, 참 뭘 입어도 태가…… 훌륭하다.

게다가 헤어는 왜 저렇게 힘을 준 건지. 앞머리를 올린 덕에 녀석의 화려한 이목구비가 오늘따라 더욱 도드라졌다.

정말 오래간만에 보는 루카 퓌에슈의 모습에 초희는 심장이 콩닥거렸다. 그걸 아는지 모르는지 녀석은 아까부터 계속 저를 빤히 쳐다본다.

초희는 얼굴이 타들어 갈 것만 같았다. 하지만 애써 태연한 척 굴며 툴툴거렸다.

"그만 좀 쳐다봐. 나 세수 안 했어."

"안 해도 예쁘다니까."

강주는 초희의 얼굴에서 눈을 떼지 못했다. 그러다 부끄러워하는 그녀가 귀여워 피식 웃었다.

"나와. 밥 먹자."

그는 그녀의 민망함을 덜어 주기 위해 서둘러 방을 벗어났다.

녀석이 나가자마자 초희는 다시 거울을 들여다봤다. 거울에 비친 제 얼굴을 대충 살펴보곤 거실로 후다닥 나갔다.

"근데 너 몸은 괜찮아?"

녀석을 뒤따라가며 초희가 물었다. 그러자 녀석이 웃으며 대답했다.

"당연하지. 내가 또 회복력 하난 끝내주거든."

"그러게. 하루아침 사이에 얼굴이 많이 좋아 보이긴 하네. 근데 어젠 왜 그런 거야?"

"일단 밥부터 먹고."

대답을 피하며 강주가 초희의 어깨를 끌어 식탁 앞에 앉혔다. 달달한 냄새가 코끝에 스며들자 초희는 바로 메뉴를 확인했다. 식탁 위엔 달콤한 시럽과 싱싱한 과일 장식이 된 프렌치토스트와 우유, 그리고 어제 제가 사 온 치킨 박스가 펼쳐져 있었다.

초희는 괜히 쑥스러워서 치킨을 모르는 척하며 토스트를 응시했다.

"이거 네가 만든 거야?"

"이 치킨 나 먹으라고 사 온 거야?"

"묻는 말에나 대답해라."

"토스트 내가 만든 거 맞고, 치킨은 누가 나 먹으라고 사다 줬어."

"아, 아니거든? 네가 아니라 나 먹으려고 사 온 거거든?"

"너 튀긴 거 안 좋아하잖아."

"아니거든? 엄청 좋아하거든? 몸매 관리 때문에 참은 거지. 지금은 은퇴도 했고, 없어서 못 먹는다."

"그래? 알았어. 앞으론 내가 튀긴 거 많이 해 줄게. 좋아하는지 몰랐네. 자, 어쨌든 빨리 먹자."

녀석의 목소리에 웃음기가 묻어났다. 어제와 달리 혈색과 표정도 밝다. 기분이 좋아 보이는 녀석의 얼굴을 보니 안심이긴 한데, 대체 어젠 왜 그런 거지? 설마 무슨 몹쓸 병이라도 걸렸나? 그래서 대답을 피하는 건가?

초희가 걱정스레 녀석을 쳐다봤다. 그런 그녀를 흘끔 보며 강주가 마시려고 집었던 물컵을 도로 내려놓았다.

"내 얼굴 그만 쳐다보고 아침 먹는 게 좋을걸? 나 자꾸 딴 거하고 싶어지니까."

"헛소리하지 말고 너나 빨리 먹어. 난 원래 아침 안 먹어."

"안 먹는다고? 2년 전엔 먹었잖아. 그러지 말고 먹자. 우리 2년만에 같이 맞이하는 아침인데."

"야! 누가 들으면 오해해. 어제 아무 일도 없었잖아. 너 바로 쓰러져서 잠들었잖아."

어젯밤 같이 있어 달라고 애처로운 눈빛으로 말하던 녀석이 다시금 떠올랐다. 아무래도 안 되겠는지 초희가 조심스레 입을 열었다.

"너 어제……."

"와, 진짜 기분 너무 좋다. 이렇게 한국에서 초희 너랑 마주 보고 밥을 먹는 날이 오다니. 것도 아침에."

또! 녀석이 또 말을 돌리며 괜히 더 너스레를 떨었다.

그럴수록 초희는 더 불안했다. 감격에 겨워 하며 가슴에 손을 얹는 녀석을 초희가 불안하게 쳐다봤다.

"너 혹시 어제……."

"……."

"밥 안 먹어서 쓰러진 거야?"

진지한 그녀의 물음에 강주가 대수롭지 않게 웃으며 말했다.

"아니. 안 먹어서가 아니라, 잘못 먹어서. 내가 어제 뭘 잘못 먹었거든."

"뭘 잘못 먹었는데?"

"그러게…… 대체 뭘 잘못 먹었으려나?"

"또 비밀이야?"

"나도 진짜 몰라서 그래. 알게 되면 얘기해 줄게. 그때 막 속상하다고 울지 마."

"울긴 내가 왜 우냐?"

"발끈하는 거 보니까 아주 대성통곡할 기센데? 너 거꾸로 말하는 거 특기잖아."

"갈래."

초희가 민망해하며 자리에서 벌떡 일어났다. 그렇게 쌩하니 그냥 가려고 했는데.

망할, 이놈의 발이 도저히 안 떨어진다.

내가 이러고 가면 저 녀석 또 밥 안 먹는 거 아니야?

현관 앞에 선 초희는 느리게 신발을 신으며, 괜히 슬리퍼에 묻은 먼지를 털며 작게 구시렁거렸다.

"치킨 그거 오븐에 다시 데워서 먹어. 너 먹으라고 사 온 거니까……."

"뭐라고? 안 들려!"

뒤늦게 다이닝 룸에서 나온 강주가 현관 앞에 서 있는 그녀를 향해 물었다.

"못 들었어. 방금 뭐라고 했어?"

초희가 마지못해 다시 얘기했다.

"그거 치킨 너 주려고 사 온 거야. 그러니까 다 먹으라고. 괜히 밥 안 먹고 돌아다니다가 또 쓰러져서 사람 귀찮게 하지 말고."

"어제 귀찮았어?"

"당연하지. 내가 너 침대로 옮기느라 얼마나 힘들었는지 알아?"

"나도 힘들었는데. 바닥에 대자로 뻗어서 자는 너 침대로 옮기느라."

이러면 또 내가 할 말이 없어지는데.

멋쩍어하는 초희를 보며 강주가 미소 지었다.

"그래도 고마워. 밤새 내 옆에 있어 줘서. 덕분에 말끔히 다 나았어. 그래서 말인데…… 보답하는 의미로, 우리 오늘 저녁에 데이트나 할까?"

"……."

"고민하는 중?"

"아니거든? 내가 너랑 데이트를 왜 하냐?"

뜨끔했다. 사실 녀석의 말대로 아주 잠깐 고민했었기 때문이다. 속내가 들킨 게 쪽팔려서 초희가 더 발끈했다.

"나 고민 안 했어!"

쾅!

갑자기 인사도 없이 문을 열고 도망가 버린 그녀의 귀가 빨갰던 것을 떠올리며 강주가 웃음을 터뜨렸다.

"미치겠다 진짜. 얼굴에 다 쓰여 있는데, 본인만 모르다니."

정말 귀여워 죽겠다니까.

강주는 어젯밤 저를 지극정성으로 간호해 준 초희를 떠올렸다. 그렇게 크게 열이 난 것도 아닌데, 제 몸에 미열이 있다는 사실만으로 그녀는 전전긍긍하며 제 이마에 쉴 새 없이 젖은 수건을 놓아주었다.

이 지구에 내가 아프지 않기를, 행복하기를, 살아 있기를 바라는 유일한 한 사람.

그에게 그녀는 삶의 의미였다.

지이잉. 지이잉.

그녀를 향한 상념을 깨운 건 테이블 위 핸드폰 진동음이었다. 발신인을 확인한 강주의 표정이 굳어졌다.

전화를 받자마자 강주는 본론부터 바로 말했다.

"어제 의뢰한 건 어떻게 됐죠? 결과 나왔습니까?"

곧 스피커 너머로 대답이 들려왔다.

─네. 보스 혈액에서 약물이 검출됐다고 합니다. 용량에 따라 자칫 사망에 이를 수도 있는 위험한 약물이었습니다.

이젠 놀랍지도 않았다. 강주가 냉정한 얼굴로 지시했다.

"약물의 자세한 성분, 구입처는 어딘지, 누가 어떻게 유통했는지 증거 확보하고 결과 나오는 대로 다시 보고하세요. 그리고 어제 이후로 차유리 쪽 움직임은요?"

─메이드 중 한 명이 어제 갑자기 그만둬서 지금 행적 파악 중입니다. 아무래도 차유리 본부장의 지시가 있었던 것 같습니다.

통화 내용을 들으며 강주는 어제 테이블 근처에서 서성이던 메이드 한 명의 얼굴이 떠올랐다. 제 눈치를 계속 살피는 게 수상하다 싶었는데. 고기 타는 연기 때문에 정신이 없어서 놓치고 말았다.

강주는 어제 경황이 없는 틈에 아무거나 주워 마신 저를 탓했다. 아무리 정윤이 준 거라지만 마시지 말았어야 했는데.

"누난 모르고 줬겠지?"

쓰러진 저 때문에 휠체어에서 뛰어내린 정윤의 모습과 함께 제가 쓰러져 죽을 것처럼 괴로워하는데도 눈 하나 깜짝하지 않고 와인이나 마시며 관망하던 차유리의 얼굴이 오버랩되어 떠올랐다.

순간 강주의 눈빛이 서늘해졌다. 손목에 찬 시계를 내려다보던 그가 핸드폰을 터치해 영상 통화로 전환했다. 리모컨으로 TV를 켜자 커다란 화면 속에 십여 명의 사람들의 얼굴이 떠올랐다. 연령도 인종도 다양했다.

그는 소파로 가서 다리를 꼬고 앉으며 곧 유창한 영어로 회의 시작을 알렸다.

「지금부턴 업무 보고받겠습니다. 호텔 쪽부터 시작하죠.」

─다음 주 주말에 다이너스티 홀에서 열릴 예정인 와치(Watch) 자선 경매 진행 상황 보고하겠습니다.

그렇게 회의는 계속되었고. 마지막으로 강주가 끝인사를 하고 화면이 하나씩 꺼지기 시작했다. 그리고 마지막으로 남은 화면 하나.

─그럼 저도 이만…….

"황 실장님, 잠깐."

화면 속 황 실장을 쳐다보며 생각에 잠겨 있던 강주가 마침내 입을 열었다.

"명원패션 주총이 언제라고 했죠?"

* * *

"본부장님, 주총 참석자 명단 확정됐습니다."

"거기 두고 가."

소파에 앉아 우아하게 다리를 꼬고 커피를 마시던 차유리가 콧노래를 불렀다.

송 비서는 그녀가 저럴수록 더 불안했다. 오늘만큼은 제발 조용히 넘어갔으면 하는 마음으로 조용히 책상 위에 서류를 내려놓고 나가려는데.

"그거 가져와 봐."

차유리가 손가락을 까닥거렸다. 나가려던 송 비서는 다시 돌아와 서류를 그녀에게 건넸다.

그녀의 기분을 맞춰 주려고 송 비서가 말을 걸었다.

"오늘 기분 좋은 일이라도 있으신가 봅니다."

"어. 차강주 그 애송이가 집에서 나갔거든. 내가 이긴 거야."

"그럼 윤하제 씨 폭행 건으로 고소하겠다는 계획은 없던 일로 하실 겁니까?"

"아, 그게 있었구나? 그래. 그건 그냥 봐주지 뭐. 죽다 살아난 애한테 또 경찰서 오라고 하는 것도 미안하고."

어제 바닥에 쓰러져 당장 숨이 넘어갈 것처럼 괴로워하던 강주가 떠오른 차유리는 선심을 쓰듯 말하며 서류를 들여다봤다.

그런데 별안간 주름 하나 없던 그녀의 얼굴이 구겨지기 시작했다. 본능적으로 위험을 감지한 송 비서가 그녀에게서 한 발자국 뒤로 멀어졌다.

"송 비서."

송 비서가 다시 자석에 끌리듯 차유리에게로 쪼르르 가까이 다가갔다.

"넵."

"명단에 있는 이 사람은 누구야? 누군데 우리 명원패션 주식을 이렇게나 많이 보유하고 있어?"

차유리가 명단 중 한 사람을 가리켰다. 그를 흘끔 보더니 송 비서가 대답했다.

"그분은 명원호텔 임원 중 하나던데요."

"뭐? 난 처음 듣는 이름인데. 이게 뭐야. 루카 퓌…… 에슈?"

"아마 프랑스 사람인 것 같습니다만."

"프랑스?"

차유리가 황당한 얼굴로 다시 명단을 들여다보며 루카 퓌에슈라는 사람이 가진 주식의 퍼센티지를 확인하더니 자리에서 벌떡 일어났다.

"송 비서! 넌 이 중요한 걸 왜 이제야 보고하니?"

"그게 저도 이번에 안 사실이라……."

"루카 퓌에슈가 어떤 사람인지 뭐 하는 사람인지 자세히 알아와. 그리고 주총 전에 반드시 자리 마련해. 아무래도 이 사람 표가 중요할 것 같으니까."

그동안 갖은 애를 써서 큰오빠 편에 선 핵심 주주들 몇몇을 겨우 설득해 놨는데, 갑자기 등장한 이 외국인 때문에 차유리는 예민해졌다.

실질적으로 명원패션의 수장이 명원그룹을 지배하는 구조인 현 상황에서 그녀에겐 주주들 한 명 한 명이 중요한 상태였다. 그런데 이런 거물급 주주를 놓칠 뻔하다니, 간담이 서늘했다. 행여 이 외국인이 이미 큰오빠 사람이면 어떡하지 싶은 마음에 머리가 아파졌다.

차유리는 한껏 예민해진 표정으로 무슨 좋은 수가 없는지 골똘히 생각에 잠겼다.

* * *

"쟨 또 어딜 가는 거지?"

초희는 사무실 창문 너머를 유심히 쳐다봤다. 녀석이 탄 차가 골목을 빠져나가고 있었다. 그녀는 더 이상 차가 보이지 않자 아예 창문 밖으로 고개를 쭈욱 내밀었다.

마침 사무실에 들어선 소나가 슬금슬금 초희에게로 다가가 어깨를 딱 잡았다.

"대표님!"

"으, 깜짝이야!"

화들짝 놀란 초희는 얼른 창문을 닫아 버렸다.

"어딜 그렇게 보세요?"

소나가 궁금해하며 초희를 따라 창밖을 내다보려고 했는데, 초희가 얼른 앞을 가리며 말을 돌렸다.

"근데 너 왜 이렇게 일찍 왔어?"

소나는 초희가 누굴 보고 있었는지 다 알았지만 모르는 척 웃으며 대답했다.

"오늘부터 진짜 열심히 한다고 했잖아요. 근데 어제 두 분 치킨은 잘 드셨어요?"

"두 분? 누구?"

초희가 시치미를 딱 잡아뗐다. 소나가 서운한 표정을 지으며 말했다.

"에이, 저 다 알아요. 건물주님이랑 같이 먹으려고 어제 저희 몰래 치킨 포장해 갔잖아요."

"아니거든? 내가 먹으려고 포장한 거거든?"

"튀긴 거 잘 안 드시면서."

"이제 먹을 거야. 그동안 못 먹은 만큼 아-주 많이 먹을 거야!"

"그러고 또 하루 종일 뛰려고요?"

소나는 잘 알고 있었다. 초희가 말로만 은퇴했다고 하지, 식단이나 운동하는 강도만 봐선 현역 모델들 못지않게 열심히 관리한다는 걸.

"아, 맞다. 근데 요즘은 왜 운동 안 하세요? 어제도 많이 드시고⋯⋯."

소나는 문득 정말 초희가 몸매 관리를 놓기로 작정한 건가 걱정이 돼서 물었다. 하지만 초희는 대수롭지 않게 대꾸했다.

"병원에서 당분간 빡센 운동은 자제하래."

"병원이요? 대표님 또 어디 아파요?"

소나가 화들짝 놀라며 저도 모르게 초희의 왼쪽 다리를 흘끔 쳐다봤다.

"거기 아니야. 여기야."

초희가 제 뒤통수를 가리키며 말했다.

"누구 때문에 한 달 전에 넘어져서 머리 깨졌었거든."

소나를 뺏어 간 차유리를 가만두지 않겠다며 냅다 달리다가 넘어졌던 그 날을 상기하며 초희는 뒤통수를 어루만졌다. 그러다 저를 걱정스레 바라보고 있는 소나가 이렇게 제 옆에 있다는 사실이 어찌나 감사한지. 웃음이 절로 나왔다.

"소나야, 돌아와 줘서 고마워."

"저도 받아 주셔서 감사해요. 근데 진짜 다른 덴 괜찮으신 거죠?"

소나가 또 청바지 차림을 한 초희의 쭉 뻗은 다리를 흘끔 쳐다 봤다. 그를 눈치챈 초희가 소나를 끌어 소파에 앉혔다.

초희는 어디서부터 얘기를 꺼내야 할지 잠시 고민하다가 입을 열었다.

"소나야, 우리 어제 다 못다 한 얘기를 이젠 좀 해야겠지?"

"네……."

"그럼 나부터 물어볼게. 너 명원패션 간 거 나 때문이지? 내 수술비 대신 내려고."

"아니에요! 아닌데……."

"진짜 아니야? 그럼 왜 갔는데?"

"……."

"왜 그랬어?"

초희가 이미 다 안다는 눈치로 말했다. 그러자 소나가 마지못해 대답했다.

"대표님도 저희 엄마 수술비 대 주셨잖아요. 우리 엄마 살려 주셨잖아요."

"그건 내가 금소나 미래를 위해 투자한 거고."

"대표님, 저 사실 자신 없어요."

소나가 좀 더 솔직한 속내를 내비쳤다.

"명원패션에 가 보니까 정말 뛰어난 모델들 많았어요. 저는 걔들 못 이겨요. 그리고 저도 알아요. 저나 해용이 그리고 표석이가 데뷔해서 성공하는 것보다, 대표님이 다시 재기하는 게 더 빠른 길이라는 거."

"그게 무슨 소리야. 그리고 설사 그렇더라도, 네가 그렇게 대단하게 쳐주는 내가 선택한 게 너희들이야. 내 안목은 못 믿겠어?"

"그런 게 아니라……."

"소나야, 너 재능 있어. 넌 무대 밑에 있는 것보다 무대 위에 섰을 때 더 빛나. 작년에 올랐던 런웨이 기억나지?"

초희는 그때 잘 알던 디자이너가 신인 모델을 구한다고 해서 소나를 데려갔었다. 테스트이긴 했지만 런웨이에 올라가자마자 눈빛이 확 돌변했던 소나를 초희는 아직도 잊을 수가 없었다.

물론 이런저런 이유로 테스트에선 떨어졌지만, 그때 초희는 소나의 가능성을 확실히 봤다.

"그때 너 되게 짜릿하지 않았어? 그래서 아직까지 포기 못 하는 거잖아."

"네…… 그렇긴 한데……."

"그런 꿈은 쉽게 가질 수 있는 게 아니야. 정말 소중한 거야. 그러니까 끝까지 해 보자. 이왕이면 잘해 보자. 응?"

"대표님은요? 끝까지…… 가 보신 거 맞아요?"

"……."

아, 되로 주고 말로 받아 버렸다.

끝까지 가 보지도 못하고 포기했던 지난날들이 떠올라 초희는 순간 머릿속이 하얘졌다.

"다리 흉터 때문에 은퇴하신 거, 저 다 알아요. 근데 수술은 왜 안 받으세요?"

"소나야, 그게……."

"일단 해 보는 데까지 해 보고 안 되면 그때 포기하면 되잖아요. 왜 벌써 포기해요?"

"……."

"저요 잠들기 전에 대표님 런웨이 영상 꼭 보고 자요. 대표님처럼 무대 위에서 멋지게 걷고 싶다고 다짐하면서 잔다구요. 고작 런웨이 한 번 서 본 걸로 이렇게 포기가 안 되는데, 대표님은 오죽할까 싶어요."

"잠깐 스톱. 말 끊어서 정말 미안한데 근데 너 어떻게 알게 된 거야? 내 다리 흉터 말이야."

소나는 머뭇거리다가 입을 열었다.

"병원에서 우연히 대표님을 봤는데…… 식당에서 간호사들이 그런 얘기를 하더라구요."

"간호사?"

"네. 그 환자 너무 불쌍하다고…… 직업이 모델인데 다리에 흉터가 심하다고…… 너무 안타깝다고…… 딱 들어도 대표님 얘기 같더라구요."

초희가 한숨을 길게 내쉬었다.

"하여튼 어딜 가나 그놈의 입이 문제지. 그런 의미에서 소나 너도 어디 가서 내 흉터 얘기하면 안 된다. 특히……."

초희가 말끝을 흐렸다. 눈치를 흘끔 보던 소나가 어색해하며 대꾸했다.

"네! 절대 얘기 안 할게요. 아무한테도 안 할게요."

"어. 부탁할게. 특히 그 건물주한테만큼은 절대 얘기하면 안 돼. 알았지?"

신신당부하는 초희를 보며 소나는 아차 싶었다. 하필 그녀가 절대 얘기하지 말라던 그 건물주한테만 얘기해 버린 것이다.

소나는 문득 얼마 전 명원패션 근처 카페에서 만난 강주가 했던 말이 떠올랐다.

'오늘 일 우리끼리 비밀로 하자. 특히 너희 대표님한텐 절대 얘기하면 안 돼. 알았지?'

'왜요?'

'아무래도 초희가 그 흉터 내가 보게 될까 봐, 그래서 나한테서 도망치고 있는 것 같거든⋯⋯.'

그 말을 하며 굉장히 쓸쓸해 보이던 강주의 표정이 생각났다. 소나가 이번엔 초희를 바라봤다.

그녀 역시 지금 누군가를 떠올리는 모양이었다. 창밖을 바라보는 초희의 눈빛이 저번 날 보았던 건물주의 눈빛과 매우 흡사했다. 쓸쓸해 보였다.

소나는 문득 두 사람은 왜 뒤에서 이렇게 서로를 그리워하고 있는 건지 궁금해졌다.

"대표님, 근데 두 분 어떻게 아는 사이에요?"

"어? 누구?"

초희가 고개를 돌려 소나를 쳐다봤다. 소나가 조심스레 물었다.

"건물주님이요. 어제 보니까 엄청 친해 보이던데."

"친해 보이긴 무슨. 그냥 전에 잠깐 알던 사이야."

"아, 궁금한 거 하나 더요! 건물주님 직업은 뭐예요?"

"그게 왜 궁금한데?"

"그게⋯⋯."

당연히 궁금했다. 그는 대체 뭐 하는 사람이길래 그 많은 돈을 현금으로 턱턱 내놓는단 말인가. 게다가 어젠 돈이 두 배로 다시 돌아왔다. 그 독하기로 소문난 차유리한테서 합의금을 뜯어낸 거다.

차유리를 이런 식으로 이겨 먹는 사람이라니. 분명 보통 사람은 아닌 것 같았다. 소나는 건물주가 그런 엄청난 사람이라는 사실을 초희도 아는지 문득 호기심이 일었다.

"건물주면 부자겠죠?"

"금소나 너 수상한데? 왜 자꾸 건물주에 대해 물어봐?"

"그냥 뭐…… 그냥 궁금해서요."

"혹시…… 너 그 건물주 좋아하니?"

초희가 의심스러운 눈초리로 쳐다보자 소나가 팔짝팔짝 뛰며 부정했다.

"아뇨! 절대 아니에요. 제가 어떻게 대표님 남자를."

"야! 걔 내 남자 아니거든?"

이번엔 초희가 팔짝 뛰며 부정했다. 그러다 별것도 아닌 일에 발끈한 것 같아 두 사람은 괜히 뻘쭘해졌다.

"암튼 저는 그렇게 잘생긴 남잔 별로예요. 대표님은요?"

"나도 뭐."

"대표님도 별로예요?"

"음…… 노코멘트할게."

그 잘생긴 얼굴에 홀려 오늘 아침에도 가슴이 두근거렸다고 말할 수가 없었다. 그 사실은 정말 아무도 몰랐으면 했다. 게다가 저번엔 이상한 꿈까지 꿨잖아.

아오, 미쳤어 진짜.

"근데 정말 대표님도 몰라요? 그 건물주님 뭐 하는 사람인지."

소나의 물음에 초희는 생각이 많아졌다. 왜냐면 그녀조차도 지금 녀석이 한국에서 뭘 하고 다니는지 아는 게 하나도 없었기 때문이었다.

* * *

명원대학교 병원.

접수 데스크에 삐딱하게 기대고 서 있던 강주가 늘어지게 하품을 했다. 주변에 있던 사람들이 그를 흘끔거리며 쳐다봤다. 연예인 아니냐며 핸드폰을 꺼내는 사람도 있었다.

강주는 그런 시선들이 제법 익숙한 듯 개의치 않았다. 그저 일 처리가 매우 늦는 직원 때문에 심기가 약간 불편할 뿐.

그가 긴 손가락으로 직원의 모니터를 툭툭 건드렸다.

"제가 뭐 곤란한 일을 부탁한 건 아닌데."

"아, 네네. 저…… 잠시만요."

떨려서 자꾸 오타가 나는 모양인지 직원이 다시 열심히 키보드를 두드렸다. 그러곤 그가 부탁한 고수완 교수의 예약 가능 시간을 확인하더니 입을 열었다.

"마침 오늘 교수님께서 미국으로 학회를 가셨네요."

"하필 오늘이요? 언제 오시는데요?"

"일주일 후요. 예약 잡아 드릴까요?"

"네. 혹시 교수님 연락처는 알 수 없습니까?"

부탁하는 강주를 흘끔 보던 직원이 머뭇거리며 곤란해했다.

"안 되는군요? 오케이. 알았습니다. 그럼 제일 빠른 시간으로 예약해 주세요."

그렇게 예약을 마치고 데스크를 벗어나 로비를 걷고 있었는데.

"강주야!"

누군가 뒤에서 강주의 이름을 크게 불렀다. 강주가 뒤를 돌았다. 멀지 않은 곳에서 정윤의 휠체어가 보였다.

정윤은 저 대신 휠체어를 끌어주던 비서를 물리치고 제 손으로 직접 휠체어를 조작해 강주에게로 향했다.

"너 몸은 좀 괜찮은 거야?"

정윤이 잔뜩 걱정스러운 얼굴로 묻자 강주가 고개를 끄덕였다. 그런데도 마음이 영 놓이지 않는지 정윤은 계속 강주의 안색을 살폈다.

"그렇지 않아도 방금 병실에 갔었는데 너 없어서 걱정했잖아. 퇴원은 언제 한 거야?"

"어젯밤에 몰래 나왔지. 작은누나가 또 사람 시켜서 주사에 약이라도 타면 그땐 진짜 갑자기 사라지는 수가 있으니까."

강주가 끔찍한 소리를 눈 하나 깜짝하지 않고 했다. 정윤은 그를 안쓰럽게 쳐다봤다.

"그게 무슨 말이야?"

"죽기 싫다는 말이야. 나 죽으면 대성통곡할 사람이 하나 있거든."

"강주야 너 혹시 어제 일…… 유리 의심하는 거야?"

"아니. 확신하고 있는데?"

강주가 피식 웃으며 대답했다. 그러자 정윤이 한숨을 길게 내쉬며 잔뜩 미안한 표정을 지었다.

"내가 널 볼 면목이 없다. 근데 강주야, 집으로 들어와. 너 갈데도 없잖아."

"없긴 왜 없어. 나 할아버지한테 건물 하나 받았어. 거기서 지내면 되니까 너무 걱정하지 마."

"그래? 그럼 너무 다행이고. 유리는 내가 잘 타일러 볼게. 앞으로 두 번 다시 너한테 그런 짓 못 하도록 꼭 혼내줄게."

"말이라도 고맙네."

"진짜야. 내가 진짜 혼내 줄 거야. 그러니까 유리 너무 미워하지 마. 걔가 원래 그렇게까지 나쁜 앤 아니었는데…… 아버지 돌아가시고 큰오빠랑 유산 싸움하면서 많이 변했어. 거기에 네가 집에 들어오면서 화풀이 대상이 된 것 같아. 미안해……."

눈물까지 글썽이며 정윤이 대신 사죄했다.

강주는 참 여러모로 의아했다. 큰형이나 차유리랑 달라도 너무 다른 이 집안의 돌연변이. 문득 궁금해졌다.

"누난 내가 안 미워?"

"네가 왜 미워? 미워하려면 책임지지도 못 할 짓을 하고 돌아가신 아버지를 미워해야지."

"나 작은 누나한테 다 들었어. 누나 다리…… 우리 엄마 때문에 이렇게 된 거라고."

"……."

"미안해."

"네가 뭐가 미안해?"

"누나도 작은누나 대신 미안하다며. 나도 남의 남편 뺏은 우리 엄마 대신 미안하다고."

차유리에게 들었다. 그 바람에 이 집안의 모친이 어린 첫째 딸과 동반 자살하려고 고층에서 뛰어내렸다고. 그때 그녀의 모친은 죽고 그녀 혼자 살아남았지만, 불구가 되었다고.

강주는 문득 이 집안에서 저를 가장 증오해야 할 사람은 차유리가 아니라 정윤이여야 하는 게 맞지 않을까? 하는 생각을 했다.

"강주야, 내가 바라는 건 하나야. 더 이상 비극은 없었으면 좋겠어."

"……."

"우린 어른들 때문에 싸우지 말자. 그리고 난 언제나 네 편이야. 그러니까 돌아오고 싶을 땐 언제든 돌아와."

정윤이 강주의 손을 맞잡으며 따뜻한 미소를 지어 보였다.

그녀의 순진무구한 얼굴을 마주한 강주는 아주 잠깐이라도 그녀를 의심했던 사실이 너무 미안할 지경이었다.

생각해 보면 그녀에게 고마운 게 참 많았다.

처음 차 회장 저택에 입성했을 때도 모두가 그를 무시하고 매몰차게 굴 때, 그에게 다정하게 대해 준 유일한 사람이었다. 몇 번의 죽을 고비가 있을 때마다 그를 구해 준 것도.

어제 일만 봐도 그렇다. 제가 당장 죽을 것처럼 괴로워하는데도 자리에 앉아 꼼짝도 안 하고 지켜보던 차 회장과 차유리와 달리 그녀는 성치 않은 다리로 저를 살리려 아주 필사적으로 애를 썼다.

아무리 생각해 봐도 차정윤은 아니다.

그렇게 마음속으로 결론을 내린 그는 한결 가벼운 얼굴로 웃으며 말했다.

"누나, 어젠 너무 고마웠어. 누난 내가 최근에 만난 어른들 중 가장 좋은 사람이야. 누나 아니었으면 나 여기까지 못 왔어."

"여기까지?"

정윤이 도통 무슨 소린지 모르겠다는 듯 고개를 갸웃하자 강주가 너스레를 떨었다.

"그런 게 있어. 조만간 알게 될 거야. 내가 진짜 제대로 큰 거 한 방 준비하고 있거든. 아, 누난 하는 일은 잘 되고 있어?"

"그렇지 않아도 그 일 때문에 병원에 온 거야."

"그래? 난 또 나 때문에 온 줄 알았네. 이거 섭섭한걸?"

강주가 무거웠던 분위기를 풀어 주려 노력하는 게 기특해서 정윤은 웃음을 터뜨렸다.

"너무 섭섭해하지 마. 너 아니었으면 전화로 했겠지. 겸사겸사 온 거야."

"근데 병원은 왜?"

"이번에 우리 재단에서 와치 자선 경매를 진행할 예정이거든. 거기서 들어온 돈으로 나처럼 몸이 불편한 사람들을 후원할 생각이야. 너한테도 초대장 보낼게. 꼭 와서 나 좀 응원해 줘."

재벌가에 한 명쯤은 노블리스 오블리제를 실천하려 노력하는 심성 고운 이가 있지 않은가. 정윤은 딱 그런 포지션이었다.

그녀는 명원그룹 산하에 있는 복지 사업을 이끄는 수장이었다. 덕분에 언론에 평판이 좋은 편이었다.

"알았어. 초대장 보내 줘. 내가 꼭 갈게."

"응. 고마워. 아, 그럼 난 이만 가 볼게. 이사장님이랑 약속 시간이 다 돼서."

그녀가 손목에 찬 시계로 시간을 확인하자마자 멀찍이 서 있던 비서가 달려와 휠체어를 잡았다. 비서의 손목 안쪽엔 타투가 새겨져 있는 게 얼핏 보였다.

그를 본 강주는 비서의 얼굴을 유심히 쳐다봤다. 낯이 익은 얼굴이었다. 하지만 어디서 봤는지는 떠오르지 않았다.

저를 바라보는 강주의 시선을 느낀 비서가 서둘러 휠체어를 잡고 엘리베이터 쪽으로 향했다.

"어디서 봤지?"

생각에 잠긴 채 비서를 쳐다보던 강주는 길을 비켜 주는 사람들에게 연신 고개를 숙여 감사하다고 인사하는 정윤에게로 시선을 옮겼다.

강주는 애틋한 눈빛으로 정윤을 바라보며 그녀의 다리가 멀쩡했다면 얼마나 좋았을까 그런 생각을 했다. 그러다 초희의 다리에 새겨져 있다는 흉터가 생각났다. 직접 눈으로 확인하진 않았지만 소나의 말로는 흉터가 꽤 크다고 했다.

"하아……"

대체 그 흉터는 어떻게 해서 생기게 된 걸까?

주치의라는 고수완을 만나면 모든 게 해결될 줄 알았는데. 아무런 소득도 없이 돌아가야 하는 강주의 발걸음이 무겁기만 했다.

* * *

"아오, 어떻게 한 개도 안 맞냐?"

한 손엔 핸드폰, 한 손엔 로또 종이를 들고 번호를 확인하던 초희는 억울했다. 소나가 명당이라고 알려 준 편의점에서 사 온 로또였는데, 젠장. 돈만 날렸다. 한숨이 절로 나왔다.

아이들에겐 이번 모델 콘테스트 준비는 다 제게 맡기라며 큰소리 떵떵 쳤지만, 통장 잔고는 마이너스가 된 지 오래였다.

가만있어 보자. 일단 서류를 제출하려면 프로필 사진이 필요하고, 그러려면 스튜디오 대여, 의상, 메이크업 이게 다 돈인데. 돈 나갈 곳이 한두 군데가 아닌데. 어떡하지?

대회 출전 비용을 계산해 보던 초희는 대출이라도 받아야 하나 심각하게 고민했다.

일단 급한 대로 박 실장 언니에게 알바 자리를 다시 부탁해 놨으니 기다려 보는 수밖에.

"그런 걸 왜 사?"

"으, 깜짝이야."

어깨를 움찔 떨며 옆을 보니 언제부터였는지 녀석이 저와 나란히 걷고 있었다.

"야! 넌 갑자기 좀 나타나지 마."

그녀의 타박에도 강주는 굴하지 않고 로또를 물끄러미 쳐다봤다.

"돈 필요해?"

초희가 얼른 로또를 주머니에 구겨 넣고는 말을 돌렸다.

"근데 너 되게 오래간만에 본다?"

저번 날 녀석이 아팠던 수요일을 기점으로 거의 일주일 만이었다. 녀석과 이렇게 마주 보고 얘기하는 건. 그동안 녀석은 굉장히 바빠 보였다. 어딜 그렇게 아침마다 열심히 가는지.

"너 요즘 뭐 하고 다녀?"

"왜? 나 보고 싶었어?"

"말을 말자."

기분이 잔뜩 업된 강주를 버려두고 초희가 쌩하니 먼저 골목을 올라갔다. 그러자 강주는 긴 다리를 성큼성큼 움직여 그녀를 따라잡더니 또 나란히 걸었다.

"초희야, 마초희."

녀석이 저 좀 봐 달라고 계속 이름을 부르며 옆에서 귀찮게 했다. 초희가 마지못해 대꾸했다.

"아, 왜!"

"너 뒤통수가 좀 허전하지 않아?"

"또 무슨 말이 하고 싶은 건데?"

"이거 저기 바닥에 떨어져 있더라."

강주가 손에 쥐고 있던 헤어피스를 쑥 내밀었다. 그걸 본 초희가 화들짝 놀라며 뒤통수를 더듬거렸다. 허전하다. 비었다!

"이, 이게 왜 떨어졌지?"

얼굴이 새빨개진 초희가 허둥지둥하며 녀석의 손에서 헤어피스를 뺏어 갔다. 그러곤 뒤통수에 다시 고정하려는데 잘 안 되지 않았다. 녀석이 빤히 쳐다보는 시선이 느껴졌기 때문이었다.

"네가 보니까 더 안 되잖아. 고개 돌려. 보지 마. 보지 말라고."

"알았어. 안 볼게."

강주가 져 준다는 듯 고개를 돌렸다. 그사이 초희는 부지런히 손을 움직여 헤어피스를 부착하고 있었는데. 곧 녀석의 나지막한 목소리가 들렸다.

"넌 나한테 뭘 그렇게 보이기 싫은 게 많아?"

비단 땜빵 얘기만 하는 게 아니었다. 흉터의 존재를 제게만큼은 절대 말하지 말라고 소나에게 신신당부한 이유는 대체 뭘까? 강주는 제 속마음을 에둘러 표현했다.

"그 땜빵 영원히 낫지 않는다고 해도 난 너 사랑하는데. 내 맘 절대 안 변하는데."

초희는 뒤돌아 서 있는 녀석을 흘끔 보더니, 태연한 얼굴로 대꾸했다.

"너도 마찬가지잖아. 나한테 숨기는 거 많잖아."

그녀의 말이 다 끝나기도 전에 강주가 뒤를 돌았다. 그는 굉장히 억울한 얼굴로 초희를 쳐다보다가, 아직도 피스 하나 제대로 못 달고 끙끙거리는 그녀를 내려다봤다.

"줘."

그는 헤어피스를 뺏어 가더니 섬세한 손길로 그녀의 머리카락에 대신 부착해 주며 말했다.

"내가 뭘 숨겼는데?"

포옹한 것처럼 가까운 거리. 초희는 조심스레 위를 올려다보며 말을 할까 말까 고민했다.

"괜찮아. 말해."

다독이는 듯한 녀석의 말투에 힘입어 초희가 마침내 입을 열었다.

"너 한국에 온 진짜 이유는 따로 있는 거지? 나 때문에 온 거 아니지? 다른 일 때문에 왔다가 우리 우연히 만난 거지?"

"그렇게 생각하는 게 마음 편하면 그렇게 해."

애매한 대답. 그건 초희가 듣고 싶었던 대답이 아니었다. 그리고 사실 물으려던 말도 아니었다.

그녀가 이번엔 진짜 궁금했던 것을 솔직하게 물었다.

"무슨 일 때문에 왔는지는 모르겠지만 그 일 다 해결되면 프랑스로 돌아가는 건가?"

초희는 일부러 전혀 궁금하지 않은 척하며 물었다. 하지만 강주의 눈엔 다 보였다. 그녀가 왜 이런 질문을 하는지.

강주가 초희를 똑바로 쳐다보며 말했다.

"초희야, 내가 저번에 말하지 않았나?"

"……."

"난 누구처럼 갑자기 사라지지 않는다고. 만에 하나 내가 프랑스로 가게 된다면 너한테 꼭 말하고 갈게. 그러니까 나 안 보인다고 막 불안해하지 말고, 편하게 있어."

"부, 불안? 아니거든?"

속내를 들켜 버린 게 분한 듯 초희가 씩씩거리며 골목을 뛰어 올라갔다. 그 뒤를 느긋하게 따라가던 강주의 표정이 돌연 굳어졌다.

초희가 집 앞에서 윤하제와 이야기를 나누고 있었다.

"하아……."

저 새끼가 또 여길 왜 왔어?

강주는 한숨과 함께 낮게 욕을 읊조렸다. 그러곤 초희와 얘기를 나누고 있는 하제를 쳐다봤다.

윤하제라는 인간에 대해 강주는 잘 알고 있었다. 필요에 따라 초희를 이용해 차유리를 자극해서 원하는 것을 손에 얻으려는 속셈.

사람들은 모르겠지만 하제의 그 더러운 탐욕이 강주의 눈엔 뻔히 보였다.

그도 그럴 것이 온갖 권모술수가 난무하는 지독한 파리 패션계에서도 살아남은 강주였다. 사실 그곳엔 더한 인간들이 많았기에 윤하제쯤은 가소롭기 짝이 없었다. 하지만 윤하제가 노리는 게 초희라면 얘기가 달라진다.

고작 저런 놈에게 그녀가 이용당하도록 가만히 내버려 둘 순 없지.

자신은 차유리에게서 초희를 보호하느라 대놓고 앞에 나서지도 못하고 있는데. 저 새끼는 뻔뻔하게 여기가 어디라고 와! 순간 참을 수 없는 분노가 솟구쳤다.

강주는 화가 잔뜩 난 얼굴로 성큼성큼 걸어 두 사람에게로 향했다. 그러곤 서늘한 눈빛으로 그녀와 이야기를 나누고 있는 윤하제를 노려봤다.

"이 밤에 여자 혼자 사는 집엘 왜 찾아옵니까?"

갑자기 웬 남자가 다가와 시비를 걸자 윤하제가 놀라 고개를 돌렸다. 그런데 아는 얼굴이었다.

"차강주? 네가 왜 여있어?"

"내가 먼저 물었잖아. 그쪽은 여기 왜 왔냐고."

주방에선 그나마 예의를 차리던 녀석이 반말을 하며 말을 놨다. 게다가 뭔가 심기가 굉장히 불편해 보이는 저 얼굴, 저 눈빛은 저번 날 사무실에서 제 손목을 무참히 짓밟던 그때와 비슷한 느낌이었다.

하제는 또 손목이 비틀리는 기분이 들었다. 그는 손목을 감싼

붕대를 만지작거리다가 강주의 물음에 대답은 하지 않고 초희에게로 시선을 옮겼다.

"초희야, 아는 사이야?"

하제의 물음에 초희가 강주를 흘끔 쳐다봤다. 왠지 녀석에게서 살벌한 기운이 뿜어져 나오고 있었다.

갑자기 왜 저러지? 무섭게.

초희는 녀석이 저렇게 적대적으로 사람을 대하는 것을 처음 봤다. 그는 아무리 싫어도 저렇게 대놓고 싫어하진 않았다. 뭐랄까, 웃으면서 먹이는 스타일? 웃어는 주지만 상대는 무서워 까무러치게 만드는 스타일?

근데 지금은 달랐다. 녀석이 웃지도 않고, 농담도 하지 않았다. 윤하제한테 무슨 악감정이라도 있나? 으, 무서워.

초희는 얼른 녀석에게서 시선을 떼고 하제의 물음에 대답했다.

"우리 윗집 사는 사람이야."

"윗집?"

"어. 근데 윤하제 너는 이분…… 차강주 씨를 어떻게 아는데?"

강주는 그녀가 저를 그저 윗집 사는 사람이라고 소개한 게 못마땅했는지 초희를 흘겨봤다. 초희는 애써 그 시선을 모른 척하며 하제의 입에서 나올 대답을 기다렸다.

어쩌면 녀석이 요즘 뭘 하고 다니는지 하제는 알고 있지 않을까 싶었기 때문이다. 하지만 돌아온 대답은.

"우리 주방에서 일하던 막내."

"아 그래? 주방…… 막내라……."

알고 있던 사실이었지만 정말 다시 들어도 놀랍다. 본인의 손을 문화재처럼 아끼던 녀석이 주방이라니. 이번엔 초희가 강주를 째려봤다.

"차강주 씨 정말 의외네요. 주방이랑 되게 안 어울리는데."

"그래서 관뒀나 보네."

강주가 아닌 하제가 말을 자르고 끼어들었다.

"아, 주방이랑 안 어울리는 차강주 씨가 저번 주에 일 관뒀거든. 상사한테 한마디 말도 없이."

하제의 빈정거리는 말투에 강주가 피식 웃었다.

"내가 관둔다고 안 했나? 아, 발로 해서 못 알아들었나 보네."

"……!"

"그러게 농땡이 좀 적당히 부리시지. 허구한 날 사무실에 처박혀서 주방은 들여다보지도 않으니까 막내 따위가 한마디 의논도 없이 관두는 거잖아. 나 진짜 궁금해서 그러는 건데 하나만 물읍시다."

"……."

"대체 윤 셰프는 주방이 그렇게 싫은데 왜 셰프가 된 걸까? 그냥 호텔에서 일하는 사람이 되고 싶었나?"

"너…… 말 다 했어?"

강주가 하제의 아킬레스건을 제대로 겨냥했다. 하제의 차분했던 눈빛이 사납게 변한 순간, 강주가 가까이 다가가 거칠어진 눈빛으로 그를 노려봤다.

"주방으로 꺼져."

"……."

"여긴 내 구역이야."

녀석의 표정을 보아하니 당장이라도 윤하제가 꺼지지 않으면 한 대 칠 기세였다.

바로 옆에서 지켜보던 초희는 열대야가 기승을 부리는 한여름인데도 살얼음판 위에 서 있는 것처럼 으슬으슬 춥기까지 했다.

안 되겠다. 초희가 둘 사이에 끼어들었다.

"저기요 차강주 씨!"

"왜요?"

녀석이 이제야 하제에게서 시선을 떼고 그녀를 쳐다봤다. 삐딱한 시선에 초희는 흠칫 놀랐다. 잠깐 주눅이 들었던 그녀는 얼른 제 페이스를 되찾고 말했다.

"제 친구한테 너무 무례한 거 아닌가요?"

"친구?"

"네. 이쪽은 제 대학 동기예요."

"근데?"

"어허. 말이 짧으시네요? 암튼 두 분 사이가 굉장히 안 좋은 건 제가 지금 알았구요. 어쨌든 오늘 윤하제는 저 만나러 온 제 손님이라고요. 그니까 차강주 씨는 올라가세요. 저는 친구랑 할 얘기가 있어서 이만."

저를 집어삼킬 것만 같은 녀석의 눈빛이 너무 매서워 초희는 아주 빠르게 말을 마쳤다. 녀석은 아무 말이 없었다. 하지만 눈빛을 보니 무슨 말을 하는지 알 것만 같았다.

'가기만 해 봐. 딴 남자랑 둘이, 나 두고 가기만 해 봐.'

초희는 저만 빤히 쳐다보고 있는 녀석의 눈빛을 피해 냅다 골목을 올라갔다. 그러다 윤하제를 두고 온 것이 생각나 뒤를 돌았다.

두 사람은 여전히 서로를 죽일 듯이 노려보고 있었다.

"윤하제! 뭐 하고 있어? 빨리 따라와. 저기 앞에 공원 가서 얘기하자."

초희가 하제를 향해 소리쳤다. 그러자 하제 또한 마지못해 걸음을 옮겼다.

멀찍이 떨어져서 골목을 올라가는 두 사람의 뒷모습을 보며 강주는 주먹을 움켜쥐었다. 그는 무슨 소금 기둥이라도 된 것처럼 그 자리 그대로 서서 꼼짝도 하지 않고 있었다.

* * *

한편 공원에 먼저 도착한 초희는 가로등 뒤에 숨어서 골목 밑을 몰래 내려다봤다. 녀석이 그 자리 그대로 서 있었다. 계속 저러고 있을 모양인가 보다.

멀어서 표정이 잘 보이진 않지만, 실루엣만으로도 굉장히 화가 나 보였다.

"대체 왜 저러지?"

"차강주랑 친한가 봐?"

어느새 공원에 도착한 하제가 초희 옆에 서며 물었다. 골목 밑을 바라보던 초희가 고개를 돌려 하제를 쳐다봤다.

"넌 안 친한가 봐? 네가 그렇게 사람한테 정색하는 거 처음 봤어."

누구에게나 젠틀하기로 소문난 하제의 성향을 초희는 잘 알고 있었다. 이쯤 되니 대체 두 사람은 무슨 악연인지 자못 궁금해졌다.

"우린 친해질 수가 없는 사이야."

"어째서?"

"내가 진짜 갖고 싶은 게 하나 있었는데, 저 녀석이 방해했거든."

정확히 무슨 말인지는 모르겠지만, 녀석이 주방에서 어떻게 행동했을지 안 봐도 뻔했다.

파리에서 본 녀석은 어딜 가나 대우받고, 무엇을 하든 사람들이 칭송했다. 아마 생전 누구 밑에서 일해 본 적도 없었을 것이다. 그 콧대 높은 미셸 아르노 선생마저도 녀석을 떠받들며 상전 모시듯 했으니까. 그런 녀석이 주방 막내로 들어갔으니.

초희는 주방에서 녀석에게 시달렸을 윤하제를 불쌍하게 쳐다보다가 대뜸 말했다.

"아무튼 그러니까 내가 아까 하던 말을 계속 이어서 하면……."

"앞으로 찾아오지 말라고?"

"어."

아까 골목에서 녀석이 방해하는 바람에 흐름이 끊겼던 말을 초희가 다시 차분히 이어서 했다.

"너도 저번에 봤잖아. 차유리 걔 너한테 아직 미련 못 버렸다니까? 나 그 일만 생각하면 자다가도 벌떡벌떡 일어나. 걔한테 이유도 없이 뺨 맞은 거 억울해서."

말을 하다 보니까 또 열받네.

초희가 씩씩거렸다. 그런 초희를 미안한 기색으로 바라보며 하제가 말했다.

"그 일은 내가 대신 사과할게."

"알았어. 그럼 그 사과받고, 우리 이제 어디서 만나든 서로 아는 척하지 말자. 내 얘기 다 끝났어. 갈게."

일부러 공원까지 올라와서 하려던 얘기는 정말 이게 다였다.

제대로, 확실히, 윤하제와 끝맺고 싶었다.

그렇게 말을 마친 초희가 녀석이 기다리고 있을 골목 밑으로 달려가려는데.

"잠깐."

공원을 벗어나려는 초희 앞을 하제가 가로막았다.

"내 얘기도 듣고 가. 내 얘긴 아직 시작도 안 했어."

초희가 얼른 말하라며 그를 올려다봤다. 그러자 하제가 다부진 얼굴로 말했다.

"우리 사귀자."

"어휴. 또 원점이네."

초희가 시큰둥한 표정을 지었다.

"이유나 들어 보자. 너 대체 나한테 왜 이러는 거야?"

"차유리한테 복수하고 싶어."

"그건 나도 솔깃하긴 한데, 그런 방법은 별로야."

"그런 방법?"

"지금 날더러 너 이용하라는 거잖아. 했음 옛날에 했지. 20대 때도 안 했던 짓을 내가 왜? 그리고 우리가 사귀는 게 진짜 복수가 될까? 더 큰 화만 불러올 거란 생각은 안 해?"

"그러니까 앞으로 너한테 닥칠 그 큰 화를 막아 줄 명분을 나한테 달라고. 나 두 번 다시 차유리한테 너 당하는 거 그냥 두고만 보고 싶지 않아."

"아니야. 두고만 봐도 돼."

초희가 딱 잘라 거절했다. 하지만 하제는 한번 표출한 마음을 도저히 억누를 수가 없었다.

"후회돼. 난 줄곧 내 무관심이 널 지키는 일이라고 믿었어. 그래서 그동안 내 마음 꾹꾹 누르고 참고 또 참았어."

하제가 간절한 얼굴로 다시 한번 그녀에게 사랑을 구걸했다.

"진짜 나는 안 되는 거야?"

"미안해."

"너 혹시 다른 남자 있어?"

"……."

하필 이 순간 왜 그 녀석 얼굴이 제일 먼저 생각나는 건지.

"있구나?"

초희가 머뭇거리는 사이 하제는 확신했다. 그녀에게 다른 남자가 있다는 것을.

"누군지 물어봐도 돼?"

"아니. 안 돼."

"왜?"

"나도 잘 모르겠으니까."

"그게 무슨 소리야?"

"나도 내 마음 잘 모르겠다고. 그 사람이랑 다시 만날 생각은 죽어도 없는데…… 신경은 계속 쓰이고……."

안 보이면 걱정되고, 다치면 내 맘이 더 아프고, 밥은 먹었나 뭐 하고 있나 끼니때마다 궁금하고…… 초희가 헛웃음을 지었다.

"내가 이런 얘길 왜 너한테 하고 있지? 아무튼 미안해."

"……."

"앞으로도 난 차유리랑 관련된 사람이랑은 절대 엮이지 않을 생각이야."

하제는 절망스러웠다. 그녀가 거절할 수도 있을 거란 생각을 하긴 했지만, 이렇게 고민도 없이 바로 싫다고 할 줄은 몰랐다. 그것도 너무나도 명확하고 확고한 이유와 함께 거절당할 줄은 정말 몰랐다.

하지만 그는 그녀와 어색한 관계가 되고 싶지 않아 억지로 쓰게 웃었다.

무거운 정적이 감돌았다.

괜히 미안하기도 해서 초희는 무슨 말이라도 꺼내 정적을 깨고 싶었다. 때마침 하제의 다친 팔목이 눈에 들어왔다. 흰 붕대가 칭칭 감긴 손.

"팔은 어쩌다 다친 거야?"

초희가 넌지시 물었다. 그런데 하제가 제 손목을 매만지며 엉뚱한 말을 했다.

"차강주랑은 언제부터 알고 지낸 사이야?"

"갑자기 그건 왜 물어?"

"오래전부터 알고 지낸 사이 같길래."

"아니거든?"

찔리는 구석이 많았던 초희는 발끈했다. 그 사실을 저도 느꼈는지 속으로 반성하며 다시 차분하게 말을 이었다.

"안 지 얼마 안 됐어. 그 사람이 윗집에 이사 온 지 한 일주일쯤 됐나? 그러는 너는 차강주 씨랑 안 지 얼마나 됐는데?"

이건 하제를 향한 관심이 아니라 녀석을 향한 궁금증이었다.

초희는 알면서도 이 궁금증을 해결하지 않으면 안 될 것 같아 용기 내어 물었건만.

"차강주에 대해 궁금한 게 많은 눈치네?"

하제의 예리한 지적에 초희는 시치미를 딱 잡아떼고 대수롭지 않은 표정으로 말했다.

"당연히 궁금하지. 윗집 사는 사람인데 뭐 하는 사람인지는 알아야 할 거 아니야."

"그럼 직접 물어보면 되잖아."

"말을 안 해 주니까 그러지. 그니까 네 말은 얼마 전까진 호텔 주방에서 일했고, 지금은 관뒀다는 거지? 그럼 백수네?"

"그렇겠지."

근데 걘 뭐가 그렇게 맨날 바빠?

초희는 참 생각할수록 녀석의 행동이 이해가 안 됐다.

"주방 막내면 구체적으로 무슨 일을 하는 거야?"

"설거지나 청소, 심부름 뭐 그런 거."

"걔가 아니, 차강주 씨가 그런 걸 했다고?"

"차강주 이사 온 지 일주일밖에 안 됐다면서 그사이 두 사람 엄청 친해졌나 봐?"

하제는 이제야 알았다. 차강주 얘기에만 유독 눈을 반짝이는 초희의 행동은 무엇을 의미하는지. 아까 그 녀석은 왜 그런 눈빛으로 초희를 바라봤는지.

아무래도 두 사람 보통 사이가 아닌 듯했다.

그렇다면 더더욱 이대로 물러날 수 없지.

"초희야 내가 혹시나 해서 하는 얘긴데."

"또 무슨 얘길 하려고?"

"내가 안 되면 그 녀석은 더더욱 안 되는 거 아닌가?"

"뭐라고?"

"차유리랑 관련된 사람이랑 엮이기 싫다며."

초희가 도통 무슨 소린지 모르겠다는 얼굴로 하제를 쳐다봤다. 그러자 하제가 그녀를 타일렀다.

"너 차강주가 어떤 사람인지 진짜 아무것도 모르는구나? 그래서 알고 싶은 거고."

"……."

"지금이라도 그 호기심 접어. 나보다 차강주 그 녀석이랑 엮이는 게 네 인생 더 피곤하게 하는 길이니까."

하제의 충고에 초희는 언짢아졌다.

한국에서의 차강주는 잘 몰라도, 프랑스에서의 루카 퓌에슈에 대해선 잘 안다고 생각했다. 그런데 내가 그 녀석에 대해 아무것도 모른다고?

불안했던 마음을 확인 사살받는 느낌이라 기분이 매우 별로였다.

그런 그녀의 기분을 하제가 알 리 없었다. 그는 그저 제 손목을 짓밟으면서도 눈 하나 깜짝하지 않던 녀석을 떠올리며 말을 이었다.

"그 녀석 굉장히 위험한 놈이야. 결국엔 널 다치게 할 거야."

8

"위험하다고?"

초희는 중얼거리며 골목을 내려갔다. 그러다 홱 고개를 돌려 공원을 벗어나고 있는 하제의 뒷모습을 노려봤다.

"지가 루카를 알면 얼마나 안다고. 나보다 더 잘 알아?"

괜히 짜증이 솟구쳤다.

구시렁거리며 건물 안으로 들어가던 그녀는 화들짝 놀라며 몸을 움찔 떨었다.

"악, 깜짝이야!"

계단에 누군가 앉아 있었다. 곧 천장에 달린 자동 센서에 불이 들어오며 누군가의 얼굴이 보였다.

"너 안 들어가고 왜 여기 앉아 있어?"

강주가 굉장히 불만스러운 얼굴로 초희를 올려다보고 있었다. 잘못한 것도 없는데 괜히 잘못한 것 같은 기분이 들어 초희는 일단 피하기로 했다.

녀석이 계단을 차지하고 앉아 있는 바람에 통로는 매우 비좁았다. 초희가 마치 게처럼 옆으로 몸을 돌려 그 좁은 통로를 가까스로 비집고 통과하려던 그때.

갑자기 녀석이 제 손목을 덥석 잡더니 자리에서 일어났다. 그러곤 그녀를 벽으로 몰아넣었다.

"뭐, 뭐야. 비켜."

"싫어."

아예 양팔로 벽을 짚은 채 그녀를 꼼짝도 못 하게 가둬 버린 녀석은 초희를 빤히 쳐다봤다.

"야, 너 윤하제랑 둘이 무슨 얘기 했냐?"

이 녀석 보소. 말투가 왜 이렇게 불량스러워졌지? 이런다고 내가 겁먹을 줄 알고?

초희는 일부러 더 두 눈을 크게 떴다.

"무슨 얘기 했냐고."

"그게 왜 궁금한데? 네 얘기라도 했을까 봐?"

"내 얘기 했구나."

"그래. 했다 어쩔래."

"내 얘기 뭐?"

강주가 경계하는 눈빛으로 물었다. 그런 녀석을 초희가 의아하게 쳐다보며 대답했다.

"너랑 엮이지 말래. 너 위험한 사람이래."

"하."

강주가 어이없다는 듯 웃음을 터뜨렸다.

"왜 웃어? 사람 안 가리는 윤하제가 그렇게 말할 정도면, 너 진짜 위험한 사람 맞는 거 아니야?"

"지금 누구 말을 믿는 건데? 윤하제 말을 믿어?"

"걔가 쓸데없는 말을 할 애는 아니거든."

"그럼 나는? 내가 이제껏 너한테 했던 말들은 다 쓸데없었나?"

아까부터 뭐가 그렇게 화가 나는지 녀석은 계속 신경질적인 말투로 일관했다.

초희는 그게 불편하면서도 굉장히 마음이 쓰였다. 녀석의 이런 반응은 처음이라 어떻게 대하면 좋을지 난감했다.

"너 갑자기 왜 이래? 비켜. 나 들어갈래."

초희는 얼떨떨한 얼굴로 녀석의 가슴팍을 억지로 밀쳤다. 그러곤 계단을 뛰어 올라갔다. 그렇게 가까스로 도착한 현관 앞에서 도어 록 비밀번호를 누르고 손잡이를 잡아당겼는데.

어라? 문이 안 열린다.

문이 왜 열리지 않는가에 대한 의문은 바로 풀렸다. 뒤에서 녀석에게서만 나는 특유의 향수 냄새가 났기 때문이다.

초희는 천천히 고개를 들었다. 힘줄이 도드라진 커다란 손이 문을 못 열게 딱 막고 있었다. 초희가 뒤를 돌았다. 역시나 바로 뒤에 녀석이 서 있었다.

"또 왜? 너 나한테 무슨 할 말 있어?"

"앞으로 윤하제 만나지 마. 위험한 건 내가 아니라 그 새끼야. 넌 몰라. 그 새끼가 어떤 놈인지."

"난 윤하제보다 네가 어떤 놈인지 더 모르겠는데? 그리고 내가 혹시나 해서 묻는 건데, 너 차유리랑 아는 사이야?"

"……."

"맞나 보네. 어떻게 아는 사이야? 너도 한국 이름이 차 씨인 거 보니까 뭐 친인척 관계 그런 건가?"

"……."

"이거 봐, 또 지 불리해지니까 입 닫아 버리고."

왜 이렇게 답답하고 화가 나는지 모르겠다.

그러니까 윤하제의 말에 따르면 녀석은 차유리랑 관련이 있고, 그러면서 호텔 주방에서 잡다한 심부름이나 설거지만 하는 주방 막내로 1년을 일했다는 건데.

대체 왜? 녀석은 왜 1년씩이나 그런 곳에서 설거지를 하고 있었던 걸까?

"아아, 몰라. 대답하지 마. 나 하나도 안 궁금해."

저도 모르게 소리 내어 말하고 말았다. 갑자기 고개를 마구 흔들며 괴로워하는 초희를 강주가 미안하게 쳐다봤다.

"나도 너한테 비밀 같은 거 없고 싶어."

강주가 살짝 지친 기색으로 말했다.

"근데 어쩔 수가 없어. 하루 종일 어떻게 하면 날 밀어낼까, 그 핑계만 찾고 있는 너한테 스스로 빌미를 제공하고 싶진 않아. 그게 불리할 때마다 내가 입을 닫는 이유야."

"……."

"그래도 난 믿어. 말하지 않아도 내가 어떤 사람인지는 초희 네가 제일 잘 알 거라고."

"착각하지 마. 난 말 안 하면 몰라."

"필요한 말은 다 했는데."

"무슨 말?"

"널 갖고 싶어. 평생 네 옆에 있고 싶어. 좋아해. 사랑해. 그런 말."

"……."

또 고백이다.

이번엔 초희가 입을 다물었다. 그러자 강주가 서운한 기색을 내비쳤다.

"불리할 때마다 입 닫는 건 너도 마찬가지잖아."

"지금은 불리해서가 아니라 민망해서 닫은 거거든? 내가 생각해 봤는데, 넌 너무 헤픈 것 같아."

"어째서?"

"사랑한다 어쩌고 그런 말을 왜 그렇게 쉽게 자주 해?"

"너한테만 하는 건데 내가 왜 헤퍼?"

"그니까 왜 난데? 우리 옛날에 끝났잖아. 내가 너 버렸잖아. 그거 다 까먹었어?"

"……."

갑자기 풀이 확 죽어서는 눈동자를 아래로 떨구는 녀석을 보고 있자니 초희는 또 마음이 약해지려 했다. 하지만 다시 마음을 굳게 먹고 말을 멈추지 않았다. 일부러 못된 말만 잔뜩 골라서 했다.

"아까 윤하제랑 무슨 얘기 했냐고 물었었지? 걔가 사귀재. 내가 좋대."

"뭐라고?"

녀석의 눈빛에서 불길이 확 솟구치는 게 느껴졌다. 이제라도 멈춰야 하나 고민하던 초희는 결국 멈추지 않았다.

"너 말고도 나 좋다는 남자 많다고. 너랑 만나느니 차라리 나 윤하제랑 사귀……읍!"

그녀의 못된 입술을 강주가 입으로 막아 버렸다.

녀석은 그녀의 마음처럼 꽉 닫힌 입술을 빨아 억지로 열었다. 파고든 혀로 치열을 훑으며 진한 키스를 퍼부었다.

그녀의 저항이 거세질수록 키스는 더 농밀해져 갔다.

강주는 초희의 양쪽 손목을 붙들어 벽에 가뒀다. 그렇게 그는 한참이나 그녀의 입술을 물고 빨았다.

"하아."

강주가 최대한 인내심을 발휘하며 그녀의 입술을 놓아줬다. 그는 가쁜 숨을 내쉬며 말했다.

"한 번만 더 그딴 말도 안 되는 소리 해 봐."

시크한 말투와 달리 강주는 그녀의 손을 부드럽게 놓아주었다. 그러곤 촉촉이 젖은 그녀의 입술을 손가락으로 닦아 주었다. 그러다 또 참지 못하고 그녀의 입술을 훔치고 말았다.

쪽, 소리와 함께 입술이 떨어졌다. 가벼운 뽀뽀에 더 놀란 초희가 두 눈을 동그랗게 떴다.

"야! 너 왜 자꾸 맘대로……."

"충분히 피할 수 있었을 텐데?"

"아, 아니거든?"

초희가 말까지 더듬으며 당황하자 강주가 피식 웃으며 그녀를 빤히 쳐다봤다. 그리고 아까완 달리 다정한 눈빛으로 말했다.

"알았어. 앞으론 좀 천천히 해 볼게. 될지는 모르겠지만."

"천천히 하다니 뭘. 아예 하지 말아야지."

"왜?"

"왜냐니 너랑 나랑 무슨 사이도 아니고 이상하잖아."

"우리 지금 연애 중 아니었어?"

강주가 의아한 표정을 짓자 초희는 갑자기 헷갈렸다. 이게 연애
라고?

"내가 저번에 말하지 않았나? 난 아무 사이도 아닌 여자랑 그런
밤을 보내진 않는다고."

"2년 전 얘기를 또 왜 꺼내?"

"그만큼 인상 깊었으니까. 매일 밤 생각날 정도로."

순간 녀석의 눈빛이 정욕으로 들끓었다. 강주는 그녀의 눈동자를
옭아매듯 바라봤다.

녀석의 야한 눈빛을 올려다보던 초희는 얼른 시선을 피해 두
눈을 내리깔았다. 그러다 녀석의 목울대가 크게 움직이는 것을
포착했다.

"하."

순간 녀석의 호흡이 굉장히 거칠어졌다. 그는 금방이라도 터져
버릴 것 같은 뜨거운 감정을 억누르고 있었다.

본능적으로 위험을 감지한 초희의 머릿속이 바빠졌다. 도망가
야 한다. 저 녀석에게 홀려 오늘 밤 또 어떻게 될지 모르는 일
이었다.

지이잉. 지이잉.

불행 중 다행으로 주머니에서 핸드폰이 울렸고, 초희는 뜨거운 지옥 불 앞에서 구세주를 만난 사람처럼 반가워하며 전화를 받았다.

"어머, 실장님!"

일부러 더 큰 소리로 오버하며 통화했다. 초희는 녀석에게 중요한 통화니까 넌 빨리 가라며 손짓을 하고는 얼른 집으로 들어가 버렸다.

"네. 그럼요. 네. 아하."

그녀는 상대방 목소리를 제대로 듣지도 않고 가짜 추임새를 내며 인터폰 화면을 응시했다.

화면엔 현관 앞 상황이 보였다. 정확히는 녀석의 얼굴이 보였다. 녀석은 뚱한 표정으로 서 있다가 포기를 한 모양인지 계단을 올라가고 있었다.

—마 대표! 마초희!

"아, 네. 실장님. 방금 뭐라고 했죠?"

초희는 인터폰 화면에서 녀석이 완전히 사라지자 이제야 통화에 집중할 수 있었다.

—알바 자리 구한다며. 혹시 다음 주말에 시간 돼?

"네! 물론이죠. 근데 무슨 알반데요?"

—일단 내일 숍으로 와. 자세한 건 만나서 설명해 줄게. 이번 알바 마 대표한테도 진짜 엄청 좋은 기회야.

오래간만에 박 실장 언니의 목소리가 자신감에 가득 차 있었다.

"대체 무슨 알바길래?"

초희는 전화를 끊자마자 고개를 갸웃했다.

* * *

"대박! 이거 진짜 제가 해도 돼요?"

초희는 뛸 듯이 기뻐하며 팸플릿을 연신 넘겼다. 박 실장이 승리의 미소를 지으며 커피를 건넸다.

"내가 말했잖아. 마 대표한테 좋은 기회일 거라고."

초희는 박 실장이 건넨 커피를 마시면서도 팸플릿 헤드라인에 적힌 '와치(Watch) 자선 경매'라는 문구에서 눈을 떼지 못했다.

경위를 풀자면 이랬다. 이 숍에서 자선 경매에 서게 될 모델들의 의상을 맡게 됐고, 모델 중 한 명이 교통사고를 당해 결원이 생긴 것을 우연히 박 실장이 듣게 됐고, 하늘이 도왔는지 모델을 관리하는 관계자가 박 실장과 친구였고, 박 실장은 친구에게 초희를 추천하게 된 것이었는데.

말마따나 초희에게는 무척 큰 기회였다.

"마 대표, 시계 모델은 한 번도 안 해 봤지?"

"네. 어떻게 하면 돼요?"

열의에 불타오른 초희의 두 눈이 반짝거렸다.

귀를 쫑긋 세우고 제 말 하나라도 놓칠까 집중하는 초희가 귀여워 박 실장이 최대한 천천히 알아듣기 쉽게 얘기했다.

"내가 알아봤는데 시계 모델은 별거 없대. 그냥 시계 예쁘게 차고, 있으라는 자리에 가만히 서 있기만 하면 된대. 의상도 저거야. 노멀하지?"

박 실장이 숍 중앙에 서 있는 마네킹을 가리켰다. 초희도 그녀의 손가락을 따라 시선을 옮겨 의상을 걸친 마네킹을 쳐다봤다.

271

블랙 슬리브리스 원피스. 기장은 발목까지 내려오는 롱 원피스였다.

이건 정말 하늘이 주신 기회!

의상을 확인한 초희가 더 적극적인 자세로 질문 공세를 퍼부었다.

"언니, 저 뭐 준비하면 돼요? 관계자는 따로 안 만나봐도 돼요? 프로필 보내야 되나? 갑자기 막 다른 모델 구했다고 잘리고 그러진 않겠죠? 나 이거 진짜 하고 싶은데."

"마 대표, 그 관계자도 이쪽 사람이야. 이쪽에 마초희 이름 모르는 사람 없지. 마초희는 이름이 프로필이잖아."

"하하. 언니, 제가 아버지한테 유일하게 고맙게 생각하는 부분이 그거잖아요. 이름 특이하게 지어 준 거. 한번 들으면 절대 잊을 수 없는 이름이긴 하죠."

"이름도 이름인데, 마 대표가 열심히 살아서 다들 좋게 기억하고 있는 거지. 내 친구도 그 얘기 하더라고, 10년 전에 가는 쇼마다 런웨이 중심엔 마초희가 있었다고. 그래서 내가 대신 얘기해 줬지. 초희 걔가 그 당시 아버지 빚 갚느라 발목이 나가도록 일한 거라고."

"에이, 언니 또 나 엄청 띄워 주시네. 저 지금은 발목 너무 괜찮으니까 앞으로도 이런 좋은 알바 완전 환영합니다."

초희가 괜히 쑥스러워서 너스레를 떨었다. 그런 그녀가 너무 귀여워 박 실장이 웃으며 다시 자선 경매 주의사항을 짚어 주었다.

"근데 시계가 굉장히 고가라 아마 화장실도 마음대로 못 갈 거야. 경호원이랑 같이 가야 한다고 들었어. 괜찮아?"

"당연히 괜찮죠. 화장실 아예 안 가면 돼요."

"풉. 화장실을 왜 안 가."

"괜히 화장실 갔다가 물건이라도 없어져서 도둑년 취급받으면 어떡해요. 그날은 물 한 모금도 안 마실 거예요. 돈을 오백이나 주는데 화장실 정도는 뭐."

한껏 들뜬 기분을 표정으로 맘껏 드러내며 초희가 어깨를 으쓱였다.

"하긴, 마 대표는 그것보다 더 어려운 알바도 많이 해 봤지?"

"그럼요. 더러운 일도 많이 겪었죠. 그래도 한국에선 억울한 일 당하면 입이 있으니까 따지기라도 하지. 파리에선 말도 안 통하고, 걔들이 뭐라고 하는지도 모르겠고, 그냥 뭐 어어? 하다가 도둑으로 몰려서 경찰서까지 갔다니까요."

"그래서 어떻게 됐는데?"

흥미진진한 파리 경험담에 이번엔 박 실장이 귀를 쫑긋 세웠다.

"그래서 어떻게 됐냐면……."

초희가 말끝을 흐리며 그 당시를 떠올렸다.

'누구세요? 누구신데 절 도와주신 거죠?'

'나? 목격자. 네가 안 훔친 거 내가 봤거든.'

'어떻게 보셨는데요?'

'맘에 드는 여자가 있어서 어제부터 그 가게에 죽치고 앉아 있다가?'

'네?'

'도와줬으니까 밥 사 줄게. 가자.'

지금 생각해 보니 도와준 사람이 왜 밥을 샀지? 그땐 너무 경황이 없어서 얻어먹기는 했지만…….

"그래서 어떻게 됐냐니까?"

"네? 아…… 그때 다행히 가게 손님이 경찰서까지 따라와서 증인 서 준 덕에 무사히 풀려났어요."

"어머. 너무 고맙다. 그 손님 아니었으면 마 대표 여기 없었겠네."

"그죠……."

경찰서 소동으로 가게에서 잘려 갈 곳 없을 때도 대뜸 나타나 집도 구해 주고, 일자리도 구해 주고, 위험한 남자들에게 봉변당할 뻔했을 때도 짜잔 나타나 구해 주고, 끼니때마다 나타나서 밥 같이 먹어 주고…….

옘병. 뭐 이렇게 고마운 게 많아?

초희는 두 손으로 얼굴을 감싸 쥐며 괴로워했다.

"마 대표 왜 그래?"

박 실장의 물음에 초희가 죽을상을 하고 물었다.

"언니, 안 좋아하려면 어떻게 해야 할까요?"

"안 좋아하다니 뭘?"

"그니까 그…… 아, 맞다. 언닌 신상 구두 좋아하잖아요. 그 구두를 좀 안 좋아하려면 어떻게 해야 할까, 뭐 그런?"

"그거야 방법은 하나지."

"……?"

"아주 질릴 때까지 물고 빠는 거."

"네? 무, 물고…… 뭐, 뭘 빨아요?"

"피하지 말고 끝까지 가 봐야 한다고. 안 그럼 미련 생겨서 더 더욱 그 남자 못 잊어. 근데 어떤 남자야?"

눈치 빠른 박 실장이 묻자 초희가 시치미를 딱 잡아뗐다.

"아닌데. 남자 아닌데요?"

"그럼 마 대표 진짜 모쏠이야? 남자 한 번도 만나 본 적 없어? 키스는? 그건 해 봤지?"

하필 어제 녀석과 계단에서 나눈 키스가 떠올라 초희의 얼굴이 벌겋게 달아올랐다.

"어머. 마 대표 얼굴 빨개졌어. 뭐야. 그 남자랑 어제 키스라도 했어?"

"어이쿠! 벌써 시간이 이렇게 됐네. 언니 점심 드시러 가시죠. 제가 쏠게요."

초희가 얼른 자리에서 일어나며 말을 돌렸다. 그러자 박 실장이 두 손을 모으며 미안한 기색을 내비쳤다.

"쏘리. 난 선약이 있어서. 그러지 말고 오늘 점심은 어제 키스 한 남자랑 먹어."

"언니!"

"농담이야. 아무튼 난 마 대표가 좋은 남자 만나서 행복했음 좋겠다."

박 실장이 사람 좋게 웃으며 자리에서 일어났다.

"점심은 다음에 꼭 같이 먹자."

"네. 제가 비싼 걸로 살게요! 암튼 언니 너무 고마워요. 덕분에 알바비로 우리 애들 프로필 사진 멋지게 찍을 수 있게 됐어요. 진짜 땡큐!"

초희가 뛸 듯이 기뻐하며 박 실장을 와락 껴안았다. 그렇게 그녀는 포옹으로 고마움을 넘치게 표현하고서야 숍을 나올 수 있었다.

한여름 뜨겁게 내리쬐는 햇빛도 따뜻하게 느껴질 만큼 마음이 굉장히 너그러워졌다.

"역시 죽으란 법은 없다니까."

행복한 미소를 지으며 집으로 가는 버스에 올라탄 초희는 의자에 앉자마자 가방에서 팸플릿을 꺼내 다시 들여다봤다.

"주최 측이 좀 걸리긴 한데……."

팸플릿 맨 앞면에 명원복지재단의 로고가 새겨진 것을 유심히 보던 초희는 영 찝찝했다.

하지만 뭐 그렇게 따지면 집에 있는 가전제품들과 지금 사용하는 핸드폰 그리고 다니는 병원까지. 명원이 아닌 게 별로 없지 않은가. 대한민국에서 명원을 피해 가는 건 매우 어려운 일이었다.

그러니 이 알바는 해도 된다며, 초희는 자신의 결정을 정당화했다. 그러곤 팸플릿을 넘겨 첫 번째 장 '모시는 글'을 찬찬히 읽어 내려갔다.

이 행사를 주최하게 된 이유와 함께 재단 이사장 차정윤의 사진이 실려 있었다. 선한 미소가 인상적인 여자였다.

"잠깐, 그럼 이 여자가 차유리 언니? 완전 딴판이네."

사나운 인상의 차유리를 잠시 잠깐 떠올려보던 초희는 곧장 '으– 싫어.' 하고 고개를 마구 흔들었다. 그러다 그녀는 다시 시무룩해졌다.

차유리 그년도 오겠지? 지 언니가 주최하는 행사니까.

아, 몰라. 그 넓고 사람 많은 데서 지가 나랑 마주쳐 봤자 뭘 어쩌겠어.

이런저런 생각을 하다 정류장을 지나쳐버린 초희는 결국 한 정 거장 더 가서 내려야만 했다. 버스에서 내리자마자 한숨을 푹푹 내쉬며 골목 초입에 들어섰는데.

"……!"

녀석이 건물 밖으로 나오고 있었다. 그를 발견한 초희는 자동 반사적으로 옆에 주차된 차 뒤에 숨어 버렸다.

"아이씨. 내가 왜 숨었지?"

아니다. 숨을 만했다. 숨어야 했다. 초희는 어제 계단에서 뜨겁 게 키스를 해 오던 녀석의 야한 눈빛이 떠올라 얼굴이 화끈거렸 다.

그녀는 한껏 달아오른 얼굴을 감싸 쥔 채 열기를 식히려 노력 하고 있었다.

그런데 하필 그때였다.

부릉, 하고 요란한 소음이 들리더니 갑자기 제 몸을 숨겨 주던 차가 시동 소리와 함께 앞으로 달려 사라져 버린 게 아닌가.

졸지에 똥 싸는 포즈로 길바닥에 혼자 앉아 있는 꼴이 되고 말았다.

불행히도 머리 위에 그늘이 생김과 동시에 기분 좋은 향이 코끝으로 스며들었다. 항상 제 맘을 설레게 하는 향수 냄새를 맡으며 그녀는 직감했다.

지금 내 앞에 서 있는 건 너겠구나.

초희는 녀석이 지금 어떤 눈빛으로 저를 보고 있을지 알 것만 같았다. 그래서 괜히 바닥에 뭐 떨어진 건 없나 손을 더듬거리며 찾는 시늉을 하다가 굉장히 태연한 척 굴며 자리에서 일어났다.

"뭐 해?"

녀석이 한심하게 쳐다보며 물었다. 초희는 녀석의 시선을 피하다가 뒤늦게 녀석의 옷차림을 보게 됐다.

"어디 가?"

오늘따라 슈트를 멋들어지게 차려입고 등장한 녀석은 초희의 물음에 어깨를 으쓱이며 대답을 피하더니.

"내가 먼저 물었잖아. 너 여기서 뭐 하냐고. 왜 손으로 바닥을 닦고 있어?"

반대로 초희를 압박해 왔다.

"닦다니 그게 아니라……."

대꾸하려던 초희는 말끝을 흐렸다. 녀석을 보며 대꾸하다가 시선이 녀석의 입술에서 딱 멈춰 버리고 만 것이다.

젠장. 하필 어제의 키스가 떠오르고 말았다.

초희는 녀석의 눈을 제대로 쳐다볼 수가 없었다. 말투는 또 왜 이렇게 소심해지는 건지.

"그니까 그게, 걷다가 동전을 떨어뜨려서, 어! 동전 그거 줍고 있었는데, 마침 네가 딱 나타난 거지."

"아, 그래? 난 또 나 때문에 일부러 숨은 줄 알았네."

"아니거든? 내가 왜 숨어."

"어제 나눈 키스가 인상적이어서?"

"야!"

강주가 농담이었다는 듯 웃으며 다정하게 말했다.

"점심은 먹었어?"

"넌 왜 맨날 나만 보면 밥 타령이야?"

"네가 잘 안 챙겨 먹으니까."

"아니거든? 나 이제 엄청 잘 챙겨 먹거든? 그니까 내 걱정하지 말고 너나……."

"나 뭐?"

"잘 챙겨 먹으라고. 너야말로 밥 안 먹었지?"

"어. 누구 기다리다가 밥때를 놓쳐 버렸거든."

"……."

초희는 망설였다. 밥을 사 줄 테니 따라오라고 하면 녀석은 또 신이 나서 따라오겠지? 그래서 우리가 같이 밥을 먹게 된다면…….

제 마음이 어떻게 될지는 장담할 수 없었다. 하지만 문득 먼 이국 땅에서 녀석이 제게 베풀었던 호의와 배려들이 떠올라 갑자기 가슴이 먹먹해졌다.

나 왜 이래? 미치겠네 진짜.

아니야. 이건 그냥 그때 녀석에게 고마웠던 것에 대한 보답일 뿐이야. 다른 의미는 없어.

초희는 그렇게 속으로 수없이 되뇌며 뭔가 결심한 듯한 얼굴로 입을 열었다.

"내가 밥 사 줄게."

"어?"

녀석이 정말 놀란 얼굴로 되물었다.

"밥을 사 준다고?"

"짜장면 괜찮지? 한국에서 내가 사 주기로 했잖아. 약속은 지켜야지. 가자. 뭐 하고 있어? 가자니까. 아, 왜? 왜 그렇게 봐?"

"좋아서."

괜히 부끄러워서 녀석에게 더 퉁명스럽게 굴던 초희는 강주가 너무 행복해하며 밝게 웃자 미안함과 동시에 심장이 빠르게 뛰기 시작했다.

젠장. 오늘 나 짜장면 제대로 먹을 수 있을까?

초희는 미치고 팔짝 뛸 것 같았다. 하필 오늘따라 녀석의 슈트 착장이 딱 제 스타일이었다. 겁나 섹시해.

"무슨 생각을 그렇게 해?"

"어? 왜? 방금 뭐라고 했어?"

"오늘 기분 좋은 일 있었냐고 물었는데? 네가 밥을 다 사 준다고 하고 너무 의외라서."

"아, 뭐 싫음 말고."

초희가 괜히 센 척하며 말했다. 어차피 이렇게 밥 사 주겠다는 말을 철회하면 녀석이 기겁을 하고 아니라며 얼른 가자고 저를 닦달할 게 뻔하니까.

그런데.

"미안."

전혀 예상치도 못한 대답이 녀석의 입에서 튀어나왔다.

"지금은 안 돼. 내가 중요한 선약이 있거든."

뭐? 선약? 나 지금 까인 거야? 어렵게 낸 용기가 짓밟힌 기분이 들어 초희는 얼떨떨하면서도 황당했다.

벙찐 그녀의 표정을 살피던 강주가 눈치를 보며 넌지시 물었다.

"저녁은 안 될까?"

"됐거든? 버스 떠났거든?"

"무슨 버스가 이렇게 빨라?"

"아오. 너 지금 장난하냐? 그렇게 밥 사 달라고 사람 달달 볶을 땐 언제고, 뭐 선약? 무슨 선약? 말이 나와서 하는 얘긴데. 너 대체 한국에서 뭐 하고 다니는 거야?"

"……."

"또 비밀이야? 됐어, 말하지 마. 하나도 안 궁금해."

강주는 난처한 기색으로 이마를 긁적였다.

"왜 이렇게 화가 난 걸까? 그러지 말고 같이 저녁 먹자. 해 지기 전에 돌아올게."

"됐다고. 내가 앞으로 너랑 같이 밥 먹나 봐라!"

그 말에 강주가 뚱한 얼굴로 초희를 쳐다봤다.

"뭘 봐!"

"왜 이렇게 나랑 밥 먹는 걸 경계하는 걸까? 혹시 그 이유 때문이야?"

"무슨 이유?"

"내가 더 좋아질까 봐 그래?"

"……."

"어? 농담인데 왜 대답을 못 하지? 진짜야? 그럼 선약이고 나발이고 당장 취소하고 밥 먹으러 가야겠네."

강주가 갑자기 핸드폰을 꺼내 어디론가 전화를 걸려고 하자 초희가 말렸다.

"아아. 됐어. 지금 뭐 하는 거야? 중요한 선약이라며."

"나한테 너보다 중요한 건 없어. 아깐 한번 튕겨 본 거야. 네가 하도 나랑 같이 밥 안 먹어 주니까."

하지만 그건 변명이라는 사실을 초희는 알아차렸다. 녀석이 들고 있는 핸드폰이 계속 진동하고 있었기 때문이었다.

발신인이 제대로 보이지 않아 누군지는 모르겠지만, 아무튼 그 누군가가 어딘가에서 녀석을 애타게 기다리고 있는 게 분명했다.

"미안한데 난 너보다 중요한 거 많아. 그러니까 너도 중요한 선약에 늦지 말고 어서 가. 나도 할 일 많은 사람이야. 바쁘다고."

일부러 더 쌀쌀맞게 굴었다. 이렇게 하지 않으면 녀석이 가지 않을 것임을 알기에. 초희는 녀석에게 눈길도 주지 않고 쌩하니 지나쳐 골목을 올라갔다. 건물 앞에 다다랐을 때쯤 초희는 곁눈질로 살짝 골목 밑을 살폈다.

다행인지 불행인지 녀석은 없었고, 이제야 풀어진 표정으로 녀석이 서 있던 골목 언저리를 바라봤다. 그곳을 응시하는 초희의 눈빛이 꽤 쓸쓸해졌다.

* * *

명원호텔 옥상 정원.

단정하게 묶은 헤어스타일, 깔끔한 유니폼을 입은 가령이 문을 열고 옥상 밖으로 나왔다.

외형만 봤을 땐 굉장한 프로페셔널 호텔리어 같아 보였다. 그런데 옥상에 나오자마자 갑자기 정신없이 두리번거리는 모습은 영락없는 천방지축 오가령이었다.

옥상을 뛰어다니며 누군가를 찾던 가령은 곧 벤치에 앉아 있는 초희를 발견하곤 달려갔다.

"마초!"

"너 근무 시간에 이렇게 나와도 돼?"

"휴게 시간이거든요? 30분이나 남았지롱. 근데 너 별일 없지?"

가령이 초희 옆에 앉으며 대뜸 물었다.

"별일이라…… 있는 것도 같고, 없는 것도 같고."

초희의 얼굴에 그늘이 번지자 눈치 빠른 가령은 이미 다 알고 있다는 표정으로 말했다.

"별일 있구만. 뭔데? 너 루카 씨 보고 싶지?"

"야!"

"맞구만. 마초, 그러지 말고 이 언니가 프랑스 가는 비행기 티켓 끊어 줄 테니까 가서 고백해."

"무슨 고백?"

"너 루카 씨 좋아하잖아."

"아니야."

"아니긴. 그 사람 엄마 때문에 다리가 이 지경이 됐어도 한 번도 원망 안 했다며. 오히려 그거 들킬까 봐 도망 온 거라며. 내가 생각해 봤는데, 그거…… 찐사랑이야."

"……."

초희는 뜨끔했고, 가령은 눈동자를 반짝거리며 말을 이었다.

"너 루카 씨 겁나 사랑하는 거라고. 이렇게 평생 루카 씨 가슴에 품고 연애도 못 하고 늙어 죽을래?"

"너도 그러고 있잖아."

"그니까 그게 얼마나 괴로운데……."

보기완 다르게 첫사랑을 아직도 잊지 못하고 가슴에 품고 있는 순정녀 오가령이 말했다.

"넌 네가 의지만 있으면 언제든지 다시 만날 수 있잖아. 그니까 어서 가서 잡아. 그냥 고고합시다! 응? 그리고 너 루카 씨랑 되게 좋았다며."

"뭐가 좋아?"

"침대에서. 되게 잘 맞았다며, 막 천당 갔다며, 속궁합 그거 얼마나 중요……."

"으! 내가 그런 얘기까지 했어?"

"응."

가령이 태연하게 고개를 끄덕이자 초희의 얼굴이 화르륵 달아올랐다. 이 수치심을 어쩌면 좋을지 아주 미칠 지경이었다.

"내가 진짜 술을 끊어야지. 너한테 별 얘길 다했네."

"그게 왜 별 얘기냐? 겁나 흥미진진하고 재밌었는데. 치이."

갑자기 내외하는 초희에게 가령은 서운함을 내비치며 입술을 삐죽 내밀었다. 그런데 초희가 흘끔 눈치를 보며 넌지시 물었다.

"내가 진짜 루카랑 할 때 좋았다고 했어?"

"어. 처음인데 하나도 안 아팠다고 했어. 너 여자한테 섹스가 그렇게 기억되는 거, 그거 되게 어려운 일이다?"

"어째서?"

섹스 무식자 초희가 순진무구한 눈빛으로 묻자, 가령이 최대한 그녀가 알아듣기 쉽게 말했다.

"남자들은 참을성이 없어. 특히 침대에선. 그리고 남자와 여자를 떠나서 섹스할 때 일단 자기 욕구부터 해소하고 싶은 게 사람 마음이잖아. 근데 그 와중에도 루카 씨는 너를 배려한 거야."

맞아. 2년 전에 그랬어. 그랬었지…….

예민하고 세심한 녀석은 계속해서 그녀의 표정을 살피며 몸을 움직였다. 그때 제 살에 맞닿았던 녀석의 체온과 뜨거웠던 감정이 다시금 떠오르자 초희는 명치끝이 저릿했다.

"초희야, 그거 루카 씨가 노력한 걸 거야. 너한테 섹스가 좋은 기억이 될 수 있게 널 엄청 엄청 배려하면서 한 거라고."

"왜 그랬을까?"

"왜겠냐? 본인의 정욕보다 네가 더 소중하니까 그랬겠지."

저번 날 녀석을 도발하기 위해 한번 자 줄 테니 다신 내 앞에 나타나지 말라고 소리쳤던 날이 초희의 머릿속에 떠올랐다.

'너랑 안 잔다고. 대신 평생 네 옆에 있을 거야.'

그때도 녀석은 본인의 정욕보다 그녀 옆에 있는 걸 택했었다.

너무나 진심이다. 녀석이 하는 행동과 말, 하나부터 열까지 진심이 아닌 게 없었다.

정말 이걸 어쩌면 좋단 말인가.

"가령아. 나 어떡하지?"

"그냥 루카 씨한테 다 말해. 네 다리 망가트린 사람이 누군지."

초희가 헛웃음을 지었다. 그러자 가령이 익아한 표정으로 되물었다.

"왜? 내가 틀렸구나?"

"만약에 말이야…… 우리 아버지가 어떤 의도를 가지고 루카 손을 망가뜨리는 바람에 녀석이 디자인 못 하게 됐다면 난…… 가령아, 나는……."

"……."

"진짜 죽어 버리고 싶을 거야."

"야, 넌 무슨 그런 살벌한 말을 해?"

가령이 화들짝 놀라며 초희를 걱정스레 바라봤다.

"루카가 그런 고통을 받게 하고 싶진 않아. 걘 창작자야. 얼마나 예민한데. 그 사실 알면 우린 진짜 끝이야……."

"두려운 거구나? 루카 씨 영영 못 보게 될까 봐. 그동안은 언제든 다시 만나러 가면 그 사람이 그곳에 있을 거라고 생각했던 거고?"

"맞아. 나 되게 이기적이지?"

초희가 자조적인 웃음을 짓더니 좀 더 솔직한 속내를 털어놓았다.

"그리고 루카는……."

"……."

"어머니를 굉장히 사랑하고 존경한다고 했어."

어느 날 녀석은 말했었다. 나를 만나기 전 모든 영감은 어머니로부터 얻었다고.

녀석의 어머니는 얼핏 30대 초반으로도 보일 만큼 동안 페이스에 외국인들이 봐도 입이 떡 벌어질 만큼 굉장한 미인이었다.

놀랍게도 초희는 루카보다 루카의 모친을 먼저 알고 있었다. 전에 차유리가 말했던 누드 크로키 알바, 초희를 모델로 고용한 사람이 바로 그분이었기 때문이다.

'화장 좀 지워 볼래요?'

'아뇨. 얼굴은 그리지 않는다는 조건으로 왔는데요.'

'돈 더 주면 되잖아. 내일은 화장하지 말고 와요. 됐죠?'

돈을 많이 준다기에 그분의 작업실에서 몇 번 알바를 했었는데, 점점 더 이상한 요구를 하는 바람에 덜컥 겁이 나 그만뒀다.

그런데 세상에, 루카가 초대한 집에 갔다가 그분과 마주쳤을 때 얼마나 소름이 돋던지. 특히 정원 한 귀퉁이에 마련된 창고. 그곳은 유리 공예가인 그분이 작업하는 공간이었다.

뜨거운 불이 활활 타오르고 있는 용해로, 달궈진 파이프, 새빨간 유리 덩어리.

잊고 싶었던 기억들이 하나둘 떠오르기 시작했다. 그럴수록 초희의 표정이 점점 굳어 갔다. 그렇게 나쁜 기억의 파편들이 머릿속을 어지럽게 떠다니고 있었는데.

"마초!"

"읏!"

어깨를 잡는 가령의 손길에 초희가 화들짝 놀라며 뒤늦게 정신을 차렸다.

"너 괜찮아? 무슨 생각을 하는데 갑자기 이렇게 식은땀을 흘려?"

가령은 멍해져 있는 초희를 걱정스럽게 쳐다보며 손으로 부채질을 해 주었다.

"사람이 옆에서 말을 하는데도 못 듣고, 대체 왜 그래?"

"어? 말을 했어? 뭐라고 했는데?"

"루카 씨 마마보이냐고 물었다."

심각한 초희의 기분을 풀어 주려 가령이 일부러 농담을 던졌다. 하지만 여전히 초희의 표정은 어두웠다.

"마마보이? 글쎄…… 어머니를 가엽게 여기는 것 같긴 했어."

"근데 그 어머니 대체 어떤 사람이야?"

집값 비싸기로 소문 난 파리에서도 제일 큰 저택에 살던 녀석과 그분.

녀석의 집을 떠올려 보던 초희는 생각할수록 의문투성이였다.

녀석은 미셸의 수제자이긴 했지만 아직 학생이었고, 녀석의 어머니는 취미로 유리 공예를 하는 한낱 예술가에 불과했다.

그런데 대체 그 부(富)는 어떻게 해서 축적된 걸까?

혹시 루카의 아버지가 부자인 걸까? 그러고 보니 녀석한테서 아버지에 대한 얘기는 단 한 번도 들어 본 적이 없었다.

"가령."

"응?"

"너 주변에 호적에 나이 잘못 올라가 있는 사람 봤어?"

"응. 울 할아버지! 옛날엔 종종 그랬대. 할아버지 동생이랑 호적상 나이가 같아서 학교도 같이 들어가고 그랬다던데?"

"그건 옛날 얘기잖아."

"아, 그리고 옛날엔 신생아 사망률이 높아서 늦게 올리기도 했다더라. 근데 그런 건 왜 물어?"

"그러게, 내가 이런 걸 왜 너한테 묻고 있는 건지 모르겠다."

녀석한테 직접 물으면 될 것을, 혼자 이러면서 녀석에 대해 궁금해하는 자신이 너무 한심했다. 초희는 한숨과 함께 자연스럽게 말을 돌렸다.

"그나저나 표석이 이 녀석 운동 잘하고 있으려나……"

"잘하겠지. 그게 얼마짜린데. 근데 걔 때문에 일부러 온 거야?"

"어. 오늘은 내가 같이 왔는데, 내일부턴 혼자 가기로 했어. 그래서 말인데…… 나 대신 네가 좀 챙겨 주라."

"야, 애도 아니고 뭘 챙겨."

"그러지 말고 부탁할게. 표석이 걔가 좀 어리바리해서 사고 칠까 봐 걱정된단 말이야. 그러다 회원 카드 양도한 거 들키면 어떡해."

"그럼 뭐 너도 나도 이 호텔에서 아웃이겠지."

"뭐? 그럼 안 되지. 아, 이걸 어떡하지? 윗분이랑 다시 협상 못 하나? 프리패스권에 1명 더 추가 등록할 수 있는……"

"에라이, 이 도둑년."

"그건 너무 심한가?"

"당연하지. 아무리 우리 사장님이 마음씨 좋기로 소문난 양반 이래도 그건 절대 허락 안 해 줄 듯."

이 호텔 사장에 대해선 초희도 잘 알고 있었다. 가령에게 몇 번 들은 적이 있었기 때문이다. 그는 평사원으로 입사해 지금의 사장 자리에 오른 인물이라고 했다.

젠틀하고 매너가 좋아 직원들 사이에선 인기가 많다고 했다. 하지만 그래서 명원家 사람들은 그를 눈엣가시로 여긴다고.

"사장님 너무 불쌍해. 겨우 호텔 다 키워 놨더니 사장 자리 뺏기게 생겼잖아."

"아, 그 서자? 차유리 라이벌?"

"어. 근데 대체 어디 숨었는지 모르겠다니까? 분명 후계 수업

받고 있다는 소문은 있는데, 실체가 없어."

"넌 그게 뭐가 그렇게 궁금한데?"

"왜겠냐? 신데렐라 한번 돼 볼라 그러지."

"풉."

"이제야 웃네. 암튼 표석인지 뭔지 내가 케어할 테니까 넌 걱정하지 말고 루카 씨나 정리를 하든, 가서 잡든 그거나 결정해."

"알았어. 충고 고맙다."

초희가 건성으로 대답하자 가령이 째려봤다. 그러다 문득 헷갈리는 게 하나 있었다.

"근데 표석이가 누구지?"

가령이 대뜸 물었다.

"그 무섭게 생긴 앤가?"

"그건 해용일걸."

"그럼 그 특이하게 생긴 애?"

이번엔 초희가 가령을 째려봤다.

"오가령! 넌 사람한테 특이하게 생겼다는 게 뭐냐. 특·별. 걘 특별하게 생겼어. 그런 마스크 분명 뜬다."

확신에 찬 초희를 가령이 불쌍하게 쳐다봤다.

"너 있잖아. 너희 회사 애들이라고 지금 너무 콩깍지야. 솔직히 그 표석이 걔 어깨가 너무 좁아."

"그거 벌크 업 쫌만 하면 금방 그 누구냐. 너 좋아하는 그 배우 된다."

"야! 너 지금 어따 우리 오빠를 비교하니?"

"그건 너무 심했나? 쏘리. 암튼 표석이한테 뭐 잘못되면 너

찾으라고 해도 되지?"

초희가 재차 부탁했다. 그러자 가령이 어쩔 수 없다는 듯 대답했다.

"알았어. 근데 그럼 그 무섭게 생긴 애는? 표석이만 헬스 끊어 줬다고 뭐라고 안 해?"

"해용이는 그런 스타일 아니야. 학교 다니느라 바쁘기도 하고."

"학교? 걔 대학생이야?"

"어. 명원대 다녀. 내가 교수님 만나러 학교 갔다가 걔 캐스팅한 거잖아."

"헐…… 공부 더럽게 못하게 생겼던데 명문대생이었어?"

"오가령 너 왜 자꾸 사람 외모로 평가하냐? 죽을래?"

초희가 주먹을 들어 보이자 가령이 잠시 멋쩍어하더니 애교 있게 웃었다.

"쏴리. 그나저나 우리 20분이나 남았는데, 디저트 먹으러 갈까?"

"안 돼."

초희가 바로 고개를 흔들었다.

어젯밤 공원에서 제게 고백하던 하제가, 아니, 정확하게는 그 고백을 받고 집에 들어가는 길에 만난 루카의 말과 행동이 떠오른 것이다.

'앞으로 윤하제 만나지 마. 위험한 건 내가 아니라 그 새끼야. 넌 몰라. 그 새끼가 어떤 놈인지.'

하제도 하제지만 루카 그 녀석도 원래 타인을 향한 적대감을 그렇게 겉으로 티 나게 드러내는 녀석이 아닌데, 어젠 왜 그런 걸까?

게다가 분명 그 키스의 시작은 화풀이였어. 문득 거칠게 입을 맞춰 오던 녀석의 야한 눈빛이 떠올랐다.

초희는 두 눈을 꽉 감았다 떴다.

나 미쳤나 봐. 무슨 욕구 불만이야? 그 키스를 왜 자꾸 생각하냐고! 아까도 그 키스 생각하느라 녀석과 제대로 눈도 못 마주치고, 몰래 차 뒤에 숨었다가 망신이나 당한 걸 생각하면.

"아오!"

갑자기 밀려든 수치심에 초희가 어깨를 부르르 떨었다. 옆에 있던 가령이 덩달아 놀랐다.

"왜 그래? 오늘은 디저트각 아니야?"

"아니. 오늘이야말로 먹어 줘야 하는 날이야. 나 요즘 너무 스트레스 받거든."

"근데 왜 안 간대?"

"윤하제."

"왜? 윤하제 씨가 무슨 고백이라도 했어?"

"고백? 모르겠어. 좀 애매해. 자기랑 사귀어서 차유리한테 복수하재."

"오오. 완전 땡큐네. 사귀어! 복수하자!"

"너 왜 이랬다저랬다 해? 아깐 루카한테 가라고 비행기 표 끊어 준다며."

"이거 좀 고민되는걸? 그냥 루카 씨랑 하제 씨 둘 다 만나면 안 되나?"

"농담이지?"

"아닌데. 진심인데."

"얘가 무슨 말도 안 되는 소릴 하고 있어."

그랬다간 녀석한테 또 무슨 짓을 당하려고. 초희는 어제 계단에 앉아 저를 기다리고 있던 녀석의 집착 서린 눈빛이 아직도 선명했다.

윤하제 두 번 만났다간 아주 엄청난 짓을 할 기세였다.

그나저나 그 녀석은 내 인생에 엄청 간섭하면서 본인은 대체 뭘하고 다니는지 뭐가 그렇게 비밀이 많아? 대체 그렇게 차려입고 어딜 간 거냐고.

초희는 속으로 투덜거리며 작게 한숨을 내쉬었다. 그러다 옥상 난간 너머로 보이는 빌딩 사이로 해가 저물고 있는 게 보였다.

'그러지 말고 같이 저녁 먹자. 해 지기 전에 돌아올게.'

벌써 시간이 이렇게 됐나? 초희는 핸드폰을 꺼내 혹시 녀석에게서 연락이 왔나 확인했다. 하지만 통화 목록도 메시지 함도 텅비어 있었다.

또 밥도 안 먹고 기다리고 있는 거 아니야?

갑자기 초희의 마음이 급해졌다.

"가령, 나 먼저 집에 가 봐야 할 것 같아."

"갑자기?"

"어. 갑자기 집에서 해야 할 일이 생각났어. 자세한 건 내가 나중에 얘기해 줄게."

루카가 윗집에 이사 왔다는 말을 하려다 말고 초희는 허둥지둥하며 자리에서 벌떡 일어났다.

"야, 너 수상하다? 집에 뭐 꿀단지라도 숨겨……."

"갈게!"

가령의 말이 다 끝나기도 전에 초희는 후다닥 달려 옥상을 벗어났다.

그렇게 초희는 순식간에 사라져 버렸고, 가령은 수상쩍다는 표정을 지으며 턱을 매만졌다.

"오호라. 집에 뭐가 있나 본데? 뭐지?"

* * *

"서류 좀 그만 가져와요. 집에 좀 갑시다."

명원호텔 사장실 책상을 차지하고 있는 건 강주였다.

책상 위에 산더미처럼 쌓인 결재 서류를 보며 강주는 한숨을 길게 내쉬었다. 그러곤 자리에서 일어나 오른쪽 손에 찬 시계를 확인했다.

"와, 나 이제 죽었다."

정신없이 서류를 검토하다 보니 벌써 7시였다. 그녀에게 해 지기 전에 돌아간다고 했는데.

강주는 통유리로 된 창문 너머로 도심의 야경이 보이자 매우 골치 아프다는 표정을 지었다.

"더 보고받을 일 있습니까?"

강주의 물음에 기합이 잔뜩 들어간 김 사장이 입을 열었다.

"사람들에겐 언제쯤 제가 사장님 대리인이라는 사실을 밝히실 계획이신지요?"

그동안 명원그룹 사람들 몰래 강주의 대리인으로 지냈던 김 사장의 물음에 강주는 시원스럽게 대답했다.

"계획 없습니다. 여긴 지금까지 하던 대로 김 사장님이 운영하면 돼요. 보고만 빠트리지 말고 제대로 해 주세요. 저는 다른 할 일이 아주 많거든요. 그럼 이만 가 봐도 되겠습니까?"

"아, 한 가지 더 있습니다."

강주가 빨리 끝내라는 눈빛으로 쳐다봤다. 그러자 김 사장이 전달 사항을 속사포 랩을 하듯 말했다.

"피트니스 관련입니다. 내년 상반기에 피트니스 시설을 재정비할 생각인데, 혹시 따로 구상해 둔 게 있나 해서 의견 여쭙습니다."

"피트니스? 일단 가 봅시다. 보면서 한번 생각해 볼게요."

강주가 서둘러 문을 열고 복도로 나갔다. 그러다 휙 뒤를 돌아 저를 바짝 좇아오고 있는 김 사장을 째려봤다.

"지금 너무 내가 윗사람인 거 티 나지 않나요?"

말이 끝나기가 무섭게 김 사장이 뒤로 몇 걸음 물러났다.

"이 정도면 되겠습니까?"

"좀 더. 더. 더. 오케이!"

아주 멀찍이 떨어진 김 사장을 흡족하게 쳐다보던 강주가 다시 걸음을 옮겨 피트니스 센터로 향했다.

지금 강주의 머릿속은 온통 초희가 저를 기다리고 있을지도 모르니 빨리 집에 가야 한다는 생각뿐이었다. 그렇게 피트니스 센터가 훤히 내려다보이는 지점에 서서 건성으로 그곳을 쳐다보고 있었는데.

"젠장. 집에 일찍 못 가게 생겼네."

강주는 잔뜩 귀찮은 얼굴로 김 사장에게 이리 오라며 손짓했다.

아깐 그렇게 떨어지라고 거리를 두라고 하더니 이제 와 왜 부르는지. 김 사장은 속으로 투덜거리며 후다닥 달려가 강주 앞에 섰다.

"네. 무슨 일이십니까?"

"혹시 쟤 아는 사람이에요?"

강주가 피트니스 센터 정중앙을 가리켰다.

그곳엔 저번 날 초희에게 치근덕거리던 신석중 변호사가 표석과 함께 있었다. 저 새끼가 뭐라고 하는지는 잘 들리지 않지만, 표석의 잔뜩 겁먹은 얼굴을 보니 대충 어떤 상황인지는 알 것 같았다.

강자에게 약하고 약자에게 강한 신석중이 표석에게 갑질을 하고 있는 게 분명했다.

강주의 표정이 살짝 굳어지자, 옆에 있던 김 사장이 강주가 가리킨 곳을 흘끔 쳐다봤다. 저 중에 아는 사람은 없었다.

김 사장이 영문을 모르겠다는 표정을 지으며 물었다.

"혹시 제가 알아야 하는 사람들일까요?"

"사장이랑 친하다던데?"

"누가요?"

"아아, 오케이."

대충 무슨 상황인지 알겠다는 얼굴로 강주가 계단을 내려갔다. 그러곤 피트니스 센터 안으로 들어갔다.

"이 거지 같은 새끼가! 너 여기 회원 아니지? 회원 카드 내놔 보라니까!"

쩌렁쩌렁하게 울리는 신석중의 목소리에 강주는 미간을 찌푸렸다. 앞쪽을 보니 신석중이 표석의 주머니를 마구 뒤지며 회원 카드를 찾고 있었다.

"스톱!"

강주가 성큼성큼 다가가 표석의 팔을 확 잡아당겨 제 뒤에 숨겼다. 그러곤 신석중을 무표정한 얼굴로 쳐다봤다.

"오래간만이네?"

한정판 명품 슈트를 입은 강주를 위아래로 훑어보던 신석중은 당황해하며 되물었다.

"누구세요?"

"내가 쉽게 잊힐 외모는 아닌데. 나 진짜 기억 안 나?"

"너 뭐야. 나 알아?"

"입이 다 나았나 보네? 그때 그냥 확 박음질해 버릴걸. 가만있어 보자 내 바늘이……."

강주가 주머니를 뒤적이며 뭔가를 찾는 시늉을 했다. 그러자 이제야 기억이 난 모양인지 신석중이 화들짝 놀라며 얼른 제 입을 두 손으로 가렸다.

"그 몹쓸 기억력으로 변호사는 어떻게 하는지 모르겠네."

강주가 한심하다는 듯 신석중을 쳐다봤다.

신석중은 주변에 있던 여자들이 키득거리며 저를 보자 괜히 울화가 치밀었다.

"너 대체 뭐 하는 사람……이세요?"

차림새를 보니 반말은 못 하겠고, 신석중이 마지막 자존심을 지키기 위해 발악했다.

"네가 뭐 하는 놈인지는 모르겠지만! 너 나한테 지금 큰 실수했어! 내가 이 호텔 사장이랑 호형호제하는 사이라고."

"사장? 호형호제?"

"그래. 왜? 이제 겁나나?"

"김원조 사장님!"

갑자기 강주가 이 호텔 사장의 이름을 큰 소리로 외치자, 멀지 않은 곳에 숨어 돌아가는 상황을 지켜보던 김 사장이 부리나케 달려왔다.

인터넷 뉴스 기사로만 접하던 김원조 사장의 실물을 처음 영접한 신석중의 얼굴이 하얗게 질려 버렸다.

그러거나 말거나 김 사장은 강주를 깍듯이 대했다. 일부러 더 그랬다. 누가 봐도 윗사람이 강주라는 것을 알 수 있게끔.

"어떻게 처리할까요?"

"고소하세요. 사장님 쟤 모르잖아. 명원호텔 사장 지인이라고 사칭하고 다니면 어떻게 되는지 보여 줘요. 변호사 자격 박탈 정도는 쉬울 것 같은데."

대충 돌아가는 상황을 파악한 얌체 신석중이 체면이고 뭐고 바로 무릎을 꿇었다. 그러자 강주가 질린다는 표정을 지었다.

"식상하게 왜 이래? 이거 저번에 써먹었던 거잖아."

그때 무릎 꿇고 싹싹 빌길래 바느질로 입을 꿰매 버리려던 걸 겨우 참았건만.

"내가 두 번은 안 참는 성격이라. 김 사장님, 이 새끼 회원권 박탈하고 우린 앞으로 회원 자격을 어떻게 부여하면 좋을지 고민해 봅시다. 이상."

강주가 나머지는 김 사장에게 맡기고 뒤를 돌았는데.

"저기⋯⋯."

표석이 소심하게 서 있었다. 뒤늦게 표석의 존재를 알아차린 강주가 긴장을 풀어 주려 일부러 너스레를 떨었다.

"너 이름이 뭐였더라?"

"표석이요."

"어어. 표석이. 그래, 우린 나가서 천천히 얘기하자."

강주는 표석과 어깨동무를 하고 피트니스를 빠져나갔다. 그러자 갑자기 피트니스 안이 분주해졌다. 검은 정장을 입은 남자들이 우르르 들어와 강주를 목격한 사람들을 붙들고 뭔가를 설명하고 있었다.

그렇다. 방금 이곳에서 일어난 일들을 외부에 발설하지 못하도록 막는 중이었다.

신석중의 입은 김 사장이 맡았다.

"당신이 나랑 호형호제하는 사이라고?"

"죄송합니다! 그러니까 제가 사장님을 직접 아는 건 아니고, 사장님의 사촌의 친구의 친구를⋯⋯ 죄송합니다!"

손이 발이 되도록 싹싹 비는 신석중을 보며 김 사장이 혀를 찼다.

"그러게 왜 하필 저분을 건드렸을까."

"저분? 근데 대체 저분이 누군데요?"

아직도 정신을 못 차렸는지 강주를 향한 궁금증을 마구 드러내던 신석중은 돌연 살벌하게 굳어진 김 사장과 눈이 마주치자 오금이 저렸다.

아, 잊고 있었다. 이 호텔 사장이 평사원에서부터 제일 높은 자리까지 그냥 올라간 게 아니라는 사실을.

* * *

"여기가 집이야?"

강주가 브레이크를 잡고 도로변에 차를 세웠다. 창문을 내려 밖을 내다보니 이 동네에서 가장 크고 웅장한 저택이 보였다.

"이렇게 좋은 데 살면서 아깐 왜 그렇게 저자세로 나온 거야? 너보다 나이 많은 사람이라 봐준 건가?"

의아해하는 강주를 향해 표석이 배시시 웃으며 대답했다.

"여긴 해용이네 집이구요. 저희 집은 지하에 있어요."

해용이는 저번에 사무실에서 봤던 그 무섭게 생긴 애일 거고, 지하라……

"아버지가 운전하고 계시거든요. 해용이네 아버지가 특별히 배려해 주셔서 얹혀살게 됐어요. 저희가 집이 없어서요. 엄마 병원비로 다 날려서…… 아, 엄마는 지금 병원에 계세요."

"그런 거 굳이 일일이 다 말할 필요는 없는데."

"고마워서요. 아깐 정말 감사했습니다. 하마터면 저희 대표님만 곤란해지실 뻔했어요."

"어째서?"

"사실 저는 거기 피트니스 회원이 아니거든요. 원래 대표님 건데 제 이름으로 바꿔 주셨어요. 저는 몸만 좀 키우면 이번 대회 승산이 있다고 대표님이 그러셔서."

"몸만 좀? 아…… 그, 그래."

초희가 그런 거면 그런 거지. 강주가 표석의 좁은 어깨를 보며 살짝 난처한 듯 이마를 긁적였다.

"근데 너 엄청 열심히 해야겠다."

"네. 그래서 진짜 열심히 하고 있었는데, 하필 그 성질 더러운 아저씨랑 부딪히는 바람에……."

"그 새끼가 갑자기 시비 걸었지?"

"네! 막 너 같은 놈이 여기 왜 있냐면서 카드 위조한 거 아니냐고 보여 달라는 거예요."

"그냥 보여 주지 그랬어. 카드에 이름이 적혀 있는 것도 아닌데."

"그래도 들키면 큰일이죠. 이게 원래 회원 양도 그런 거 안 되는 건데 친구한테 부탁해서 특별히 한 거랬어요. 근데 그거 그 아저씨한테 들키면 대표님 입장만 난처해질 거 아니에요. 대표님이 저 생각해서 그렇게 해 주신 건데…… 암튼 안 걸려서 천만다행이에요."

초희를 생각하는 표석의 마음이 어찌나 기특한지. 강주가 흐뭇하게 웃으며 그를 쳐다보다가 대뜸 말했다.

"오늘 호텔에서 나 본 건 초희한텐 비밀이다."

"왜요?"

"이게 엄청 중요한 얘기라서 내가 직접 말해야 되거든."

"아…… 근데 형님은 그 호텔 사장님이랑 어떻게 해서 친해진 거예요?"

"안 친한데?"

"에이, 아까 보니까 완전 친하던데?"

"너 비밀 잘 지킬 수 있는 거지?"

말이 많아도 너무 많은 표석을 강주는 약간 믿음직스럽지 못하다는 표정을 지으며 쳐다봤다. 그러자 표석이 곧장 입에 지퍼를 채우는 시늉을 했다.

그렇게 강주는 재차 초희에겐 말하지 말라고 입단속을 단단히 시키고 표석을 보냈다. 그리고 차를 출발시키려는데 마침 핸드폰이 진동했다.

발신인은 강주의 업무를 도와주고 있는 황 실장이었다. 블루투스 이어폰을 귀에 꽂으며 강주가 차를 출발시켰다.

"네. 말씀하세요."

—보스, 명원패션 차유리 본부장이 만나 뵙길 요청했습니다.

"나를?"

—네. 지금 그쪽 비서실에서 루카 퓌에슈에 대해 백방으로 알아보는 중이라고 합니다. 근데 아마 쉽지 않을 겁니다. 워낙 외부에 드러난 게 없어서요. 답변은 어떻게 하면 좋을까요? 일정이 바빠서 곤란하다고 거절할까요?

황 실장의 말에 곰곰 생각에 잠겨 있던 강주가 뒤늦게 대답했다.

"아뇨. 거절하지 마세요."

—만나시려고요? 앞으로 골치 아파지실 텐데요. 되도록 주총 전에는 모습을 드러내지 않으시는 게…….

"당연히 그래야죠."

"네? 근데 왜 거절하지 말라고……."

황 실장이 무슨 소린지 모르겠다는 듯 되묻자 강주가 피식 웃으며 대답했다.

"날 얼마나 만나고 싶어 하는지 보려고요. 일종의 테스트랄까? 약속 장소 대충 정해서 그쪽으로 보내세요. 그리고 지켜보세요. 난 안 갈 거니까."

그렇게 통화를 종료하고 골목에 들어선 강주는 점점 차의 속력을 줄였다. 저쪽 건너편 공원에서 혼자 운동을 하고 있는 초희를 발견한 것이다.

그런데 가만 보니 그녀는 공원에서 운동을 하고 있는 게 아니라, 누굴 기다리고 있는 것 같았다. 운동은 뒷전이고 운동 기구 위에서 골목 밑, 정확히는 집 앞을 내려다보고 있었다.

"하."

그녀가 기다리고 있는 게 자신이라는 사실을 뒤늦게 알아차리고 강주는 행복한 웃음을 터뜨리고 말았다.

9

운동 기구에 앉아 운동하는 척 집 앞을 관찰하고 있던 초희의 표정이 문득 심각해졌다.

"대체 왜 안 와? 설마…… 무슨 일 있는 건 아니겠지?"

생각이 거기에까지 닿자 초희는 얼른 핸드폰을 꺼냈다. 그러곤 녀석의 번호를 누를까 말까 고민하고 있었는데.

"여기서 뭐 해?"

"꺅!"

"뭘 그렇게 놀라? 어떤 새끼한테 전화하려고 했는데?"

갑자기 녀석이 뒤에서 얼굴을 들이밀더니 핸드폰 액정을 훔쳐 봤다. 초희가 화들짝 놀라며 얼른 핸드폰을 뒤로 숨겼다. 하지만 이미 다 봤다는 듯 루카가 피식 웃었다.

"나한테 전화하려고 했구나?"

녀석은 무슨 기분 좋은 일이라도 있는지 실실 웃으며 초희를 바라봤다. 초희는 아예 핸드폰을 주머니 속에 넣으며 숨겨 버렸다. 그리고 아무 말 없이 녀석을 째려봤다.

"왜? 내 얼굴에 뭐 묻었어?"

날카로운 그녀의 눈빛에 강주는 괜히 멋쩍어서 제 얼굴을 손으로 만지며 배시시 웃었다.

"재밌냐?"

하지만 날아온 건 그녀의 화난 말투였다.

"너 일부러 이러는 거지?"

"내가 뭘?"

강주가 영문을 모르겠다는 표정을 짓자 초희는 이를 악물었다. 장장 세 시간이다. 초희는 여기서 세 시간이나 넘게 녀석을 기다렸다. 하지만 녀석은 해가 저물다 못해 새까만 밤이 되어서야 나타났다.

이러니 내가 화가 안 나겠냐고.

"너 설마 나 기다렸어?"

"아니!"

초희가 강하게 부정하자 강주가 눈치를 보며 미안한 기색을 내비쳤다. 그러곤 변명을 늘어놓았다.

"난 아까 네가 나 좋아질까 봐 같이 밥 안 먹는다고 해서, 오늘도 못 먹겠구나 싶었지. 그래서 천천히 온 건데."

"야! 내가 언제 그렇게 얘기했어? 좋아질까 봐는 무슨."

"그런 거 아니면 밥 먹으러 가자."

"나 밥 먹었거든? 밥 다 먹고 운동하고 있는 거거든?"

"뭐 먹었는데?"

"짜장면 곱빼기 먹었다 왜! 아아, 몰라. 됐어. 너 앞으로 나한테 밥 먹자는 소리 하기만 해 봐. 너랑 절대 같이 밥 안 먹어!"

왜 이렇게 화가 나는지 모르겠다. 그냥 자꾸만 녀석과 어긋나는 것 같아 초희는 마음이 좋지 않았다.

제가 용기 내서 한 발자국 다가가려고 하면 꼭 이렇게 타이밍이 안 맞는다. 녀석에게 가지 말라는 신의 계시 같기도 하고.

그래, 일단 오늘 한 번만 더 견뎌 보자. 참아 보자.

녀석에게서 도망가자. 내 존재는 녀석에게 상처만 줄 뿐이다.

초희는 그렇게 스스로 최면을 걸며 녀석에게 도망가는 이유를 정당화하기 바빴다. 그리고 힘껏 도망쳤다.

"야! 갑자기 말하다 말고 어디가?"

잽싸게 도망가는 그녀의 뒷모습을 황당하게 쳐다보던 강주가 쫓아가려다가 말고 걸음을 멈췄다. 바닥에 떨어진 무언가를 발견한 것이다. 그녀의 주머니에서 튕겨 나온 물건이 분명했다.

직사각형에 코팅된 종이 한 스무 장이 노란 고무줄에 묶여 있었다.

허리를 숙여 그것을 주워 든 강주는 종이에 적힌 것을 천천히 따라 읽었다.

"짜장천국, 쿠폰 스무 개 탕수육……."

이게 뭐지?

고개를 갸웃하던 강주는 뒤늦게 알아차렸다. 그녀가 저와 함께 짜장면에 탕수육까지 먹으려고 쿠폰을 챙겨 나왔다는 사실을.

"진짜 귀여워 죽겠네."

강주는 크게 웃으며 골목 밑을 내려다봤다. 그녀가 건물 안으로 뛰어 들어가고 있는 게 보였다. 어찌나 빨리 올라가는지 1층부터 그녀의 집이 있는 3층까지 계단 창문 너머로 불이 환하게 켜지고 있었다.

그 모습을 지켜보며 강주는 흐뭇한 미소를 지었다.

과연 아는지 모르겠다. 이럴수록, 이렇게 자신을 밀어낼수록 그녀를 향한 열망은 더욱 커져만 간다는 것을.

강주가 쿠폰을 주머니에 넣으며 골목을 내려가고 있었는데 핸드폰이 진동했다. 발신인은 김 사장이었다. 신석중을 어떻게 처리했는지 궁금하기도 해서, 강주는 서둘러 전화를 받았다.

"어떻게 됐습니까?"

─잘 처리했습니다. 회원권 반납받았고, 호텔 근처엔 얼씬도 못 하게 했습니다.

대뜸 묻는 말에 김 사장이 대뜸 대답했다.

"그럼 끊습니다."

─잠깐!

"아, 왜요?"

전화를 끊으려던 강주가 잔뜩 귀찮은 얼굴로 말했다.

"사장님 때문에 저 오늘 저녁도 못 먹고 일한 건 알고 계시죠?"

─그러니까 저번처럼 일주일에 한 번이라도 나와서 서류 좀 보면 얼마나 좋습니까.

"그땐 주방에 있을 때고. 암튼 엄청 급한 건 아니면 사장님 선에서 해결해 주세요. 제가 앞으로 좀 바빠질 것 같거든요."

―명원패션 들어가십니까?

"아마도?"

강주가 여유롭게 웃으며 말했다.

―아, 그럼 저번에 부탁하신 일도 제가 알아서 하면 되겠네요?

"부탁한 일?"

―네. 일전에 그 마초희 씨가 호텔에서 사용하는 모든 제반 비용을 직접 지불하신다고 하셨잖아요. 한 달 넘었는데 이제 결제하셔야죠.

"하면 되죠"

그게 뭐 어려운 일이라고. 강주가 대수롭지 않은 표정을 짓고 있었는데.

―제가 방금 확인을 좀 해 봤는데 말입니다. 마초희 씨 그분이 이용한 금액이 상당하던데요? 이런 식으로 1년을 사용하게 된다면…… 손해가 꽤 클 것 같습니다. 그러지 말고 지금이라도 그 프리패스권 그만 쓰도록 주의를 줘야…….

"김 사장님."

―네.

"얼만지나 문자로 보내주세요. 바로 입금할 테니까."

―근데 왜 그렇게까지 그 여성분 편의를 봐주시는 겁니까? 솔직히 본인이 뛰다가 넘어져서 뒤통수 깨진 걸를…….

구시렁거리는 김 사장의 말을 끝까지 다 듣지도 않고 강주가 그냥 전화를 끊어 버렸다.

그러자 곧 문자가 날아왔다. 초희가 한 달 동안 호텔에서 사용한 금액이 찍힌 문자였다.

금액을 확인한 강주는 이마를 긁적이며 당황했다.

"진짜 많이 썼네?"

* * *

"어? 뭐지?"

갑자기 샤워기에서 물이 나오지 않았다. 머리를 감던 초희는 당황하며 수도꼭지를 열었다 닫았다 해 보았다.

"에이, 설마……."

그럴 일 없다며, 단수일 리가 없다며 다시 수도꼭지를 만져 보았지만, 여전히 물은 나오지 않았다.

단 한 방울도!

순간 초희의 얼굴이 굳었다.

"망할……."

머릿속이 하얘졌다. 머리카락에 붙어 있던 거품이 서서히 녹아 이마로 흘러내리고 있었다.

"앗, 따가!"

거품이 눈에 들어가자 초희는 호들갑을 떨며 고통스러워했다. 두 눈을 질끈 감은 채 심 봉사에 빙의한 그녀는 간신히 수건을 집어 들고 거품 묻은 눈을 박박 닦았다.

겨우 눈을 뜨고 세면대 위에 달린 거울을 보자 제 꼴은 말이 아니었다.

"어떡하지? 이러고 목욕탕으로 달려가야 하나?"

하지만 목욕탕까진 걸어갈 수 있는 거리가 아니었다. 게다가 지금 시간은 10시. 오늘은 명원호텔에서 자선 경매 알바가 있는 날이었다.

알바생은 호텔에서 미리 교육을 받아야 한다며 11시까지 오라고 했는데.

그러니까 한 마디로 지금 빨리 준비해서 호텔로 절대 늦지 않게 가야 된다는 말이다. 평소 시간 약속을 잘 지키는 것을 무엇보다 중요하게 생각하던 초희는 예상치 못한 변수에 당황해서 머릿속이 하얘졌다.

여기서 더 생각할 겨를이 없었다. 초희는 허둥지둥하며 거품 범벅인 머리를 수건으로 감싸 매고 냅다 밖으로 달려 나갔다.

불행인지 다행인지 이 건물에 도움을 요청할 사람이 한 명 있었다. 초희는 계단을 막 두 개씩 밟으며 바로 위층으로 올라갔다.

그리고 초인종을 누르려던 그때.

"들어와."

벨을 누르지도 않았는데 문이 아주 활짝 열렸다. 녀석은 마치 제가 올 줄 알았던 사람처럼 태연하게 집 안을 가리키며 말했다.

"들어오라니까."

초희는 어리둥절한 얼굴로 일단 안으로 들어갔다.

"저기 너네 집 혹시 물 나와?"

"아니. 근데 나 물 많아."

녀석이 자랑하듯 말하며 욕실을 가리켰다. 욕조에 김까지 모락모락 나는 뜨뜻한 물이 한 가득 채워져 있었다. 초희는 마치 사막에서 우물을 발견한 듯 두 눈이 커다래졌다.

"미안한데 나 욕실 좀 써도 돼?"

"어."

쿨한 대답에 초희가 반색하며 욕실 안으로 들어가려는데 갑자기 녀석이 제 어깨를 잡았다.

"왜?"

"고맙다고 안 해?"

"고마워."

"전혀 안 고마운 것 같은데?"

"그냥 말해. 너 원하는 게 뭔데?"

"저녁 사 줘."

"아오!"

물을 빌미로 저녁 사 줄 것을 요구하는 녀석을 보며 초희는 뒤늦게 깨달았다. 자신이 단수 사실을 왜 몰랐는지.

"너 일부러 내가 너한테 아쉬운 소리 하게 만들려고 물 안 나오는 거 말 안 해 준 거지?"

"그냥 저녁 사 준다고 하고 편하게 씻자. 약속도 있는 것 같은데."

약속이라는 말에 초희가 시계를 흘끔 쳐다봤다. 젠장!

"알았어 알았어. 사 주면 될 거 아니야!"

에라 모르겠다, 초희는 황급히 욕실로 들어가 버렸다.

으, 이제 살 것 같다. 시원해. 근데 이 향기 되게 오래간만이네?

욕실 가득 풍기는 좋은 향기. 초희는 욕실을 나가려다 말고 다시 뒤돌아 욕실 제품 브랜드를 확인했다.

"역시 미셸 거였어."

미셸의 스파 브랜드 제품은 국내에선 구하기 힘들었다. 비슷한 걸 찾기도 어려웠다.

초희는 문득 2년 전 일이 떠올랐다. 녀석을 버리고 도망치듯 한국에 왔는데, 이 향기가 계속 생각나서 미칠 것만 같았던 그때.

그래서 그녀는 한동안 이 향기를 찾아 백화점 향수 매장을 미친 듯이 돌아다녔다. 그러다 겨우 알아냈다. 녀석이 사용하던 게 향수가 아니라 미셸의 스파 제품이라는 것을.

하지만 이걸 손에 넣을 순 없었다. 워낙 고가이기도 했고, 파리에서도 단종되어 더 이상 판매하지 않아 구할 수가 없었다.

초희는 바디 워시 향을 다시 맡으며 쓴웃음을 지었다. 제가 생각해도 너무 황당했다. 내가 여기서 왜 이러고 있나 싶어서.

그런데 그때 노크 소리가 들렸다. 초희가 화들짝 놀라며 얼른 제품을 내려놓고 욕실 밖으로 나갔다.

"머리도 말리고 가."

욕실 앞에서 기다리고 서 있던 녀석이 드라이어를 내밀었다.

"뭐 해? 내가 말려 줘?"

"아니야. 내가 할게."

그래, 어차피 오늘은 다 끝났어. 더 없어질 염치도 없다고. 초희는 녀석이 건넨 드라이어를 쿨하게 받았다. 그러곤 화장실로 들어가서 머리를 말리고 있었는데.

"뭘 봐?"

초희가 녀석을 흘겨봤다. 녀석이 문에 기댄 채 저를 빤히 쳐다보고 있었다. 초희는 괜히 신경 쓰여서 녀석의 시선 피하며 머리를 대충 우다다 털기 시작했다.

"그렇게 하면 안 되지. 줘 봐."

"아아. 됐어. 내가 할……."

갑자기 녀석이 힘으로 드라이어를 뺏는데 이길 재간이 없었다. 졸지에 미용실 손님처럼 녀석 앞에 가만히 서서 과분한 서비스를 받고 있었는데.

"저녁은 언제 사 줄 거야?"

녀석이 넌지시 물었다. 잠시 고민하던 초희가 뒤늦게 대답했다.

"오늘은 안 돼. 중요한 일이 있어서."

"나도 오늘은 안 돼. 중요한 일이 있어서."

"……무슨 일?"

"너는 무슨 일인데?"

강주가 역으로 물었다. 이번엔 초희가 대답을 하지 않았다. 돈 없어서 단기 알바 뛰러 간다고는 죽어도 말하기 싫었다.

드라이어 소음만 감돌던 그때 녀석이 재차 물었다.

"아침부터 이렇게 예쁘게 하고 어딜 가려고?"

예쁘다는 말에 초희는 괜히 부끄러워 못 들은 척했다. 하지만 이번엔 녀석이 거울을 통해 그녀를 빤히 쳐다보며 입 모양으로 말했다.

"어디 가냐고."

초희가 눈을 가늘게 뜨며 녀석을 흘겨봤다.

"일하러 간다 일! 나 회사 대표거든? 우리 애들 곧 대회 나가려면 준비할 게 얼마나 많은데."

"내가 도와줄까?"

"됐어. 내가 알아서 해."

"알았어. 그럼 오늘은 각자 일 보고, 내일 먹자. 내일 저녁은 시간 되지?"

계속 싫다는 말만 하다 긍정의 답변을 하려니 초희는 괜히 멋 쩍었다. 그래서 그냥 얌전히 고개만 살짝 끄덕였다. 그런데 좋아 할 줄만 알았던 녀석이 갑자기 굳은 표정으로 말했다.

"나 내일 너한테 할 얘기 있어."

"무슨 얘기? 지금 해."

"중요한 얘기야. 머리 말리면서 할 얘긴 아니야. 다 됐다."

드라이어 소음이 없어지자 정적이 감돌았다. 초희는 이상하게 방금 보았던 녀석의 표정이 마음에 걸렸다.

중요한 얘기? 대체 무슨 얘기길래…….

살짝 불안해진 초희가 곁눈질로 녀석을 쳐다봤다. 그러다 녀석과 눈이 마주치고 말았다.

"뭘 또 이렇게 쫄았어?"

강주가 초희의 긴장을 풀어 주려 일부러 너스레를 떨었다.

"쫄 거 없어. 내가 뭐 널 잡아먹기라도 하겠어? 아, 잡아먹을 수도 있겠구나. 나 되게 굶주린 상태라서."

"야, 너 지금 성희롱이야."

"어째서? 난 밥 얘기한 건데. 너 변태냐?"

"흠."

녀석의 말대로 제가 좀 이상하다고 느낀 초희가 헛기침을 하며 시선을 피했다. 그런데도 녀석은 계속 투덜거리듯 말했다.

"그러게 진작 밥 좀 같이 먹어 주지. 너 내일 각오하고 나와. 나 엄청 많이 먹을 거야."

허세 부리는 말투와 달리 제 머릿결을 정리해 주는 녀석의 손길은 매우 부드러웠다. 민감한 두피에 녀석의 손가락이 닿자 온몸이 찌르르, 갑자기 살이 떨릴 정도로 가슴이 두근거리기 시작했다.

어떡해. 나 미쳤나 봐. 초희는 두 눈을 꽉 감아 버렸다.

그런데 뒤에서 녀석의 태연한 목소리가 들려왔다.

"이거 없어지려면 시간 좀 걸리겠는데?"

"뭐가 없어져?"

"땜빵."

"앗!"

잊고 있었다. 땜빵의 존재를! 초희가 화들짝 놀라며 두 눈을 번쩍 떴다. 뒤를 확 돌아 녀석을 원망스레 쳐다봤다. 녀석이 왜 그러냐는 표정을 짓더니 웃으며 말했다.

"이거 안 없어졌음 좋겠다. 되게 귀엽네."

"뭐?"

이 녀석이 지금 사람 놀리나. 초희는 잽싸게 뒤통수를 손으로 가린 채 화장실 밖으로 뛰쳐나갔다. 그리고 우왕좌왕하다가 현관으로 냅다 달렸다.

그 모습을 뒤에서 아쉽게 바라보던 강주가 피식 웃었다. 그러곤 그녀의 머리카락을 만졌던 제 손을 물끄러미 내려다봤다. 그의 귀가 순식간에 새빨개졌다.

"아……."

그는 고개를 흔들며 곤란한 표정을 지었다. 아무래도 참는 게 조금 어려웠다. 난감한 얼굴로 천장을 바라보며 열기를 식히던 그는 아예 옷을 훌러덩 벗고 욕조 안에 들어가 몸을 담가 버렸다.

물속에서 연거푸 세수하던 그는 그래도 쉽게 진정이 되지 않는 제 몸을 어이없게 쳐다보다가, 아예 머리끝까지 물속에 잠기도록 몸을 가라앉혔다.

＊　＊　＊

　명원호텔.
　대기실에는 모델들이 의상과 헤어를 준비하느라 분주한 모습이었다.
　오전에 교육을 받은 대로 의상을 갈아입고 나온 초희는 갑자기 너무 허기가 져서 배를 움켜잡았다. 그도 그럴 것이 지금 오후 4시가 넘었는데, 그녀는 하루 종일 물 한 모금도 마시지 않은 상태였다.
　원래 무대 위에 서기 전엔 공복을 유지하는 게 철칙이었는데, 하도 오래간만이라 그런지 배고픔을 견디는 게 너무 힘이 들었다.
　늙어서 그런가? 눈 밑도 막 떨리고, 앞도 흐릿하게 보이고.
　아니야. 참을 수 있어. 참을 거야!
　초희가 다부진 얼굴로 두 주먹을 불끈 쥐며 의지를 다졌다.
　그런데 마침 대기실 문이 열리고 웬 휠체어 한 대가 들어왔다. 초희는 휠체어에 앉아 있는 여자의 얼굴을 보다가 뒤늦게 알아차렸다. 그녀가 이번 자선 경매를 주최한 명원복지재단 이사장 차정윤이라는 사실을.
　팸플릿에서 본 사진과 달라도 너무 달랐다. 그녀는 실물이 훨씬 더 아름다웠다.
　뽀얗고 광채가 나는 피부, 큼직큼직한 이목구비. 어째 강퍅한 분위기가 가시질 않는 차유리와는 딴판이었다. 얼굴에서 부티가 잘잘 흐른다는 게 딱 무슨 말인지 알 것 같은 외모였다.

초희가 정윤의 실물을 넋을 놓고 감상하고 있었는데. 갑자기 휠체어가 그녀에게로 다가왔다. 초희가 주춤거리며 당황하자 정윤이 웃으며 쳐다봤다.

"성함이 어떻게 되세요?"

"네? 저요? 아, 저는 마초희라고 합니다."

"아…… 그러시구나."

정윤이 매우 흡족한 표정으로 초희를 위에서부터 아래로 쭉 스캔했다. 그러더니 뒤에 서 있는 비서를 향해 말했다.

"저는 이분이 좋을 것 같아요. 성함은 마초희 씨라고 하네요."

정윤에게서 초희의 이름을 전해 듣자마자 비서로 보이는 남자가 급히 밖으로 달려 나갔다.

대체 이게 무슨 상황인지 몰라 초희가 어리둥절한 표정으로 정윤을 바라봤다. 그러자 정윤이 친절한 말투로 설명했다.

"오늘 경매에서 제일 중요한 시계를 초희 씨한테 맡기려고 해요."

"아…… 네? 제일 중요한 시계요?"

초희가 두 눈을 동그랗게 떴다. 너무 부담이 됐기 때문이다. 난 그냥 적당한 게 좋은데. 갑자기 나한테 왜 중요한 걸 맡기는 거야? 그런 건 부담스럽다고.

속으로 구시렁거리던 초희를 향해 정윤이 또 차근차근 설명했다.

"이번 경매에 나온 시계 중에 미셸 한정판이 있거든요. 근데 제가 봤을 때 초희 씨가 그 시계에 가장 어울리는 분이세요."

"잠깐만요. 미셸이요? 것도 한정판? 그걸 제가 차고 무대에 오른다고요?"

떨떠름하던 초희가 갑자기 두 눈을 반짝거리며 좋아하자 정윤이 웃음을 터뜨렸다.

"미셸 좋아하나 봐요?"

"네. 제가 사실 미셸 런웨이에 서는 것이 평생에 소원이었거든요. 앗, 갑자기 TMI 남발해서 죄송해요."

"아니에요. 솔직하고 좋은데요 뭘. 그럼 잘 부탁할게요."

"네! 정말 감사합니다."

초희가 허리까지 숙여 인사했다. 그때 마침 아까 나갔던 비서가 검은색 정장을 입은 사람들을 데리고 왔다.

"사이즈 좀 체크하겠습니다."

그들은 초희의 손목 사이즈를 재는 데 심혈을 기울였다.

꼬르륵.

그런데 하필 그때 배에서 소리가 났다. 초희는 일부러 헛기침을 하며 배에서 나는 소리를 숨기려 했지만 이미 사이즈를 재는 사람은 물론이거니와 옆에서 지켜보던 정윤도 들은 모양이다.

"식사 안 하고 오셨어요?"

정윤이 걱정스러운 얼굴로 초희를 바라봤다. 초희가 멋쩍게 웃으며 대답했다.

"괜찮아요. 끝나고 먹으면 돼요."

"제일 마지막 순서라 늦게 끝날 텐데, 그러지 말고 드세요. 제가 이따 이쪽으로 간단하게 먹을 수 있는 것 좀 보낼게요. 다른 분들과 같이 드시면서 편하게 계세요."

이 여자 뭐야? 완전 천사잖아.

초희는 감동 어린 눈빛으로 정윤을 바라봤다. 어쩜 차유리와 달라도 이렇게 다를까.

"그럼 오늘 다들 수고하세요!"

정윤이 따뜻한 미소를 지어 보이며 모델들을 향해 인사하고 대기실을 나갔다.

그녀가 나가자마자 주변에서 사람들이 수군거리기 시작했다.

"돈 많고 부자면 뭐 해. 다리가 저런데."

"그러게 말이야. 돈이 아무리 많아도 저 다리는 못 고치나 봐."

"너무 불쌍해. 대체 다리는 어쩌다 저렇게 됐대?"

정윤을 불쌍히 여기고 동정하는 말들을 내뱉는 사람들을 가만히 쳐다보던 초희는 기분이 매우 언짢았다. 정윤의 일이 남 일 같지 않았기 때문이다.

'그 말은 언제든 위험해질 수도 있다는 거야. 너 그러다 문제 생겨서 다리 썩으면 어쩔래?'

갑자기 저번 날 병원에서 수완이 했던 말이 떠오른 초희는 이내 생각을 지우려고 노력했다.

수완 오빠가 그냥 나 겁주려고 한 얘기잖아. 신경 쓸 거 없어. 난 아무렇지도 않아. 이렇게 멀쩡하다고.

초희는 불안한 눈빛으로 자신의 두 다리를 내려다보며 애써 마음을 다잡았다.

* * *

"너도 초희 다리를 직접 본 적은 없고?"

강주의 물음에 소나가 고개를 끄덕였다. 두 사람은 지금 편의점 앞 파라솔 밑에 앉아 아이스크림을 먹고 있었다. 사실 강주는 이렇게 몇 번 초희 몰래 소나를 은밀히 만났다.

두 사람이 만나서 하는 얘기는 맨날 똑같았다.

"의사 선생님은 만나셨어요?"

"지금 학회 때문에 외국에 있대. 근데 정확히 다리가 어떤 상태인데 그래? 초희 아주 잘 뛰던데. 그건 흉터랑 상관없는 건가?"

제게서 도망가느라 걸핏하면 뛰어다니는 초희의 튼튼한 다리를 떠올려 보던 강주의 표정이 심각해졌다.

"저도 대표님 흉터를 직접 본 적은 없지만, 간호사들 말로는 굉장히 심하다고 했어요."

"심하다고?"

"네."

소나의 말에 강주는 절망스러웠다. 아무래도 자신이 생각했던 것보다 그녀의 상처는 훨씬 더 깊고, 2년의 세월 동안 그녀는 상상 이상으로 고통과 절망 속에서 헤매고 있었을지도.

하긴 그러니까 20대 전부를 걸고 노력했던 꿈을 한순간에 포기했겠지. 꿈을 위해서라면 영혼까지 내다 팔 각오가 되어 있던, 그 독했던 초희가.

그녀가 오죽하면 그런 선택을 했을까? 그 생각을 하면 강주는 억장이 무너졌다.

대체 어쩌다 그런 엄청난 흉터를 갖게 된 걸까? 무슨 사고라도 당했나? 아니면 누가 일부러?

강주의 눈빛이 서늘해졌다. 그를 옆에서 흘끔 쳐다보던 소나가 서둘러 화제를 전환했다.

"아, 맞다. 근데 제 생각엔 대표님이 건물주님 좋아하는 것 같아요."

"나도 알아."

"네? 안다고요? 근데 왜 두 분은 서로 좋아하면서 안 사귀어요?"

"사귄다는 게 뭔데?"

"음…… 만나는 거?"

"만나고 있잖아. 맨날."

"아……."

"아……는 무슨. 넌 아직 어려서 몰라. 난 말이야, 초희와 나 사이를 사귄다, 라는 단어로 규정짓고 싶지 않아."

강주는 초희를 향한 애틋한 마음을 뒤로하고 소나를 향해 물었다.

"근데 너 오늘 초희 어디 갔는지 진짜 몰라?"

"네. 근데 제 생각에는요…… 대표님 요새 일자리 구하러 다니는 것 같아요."

소나는 저번 날 사무실에서 우연히 초희가 통화하는 것을 엿들었다. 당시 그녀는 누군가에게 알바 자리를 알아봐 달라고 부탁하고 있었다.

그때 들었던 통화 내용을 떠올리며 소나는 확신했다.

"아마 저희 때문일 거예요. 대회 준비에 돈이 많이 들어가거든요.

프로필 사진도 찍어야 하고. 아, 그래서 말인데 저번에 저한테 맡겨
놓으신 돈, 그거 대표님한테 줘도 돼요?"

"무슨 돈?"

"차유리 본부장한테 받은 합의금이요."

"아 그거…… 근데 초희한텐 뭐라고 하게?"

"또 로또 맞았다고 하면……."

"안 믿지. 그러지 말고 이번엔 투자받은 걸로 하자."

"누구한테요?"

"네 외삼촌."

"저 외삼촌 없는데요?"

"지금부터 있는 거야. 외삼촌 직업은 숙박업소 사장. 너의 꿈을
열렬히 지지하고 있는 분이야. 그래서 이번에 마초 에이전시에
과감히 투자하기로 한 거고. 오케이?"

"네!"

소나의 대답에 기합이 잔뜩 들어갔다. 강주의 말대로만 하면
자신들 때문에 고생하는 초희가 조금이라도 덜 고단해질 것 같았
기 때문이다.

"너도 이제 알바 그만두고."

강주가 턱 끝으로 바로 옆 편의점을 가리켰다. 마침 안에 손님
한 명이 들어가고 있었다. 그를 발견한 소나가 아이스크림을 내
려놓고 자리에서 벌떡 일어났다.

"그만둘 수 없어요. 대회 예선이라도 통과하면 모를까. 그럼 저
가 볼게요. 들어가세요."

소나는 강주에게 서둘러 인사하고 후다닥 편의점 안으로 달려

갔다. 참 열심히 사는 소나를 기특하게 바라보던 강주는 문득 초희가 너무 보고 싶어졌다.

"우리 초희는 대체 어디서 뭘 하고 있으려나……."

한숨과 함께 혼잣말을 내뱉던 강주는 아이스크림을 마저 먹으려 했다. 한데 마침 핸드폰이 울렸다. 발신인을 확인하자마자 얼른 전화를 받았다.

"어. 누나."

—강주야, 넌 언제 올 거야?

"한 세 시간 뒤? 작은누나 피해서 천천히 가려고. 왜?"

—아…… 그래? 그럼 경매는 안 보고?

"작은누나는 언제 온다는데?"

—모르겠어. 유리도 너 피해서 온다고…… 암튼 그래 가지고…….

정윤이 소심하게 말하자 강주가 웃음을 터뜨렸다.

"아, 그래? 그럼 내가 또 가서 죽치고 앉아 있어야겠네. 작은누나 내 얼굴 보고 빡치게 하려면."

농담인 듯 말했지만 분명 진담이었다. 강주는 전화 통화를 마무리하며 천천히 자리에서 일어나 기지개를 켰다.

오늘은 또 어떤 개싸움이 벌어질지 자못 궁금해졌다.

* * *

경매 모델이라는 특성상 무대를 여러 번 오르락내리락해야 하는 그런 고단함은 없었다.

그저 무대에 올라 경매가 다 끝날 때까지 약 몇 분가량 시계가 돋보이는 포즈를 취하다가 내려오는 게 다였다.

초희는 얼떨떨했다. 무대에 오른 시간은 단 5분. 5분 만에 몇백만 원을 벌고 내려온 거다. 태어나서 이렇게 쉽게 돈을 벌었던 적이 있었던가? 아니. 없었다.

게다가 오늘 초희가 차고 무대에 올랐던 미셸 한정판 시계의 낙찰가는.

"120억?"

무대에서 직접 눈으로 보고도 믿기지 않아 대기실에 돌아오자마자 핸드폰으로 인터넷 기사를 확인했다. 벌써 실검은 '미셸 시계', '명원복지재단', '경매 최고가' 따위의 검색어가 장악하고 있었다.

"세상에, 이게 뭐야?"

그리고 실시간으로 업데이트되는 기사에는 시계를 찬 모델, 그러니까 자신의 얼굴이 대문짝만하게 실려 있었다.

"아니, 이 기자는 시계가 아니라 왜 내 얼굴을 이렇게 클로즈 업을……."

이럴 줄 알았으면 메이크업 좀 빡세게 받을걸.

초희는 속눈썹 한 올 한 올까지 다 보이는 고퀄리티 기사 사진을 아쉽게 쳐다봤다. 그러다 무대가 끝났다는 해방감과 함께 이제야 긴장이 풀려 미친 듯이 허기가 졌다.

초희는 대기실 한쪽에 간식이 마련된 곳으로 쪼르르 달려갔다. 역시 이사장 클라스는 달라도 너무 달랐다. 간식을 보낸다기에 그냥 편의점에서 파는 샌드위치 정도를 예상했는데, 호텔 케이터링 서비스라니.

"있다!"

아깐 무대에 오르기 전이라 꾹 참고 있었는데, 다행히 까눌레가 하나 남아 있었다. 초희는 얼른 그것을 손에 집어 들었다. 비록 차갑게 식긴 했으나 이게 어디냐며 입을 크게 벌리고 한입 베어 물었는데.

"어?"

맛이 이상하다.

이 맛이 아닌데…… 달라도 너무 달랐다. 이건 진짜 완전 다른 맛이었다.

초희는 동공 지진을 일으키며 까눌레를 완전히 입에 다 넣어 버렸다. 그리고 천천히 맛을 음미했다. 대체 맛이 다른 이유가 뭔지 알아내기 위해.

향과 촉감 모든 게 달랐다. 이 정도면 파티셰가 바뀐 게 분명했다. 아무래도 오늘은 주방에 윤하제가 없는 모양이다.

괜히 맛없는 걸로 입맛만 버렸네. 까눌레가 다 맛있는 건 아니었구나. 으, 쓰고 딱딱해.

초희는 얼른 물로 입을 헹구며 인상을 찡그렸다.

"자, 다들 수고하셨습니다!"

마침 진행팀 직원이 대기실에 들어와 외쳤다.

"이제 의상 반납하시고 다들 가셔도 됩니다. 아, 파티 참석하고 싶은 분들은 입장하셔도 되고요. 이게 원래 안 되는 건데, 이사장님 께서 오늘 너무 수고하셨다고 특별히 여러분 모두를 초대하셨어요."

직원의 말이 끝나기가 무섭게 여기저기서 웅성거리며 잔뜩 들뜬 표정을 지었다.

다들 파티에 갈 생각인 건가? 갑자기 대기실이 분주해졌다. 하지만 초희는 별 관심 없었다.

파티는 무슨, 빨리 집에나 가야지. 늦었다간 그 녀석 또 왜 이렇게 늦게 왔냐고, 어디 갔다 왔냐고 엄청 뭐라고 하겠지?

잠깐, 생각할수록 열받네. 지가 뭔데, 무슨 권리로 내 귀가 시간을 체크해?

속으로 구시렁거리면서도 초희의 동작은 아주 빨라지고 있었다. 심지어 탈의실 안에서 단추를 풀어 헤치고 옷을 갈아입는 속도가 핵미사일급이라 불리는 런웨이 뒤에서보다 더 빨랐다.

그렇게 서둘러 옷을 갈아입고 나온 초희는 대기실을 벗어났다.

복도를 걸어 중앙으로 빠져나온 그녀는 아까 제가 무대에 올랐던 다이너스티 홀을 물끄러미 응시했다. 그곳에선 성대한 파티가 열리고 있었다.

홀리듯 현란한 파티장 조명을 눈에 담고 있었는데.

"초희야."

누군가 그녀의 이름을 불렀다. 고개를 돌리니 저 멀리서 셰프 복장을 한 하제가 서 있었다. 그는 디저트를 실은 카트를 수셰프에게 넘기고는 초희에게로 향했다.

"여긴 어쩐 일이야?"

"나 그냥 볼일이 있어서 왔다가 집에 가는 중이야. 너도 빨리 가서 일 봐. 바쁜 것 같은데."

저번 날 집 앞에서 차유리에게 복수하자며 사귀자고 하던 하제의 제안이 떠올랐다. 초희는 괜히 어색해서 자리를 피하려고 했는데, 하제가 앞을 막아섰다.

"나 일 다 끝났어. 아직 저녁 전이지? 그러지 말고 내 사무실로 가자. 저번에 못 먹었던 까눌레 만들어 줄게."

"……."

"사무실이 싫으면 근처에 내가 운영하는 공방 있는데 거기 가서……."

"미안. 나 저녁 생각 없어. 그리고 까눌레는 아까 먹었어."

"어디서? 아, 너 혹시 그 와치 경매 때문에 일하러 온 거야? 아까 모델 대기실로 케이터링 보냈는데."

"맞아. 거기서 먹었어."

"어땠어? 나 원래 까눌레 잘 안 하는데 오늘은 내가 직접 만들었거든."

"네가 직접 만들었다고?"

"어. 왜?"

뭐야. 맛이 완전 달랐는데.

초희는 의아한 눈빛으로 하제를 쳐다봤다. 잔뜩 석연찮은 얼굴로 하제를 바라보던 초희가 뭐라 말을 하려던 그때.

하필 그때였다.

"마초희 또 너니?"

젠장.

튀고 싶어서 안달이 난 모양인지 아주 요란한 파란색 드레스를 입은 차유리가 등장했다. 그녀는 눈을 부릅뜨고 달려와 나란히 서 있는 초희와 하제를 째려봤다.

초희는 골치가 아프다는 듯 차유리를 쳐다보며 한숨을 길게 내쉬었다.

"그 어이없다는 표정은 뭐니? 지금 어이없는 건 나거든? 이 여우 같은 계집애! 대체 너 따위가 또 왜 여있는 건데!"

"내가 초대했어."

"뭐? 초대? 됐고, 마초희 네가 대답해. 너 여긴 왜 왔니?"

만만한 초희를 붙잡고 차유리가 물었다.

초희는 제 팔을 꽉 잡고 있는 차유리의 손을 물끄러미 쳐다봤다. 손질 잘된 빨간 네일아트를 본 순간, 저번 날 이 손으로 뺨을 맞았던 게 생각나 울화가 치밀었다.

거기에 더해 명원패션에서 도망쳐 나온 소나의 멍든 뺨도 연쇄적으로 떠올랐다.

그러고 보니 그때 당한 걸 여태 못 갚았네?

초희가 이를 악물었다. 그리고 차유리를 노려봤다.

"난 이 호텔 오면 안 돼? 여기 네가 전세 냈어? 그리고 이 손 놔!"

초희가 차유리의 손을 세게 뿌리쳤다. 그러곤 입바람을 후, 하고 불어 앞머리를 뒤로 넘겼다.

"너 내 뺨도 모자라서 우리 소나까지 때렸더라? 확 폭행죄로 처넣어 버릴까 하다가 겨우 참고 있는 사람, 왜 건드려?"

"당연히 참아야지. 돈을 그렇게 뜯어 갔으면. 이 도둑년들아!"

"뭐? 돈을 뜯어 가? 누가?"

"순진한 척 오지네. 네가 금소나 시켜서 일부러 나한테 접근한 거 다 알거든? 거지 같은 년들. 너 이번에 우리 회사 주최로 모델 선발 대회 열리는 거 알지? 내가 미리 말해 둘게. 너희 에이전시 소속 애들은 서류에서 바로 탈락이야."

"······!"

치사한 년인 줄은 알았지만, 이렇게 애들을 빌미로 세게 나올 줄은 예상 못 했다. 초희가 황당한 웃음을 지었다.

"웃어? 지금 웃을 때가 아닐 텐데? 대회뿐만 아니라 앞으로 한국에서 열리는 모든 패션쇼에서 너희 애들 못 쓰게 할 거야. 어떻게? 디자이너들한테 후원 끊는다고 하면 되지. 무슨 말인지 모르겠니? 내가 모든 걸 걸어서라도 너 이 바닥에서 반드시 아웃시켜 버릴 거라고."

"차유리!"

옆에서 지켜보다 못한 하제가 소리쳤다. 그러자 차유리의 날카로운 눈빛이 하제에게로 향했다.

"넌 왜 자꾸 이년이랑 붙어 다니는 건데!"

하제가 골치가 아프다는 듯 마른 세수를 하고 있었는데.

"윤하제."

초희가 냉랭한 눈빛으로 차유리를 쳐다보며 하제를 불렀다. 하제가 천천히 고개를 돌려 초희를 바라봤다. 그러자 초희가 하제를 향해 말했다.

"우리 사귈래?"

오기였다. 이렇게 당하고 돌아가면 억울해서 못 견딜 것만 같아서. 그래서 초희는 절대 선택해서는 안 되는 길을 걷고 말았다.

"너 돌았니? 감히 네까짓 게 내 남자한테! 미친년!"

돌아 버린 건 차유리였다. 그녀는 금방이라도 미쳐 버릴 것처럼 팔짝팔짝 날뛰었고, 그럴수록 초희는 더 멈출 수가 없었다.

초희가 재밌다는 듯 하제를 보며 재차 물었다.

"나랑 사귀자니까? 우리 연애하자……고……."

차유리의 하얗게 질린 얼굴을 재미나게 보며 이 상황을 즐기던 초희의 표정이 순간 굳어졌다. 급기야 그녀는 말끝을 흐렸다.

그녀의 시선 끝엔 강주가 서 있었다. 눈빛이 상처로 얼룩진 채.

아주 짧은 순간이었다. 초희를 차갑게 쳐다보던 녀석이 뒤를 돌았고, 점점 더 멀어져 가는 녀석의 뒷모습을 초희는 어쩔 줄 몰라 하며 바라봤다.

심장이 쿵 내려앉는 기분이 들었다.

"윤하제, 미안해. 내가 나중에 연락할게."

갑자기 대화하다 말고, 아니, 사귀자는 고백을 내뱉자마자 그녀가 넋이 나간 얼굴로 어디론가 달려갔다.

하제는 민망했고, 차유리는 어이없어했다.

"쟤 뭐야?"

두 사람은 그렇게 황당한 얼굴로 비상구로 뛰어가는 초희의 뒷모습을 쳐다봤다. 그러다 뒤늦게 하제가 뒤따라가려고 몸을 틀었는데.

차유리가 하제의 팔을 덥석 붙잡았다.

"넌 자존심도 없니? 쟤 너 이용하려다가 나 땜에 쫄아서 도망가는 거잖아. 근데 왜 따라가?"

"이거 놔."

하제가 차유리의 손을 세게 뿌리쳤다. 화가 난 차유리의 목소리가 커졌다.

"대체 마초희 저년 어디가 그렇게 좋은 건데?"

"넌 대체 너 싫다는 내가 왜 좋은 건데?"

사랑하는데 이유 따위가 어디 있냐고 대꾸하려던 차유리는 하제 또한 초희를 그렇게 생각할지도 모른다는 상상을 하자 피가 거꾸로 솟았다. 그녀는 최대한 냉정한 말투로 대답했다.

"널 왜 좋아하냐고? 돈으론 살 수 없는 거니까."

"……."

"그래서 더 갖고 싶은 심리, 애초에 그걸 자극한 건 너잖아. 윤하제, 난 다 알아. 너 내 관심 끌려고 일부러 내가 싫어하는 마초희 좋아한 척하는 거."

차유리가 하제의 가슴팍을 손가락으로 기분 나쁘게 쿡쿡 찌르며 말했다.

"넌 지금 그 가짜 감정에 속고 있는 거야. 정신 차려."

하제는 황당하다는 듯 웃음을 터뜨렸다. 그러곤 차유리를 쳐다봤다.

"너 이렇게까지 바닥은 아니었는데, 많이 망가졌네?"

"내가 누구 때문에 이렇게 됐는데! 너랑 마초희 그년 때문이잖아. 파혼…… 그거 내 인생에서 최고로 더러운 오점이야. 그러니까 네가 책임져. 그 오점 직접 치우라고."

"어떻게 치우면 되는데?"

"나랑 결혼해."

"또 그 소리야? 내가 누누이 말했잖아. 날 이 호텔 주인으로 만들어 주면 한다고. 그 결혼."

명원호텔을 주면 해 달라는 건 뭐든 다 해 주겠다. 그건 하제의 한결같은 조건이었다.

차유리는 문득 궁금해졌다.

"왜 그렇게 명원호텔에 집착해?"

"돈으론 살 수 없는 거니까."

"……."

"그래서 더 갖고 싶은 심리, 애초에 그걸 자극해서 약혼까지 가게 만든 건 죽은 너희 아버지고."

하제는 방금 차유리가 했던 말을 그대로 돌려주었다. 차유리는 한 방 먹은 듯 난감한 표정을 지었다.

사실 처음엔 할아버지가 호텔 후계자로 점찍은 차강주만 내쫓으면 이 호텔을 쉽게 가질 수 있을 줄 알았다. 근데 진짜 복병은 따로 있었다.

부임한 지 2년 만에 유럽의 유명 호텔 체인을 인수하며 작년 최고 매출을 달성해 능력을 인정받은 김원조 사장.

대외적으로 평판이 좋은 김원조 사장을 함부로 쫓아냈다간 그렇지 않아도 이미지가 바닥인 제 위치가 더 위태로워질 판이었다. 차유리는 마음이 조급해졌다. 권모술수에 능한 큰오빠도 두 손 두 발 다 들게 만든 김 사장을 무슨 수로 쫓아낸단 말인가.

유리는 갑자기 그런 의심이 들었다.

"하제 너 혹시 일부러 명원호텔 달라는 거 아니야? 내가 너한테 못 주는 거 알고."

"나한테 못 줘? 줄 수 있다며."

도발하는 하제의 말에 차유리가 발끈했다.

"당연히 줄 수 있지. 시간이 걸릴 뿐. 그러니까 좀만 기다려. 내가 김원조 사장 무슨 수를 써서라도 끌어내리고 그 자리에 너 꼭 앉힐 테니까."

"그럼 그때 가서 얘기해."

"뭐?"

"호텔 가져오기 전까진 내 인생에, 그리고 초희 인생에 간섭하지 말라고."

하제가 차유리의 손길이 닿았던 셰프복을 툭툭 털며 차갑게 쳐다봤다. 그러곤 초희가 나간 비상구 쪽으로 뛰어갔다.

그를 지켜보던 차유리의 빨간 입술이 비틀렸다.

"송 비서!"

그녀의 불호령에 기둥 뒤에 숨어 있던 송 비서가 잽싸게 튀어나왔다.

"네. 부르셨습니까."

"다 들었지?"

"……네. 다 들었습니다."

눈치 보며 대답을 미루던 송 비서가 차유리의 날카로운 눈빛에 이실직고했다. 차유리가 굉장히 자존심 상해 하며 말을 이었다.

"그럼 이제 어떻게 해야겠어?"

"그러게나 말입니다. 호텔은 김원조 사장이 꽉 잡고 있는데, 무슨 수로 뺏어서 아무 실적도 없는 윤하제 씨한테 넘길 수 있을는지……."

진지하게 고민하는 송 비서를 향해 차유리가 소리쳤다.

"그래서 지금 송 비서 말은 김 사장보다 하제가 능력이 떨어져서 안 된다는 거야?"

"그게 아니라……."

"지금부터 김 사장 밀착 감시해!"

"네?"

"어디 구린 데 없나 찾아보라고. 24시간 감시해서 누굴 만나는지, 뭐 하는지 하나부터 열까지 다 나한테 보고해."

또 잡무 하나가 추가된 사실에 송 비서는 절망스러웠다.

하지만 차유리는 부하 직원의 퇴사 욕구 넘치는 표정 따위 전혀 관심 없었다. 그녀는 그저 하제가 사라진 쪽을 보며 이를 바득바득 갈았다.

"윤하제 네가 아무리 도망쳐 봤자, 결국엔 나한테 오게 돼 있어. 그러니까 기다려."

중얼거린 차유리는 비릿한 웃음을 흘렸다.

* * *

한편 하제는 뒤늦게 초희를 따라 비상구 밖으로 달려 나갔다.

난간 밑을 내려다보니 아주 멀리 초희의 뒷모습이 보였다. 그녀는 요란한 구두 소리를 내며 계단을 뛰어 내려가고 있었다. 하제도 초희를 따라 황급히 계단을 내려갔다.

그런데 그때였다.

"루카! 거기 서! 야!"

그녀의 다급한 목소리.

계단을 울리는 초희의 목소리에 하제는 의아한 표정을 지었다. 아무래도 그녀는 지금 저처럼 누군가를 뒤쫓는 중인가 보다. 루카라는 이름을 가진 사람을.

뒤이어 쾅, 소리와 함께 비상구 문이 열고 닫히는 소리가 들렸고,

하제는 생각이 많은 얼굴로 계단을 내려가다가 우두커니 멈춰 섰다.

"루카……."

초희가 부르던 그 이름을 읊조리다가 저번 날 그녀와 나누었던 통화 내용이 떠올랐다.

'한 달 전에 다이너스티 홀에서 너랑 같은 유니폼을 입은 사람을 봤거든?'

—그래? 그럼 우리 주방 사람인가 보네. 이름이 뭔데?

'루카 퓌에슈.'

—외국인이야?

'들어 본 적 없어?'

그녀는 간절한 목소리로 루카 퓌에슈라는 사람의 행방을 물었었다. 그땐 너무 경황이 없어서 그 뒤로 까맣게 잊고 있었는데. 대체 루카 퓌에슈가 누굴까?

프랑스 이름 같은데…….

'네. 아마 전 여친 아닐까요? 재벌 3세라 그런지 전 여친 클라스가 아주 끝내줍니다. 몸매며 얼굴이며. 아, 둘이 불어 섞어서 막 얘기하더라고요.'

왜 하필 이 순간 수셰프 진영의 말이 떠오른 건지 모르겠다. 차강주의 불어가 수준급이라 강원도 출신이 아닌 것 같다며, 수상하다고 했던 진영의 말이.

"설마……."

하제의 걸음이 다시 빨라졌다.

그는 비상구 문을 열고 호텔 로비로 나갔다. 그러자마자 눈앞에 펼쳐진 상황을 보고는 황당한 웃음을 터뜨렸다. 초희가 로비 밖으로 달려가 붙잡은 사람은 다름 아닌 차강주였다.

아무리 뒤를 캐도 정체를 알 수 없었던 차강주. 그가 루카 퓌에슈였던 것이다.

베일에 싸여 있던 차강주의 진짜 얼굴이 이제야 서서히 드러나고 있었다.

* * *

"루카!"

초희는 미친 듯이 호텔 밖으로 뛰어나가 강주의 팔을 붙잡았다. 녀석을 좇아 쉴 새 없이 달린 탓에 숨이 턱 끝까지 차올라 죽을 것만 같았다.

"하아. 너…… 왜 내가, 하아. 부르는데……."

헉헉거리며 강주를 올려다봤다가 초희는 흠칫 놀랐다. 녀석이 서늘한 눈빛으로 저를 노려보고 있었기 때문이다.

괜히 주눅이 든 초희는 살며시 눈을 내리깔며 녀석의 시선을 피했다. 그리고 아까보단 한풀 꺾인 목소리로 마저 말을 이었다.

"내 목소리 못 들었어? 내가 계속 불렀는데…… 왜 그냥 가고 그러냐……."

"빡쳐서."

처음이었다. 녀석이 제게 이토록 과격한 단어를 쓴 건.

초희가 놀란 눈으로 녀석을 올려다봤다. 그러자 녀석은 굉장히 삐딱한 얼굴로 초희를 빤히 쳐다보며 말했다.

"넌 내가 우습냐?"

"그게 무슨 말이야?"

"얼마나 우스우면 딴 남자한테 연애……를 하자고 해? 것도 내가 보는 앞에서."

녀석의 눈 밑이 미세하게 떨리는 게 보였다. 굉장히 화가 많이 난 모양이다. 초희는 입이 열 개라도 할 말이 없었다.

"그게…… 난 네가 있는 줄도 몰랐어. 근데 넌 여기 어떻게 온 거야?"

은근슬쩍 화제를 바꿔 보려고 했지만.

"지금 그게 중요해?"

실패했다. 녀석은 집요하게 아까 있었던 일을 물고 늘어졌다.

"너 그럼 오늘부터 나랑 윤하제 사이에서 양다리 걸치는 거야?"

비꼬는 말투. 초희는 녀석의 비난을 묵묵히 듣고만 있다가 갑자기 조금 억울한 마음이 들었다.

"솔직히 양다리 그건 아니지. 내가 지금 너랑 사귀고 있는 것도 아니고……."

"……."

얼어붙은 녀석의 눈동자를 마주한 초희는 뒤늦게 자신이 실수 했음을 깨달았다. 그리고 아랫입술을 꽉 깨물며 방금 했던 말을 후회했다. 하지만 이미 늦은 것 같다.

녀석이 초희를 원망스레 쳐다보며 말했다.

"2년 만에 처음으로 한국에 괜히 왔다는 생각이 들어. 그만큼 너무 실망스럽다."

"뭐라고? 괜히 왔다고? 야, 내가 오라고 한 것도 아니잖아!"

정말 실망한 기색이 가득한 녀석의 눈빛에 초희는 괜히 속상해서 발끈했다.

"그런 눈으로 쳐다보지 좀 마. 넌 왜 맨날 사람을 죄인 만들어?"

"……."

"그러니까 내가 프랑스로 돌아가라고 했잖아. 계속 계속 그렇게 말했잖아. 솔직히 내가 누구한테 사귀자고 하든 말든 네가 무슨 상관인데. 왜 화를 내는데?"

"다 했어?"

"뭘!"

"그 말 하려고 나 붙잡은 거냐고."

아니다. 이러려고 녀석을 붙잡았던 건 결코 아니다. 아닌데…….

초희는 미칠 것만 같았다.

그사이 강주는 제 팔을 붙든 초희의 손을 떼어 내며 냉정한 말투로 말했다.

"그래, 그럼 윤하제랑 잘해 봐."

녀석은 그 말을 끝으로 마침 도착한 택시에 올라탔다. 쾅, 소리와 함께 문이 닫히고 그렇게 택시는 빠른 속도로 떠나 버렸다.

멀리 사라져 가는 택시 뒤꽁무니를 쳐다보며 초희는 가슴이 찢어질 것처럼 아팠다. 저를 실망스럽게 쳐다보던 녀석의 차가운 눈빛이 자꾸만 떠올라 눈물이 핑 돌았다.

10

"여긴 또 왜 오셨어요?"

알바를 끝내고 편의점 밖으로 나온 소나가 과자 몇 봉지를 테이블 위에 내려놓았다. 강주가 혼자 깡소주를 마시고 있었기 때문이다.

테이블 위엔 빈 병이 벌써 4개나 있었다.

"대표님이랑 싸웠어요?"

소나의 물음에 강주가 종이컵에 가득 따른 소주를 원샷했다. 그러곤 한숨 섞인 목소리로 말했다.

"싸우긴, 우린 싸움이 되는 관계가 아니야."

"왜요?"

"내가 더 좋아하니까. 싸우면 내 손해거든."

근데 그 손해 볼 짓을 하고 말았다. 질투에 눈이 멀어서.

하지만 강주는 다시 생각해도 초희가 너무 괘씸했다. 내가 그렇게 윤하제 만나지 말라고 여러 번 경고했는데도, 어떻게 날 두고 다른 남자한테 그런 말을 할 수가 있어?

"누구랑 뭘 해? 연애? 아오!"

갑자기 성질을 내며 이를 악무는 강주의 불량한 모습에 소나가 흠칫 놀랐다. 소나는 눈치를 보며 슬며시 맞은편 의자에 앉았다.

"하아……"

강주는 한숨만 푹푹 내쉬었다. 그를 옆에서 지켜보던 소나가 넌지시 물었다.

"근데 누가 누굴 더 좋아하는지 그건 어떻게 알아요?"

"어?"

"아니, 사랑의 크기를 어떻게 알 수 있나 해서요."

"……"

"그게 신체 사이즈처럼 자로 딱 잴 수 있는 것도 아니잖아요."

소나의 순수한 물음에 강주는 뒤통수를 맞은 느낌이었다.

순간 그런 생각이 들었다. 혹시 내가 뭘 놓치고 있는 건 아닐까? 초희에 대해 누구보다도 더 잘 안다고 자부했지만, 점점 자신이 없어졌다.

그녀는 대체 왜 이러는 걸까? 왜 이렇게 내 마음을 몰라주는 걸까?

나와 더 이상 엮이고 싶지 않다던 그녀의 말은 진짜였을까? 괜히 마음에도 없는 소리로 나를 밀어내려고 한 게 아니라, 정말로 그녀의 본심이었을까?

보일 듯 보이지도 않고, 잴 수도 없는 그녀의 마음을 놓고 강주의 머릿속은 복잡해지기만 했다.

* * *

"머리가 깨질 것 같아."

초희는 골치가 아픈 듯 한숨을 크게 내쉬었다. 그리고 연거푸 소주를 들이켰다.

"쯧쯧."

오랜만에 연차를 내고 집에서 쉬고 있다가 포차로 불려 나온 가령이 혀를 내찼다.

"이모! 소주 꺼내 갈게요!"

냉장고에서 소주를 꺼낸 가령이 병뚜껑을 까며 자리에 앉았다. 그리고 초희의 잔에 술을 가득 따르며 말했다.

"너 벌 받는 거야."

소주를 마시던 초희가 가령을 째려봤다.

"무슨 벌?"

"그러게 이 언니한테 루카 씨 한국에 있는 걸 왜 이제 얘기해? 너 저번에 막 서둘러서 집에 간 게 그럼 루카 씨 만나러 간 거였나?"

"짠."

초희는 할 말이 없어지자 건배를 하고 술을 마셨다.

"네가 잘못한 거야."

"또 뭘?"

"루카 씨 보는 앞에서 하제 씨한테 사귀자고 했다며. 아무리 차유리 때문에 열이 받아도 그렇지. 두 남자 마음을 아주 갈기갈기 찢어 놨네. 이 나쁜 년."

"야. 너도 저번에 윤하제 이용해서 차유리한테 복수하라며."

"그거야 난 네가 당연히 그런 짓은 안 할 줄 알고 한 말이고."

"……알아. 내가 경솔했던 거. 아무리 화가 나도 그렇지 그러면 안 되는 건데."

초희가 후회로 얼룩진 얼굴로 한숨을 크게 내쉬었다.

"하제 씨한테 사과는 했어?"

"아까 전화로 했지. 미안하다고. 사귀자고 한 거 그건 진심 아니었다고 잊어 달라고."

"그랬더니 뭐래?"

"차유리 앞에서 그렇게 한 건 잘했대. 그리고 앞으로도 자기 이용할 일 있으면 얼마든지 이용하래."

초희는 아까 하제와의 통화 내용을 떠올리곤 죄책감을 느꼈다. 그녀는 머리카락을 마구 헝클어뜨렸다.

"내가 왜 그랬지? 아깐 진짜 회까닥했나 봐. 근데 하필 그 녀석은 왜 거길……."

"맞다. 근데 루카 씨는 거길 어떻게 들어간 거래? 와치 자선 경매 거기 초대받은 사람밖에 못 들어가는데."

"초대?"

"응."

가령이 고개를 끄덕였다. 초희는 곰곰 생각에 잠겨 있다가 대수롭지 않다는 듯 대답했다.

"뭐, 누구한테 초대받았겠지. 루카도 패션계에 종사했던 사람이니까."

"하긴, 디자이너랬지. 그래서 이제 어떡할 거야?"

마침 나온 닭발을 먹으며 가령이 말을 이었다.

"루카 씨한텐 사과 안 해?"

"사과는 무슨…… 이제 다 끝났어. 그 녀석 나한테 완전 질린 것 같아. 실망스럽대. 한국에 괜히 왔대."

"그래서 넌 뭐라고 했는데?"

"누가 한국에 오라고 했냐고……."

그랬더니 녀석은 윤하제랑 잘해 보라며 냉랭하게 말하곤 뒤도 안 돌아보고 가 버렸다.

솔직히 처음엔 오히려 잘됐다 싶었다. 녀석을 밀어내기 아주 좋은 방법이라고. 하지만 시간이 지날수록 자꾸만 녀석의 눈빛과 목소리가 떠올라 머릿속을 떠나지 않는다.

"안 봐도 뻔하네. 너 또 열받아서 막 맘에도 없는 소리 했지?"

"어떻게 알았어?"

"네 특기잖아. 쯧쯧."

친구의 후회로 물든 얼굴을 보던 가령은 속상한 마음에 혀를 내찼다. 그러다 충고했다.

"너 빨리 루카 씨한테 가서 상황 설명 제대로 해 줘. 차유리라는 또라이가 하나 있는데 열받아서 복수하려고 그랬다고, 당장 오해 풀어 주란 말이야. 아니다. 그냥 말해. 윤하제한텐 아무 맘 없고 내가 좋아하는 건 루카 씨 당신이라고."

"뭘 그렇게까지 얘기해?"

343

"그렇게까지 얘기해야 남자들은 알아들으니까. 너 그러다 루카 씨 진짜 떠나면 어떡할래?"

"……보내 줘야겠지?"

"웃기고 있네. 루카 씨 떠나면 이번엔 또 얼마나 울려고?"

소주를 들이켜던 초희는 그동안 여기 이 포차에서 녀석 때문에 대성통곡하던 지난날들이 갑자기 떠올라 웃음을 터뜨렸다.

"나 진짜 한심하다 그치?"

"응."

가령이 고개를 세게 끄덕였다.

"마초, 너 진짜 이상해. 대체 루카 씨 일에만 이렇게 줏대 없이 구는 이유가 뭐야? 누가 봐도 좋아하는 거 뻔히 보이는데 왜 자꾸 아니라고 하는데? 루카 씨 엄마 때문이야?"

"……."

"아니구나? 너 나한테 말 안 한 거 또 있지? 루카 씨한테서 멀어지려고 하는 진짜 이유, 따로 있는 거지?"

초희는 대답 대신 소주를 마셨다. 옆에서 지켜보던 가령은 그녀에게 또 말 못 할 사정이 있음을 확신했다.

"그 이유가 뭔진 모르겠지만 루카 씨한텐 솔직하게 다 얘기하고 둘이 대화 좀 해."

"솔직하게?"

"그래."

쉽게 얘기하는 가령을 향해 초희는 답답하다는 듯 한숨을 내쉬었다. 그리고 결국 입을 열었다.

"그걸 어떻게 솔직하게 얘기해? 미셸 아르노 선생이 백인이 아닌 한국인 여자 친구가 있는 디자이너한텐 미셸 안 준다 그러더라, 그래서 내가 널 위해 포기한 거다. 너랑 얽혀서 내 꿈은 한순간에 무너졌지만, 너라도 성공해라. 그렇게 얘기해?"

당시 미셸 선생은 루카와 헤어진다고 약속하면 런웨이에 오를 수 있는 기회를 주겠다고 했다.

솔직히 처음엔 루카에게 화도 났다. 런웨이에 설 자격을 얻게 된 게 자신의 실력이 아닌 녀석 덕분이라는 사실에 자존심이 바닥을 치기도 했다. 그런 와중에 사고까지 당하고 모든 게 엉망이었다.

"근데 돌이켜 생각해 보면 그래도 난 녀석 덕분에 미셸 근처라도 가 본 거더라. 시간이 지나니까 자기 객관화가 저절로 되더라고. 그러다 보니 미셸 선생의 말마따나 하찮고 보잘것없는 나를 좋아해 준 녀석이 가엽게 느껴지기도 하고……."

"잠깐, 스톱! 미셸 아르노가 뭐랬다고? 하찮고 보잘것없대? 뭐야, 지가 시어머니 아니 시아버지야 뭐야? 참나 웃긴다. 루카 씨 주변은 널 왜 그렇게 못 잡아먹어서 난리래? 그 집 엄마는 멀쩡한 사람 다리를 망가뜨리질 않나, 스승은 사람 미래를 저당 잡고 헤어지라고 종용하질 않나."

"종용한 게 아니라 선택할 권리를 준 거지. 근데 뭐라고 반박을 못 하겠더라. 선생님이 루카를 얼마나 아끼고 사랑하는지 아니까. 가뜩이나 시기 질투 장난 아닌 그 바닥에서 루카를 온전히 재능 하나만 보고 인정해 주신 분이야. 그 맘 너무 이해가 됐어."

"야! 이 미련퉁이야 지금 누구 편을 드는 거야? 으이구. 내 이럴 줄 알았어. 뭐가 더 있나 했더니 그런 거였냐? 결국 루카 그 사람을 위해서 떠났다는 거잖아. 아니, 넌 어떻게 그래? 그 사람 주변인들 때문에 네 꿈이 망가졌는데, 어떻게 그 사람의 꿈을 응원할 수가 있어? 그 새끼도 진짜 나빠!"

"갑자기 왜 그 새끼래? 왜 욕해? 걔가 뭐 잘못한 것도 없는데."

"잘못한 게 왜 없어? 그동안 너한테 무슨 일이 있었는지 모르잖아. 정말 아무것도 모르잖아. 그게 가장 큰 잘못이지."

초희의 속사정에 과몰입해 버린 가령이 버럭 화를 냈다. 그런 가령을 초희가 씁쓸하게 쳐다봤다.

"모르니까 다행이지. 어쨌든 루카는 나한테 은인이고 고마운 사람이야. 난 걔가 상처받는 거 정말 싫어. 싫은데……."

초희는 말끝을 흐렸다. 아까 호텔에서 윤하제와 같이 있는 저를 쳐다보던 녀석이 떠오른 것이다.

'얼마나 우스우면 딴 남자한테 연애……를 하자고 해? 것도 내가 보는 앞에서.'

상처로 물든 얼굴과 흔들리던 눈동자.

녀석에게 가장 큰 상처를 안긴 건 자신이었다. 순간 가슴이 덜컹 내려앉는 기분이 들었다.

"가령아."

"응?"

"나 말이야. 그냥 루카 만날까?"

"왜? 만나서 다 얘기하게? 너희 엄마가 어쩌고, 네 스승이 저쩌고?"

"아니. 지나간 일들에 대한 얘긴 안 할 거야."

"그럼?"

"박 실장 언니 말대로 질릴 때까지 물고 빨아볼까?"

"빨아? 어머, 야해."

가령이 너스레를 떨며 두 뺨을 붉혔다. 하지만 초희는 진지했다.

"언니가 그러더라. 뭔가를 안 좋아하려면 그냥 질릴 때까지 물고 빨아 보라고. 나 진짜 그래 볼까? 루카랑 질릴 때까지 해 보는 거지."

"그거 안 질릴 텐데. 그게 과연 질릴까? 너 맘 정보다 몸 정이 더 무서운 거 몰라?"

"모, 몸 정 뭐? 아오, 오변태. 그런 거 말고 난 사랑을 말한 거거든?"

"그게 그거지. 같이 비례하는 거 아니야? 아무튼 어려워. 그냥 만나면 만나는 거지 넌 왜 끝낼 생각으로 만나? 그게 맘대로 되는 줄 아냐?"

"그럼 어떡해."

"루카 씨한테 선택할 수 있는 권리를 줘야지. 미셸 아르노 선생처럼. 캬아."

방금은 정말 완벽한 조언이었다며 가령이 감탄사를 쏟아 내며 웃었다.

"암튼 난 그렇게 생각해. 이왕 다시 만나기로 한 거 좀 더 용기를 내 봐. 그리고 루카 씨한테 맡기라고. 그 사람을 믿는다면 말이야."

가령의 말에 초희는 머릿속이 복잡해졌다.

녀석의 엄마가 내게 무슨 짓을 했든, 녀석의 스승이 내게 어떤 제안을 했든, 이 모든 사실을 안다고 해도 녀석은 변함없이 나를 사랑해 줄 것임이 분명한데 나는 왜 도망친 걸까?

무엇이 두려웠던 걸까?

자신이 지금까지 녀석에게서 도망치려 했던 이유가 정확히 무엇 때문이었는지 곰곰 생각에 잠겨 있던 초희가 별안간 자리에서 벌떡 일어났다.

"마초, 너 왜 그래? 갑자기 어딜 가려고?"

의자를 박차고 일어난 초희를 향해 가령이 물었다. 그러자 초희가 한시가 급하다는 표정으로 서둘러 대답했다.

"루카한테 직접 물어볼 거야."

"뭘?"

"정말 나 하나면 되는지, 녀석의 유일한 가족인 엄마도 빛나는 미래도 다 저버리고 정말 나 하나면 되는지. 가령이 네 말대로 나 다른 사람들의 말만 듣고 녀석을 판단했어. 루카가 나 하나 때문에 가여운 엄마를 버리지 못할 거라고 생각했고, 이제껏 쌓아 올린 커리어도 포기할 리 없다고…… 믿지 못했던 것 같아. 아니, 어쩌면 루카에게 버려질 게 두려워서, 내가 먼저 버리는 쪽을 택했는지도……."

녀석에게서 도망친 이유는 녀석이 상처받지 않기를 바라는 마음이었다고 믿고 싶었지만, 사실 그건 핑계였다. 난 그냥 내가 상처받지 않기를 바랐던 거였다.

그 사실을 깨닫는 순간 초희는 녀석에게 너무 미안한 마음이 들었다.

"얼른 가서 잡아."

후회로 물든 초희의 얼굴을 흘끔 쳐다보던 가령이 말했다. 말이 끝나기도 전에 초희는 포장마차를 박차고 밖으로 달려 나갔다.

술의 힘을 빌려서라도 오늘은 꼭 녀석에게 모든 걸 고백하리라 마음먹은 초희가 비장한 표정으로 택시를 잡아 올라탔다.

* * *

택시에서 내린 초희가 골목에 들어섰을 무렵 비가 거세게 쏟아지기 시작했다.

이럴 줄 알았으면 집 앞에서 내릴 걸 후회하며 초희는 필로티 구조의 어느 빌라 밑으로 몸을 피했다. 가는 날이 장날이라고 하필 오늘 이렇게 비를 쫄딱 맞을 게 뭐람.

초희가 한숨을 푹푹 내쉬며 홀딱 젖은 제 몸을 내려다봤다.

그런데 그때였다.

처벅처벅. 누군가의 발걸음 소리가 들렸고, 초희가 고개를 천천히 들었다.

"루카?"

우산을 쓴 녀석이 골목을 내려오고 있었다.

녀석은 어느새 제 앞에 섰고, 우두커니 서서 아무 말 없이 비에 젖은 저를 마뜩잖게 쳐다봤다.

그 시선이 어찌나 민망한지 초희가 우물쭈물 무슨 말부터 꺼내야 할지 망설이고 있었는데.

"쓰고 와."

녀석이 대뜸 우산을 손에 쥐여 주더니 잡을 새도 없이 휙 뒤돌아 골목을 올라갔다.

주머니에 손을 꽂은 채 온몸으로 비를 맞으며 걷는 녀석의 뒷모습을 보다 못한 초희가 후다닥 달려갔다. 그리고 녀석의 머리 위로 우산을 힘껏 펼쳤다.

"같이 써!"

"……."

걸음을 멈춘 녀석이 초희를 빤히 내려다봤다. 비가 와서 일교차가 커진 탓인지 녀석의 냉랭한 태도 때문인지 여름인데도 불구하고 춥게 느껴졌다. 초희가 몸을 부르르 떨며 괜히 더 태연한 척 굴며 말했다.

"왜, 왜 그렇게 보는데? 야, 넌 나랑 우산 같이 쓰기 싫으면 두 개 들고나오지 왜 비를 맞고 가는데?"

"내가 비를 맞든 말든 무슨 상관인데? 이제껏 그랬던 것처럼 나 같은 거 신경 쓰지 마."

제대로 화가 난 모양인지 녀석은 시종일관 굳은 얼굴로 퉁명스럽게 대꾸했다. 처음 보는 녀석의 차가운 모습에 초희는 왠지 모르게 주눅이 들었다.

"아깐 미안했어……."

그녀의 발그레한 두 뺨과 입김에서 풍겨오는 진한 알코올 냄새. 강주가 작게 한숨을 내쉬며 물었다.

"술 마셨나?"

"너도 마신 것 같은데?"

"난 혼자 마셨어. 넌 누구랑 마셨는데?"

"친구."

"남자?"

"여자."

그딴 게 왜 궁금하냐고 따져 물을 줄 알았는데. 초희가 순순히 대답하자 강주는 짐짓 놀란 표정으로 그녀를 쳐다봤다.

"갑자기 왜 이래? 사람 불안하게."

"뭐가?"

"왜 이렇게 고분고분하냐고. 나한테 무슨 할 얘기 있어?"

"응."

"뭔데?"

잔뜩 궁금한 얼굴로 초희를 바라보던 루카는 이내 뭔지 알겠다는 표정으로 혀를 내찼다.

"아니다. 됐다. 네가 나한테 무슨 말을 할진 뻔하지 뭐. 하지 마. 프랑스로 가 버리라는 말 할 거면 그냥 입 다물라고."

"그거 아니야."

"그럼 뭔데?"

"아까 호텔에서 있었던 일 말인데……."

"무슨 일? 윤하제한테 사귀자고 한 일?"

생각만 해도 울화가 치미는지 녀석의 아래턱에 힘이 잔뜩 들어갔다. 초희는 녀석의 따가운 눈빛을 이리저리 피하며 작게 웅얼거렸다.

"아까 그 호텔에 내가 진짜 싫어하는 동창 하나가 있었어. 근데 그년이 아니, 걔가 너무 열받게 해서 복수하고 싶었고 그래서 나도 홧김에 윤하제한테 마음에도 없는 소릴 한 거야. 윤하제한테는 아까 전화해서 내가 했던 말 없던 일로 하자고 했고…….”

“뭐라고? 안 들려.”

“다 들었잖아.”

“어. 들었어. 근데 그래서? 나한테 이런 변명을 하는 이유는?”

“너 화났잖아.”

“화? 나한테 그럴 권리는 있고?”

여전히 냉정한 얼굴로 녀석은 초희가 씌워 준 우산 밖으로 나갔다. 초희는 화들짝 놀라며 다시 우산을 녀석의 머리 위에 씌웠다. 그러면서 냅다 팔을 잡았다.

강주는 제 팔을 잡은 그녀의 작은 손을 내려다봤다. 비를 맞아 추운 모양인지 그녀의 손이 차가웠다. 그 바람에 강주의 눈빛이 살짝 흔들렸지만, 초희는 알아차리지 못했다. 지금 그녀의 머릿속엔 그저 녀석에게 모든 걸 다 털어놓고 다시 시작하고 싶다는 마음뿐이었다.

“내일 같이 저녁 먹자. 너한테 할 얘기가 있어.”

“난 없어.”

“아침엔 너도 나한테 중요하게 할 얘기가 있다며.”

“있었는데, 없어졌어.”

기껏 어렵게 용기를 낸 초희는 당황스러웠다. 이렇게 단칼에 거절당할 줄은 꿈에도 몰랐다. 게다가 아직 제 말이 다 끝나지도 않았는데 녀석이 우산 밖으로 나가 버릴 줄은 정말 몰랐다.

“하아.”

우두커니 홀로 남은 초희는 한숨을 크게 내쉬었다. 그저 거센 비를 맞으며 제게 멀어져 가는 녀석의 뒷모습을 허탈하게 바라볼 뿐이었다.

* * *

며칠 후.

안에서 우당탕탕 소리와 함께 현관문이 벌컥 열렸다. 집에 불이라도 났는지 문이 열리자마자 초희가 황급히 뛰어나왔다. 그리고 미친 속도로 계단을 내려갔다.

"가만 안 둬!"

이를 악물고 밖으로 달려 나온 그녀는 차에 올라타려는 강주의 팔목을 붙잡았다.

갑자기 팔목을 잡힌 녀석이 어안이 벙벙한 얼굴로 그녀를 쳐다봤다. 얼마나 뛰었는지 그녀의 이마엔 땀이 송골송골 맺혀 있었고, 숨까지 헐떡였다.

"왜 그래? 무슨 일 있어?"

"너야말로 나한테 왜 이러는 건데?"

초희가 서운한 기색이 역력한 얼굴로 강주를 바라봤다. 진짜 자존심 상해서 이 말까지는 안 하려고 했는데.

"너 혹시 나한테 복수하는 거야?"

"복수는 무슨. 네가 나한테 뭘 어떻게 했는데? 아, 내가 보는 앞에서 다른 남자한테 사귀자고 했구나."

"그건 오해라고. 내가 며칠 전에 다 설명했잖아. 부득이한 사정으로 어쩔 수 없이 그랬던 거라고. 근데 그런 걸로 삐져서 사람을 본체만체하고 진짜 너무한 거 아니야? 내가 미안하다고 했잖아."

"이게 미안한 사람 태도인가?"

"저녁도 사 준다고 했잖아! 근데 네가 싫다며. 네가 바쁘다며!"

결국 참다못한 초희가 큰 소리를 치고 말았다. 벌써 며칠째 저만 보면 쌩하니 무시하고 가 버리는 녀석 때문에 초희는 정말 미치고 팔짝 뛸 노릇이었다.

오늘 아침에도 자신이 일어나자마자 창밖을 내려다보며 녀석의 동태를 살피다가 달려 나왔기에 망정이지. 그런 게 아니었으면 이렇게 마주 보고 얘기할 수나 있었겠냐고.

"얘기 다 끝났어?"

"아니."

"그럼 빨리 해. 나 바빠."

"너 요즘 뭐 하고 돌아다녀? 대체 무슨 일을 하는데 이렇게 바쁜 건데?"

"얘기하자면 길어."

"그럼 언제 시간 되는데?"

"글쎄."

"야!"

초희는 소리를 버럭 질렀다. 제가 아무리 잘못했다지만 지금 얼마나 용기를 내고 있는데, 이런 제 속도 모르고 마냥 삐져서 삐딱하게 행동하는 녀석이 너무 얄밉고 서운했다.

하지만 지금까지 제가 한 짓이 있으니 한 번만 더 참아 보자. 그렇게 극한의 인내심을 끌어 올려 억지 미소를 지었다. 그리고 다시 녀석을 향해 정중히 말했다.

"알았어. 한가한 내가 기다리면 되지 뭐. 나 진짜 너한테 중요 하게 할 얘기가 있단 말이야. 저녁에 잠깐이라도 좋으니까 시간 좀 내 줘."

"스케줄 보고 생각해 볼게. 나 진짜 늦었어. 간다."

손목에 찬 시계로 시간을 확인하던 녀석이 황급히 차에 올라탔다. 또 홀로 남은 초희는 너무 기가 막혀 말문이 막혀 버렸다.

그렇게 부릉, 녀석의 차가 출발하는 소리와 함께 두 사람의 전세는 완벽하게 역전되고 말았다.

초희는 어이가 없다는 표정으로 녀석이 탄 차가 골목을 빠져나가는 모습을 바라볼 수밖에 없었다. 며칠 전까지만 해도 저녁 좀 같이 먹자고 따라다닌 건 녀석이었는데. 이럴 줄 알았으면 그때 그냥 못 이기는 척 먹어 줄걸. 대체 녀석의 뒤끝이 언제까지 갈는지 알 수가 없으니 초희는 애간장이 탔다.

"아오. 저게 진짜!"

답답한 마음에 그녀의 속이 부글부글 끓었다. 그러다 문득 그런 생각이 들었다.

저 녀석 설마 나한테 진짜 정떨어진 건가? 내가 싫어진 건가?

거기까지 생각이 닿자 마음이 착잡해졌다. 거지 같은 타이밍이라는 생각도 들었다. 정말 큰마음 먹고 녀석에게 모든 걸 다 털어놓고 다시 시작하고 싶었는데, 상황이 이렇게 변해 버리다니.

"두 분 아직도 화해 안 하셨어요?"

"꺅! 으, 깜짝이야."

갑자기 누군가 옆으로 다가와 말을 걸었다. 초희가 화들짝 놀라자 소나가 미안한 기색을 내비쳤다.

"소나야, 너 언제 왔어?"

"아까요. 근데 두 분 이제 그만 화해하세요."

"그럴 기회를 줘야지 말이야. 하아……."

한숨이 절로 나온다. 초희가 소나를 향해 애써 웃으며 말했다.

"답답한데 같이 조깅이나 하러 갈래?"

"전 새벽에 뛰고 왔는데. 그래도 같이 가 드릴까요?"

"아니야. 오늘은 나도 그냥 쉴래. 들어가자."

초희와 소나는 건물 안으로 들어가며 얘기를 나누었다.

"근데 대표님이 무슨 잘못을 하셨는데 이렇게 상황이 바뀌었어요? 분명 얼마 전까지만 해도 밥 먹자고 쫓아다닌 건 건물주님이었는데."

"그러게나 말이다. 나도 왜 이렇게 된 건지……엣취!"

"감기 걸리셨어요? 약 사 올까요?"

"아니야. 괜찮아. 아침에 먹었어. 아, 맞다. 너희 프로필 사진 찍을 스튜디오 리스트 업 해 놨는데. 같이 고르자."

초희는 자연스럽게 일 얘기로 말을 돌리며 에이전시 사무실로 들어갔다. 그리고 녀석과 빨리 오해를 풀어야 한다는 조급한 마음을 뒤로하고 애써 일에 몰두하려고 노력했다.

"엣취!"

리스트를 출력해서 넘겨 보던 초희가 또 크게 재채기를 하며 몸을 부르르 떨었다. 스트레스 탓인지 며칠 전 비를 맞아선지 갑자기 으슬으슬 춥고 몸이 떨리기 시작했다.

* * *

"김 사장이 누굴 만나? 차강주?"

차유리가 결재판을 덮어 내던지며 자리에서 벌떡 일어났다. 김 사장의 동향을 보고하던 송 비서가 움찔 놀랐다가 마저 말을 이었다.

"어제 차강주 씨가 사장님 자택에 들어가서 꽤 오랜 시간 안 나왔다고 하던데요?"

"뭐? 그 새끼가 김 사장 집까지 갔어? 둘이 무슨 관계야?"

"그것까진 아직 잘……."

"그걸 알아 와야지. 그게 제일 중요한 거잖아!"

"그것보다 더 중요하게 보고드릴 내용이 있어서요."

"뭔데?"

"루카 퓌에슈 쪽에서 드디어 연락이 왔습니다."

차유리의 얼굴에 화색이 돌았다. 지금 그녀에겐 차강주 따위가 중요한 게 아니었다. 주주총회를 앞둔 이 시점에 큰오빠를 끌어내리려면 거물급 주주 루카 퓌에슈의 도움이 절실한 상황이었다.

"날짜 잡았어? 언제 만날 수 있대?"

"만나는 건 어렵고 대신 통화로 면담은 잡아 줄 수 있다고 비서가……."

"비서? 만나는 건 왜 어려운데? 그 사람 한국에 있긴 한 거야?"

"네. 그분 한국 일정이 굉장히 촉박하다고 하네요. 어떻게 할까요? 통화 면담이라도 요청해 놓을까요?"

"목마른 사람이 우물 파야지 어쩌겠어. 근데 그 사람 한국어 못하겠지?"

"불어 통역사 구해 놓겠습니다."

"큰오빠 쪽은 별다른 움직임 없지? 계속 잘 살펴. 어떻게서든 루카 퓌에슈 내가 먼저 잡아야 돼."

먹잇감을 앞에 둔 사나운 맹수처럼 차유리의 눈빛이 날카롭게 번뜩이고 있었다.

* * *

서울구치소.

푸른 수의를 입고 복도로 나온 명성그룹 세 남매 중 장남 차호성.

그는 복도 끝으로 걸어가 문을 열고 접견실로 들어섰다. 그러자 자리에 앉아 있던 남자가 벌떡 일어나 허리를 숙여 인사했다.

"됐고, 앉아."

갑이 누군지 누가 봐도 알 수 있는 말투였다.

남자가 차호성을 따라 조심스레 자리에 앉았다. 그리고 곧장 준비한 서류를 내밀었는데.

살짝 걷어 올라간 남자의 소매 사이로 언뜻 뭔가가 보였다.

손목 안쪽엔 특이하게 빨간색으로 어떤 문양의 타투가 새겨져 있었다. 차호성이 그것을 언짢게 쳐다보자 남자는 의식적으로 소매를 내렸다.

"그거 꽤 눈에 띄네?"

"없애겠습니다."

"그래. 넌 되도록 눈에 안 띄는 게 좋아. 거기 있는 듯 없는 듯 잘 섞여 있으란 말이야."

"네. 알겠습니다."

"정윤이는 잘 지켜보고 있지?"

차호성이 정윤을 감시하기 위해 심어 놓았던 남자를 향해 물었다.

남자는 뭔가 할 말이 있는 듯 잠시 머뭇거리다 끝내 그 말을 삼키곤 대충 대답했다.

"네. 잘 지내고 계십니다."

"정윤이가 유리 그 계집애 편에 서진 않겠지?"

"그분 의중까지는 저도 잘 모르겠습니다."

"뭐? 잘 몰라? 내가 그러려고 널 정윤이한테 붙인 줄 알아?"

"앞으로 더욱 신경 쓰겠습니다."

"근데 이건 뭐야? 루카 퓌에슈가 누군데 이렇게 지분이 많아?"

서류를 들여다보던 차호성의 얼굴이 붉으락푸르락 달아오르기 시작했다. 그러다가 갑자기 뒷장을 재빠르게 넘겨 보더니 버럭 소리를 질렀다.

"이 새끼 누구야?"

빨간 타투는 기다렸다는 듯 다음 준비한 서류를 내밀었다.

루카 퓌에슈의 프랑스 여권 사진이 담긴 서류를 건네받은 차호성이 실소를 터뜨렸다.

"뭐? 루카 퓌에슈가 차강주라고?"

"네. 그렇습니다. 차강주의 프랑스에서의 행적을 찾는 데까지 꽤 오래 걸렸습니다. 차강주 모친이 제 아들을 아주 치밀하게 숨겼던 것 같습니다."

"아버지 비자금은?"

"아무래도 차강주가 알고 있지 않을까요?"

"젠장!"

"아, 그리고 회장님께선 이미 다 알고 차강주를 불러들인 것 같은데……."

"그랬겠지. 그러니까 그 여우 같은 노인네가 그 새끼를 그렇게 감싸고돌았겠지. 그 노인네는 여전히 건강하시고?"

"어제는 그룹 내 핵심 인사들을 만나 차기 후계자로 차강주는 어떤지 의견을 물었다고 합니다."

"하. 누구 맘대로? 이거 서둘러야겠네."

자칫 잘못했다간 첩 자식에게 모든 걸 빼앗기게 생겼다. 차호성의 싸늘한 눈빛이 번뜩였다.

"차강주 그 새끼 약점 같은 건?"

"아직까진 찾지 못했습니다. 호텔 주방에서 일할 때부터 감시했는데 아무것도 없었습니다. 최근엔 주방도 관두고 집에서 나간 후론 김 사장 말고 딱히 만나는 사람도 없고……."

"가까운 친구나 여자 그런 거 없어?"

"아랫집에 사는 여자가 있긴 한데, 그렇게 친해 보이진 않고요. 그냥 여자 쪽에서 일방적으로 따라다니는 것 같더라고요."

"와. 그 새끼 사람 돌게 만드네."

구치소에 수감되기 전까지도 그렇게 뒤를 캐도 먼지 한 톨 나오지 않던 녀석이었다. 강원도 어디 시골에서 왔다더니 서울에 친구 한 명 없고, 그간 죽은 듯이 살아 의심을 멈췄건만 이렇게 뒤통수를 치다니.

"아, 그리고 한 가지 더 있습니다."

"아이씨. 또 뭔데?"

"회장님께선 벌써 차강주 후계자 만들기 설계를 시작하신 듯합니다. 대한그룹이랑 정략결혼 시킬 계획이신 것 같습니다."

"뭐? 대한그룹?"

차호성의 눈매가 더욱 날카로워졌다. 차강주와 재계 서열 2위 대한그룹의 혼인이 성사되면 이혼남이라 처가가 없는 자신이 낙동강 오리알 되는 건 시간문제였기 때문이다.

"그렇겐 안 되지. 그 애송이한테 내 자릴 뺏길 순 없어. 하루라도 빨리 차강주 그 새끼 약점을 찾아야 돼."

생각에 잠겨 있던 차호성의 눈빛이 번뜩였다. 뭔가 좋은 수가 떠오른 것이다.

"그 새끼 아랫집에 여자가 하나 있댔지? 그 여자를 한번 봐야겠어. 혹시 알아? 쓸모가 있을지?"

누가 남매 아니랄까 봐 차호성의 독기 품은 눈빛이 차유리와 닮아 있었다.

* * *

"이게 뭡니까?"

강주는 테이블 위에 놓인 태블릿 화면을 물끄러미 쳐다봤다.

화면엔 머리부터 발끝까지 명품으로 휘감은 여자의 일상이 담긴 영상이 플레이되고 있었다.

맞은편에서 그 영상을 흡족하게 바라보던 차 회장이 호탕하게 웃으며 말했다.

"대한그룹 장남이 제 목숨보다 아끼는 막내딸이야. 네 녀석이 그 애와 결혼하면 명원그룹을 내 너한테 주마."

차 회장의 말에 강주가 화면에서 시선을 떼더니 어이없다는 듯 웃었다.

"명원그룹은 이미 저한테 주기로 한 거 아니었어요? 갑자기 웬 조건?"

"그래서 싫다는 게야?"

차 회장의 탐탁지 않은 눈빛을 마주한 강주는 더 이상 말이 길어지는 것을 피하고자 대충 대답했다.

"누가 싫대요? 첩 자식 주제에 이런 과분한 정략결혼 상대 완전 환영이죠. 시간이랑 장소 알려 주세요."

"그래, 이런 자세 얼마나 좋아. 역시 넌 나를 닮았어. 그러니 그 이른 나이에 파리에서 성공했겠지."

강주의 대답을 듣자마자 차 회장은 역시 제 안목이 틀리지 않았다며 흡족한 웃음을 지었다.

미셸 아르노가 아직 강주를 기다리고 있다는 사실을 최근에서야 알게 된 차 회장은 강주가, 아니, 루카 퓌에슈의 재능이 더욱 탐이 났다. 그의 이력은 분명 제가 힘들게 일으켜 세운 명원을 빛낼 것임이 분명하기 때문이었다.

세계적인 디자이너 미셸 아르노의 애제자라는 타이틀은 돈의 가치로는 환산할 수 없는 것이었다.

그간 모든 걸 다 가진 차 회장의 유일한 약점은 자식이었다. 늘 어딘가 하나씩 모자란 자식과 손자들 때문에 그동안 얼마나 많은 곤욕을 치렀는가.

최근엔 장손 차호성이 횡령으로 수감되는 일까지 벌어졌고, 그 탓에 본인이 직접 본사 앞에서 허리까지 숙여 대국민 사과를 하는 굴욕을 겪은 터였다.

그렇기에 강주 녀석이 스스로 일군 이 미셸의 애제자라는 타이

틀은 차 회장에게 너무나도 필요한 것이었다. 이 사실이 매스컴을 통해 보도된다면 족벌 경영 타도를 외치는 국민들의 입을 한 방에 다물게 하는 좋은 수단이 될 것임이 분명했다.

"차 맛이 아주 좋구나."

음흉한 속내를 숨긴 채 차 회장이 향을 음미하며 차를 마셨다. 그러다 문득 궁금한 것이 생겼다.

"이사 간 건물이 꽤 낡았던데. 하고많은 곳 중에 왜 그 동네로 이사한 거지? 무슨 이유가 있는 게냐?"

"거기 있으면 잘 보이거든요."

"뭐가 보인다는 건데?"

"제가 가지고 싶은 거요."

강주의 말에 곰곰 생각에 잠겨 있던 차 회장이 마침내 녀석이 갖고 싶다는 게 뭔지 알았다는 듯 크게 웃으며 말했다.

"명원그룹인 게구나? 하긴 그 동네에서 명원그룹 본사가 가깝긴 하지."

지금 차 회장은 강주가 팥으로 메주를 쑨대도 믿을 기세였다. 강주는 자신의 모든 것을 다 흡족해하는 할아버지를 보며 의미심장한 미소를 지었다.

* * *

"대표님, 뭐 하세요?"

소나의 물음에 창가에 기대 어딘가를 멍하니 바라보던 초희가 어깨를 으쓱거렸다.

그녀가 아무 대답이 없자 소나는 초희의 시선을 따라 저 멀리 보이는 빌딩을 쳐다봤다.

"하루 종일 명원그룹 빌딩 보면서 무슨 생각을 그렇게 하세요?"

"그냥 뭐, 다시 태어나면 명원그룹 딸내미로 태어나고 싶다, 같은?"

"네?"

"차유리 같은 년은 대체 무슨 복을 받아서 저런 집에서 태어난 걸까? 하아."

여태 무슨 생각을 하고 있나 했더니. 소나가 김샌 얼굴로 초희를 쳐다봤다.

"저는 돈 많은 차유리보다 돈은 없지만 능력 있고 의리 있는 대표님이 더 좋은걸요."

"얘는 그렇게 말하면 내가 또 감동받잖아."

초희가 멋쩍게 웃었다. 하지만 다시 현실을 생각하니 한숨이 절로 나왔다. 월세 내는 날은 왜 이렇게 빨리 돌아오는 건지. 거기에 아빠가 빼 간 보증금도 채워 넣어야 하는데, 알바비는 다음 달에나 받을 수 있는 상황이었다.

이걸 어쩌면 좋지?

차라리 건물주가 남이었다면 얼마나 좋았을까. 그랬다면 조금만 더 시간을 달라고 부탁이라도 해 봤을 텐데.

"대표님, 요즘 힘드시죠?"

"아니. 나 전혀 안 힘들어."

"에이, 곧 월세 내는 날이잖아요. 그냥 건물주님한테 도와 달라고 하는 건…… 싫으실까요?"

"당연하지. 내가 어디 가서 막노동을 하면 했지 녀석한텐 절대 손 안 내밀 거야. 그러니까 너도 그 녀석한테 이런 거 저런 거 말하지 마. 알았지?"

초희가 신신당부했다. 그런 그녀의 눈치를 흘끔 보던 소나가 조심스레 입을 열었다.

"그럼 제가 빌려드릴까요?"

"뭘?"

"돈이요."

"네가 무슨 돈이 있어서…… 아, 로또? 근데 그거 위약금 내느라 다 쓴 거 아니었어?"

"그게 아니라, 사실 저희 외삼촌이 목돈이 좀 있다고 회사에 투자를 하고 싶다고 하셔서……."

"외삼촌이라니? 너희 어머니한테 가족이 없는 걸로 알고 있는데?"

"네? 아아, 그러니까 그게…… 그냥 아는 삼촌이요. 어디지? 강원도 쪽에 숙박업소 하는 삼촌이 계세요."

초희는 순간 뭔가 느낌이 안 좋았다. 수상함을 감지한 초희의 눈빛이 굳어졌다.

"금소나, 너 저번에 로또 당첨도 그렇고, 진짜 어디 이상한 데서 빌린 거 아니지?"

"아, 대표님! 점심 드셔야죠."

뭔가 포위망이 좁혀져 오자 소나는 재빨리 말을 돌렸다. 하지만 거기에 넘어갈 초희가 아니었다.

"너 나한테 숨기는 거 있지?"

"아니에요. 제가 뭘…… 아, 배고파."

다행인지 불행인지 그 순간 소나의 배에서 꼬르륵 소리가 났고, 소나가 배를 움켜잡고 배고파하자 초희는 추궁을 멈췄다.

"진짜 배 많이 고픈가 보네? 배에서 나는 소리 맞아? 엄청 크게 났어."

"사실 어제저녁부터 굶었거든요."

"그래? 말을 하지. 뭐 먹을래? 내가 집에서 만들어 줄게."

"저는 김치볶음밥이요!"

"알았어. 올라가자…… 엣취!"

서둘러 사무실을 나가려던 초희가 또 한 번 재채기를 크게 했다. 오전과 달리 안색이 창백해진 초희를 소나가 걱정스레 쳐다봤다.

"괜찮으세요? 집에서 쉬셔야 하는 거 아니에요? 점심은 그냥 저 혼자 먹을게요."

"아니야. 냉장고에 재료 다 있어서 금방 만들…… 엣취!"

"안 괜찮으신 것 같은데……."

"나 진짜 괜찮으니까. 한 10분 후에 올라올래? 집이 엉망이라 좀 치워야 되거든."

"네. 그럼 저도 사무실 정리하고 이따 올라갈게요."

"응. 고마워."

급히 나가는 초희의 뒷모습을 걱정스레 쳐다보던 소나는 잠시 고민하는가 싶더니 핸드폰을 꺼냈다. 그리고 누군가에게 은밀히 문자를 보내기 시작했다.

* * *

"간다고요?"

만난 지 5분도 지나지 않은 시점이었다. 갑자기 자리에서 일어나는 강주를 김 사장이 어안이 벙벙한 얼굴로 쳐다봤다. 오늘 실적 보고를 위해 며칠 밤을 지새웠는지 모른다.

다크서클이 눈 밑에 짙게 깔린 김 사장이 강주를 야속하다는 눈빛으로 바라봤다.

"급한 연락이에요?"

"네. 무지하게 급한 일이에요."

"누군데요? 회장님이세요?"

"다음에 얘기해 드릴게요. 그럼 저 먼저 갑니다."

제대로 대답도 안 해 주고, 강주는 황급히 김 사장의 저택을 빠져나와 곧장 차에 올라타며 소나에게 전화를 걸었다.

"어디가 어떻게 아픈데?"

소나에게서 초희의 상태를 전해 들은 강주는 근처 약국으로 향했다. 그리고 감기약을 몽땅 쓸어 담아 계산을 한 뒤 다시 차에 시동을 걸었다.

"내가 너무 심했나?"

며칠 동안 일부러 초희를 피해야만 했던 강주는 괜히 저 때문에 그녀가 아픈 건 아닌지 신경 쓰여 미칠 것만 같았다.

안 되겠다. 오늘은 말해야지. 내가 지금 한국에서 뭘 하고 다니는지, 누굴 만나는지.

그녀가 그토록 치를 떠는 차유리와 내가 어떤 관계인지까지.

367

그녀가 궁금한 건 전부 다.

운전대를 잡은 강주의 손에 더욱 힘이 들어갔다. 그런데 각오를 단단히 하고 골목길에 들어선 강주의 눈빛이 순간 서늘하게 변했다.

그녀에게 거리를 두게 만든 원흉이 저기 있었기 때문이었다.

짙게 선팅된 검은색 차량을 발견한 강주는 액셀을 세게 밟아 그대로 돌진했다.

쾅!

범퍼가 크게 찌그러진 차량에선 경보음이 쉴 새 없이 울렸다. 하지만 웬일인지 차 안에선 아무도 내릴 생각을 하지 않고 있었다.

결국 먼저 차에서 내린 강주가 운전석 문을 두드리려다가 말고 홧김에 발로 백미러를 차 버렸다. '퍽' 하는 소리와 함께 박살이 난 백미러가 바닥을 뒹굴고 있었다.

그제야 차에서 덩치 큰 남자가 쭈뼛거리며 내렸다.

가만히 서 있는 차를 박은 건 강주인데 도리어 남자가 죄를 진 것처럼 서 있었다. 강주도 아는 얼굴이었다.

"오래간만이네요? 요새 잠잠하더니 이번엔 또 누가 보냈습니까? 차호성?"

"한 명 더 늘었어요."

"차유리까지?"

"네."

"이번엔 얼마면 됩니까?"

구면인 두 사람은 자연스럽게 본론부터 시작했다.

"둘이니까 두 배는 주셔야……."

"방법은?"

"방법이요?"

"그쪽엔 뭐라고 둘러댈 거냐고."

"그건……."

"이제 이 건물에 없다고 합시다. 무슨 이유에선지 모르겠지만 호텔에서 지내고 있다고. 잘 감시하겠다고 하고 다른 사람 보내지 못하게 형님 선에서 알아서 잘 정리하시고요."

"네! 그럼 돈은……."

"다섯 배 드릴게요."

"다섯 배요?"

"대신 나도 부탁 하나만 하죠."

"네! 뭐든 말만 하세요."

"내가 지금 필요한 게 있는데 그 물건 좀 갖다줬으면 좋겠는데."

"필요한 게 뭔데요?"

남자가 궁금해 죽겠다는 표정으로 묻자 강주가 천천히 입을 열었다.

* * *

―약은 먹었어?

수화기 너머 들려오는 가령의 잔소리가 아득히 멀어지는 것만 같았다.

―초희야, 마초희!

"⋯⋯응."

—구급차 부를까?

"구급차는 무슨, 그 정도까진 아니야."

—밥은 먹었어?

"밥보단 지금 그냥 까눌레 딱 한 입만 먹으면 다 나을 것 같은데⋯⋯."

—퇴근하고 내가 포장해 갈까?

"그 맛이 아니야."

—윤하제가 만든 걸로 포장해 갈게!

침대 위에 누워 콜록거리던 초희는 저번 날 자선 경매 대기실에서 먹었던 까눌레의 맛이 떠올랐다.

"그동안 내가 먹었던 건 윤하제가 만든 게 아니었나 봐."

—그게 무슨 소리야?

"맛이 달랐어. 아마 다른 파티셰가 만들었던 것 같아. 그건 진짜 맛있었는데⋯⋯ 암튼 나 이제 괜찮으니까 너무 걱정하지 마. 자고 일어나면 다 나을 거야."

—그래. 알았어. 밥 잘 챙겨 먹고. 또 연락할게.

전화 통화를 마친 초희는 이불을 머리끝까지 덮어썼다.

"으으⋯⋯."

앓는 소리가 절로 나왔다. 가령에겐 걱정할까 봐 자고 일어나면 괜찮아질 거라고 말했지만 지금 그녀의 상태는 매우 심각했다.

특히 다리에 난 흉터 전체가 타들어 가는 듯이 따가웠다. 마치 살에 불이 붙은 것처럼 뜨겁고 아팠다. 살면서 이런 통증은 처음이라 두려운 마음이 들기 시작했다.

'그 말은 언제든 위험해질 수도 있다는 거야. 너 그러다 문제 생겨서 다리 썩으면 어쩔래?'

하필 이 순간 주치의 수완의 말이 떠올라 더 무서웠다.

다리를 쓰지 못하게 되면 난 어떻게 되는 거지? 휠체어를 끌어야 하나? 두 번 다신 런웨이에 서지 못하게 되겠지? 정말 작은 무대 위라도 혼자서는 절대 올라갈 수 없는 처지가 되는 거겠지? 걷지 못하겠지? 그럼 나는 앞으로 뭘 위해 살아야 하는 걸까?

생각이 거기까지 닿자 눈물이 왈칵 쏟아졌다. 그런데 그때였다.

딩동.

초인종 소리와 함께 누군가 현관문을 두드리는 소리가 났다.

가령이가 벌써 퇴근했나? 걱정과 두려움에 떠는 사이 시간이 꽤 지난 모양이다.

초희는 초인종을 누른 사람이 가령일 거라고 확신했다. 괜찮다는 데도 굳이 걱정돼서 찾아온 친구를 위해 어떻게든 몸을 일으키려고 했지만, 생각처럼 쉽지 않았다.

가위라도 눌린 사람처럼 몸이 움직여지지 않았다.

"초희야."

그때, 흐릿한 시야로 언제 어떻게 제 방에 들어왔는지 누군가의 실루엣이 아른거렸다. 그러다 점점 흐릿했던 초점이 또렷해지며 녀석의 얼굴이 보였다.

"너 울어? 왜 그래? 많이 아파?"

걱정하는 녀석의 눈동자가 제 얼굴에 닿는 순간 초희는 소리내어 펑펑 울음을 터뜨리고 말았다. 가장 보여 주고 싶지 않았던 모습을 녀석에게 보이고 말았지만, 도저히 참을 수가 없었다. 그 어떤 말로도 형용할 수 없는 안도감.

"흑……."

울음을 삼키려 애썼지만 잘되지 않았다. 가슴속에선 계속 무언가 벅차올라 목이 메었다.

어떻게 이럴 수가 있을까? 지금 제 옆에 녀석이 있다는 사실만으로도 모든 두려움은 다 사라지고 평온해졌다.

초희는 이제 더는 부인할 수 없었다. 인정할 수밖에 없었다. 이것이 사랑임을.

나는 루카를 사랑한다.

기다렸다.

그리워했다.

"왜 자꾸 울어? 가슴 아프게……."

말없이 그저 울기만 하는 초희를 강주는 가슴 아프게 바라보다가 꽉 안아 버렸다.

대체 열이 얼마나 올랐던 건지 그녀의 몸이 불덩이 같았다. 그녀에게서 뿜어져 나오는 뜨거운 열기가 강주의 심장에 닿아 따끔거렸다.

그동안 제 앞에서 절대 우는 법이 없었던 그녀가 눈물 흘리는 것을 보며, 그녀가 그동안 얼마나 마음고생했는지 알 것만 같았다.

그녀의 가녀린 어깨를 어루만져 주며 강주는 다짐하고 또 다짐했다.

그녀를 반드시 행복하게 해 주겠다고.

　　　　　　　　　　＊ ＊ ＊

"으……."

앓는 소리가 절로 났다. 온몸이 두들겨 맞은 것처럼 여기저기 아팠다.

초희는 간신히 상체를 일으켜 침대에서 내려왔다. 그나마 다행인 건 다리가 타들어 갈 것만 같았던 고통은 말끔히 사라졌다는 점 정도일까.

조심스레 바지를 걷어 끔찍한 흉터를 응시하던 초희는 작게 한숨을 내쉬었다. 그리고 한 발 한 발 내디뎠다. 걸을 수 있음에 감사해하며.

"헐……."

겨우 화장실 거울 앞에 선 초희의 입이 떡 벌어졌다. 두 눈이 팅팅 부어 있는 것이다. 거울 속 자신의 모습을 보고 웃음이 터지기는 또 처음이었다.

내 눈이 왜 이러지?

거울 앞에 서서 가만히 생각에 잠겨 있던 초희의 머릿속에 몇 가지 잔상들이 떠올랐다가 곧바로 흩어졌다.

녀석 앞에서 대성통곡하며 울었던 나.

그런 나를 불쌍하게 바라보며 안아 주던 녀석.

나를 간호하던 녀석의 손을 꽉 잡고 놓아주지 않던 나.

그런 내게 안심하라고 말하며 이마에 입맞춤을 해 주던 녀석.

그런 녀석의 목을 끌어안고 키스를 퍼붓던…… 나? 내가 녀석한테 먼저 키스를 했다고?

"미…… 미친 거야? 꺅! 미쳤어!"

초희는 소스라치게 놀라며 머리카락을 마구 헝클어뜨렸다. 이모든 게 꿈이길 바라면서 다시 한번 기억을 더듬었지만, 도무지이 잔상들이 꿈이었는지 현실이었는지 구분이 가지 않았다.

그러다 문득 또 하나의 기억이 불현듯 떠올랐다.

'내일 일어나면 바로 올라와. 부끄럽다고 모른 척하지 말고.'

너무나도 선명한 기억. 이건 도무지 헷갈릴 수가 없었다. 녀석의표정과 목소리 전부 현실이었다.

"하아…… 내가 진짜 왜 그랬지?"

아파서 정신줄 놓았었나? 아님, 그동안 너무 외로웠나? 그래도이건 아니잖아.

어제 일방적으로 녀석의 입술에 환장한 사람처럼 키스를 마구퍼붓던 제 행동이 다시금 떠오르자 초희는 진짜 쥐구멍에라도 숨고 싶은 심정이었다.

겨우 마음을 진정시키고 샤워를 마친 후 화장대 앞에 앉았다.크림을 찍어 바르며 녀석에겐 뭐라고 변명을 하면 좋을지 고민하다가, 이왕 이렇게 된 거 그냥 솔직해지기로 했다.

그렇게 모든 준비를 마친 후 심호흡을 몇 번 하고 현관문을열었는데.

"꺅!"

초희가 화들짝 놀랐다. 바로 문 앞에 녀석이 서 있었기 때문이었다.

"깜짝 놀랐잖아. 왜 거기 서 있어?"

"너 또 도망갈까 봐. 지키고 서 있었지."

"뭐? 언제부터?"

"일단 들어가자. 아침 안 먹었지?"

녀석이 태연하게 말하며 안으로 들어갔다. 그러고선 들고 있던 접시 하나를 테이블 위에 내려놓았다.

"그게 뭐야?"

"네가 좋아하는 거."

"어? 이건……."

접시 위에 놓인 까눌레에서 모락모락 김이 나는 것을 본 초희가 놀란 눈으로 녀석을 쳐다봤다.

"어디서 사 왔어?"

"만들었는데."

"어떻게?"

"배웠지. 우리가 자주 가던 빵집 파티셰한테. 너 거기 까눌레만 먹잖아."

"파리에서 배워 왔다고?"

"응."

"너 설마……."

초희는 살짝 미심쩍은 눈빛으로 녀석을 바라보다가 따끈한 까눌레를 하나 집어 들었다. 그리고 한입 베어 물었는데.

"……!"

두 눈이 번쩍했다. 이건 바로 그 맛이었다. 지옥 같은 현실도 마치 천국인 것처럼 착각하게 만드는 마성의 맛.

"윤하제가 아니라 네가 만든 거였어?"

"그걸 이제 알았어?"

"왜 말 안 했어?"

"안 물어봤잖아."

초희는 생각할수록 너무 황당했다.

"야, 내가 그 호텔에 이거 먹으러 수십 번도 넘게 갔었는데. 그럼 그때마다 나 모른 척한 거야?"

"그럴 만한 사정이 있었어. 그래서 말인데 오늘 저녁 같이 먹자. 다 얘기해 줄게."

"지금 말해 주면 안 돼?"

"미안. 내가 오늘은 중요한 선약이 있어서. 어제 너 아프다고 해서 오늘로 미루고 급하게 왔었거든."

"아…… 어젠 고마웠어. 덕분에 다 나았어."

"진짜 다 나은 거 맞아?"

"응."

"어제 일은 다 기억나고?"

"……살짝?"

"네가 나한테 키스한 것도?"

"……."

초희의 얼굴이 새빨개졌다. 그를 귀엽게 쳐다보던 강주가 피식 웃었다.

"난 좋았어."

"쪽팔리니까 그만 좀 놀려."

"키스 많이 늘었더라?"

"야!"

"알았어, 알았어. 그만할게. 이거 먹고 얼른 기운 차려. 또 아프면 그땐 내가 먼저 덮칠 거야."

"흠흠. 알았어. 안 아플게. 그리고 이거 잘 먹을게."

초희는 잔뜩 신이 난 얼굴로 까눌레를 바라봤다. 어제 정말 이거 하나만 먹으면 소원이 없겠다 싶었는데 이렇게 눈앞에 있다니. 뜻밖의 횡재였다.

"아, 이따 저녁은 우리 집에서 먹을래?"

"그…… 그래."

"긴장 풀어. 안 잡아먹어."

"내가 뭘. 아무튼 저녁에 보자. 나도 너한테 할 얘기 있거든. 우리 술도 한잔할까?"

"술의 힘을 빌려야만 할 수 있는 얘긴가 보네?"

정곡을 찔린 초희는 뭐라고 둘러댈지 고민하다가 그냥 솔직하게 털어놓았다.

"맞아. 술의 힘을 빌려서라도 오늘 너한테 꼭 하고 싶은 얘기가 있어."

"그런 거라면 나도 좋아. 술 마시자. 근데 뒷일은 책임 못 져."

"무슨 책임?"

"널 안아 버릴지도 몰라. 내가 만족할 때까지."

녀석은 그윽한 눈빛으로 초희를 한참 바라보았다. 제 얼굴에서 시선이 떨어질 줄 모르는 녀석 때문에 초희는 목뒤가 뜨거워졌다.

왜 이렇게 뱃속이 간질간질한 건지. 뱃속에 나비 만 마리가 아니라 깃털 만 개가 동시에 춤을 추는 것 같았다.

신체적 변화 때문에 초희가 어쩔 줄을 몰라 하며 당황하자 녀석이 웃으며 손을 뻗었다. 그는 그녀의 얼굴에 떨어진 속눈썹을 떼어 주며 나지막한 목소리로 말했다.

"그럼 이따 저녁에 보자."

저와 달리 녀석은 여유 넘치는 미소를 지으며 손을 흔들었다. 그리고 아주 기분 좋은 발걸음으로 현관을 나섰다.

그때 현관이 열렸다 닫히며 열린 창문 틈새로 맞바람이 세게 불어왔는데, 그 바람을 타고 갓 구운 고소한 빵 냄새가 코끝에 스며들었다.

마음 깊숙한 곳까지 따뜻하게 만들어 주는 냄새였다.

초희는 오늘 모든 것이 잘될 듯한 기분에 휩싸였다. 아침부터 시작이 너무 좋았다.

그 전화를 받기 전까지는 말이다.

11

"명원호텔로 가 주세요!"

초희는 심각한 표정으로 택시에 올라탔다.

무슨 급한 일이라도 있는지 빨리 가달라고 재촉하는 초희를 룸 미러로 흘끔 쳐다보던 택시 기사가 천천히 액셀을 밟아 속도를 높였다.

―표석이가 운동하다가 차유리 발등을 밟았나 봐. 지금 소리 지르고 난리도 아니야.

가령과의 통화 내용을 떠올린 초희는 한숨을 길게 내쉬었다. 한동안 조용하다 했더니 또 시작이다.

이렇게 괜찮다 싶으면 등장해서 내 인생을 야금야금 갉아먹는 악당. 대체 전생에 나와 무슨 악연이었기에 이렇게까지 사람을 괴롭힌단 말인가.

그 계집애 분명 표석이가 내 제자인 거 알고 더 난리 치는 걸 텐데…….

초희의 시름이 깊어졌다. 한편으론 모델 콘테스트 1차 심사 발표를 앞두고 차유리가 또 어떤 발악을 할지 뻔해도 너무 뻔해 어처구니가 없었다.

끼익.

그사이 택시가 호텔 앞에 도착했다. 초희는 바로 피트니스 센터로 달려갔다.

"뭐 하고 있어? 너희 대표한테 빨리 전화하라고 이 거지 같은 새끼야. 감히 여기가 어디라고 기어들어 와? 더럽게 생긴 새끼가."

무릎 꿇은 표석을 향해 노발대발하는 차유리를 보는 순간 초희는 인내심이 한계에 다다랐다. 정말 넌덜머리가 났다. 사람을 향한 증오가 이렇게까지 커질 수 있다는 걸 오늘 처음 알았다.

주변엔 아무도 말리는 사람이 없었다. 아니, 차유리를 말릴 수 있는 사람이 없다고 해야 옳았다. 초희는 그저 힐끔거리며 구경만 하는 사람들을 지나쳐 그곳으로 향했다.

"표석아. 일어나."

초희는 무미건조한 얼굴로 다가가 표석을 일으켰다.

"너 먼저 사무실로 가 있어."

"대표님……."

"괜찮으니까 가 있어."

표석이 꿈쩍도 하지 않자 저 멀리 있던 가령을 향해 초희가 눈빛을 보냈다. 그를 알아차린 가령이 달려와 표석을 끌고 밖으로 나갔다. 그 모습을 옆에서 지켜보던 차유리가 어이없는 표정을 지었다.

"저 거지 새끼는 왜 보내니?"

"잘못은 내가 했어. 욕을 먹어도 내가 먹어."

"네가 무슨 잘못을 했는데? 한번 나열해 봐. 한두 개가 아닌 것 같던데."

차유리가 비웃음을 치며 초희가 잘못했다고, 한 번만 봐달라고 제게 사정하기를 기다리고 있었다. 하지만 전혀 그럴 생각이 없는지 초희의 태도는 뻣뻣하기 그지없었다.

"잘못한 거 많지. 그중 가장 큰 잘못은 애초에 이 호텔 부실 공사 때문에 대가리 깨져서 피가 철철 났을 때 언론에 바로 제보했어야 했다는 거야."

"뭐?"

"그때 어디 가서 그 사실 발설하지 말라는 대가로 호텔 이용권 받은 내가 잘못한 거라고. 지금이라도 바로 잡을까? 언론에 폭로해 버릴까?"

"미쳤구나? 폭로하기 전에 받은 돈이나 토해 내. 지금까지 네가 이 호텔에서 얼마를 썼는지 내가 확인하는 중이거든?"

그때 마침 송 비서가 달려와 차유리에게 귓속말로 속삭였다. 그 말을 들은 차유리가 황당한 얼굴로 송 비서를 뒤쪽으로 끌고 가 째려보며 화를 냈다.

"그게 뭔 개소리야? 누가 정산을 했다는 건데?"

"김 사장님이요."

"뭐? 회삿돈으로 저년이 먹고 쓴 걸 정산해? 그거 횡령……."

"사비로 내셨다던데요?"

"확실해?"

"네. 총무과에서 이미 다 확인했습니다."

차유리가 분한 마음에 씩씩거리며 뒤쪽을 흘겨봤다. 그러다 제쪽을 노려보고 있는 초희와 눈이 마주쳤다.

젠장! 김 사장이 대체 무슨 이유로 저년이 호텔에서 쓴 비용을 사비로 계산했는지는 모르겠지만 이대로 넘어갈 수 없어.

"송 비서, 넌 입 다물고 있어."

어찌 된 영문인지는 나중에 알아보기로 하고 일단 차유리는 초희에게로 향했다.

"너 우리 호텔에서 엄청 먹었더라?"

"얼만데?"

"됐어. 불쌍한 거지한테 적선했다 치지 뭐. 근데 프런트에 네 친구 말이야."

"……."

"회원 카드 위조했더라? 네 이름을 아까 그 거지 새끼 이름으로 바꿨더라고? 얘, 그거 범죄야. 경찰에 신고해야지."

가령을 건드릴 줄은 꿈에도 몰랐던 초희가 화들짝 놀랐다.

"내가 시킨 거야. 신고하려면 날 신고해."

"그래. 신고할게. 그리고 네 친구도 시킨다고 했으니 벌을 받아야지. 오늘부로 해고야."

"차유리!"

"왜?"

"원하는 게 뭐야?"

"내가 네까짓 년한테 원하는 게 뭐가 있겠어?"

며칠 전 수습 끝났다고 좋아하던 가령이 생각난 초희는 속이 타들어 갔다. 이 호텔에 입사하기 위해 가령이 얼마나 큰 노력을 했는지 잘 알고 있던 터라 쉽게 차유리를 자극할 수가 없었다. 차유리라면 지금 당장 말 한마디로 가령을 해고하고도 남을 인간이었다.

결국 초희는 뒤돌아 가려는 차유리를 붙잡았다. 그러자 차유리가 제 팔을 붙든 초희의 손을 거칠게 떼어 내며 노려봤다.

"할 말 없다고. 놓으라고."

"가령이 건들지 마. 잘못은 내가 했잖아. 화풀이하려면 나한테 해."

드디어 원했던 그림이 나온 모양인지 차유리의 입꼬리가 살짝 올라갔다.

"그래? 그럼 이번 대회 기권해."

"……."

"1차 심사 결과 나오기 전에 너희 소속 모델들 다 기권하라고."

예상대로였지만 너무 예상대로 흘러가 기분이 더러웠다. 초희는 어떤 선택을 내리면 좋을지 고민에 빠졌다. 그를 옆에서 재미난다는 듯 쳐다보던 차유리가 피식 웃으며 말했다.

"고민할 시간이 필요한가 봐? 친구의 일자리냐, 제자의 미래냐? 오래는 못 기다려. 두 시간 후에 결정해서 주최 측에 연락해."

그렇게 차유리가 초희의 어깨를 기분 나쁘게 툭툭 두드리더니 피트니스 센터를 빠져나갔다.

그런 차유리의 뒷모습을 허망하게 바라보던 초희는 옆에 있던 의자에 털썩 주저앉았다. 그제야 멀리서 이를 조마조마하게 지켜보던 가령과 표석이 달려왔다.

"마초, 괜찮아?"

"대표님, 죄송해요! 제가 조심었어야 했는데……."

잘못한 것도 없는 두 사람이 미안해하며 전전긍긍하자 초희는 더한 죄책감이 들었다.

따지고 보면 자신 때문에 차유리가 두 사람에게도 패악질한 것 아닌가.

"마초, 나 이 호텔 그만둬도 돼. 내가 그만둘 테니까 넌 그만두지 마."

"그게 무슨 소리야. 네가 왜 그만둬? 여기 오고 싶었던 호텔이 잖아."

가령이 어렵게 재취업에 성공한 걸 잘 알고 있던 초희는 먼저 바로 옆에 죄지은 사람처럼 서 있는 표석을 사무실로 보냈다. 그리고 당장 사직서를 제출할 기세인 가령을 설득했다.

"넌 이 호텔 계속 다녀."

"그래도……."

"어차피 차유리 진짜 목적은 우리 애들 대회 못 나가게 하는 거야. 네가 호텔 그만두고 대회 나간다고 해도 그년 어떻게든 우리 떨어뜨리려고 할 거야. 대회가 뭐 명성패션에서만 있나? 다른 대회 나가면 돼."

"너 이 대회 준비한다고 알바까지 했잖아."

"그건 내가 돈도 없고 능력도 부족해서 그런 거고. 암튼 오가령

넌 끝까지 버텨. 알았지? 나 먼저 갈게. 애들한테도 대회 포기한다고 말해 줘야지."

"너 진짜 괜찮아?"

"그럼 괜찮고말고. 차라리 잘됐어. 대회 나가서 시간 낭비하느니 프로필 사진 찍은 거 디자이너 사무실마다 돌려서 실전에 바로 내보내는 방법도 있으니까. 암튼 걱정하지 마. 간다."

시름이 가득한 가령을 뒤로하고 초희는 서둘러 그곳을 벗어났다.

사실 가령에게 큰소리는 쳤지만, 사활을 걸고 준비하려던 대회를 막상 포기한다고 하니 허탈한 마음에 기운이 빠졌다.

그렇게 힘없이 복도를 걸어 아래층 레스토랑이 훤히 내려다보이는 난간에 잠시 기댄 초희는 한숨을 길게 내쉬었다. 착잡한 마음에 멍하니 아래를 내려다보고 있었는데.

"어?"

어딘가를 보고 두 눈이 커다래졌다.

"루카?"

레스토랑 창가 쪽에 여자와 단둘이 마주 보고 앉은 녀석을 발견한 것이다.

녀석과 눈도 제대로 마주치지 못하며 수줍어하는 여자의 얼굴은 마치 이제 막 시작하는 연인 사이 같았다. 누가 봐도 잘 어울린다고 생각할 정도로 선남선녀였다.

왜인지는 모르겠지만 누가 보기 전에 자리를 피해야 한다는 생각이 들었다. 초희는 재빨리 그곳에서 시선을 뗀 후 미련 없이 아니, 도망치듯 호텔을 뛰어나갔다.

＊ ＊ ＊

"불이 왜 다 꺼져 있지?"

차에서 꺼낸 와인을 손에 들며 강주는 의아한 눈으로 건물을 올려다봤다. 웬일인지 마초 에이전시와 초희의 방이 있는 층에 전부 불이 꺼져 있었다.

이른 저녁. 그녀가 벌써 잠들었을 리는 없고. 아픈 게 아직 다 안 나았나?

잔뜩 걱정되는 얼굴로 계단을 올라간 강주는 초인종을 눌렀다.

딩동.

그렇게 몇 번을 더 눌렀을까? 한참 후에서야 안에서 반응이 들려왔다.

느리게 문이 열리고 나타난 그녀에게선 알코올 냄새가 풍겼다. 강주가 깜짝 놀라며 물었다.

"술 마셨어?"

"어."

"혼자?"

"그럼 내가 누구랑 마셔?"

까칠한 표정과 화난 말투. 그녀가 왜 이러는지 알 길이 없던 강주는 안을 들여다봤다.

불 꺼진 식탁 위에 소주병만 덩그러니 놓여 있었다. 그는 초희를 걱정스레 쳐다봤다.

"무슨 일 있어?"

"아니. 여긴 왜 왔어?"

"왜 오긴, 오늘 같이 저녁 먹기로 했잖아. 나 너랑 마시려고 와인도 사 왔는데. 기다렸다가 나랑 같이 마시지 왜 혼자 술을 마셨어?"

"미안한데, 너랑 저녁 먹을 기분 아니니까 이만 가 줘."

"나한테 뭐 화난 거 있어? 우리 아침까지만 해도 좋았잖아."

농담에도 아무 반응이 없는 초희를 당황한 기색이 역력한 얼굴로 바라보던 강주가 이마를 긁적였다. 그러다가 초희가 방심한 틈을 타서 안으로 쏙 들어갔다.

"루카! 왜 허락도 없이 남의 집에 막 들어가?"

"어디 남자 숨겨 놓은 거 아니야? 왜 자꾸 집에 가래?"

강주는 눈에 불을 켜고 괜히 거실을 두리번거렸다. 테이블 위 안주도 없이 소주병만 덩그러니 놓인 것을 보더니 곧장 와인을 내려놓고 셔츠 소매를 걷어붙였다.

"내가 맛있는 안주 만들어 줄게."

호기롭게 냉장고 문을 열고 재료를 찾고 있었는데, 뒤에서 그녀가 다가오는 소리가 들렸다. 초희는 여전히 무표정한 얼굴로 강주를 옆으로 밀쳐내고 냉장고 문을 쾅 닫아 버렸다.

"가라니까. 별로 밥 생각 없어."

"그래도 같이 먹자. 난 하루 종일 아무것도 안 먹어서 배고픈데."

"하."

"왜 웃어?"

초희는 어이가 없어서 웃음이 나왔다. 그럼 제가 본 건 뭐란 말인가. 몇 시간 전에 호텔 레스토랑에서 여자랑 시시덕거리며 같이 스테이크를 썰던 녀석은 누구란 말인가.

"나 아까 명원호텔 갔었어."

"……."

"거기서 너 봤어. 레스토랑에서 밥 먹고 있던데? 여자랑 단둘이."

이제야 그녀가 왜 이렇게 화가 났는지 이유를 알아차린 강주가 서둘러 변명했다.

"스테이크 딱 한 입 먹었어. 그 여자가 하도 말을 걸어서 난 제대로 밥 먹을 시간도 없었어."

"하도 말을 걸어서? 그 여자가 너 마음에 들었나 보네."

"뭐야, 설마 지금 이거 질투하는 거야?"

초희가 싸늘한 표정으로 강주를 노려봤다.

"질투? 우리가 무슨 사이라고 내가 너한테 질투를 해? 우리 아무 사이도 아니잖아."

"난 아무 사이도 아닌 여자 병간호를 밤새 해 주진 않아."

"여기서 그 얘기가 또 왜 나와? 그래, 어제 간호해 준 건 고마워. 근데 난…… 됐어. 오늘 진짜 기분 안 좋아서 그러니까 이만 가 줬으면 좋겠어."

"그 여자랑은 아무 사이도 아니야. 일 얘기 했어, 일."

정말이었다. 점심시간에 갑자기 김 사장과 함께 나타난 여자는 저와 맞선 볼 상대가 누군지 궁금해서 참지 못하고 찾아왔다고 했다.

대한그룹 손녀딸치곤 소박한 마인드가 마음에 들어 같이 레스토랑에서 사업 얘기 잠깐 나누었는데, 하필 그때 초희가 본 모양이다.

"고작 10분 앉아 있었어. 그 뒤에 난 선약이 있어서 먼저 일어났고……."

"됐어. 나한테 변명할 필요 없어."

"초희야, 말이 안 되잖아."

"뭐가?"

"오늘 너랑 함께 밤을 보내기로 했는데 그런 여자가 내 눈에 들어올 리가 없잖아."

"내, 내가 언제 너랑 밤을 보낸다고 했어?"

"나만 기대한 거야?"

"말이 안 통해. 빨리 가. 나 피곤해."

지친 기색이 역력한 초희가 앞머리를 쓸어넘긴 후 방으로 들어가려고 했는데.

"읫!"

강주가 초희의 허리를 낚아챘다.

"뭐 하는 거야. 이거 안 놔?"

뒤에서 그녀의 허리를 꽉 껴안은 강주는 초희의 귓가에 속삭였다.

"싫어. 너 화 풀릴 때까지 이러고 있을 거야."

초희를 안은 채로 강주가 걸음을 옮겨 소파에 앉았다. 그리고 그녀를 제 무릎 위에 앉혔다. 그녀의 길고 아름다운 목선, 붉어진 귀, 살냄새. 벌써부터 하체 한가운데로 피가 확 몰렸다.

"미친 것 같아. 너 안고 싶어서."

강주가 그녀의 귓불을 물었다 놔주며 속삭였다.

"진짜 하면 안 돼?"

강주는 그녀의 목덜미를 물어 버리듯 진한 키스를 퍼부으며, 원피스 지퍼를 아래로 확 내려 버렸다.

"읏. 그만."

순식간에 일어난 일이었다. 풀린 지퍼 때문에 원피스가 벗겨져 허리에 걸쳐진 것을 확인한 초희가 화들짝 놀라 다시 옷을 올리려고 했다. 하지만 강주가 더 빨랐다.

녀석은 그녀의 가슴을 움켜쥐었다. 그리고 가슴을 부드럽게 주무르며, 입술은 그녀의 기다란 목덜미에서부터 매끈한 등을 타고 내려갔다.

툭.

하얀 브래지어 후크를 이로 물어 풀어 버리자 무릎으로 툭, 떨어졌다.

"하아."

풍만한 그녀의 가슴을 손에 움켜쥔 강주는 그녀의 몸에 잔뜩 취한 얼굴로 유두를 손가락으로 비벼 댔다.

"으…….”

초희의 어깨가 파르르 떨렸다. 그녀는 신음을 참으려고 애썼다. 느끼는 순간 오늘 밤을 걷잡을 수 없게 될까 봐.

하지만 녀석이 등 뒤에서 다음은 무슨 짓을 할지, 어느 곳을 만질지, 빨아 댈지, 어느새 그런 기대를 하며 몸이 흠뻑 달아올랐다.

"누구 때문에 바지가 다 젖었네?"

이미 엉덩이 쪽에서 약간의 물기를 느낀 초희는 민망해서 얼굴이 새빨개졌다. 더는 안 된다. 초희는 최대한 인내심을 발휘해서 제 가슴을 희롱하고 있는 녀석의 손을 맞잡았다.

"그만하라고?"

강주의 물음에 흥분해서 들숨 날숨 쌕쌕 몰아쉬던 그녀가 한참 후에야 입을 열었다.

"아니. 하자."

"어?"

강주는 자신의 귀를 의심하며 되물었다. 그러자 그녀가 부끄러워하며 웅얼거렸다.

"하자고. 하고 싶어. 대신 불 좀 꺼 줘."

"응!"

그녀의 말이 끝나기가 무섭게 강주가 곧장 소파에서 내려가 불을 껐다.

스르륵.

허리까지 내려온 원피스를 그냥 벗어 버리는 그녀의 실루엣이 보였다. 강주는 그걸 본 순간 정신이 아찔해졌다. 뭐에 홀리기라도 한 듯 그녀의 손목을 잡고 키스를 퍼부으며 방으로 들어갔다. 마침내 침대에 그녀를 눕힌 강주는 그 위에 올라탔다.

"읏!"

그는 솟아오른 그녀의 유두를 손끝으로 만지작거리며 키스를 멈추지 않았다.

"하아."

뜨거운 열기로 가득한 몸이 미치도록 사랑스럽다. 아래로 내려가 가슴에 입술을 묻었다. 유두를 입 안 가득 머금은 채, 혀끝을 굴리며 반대편 돌기는 손으로 지분거렸다.

"아……!"

아찔한 쾌감에 파들거리던 초희는 두 팔을 벌려 강주의 목을 끌어안았다. 그가 거칠게 호흡하며 그녀를 바라봤다. 그의 눈빛은 욕정으로 번들거렸다. 반쯤 풀어진 눈빛, 약간 헝클어진 머리카락, 달아오른 그의 모습은 미치게 섹시했다.

욕심이 났다. 나만 바라보게 하고 싶은 욕심. 그 누구에게도 빼앗기고 싶지 않은 이기적인 마음. 초희는 녀석의 입술을 이로 깨물고 혀로 쪽쪽 핥았다.

"으!"

그녀의 키스에 강주는 지금 당장 죽어도 여한이 없을 것 같았다. 그 정도로 아드레날린이 폭포수처럼 쏟아졌다.

"나 오늘, 안 멈출 거야."

거친 호흡과 함께 쏟아 낸 한 마디를 끝으로 강주의 눈빛이 더욱 거세졌다.

순식간이었다. 초희의 팬티가 벗겨졌다. 그리고 강주는 거침없이 손가락을 그녀의 다리 사이에 넣었다. 행위가 짙어질수록 초희의 숨이 가빠졌다. 머릿속이 점점 새하얘졌다.

손가락이 더 깊이 들어왔다. 질 내부를 손가락으로 휘저으며 강주는 그녀의 가슴을 스쳐 지나 배꼽 밑으로 입술을 내렸다.

따뜻하고 부드러운 입술이 예민한 그곳에 닿자 초희는 허리를 비틀며 달뜬 신음을 내뱉었다.

"아흑!"

미치게 좋다. 녀석을 소유할 수 있다, 자신만이 독점할 수 있다는 그 쾌락에 빠져 온몸이 전율했다. 그 생각을 하니 다리 사이에서 애액이 주륵 흘렀다.

솔직한 몸의 반응에 초희는 부끄러워서 얼굴이 달아올랐다.

"미치겠다 진짜."

젖어 있는 그녀의 아래에 강주는 더욱 흥분했다. 그녀도 좋아하고 있다. 드디어 마음이 통했다는 생각에 강주는 가슴이 벅차올랐다.

"초희야, 고마워. 오늘 밤 나와 함께해 줘서. 날 받아 줘서."

"미안해. 아까 괜히 너한테 신경질 내고 투정 부려서."

"난 오히려 좋았어. 무시하는 것보다 차라리 네가 나한테 화내는 게 난 더 좋아. 그리고 초희 너 아무리 화내도 하나도 안 무서워. 이런 예쁜 얼굴로 화를 내 봤자."

그녀의 얼굴을 부드럽게 어루만지던 강주의 손이 다시 아래로 내려갔다. 그는 손가락에 그녀가 쏟은 애액을 묻혀 잔뜩 부풀어 오른 돌기를 만졌다. 덕분에 그녀는 또다시 흥분되기 시작했다.

"아!"

입술로 만지는 것보다 훨씬 더 자극적이고 몇 배는 더 아찔했다.

녀석의 손가락 장난에 아래가 흠뻑 젖어 있던 무렵, 녀석의 다른 한 손도 바빠졌다. 녀석은 바지를 내려 잔뜩 팽팽해져 있는 페니스를 꺼냈다.

솟아오른 페니스 끝은 이미 번들거렸다. 그가 숨을 몰아쉬며 그녀를 바라봤다. 그러자 페니스가 즉각 반응하더니 더 크게 팽창하기 시작했다. 마치 이제부터 시작이라는 듯, 그것은 끝을 모르고 거대해졌다.

차츰 자극에 익숙해진 그녀의 호흡이 정상을 되찾아 가자 강주는 엄지로 그녀의 음핵을 꾹 눌러 진동했다. 그녀는 또 반응했다.

그녀의 입술 사이로 뜨거운 신음이 쏟아져 멈출 줄 몰랐다. 입술은 아까 제가 하도 빨아서 발갛게 부어 있었고, 물기 어린 속눈썹이 파르르 떨렸다. 하얗고 여린 몸이 팔딱거리자 우윳빛 가슴이 출렁였다.

이제 참을 만큼 참았다. 강주는 축축한 페니스로 그녀의 하얀 배를 쭉 훑고 내려가다 아래에 찔러 넣었다.

"윽!"

아직 반밖에 들어오지 않았는데 절로 헉, 소리가 났다. 그가 두 번째로 제 몸을 밀어 넣었을 때 초희는 자지러질 것 같은 신음을 토해 냈다.

"아! 아!"

페니스가 들어왔다 빠져나갈 때마다 눈앞이 하얘졌다.

그건 강주도 마찬가지였다. 그녀가 너무 조여 움직이는 것도 힘들었다. 한번 들어가면 물고 놔주지를 않는다. 조금만 더 속도를 내서 바로 사정해 버리고 싶은 마음이 굴뚝같았다. 하지만 최대한 인내심을 발휘해 천천히 허리를 움직였다.

"아, 못 참겠어……."

인내심이 한계에 다다른 녀석은 아까완 다르게 훨씬 거칠게 그녀의 다리를 허리에 두른 후 움직임에 속도를 내기 시작했다.

질펀한 소리와 함께 그녀의 몸이 마구 흔들렸다.

두 사람의 진정한 재회는 이제부터 시작이었다.

＊　＊　＊

　밤새 몇 번의 섹스를 했는지 모를 두 사람은 기진맥진한 상태로 침대 위에 누워 있었다.

　"한 번 더 하자."

　"뭐?"

　"더 할 수 있어. 하고 싶어."

　녀석의 페니스가 빨갛게 부어오른 것을 본 초희가 웃으며 물었다.

　"그거 안 아파?"

　"어. 하나도 안 아파."

　"엄청 아파 보이는데?"

　"아니라니까. 해 보면 알잖아. 한 번 더 하자. 이리 와 봐."

　"그만. 나 힘들어."

　"힘들어?"

　"당연하지. 어제부터 대체 몇 번을……."

　"어땠어?"

　"뭐가?"

　"좋았어?"

　"알잖아."

　"응. 알아. 너 좋아하더라. 나도 너무 좋았어. 오래간만에 너랑 해서."

　강주가 사랑스럽게 그녀를 바라봤다.

　"이제 다른 여자 절대 안 만날게."

　"갑자기 그 얘기가 왜 나와?"

"세 번째였나? 네가 내 위에서 할 때, 나한테 그랬잖아. 앞으론 다른 여자랑 눈도 마주치지 말라고. 넌 나만 보라고."

"뭐라는 거야. 그런 거 일일이 다 기억하지 좀 마."

초희가 민망해하며 황급히 말을 돌렸다.

"근데 넌 이제 한국에서 뭐 할 거야? 아니, 뭐 하는 것 같던데 뭐 하는 중이야?"

초희의 물음에 강주가 잠시 생각에 잠겨 있다가 대답했다.

"글쎄, 나도 좀 헷갈리네. 내가 지금 뭘 하고 있는지…… 근데 분명한 건, 이왕 시작한 거 끝을 보고 말 거라는 거? 이대론 절대 그냥 물러나지 않을 거라는 거."

그동안 차 씨 남매에게 당한 게 얼만데.

강주는 그 생각을 하자 아래턱에 절로 힘이 들어갔다. 사실 이렇게까지 적극적으로 집안 밥그릇 싸움에 뛰어들 생각은 없었다.

그런데 어머니에 이어 아버지까지 죽었고, 호시탐탐 자신의 목숨을 노릴뿐더러 주변을 감시하며 2년간 초희 근처엔 가지도 못하게 만들었다. 그동안 스스로 그녀를 지킬 수 있는 위치까지 가려고 얼마나 노력했는지 모른다.

이렇게 마음껏 그녀를 제 품에 안고 만질 수 있기까지 얼마나 많은 고뇌와 기다림의 시간이 있었는가. 그 시간이 아까워서라도 여기서 대충 끝낼 순 없지.

강주의 목표는 확실했다.

차호성과 차유리를 명원家에서 쫓아내는 것. 그리고 자신의 모친 때문에 다리를 잃은 불쌍한 정윤 누나를 자신 대신 왕좌에 앉히는 것.

"초희 너는 미워하는 사람 있어?"

"나? 당연히 있지. 많아."

살 만해지면 나타나서 겨우 모아 놓은 돈 탈탈 털어 가는 오빠와 아빠. 그리고 살인 충동을 느끼게 할 정도로 나를 항상 벼랑 끝까지 몰고 가는 차유리.

어제 피트니스 센터에서 일어난 일이 다시금 떠오르자 초희는 이가 바득바득 갈렸다.

"근데 그런 건 왜 물어? 너도 미운 사람 있어?"

"내가 진짜 살면서 이렇게까지 사람 싫어해 본 적 없었거든? 근데 그들은 사람이 아니야. 어떻게 그런 게 둘씩이나 한 핏줄에서 나왔는지 모르겠어."

누굴 말하는지는 모르겠지만 강주의 말을 들으면서 초희는 차유리가 계속 생각났다.

"그래서 나 그 사람 같지 않은 것들한테 딱 한 방만 제대로 날리고 돌아갈 거야."

"돌아가?"

"응. 초희 네가 원하는 대로 내 본업으로 돌아가야지."

"본업……."

"런웨이. 내 진짜 꿈은 네가 내 런웨이에 서는 거니까. 샹드막스 공원에 폭설이 내리던 날 내가 한 말 기억나?"

'원래 미쳐야 성공하는 법이야. 사랑도 일도.'

기상 이변으로 8년 만에 파리에 폭설이 내리던 그날.

하얀 설원으로 변한 샹드막스(Champs de Mars) 공원에서 녀석은 말했다.

'저 에펠탑에 또 언제 눈이 쌓일진 모르겠지만, 그날도 우린 함께 있을 거야. 내 사랑은 미쳤고, 이제 성공할 일만 남았거든.'

그날과 함께 갑자기 그때 매사 모든 일에 열정적이었던 자신이 떠올라 초희는 가슴이 뜨거워졌다.

"초희야, 우리 복귀하자. 그때처럼 열심히 해 보자. 같이."

"난……."

초희는 다리를 덮고 있는 이불을 손에 꽉 쥐었다. 뒤늦게 다리에 새겨진 흉측한 흉터가 떠오른 것이다.

어젯밤 녀석의 품에 안기면서도 혹시나 녀석이 제 다리에 새겨진 흉터를 보게 될까 두려웠다. 창문 너머로 새어 들어오는 달빛은 또 왜 그렇게 밝은지 원망스럽기도 했었다. 하지만 다행인지 불행인지 들키진 않은 모양이다.

그러니까 내게 복귀하자는 말을 하겠지?

"초희야?"

초희는 쉽게 입이 떨어지지 않았다. 자신은 복귀할 수 없는 몸이라고 말을 꺼내야 하는데, 그러면 녀석에게 다 털어놓아야만 했다.

내게 상해를 입힌 사람이 너희 어머니라고.

너희 어머니가 나를 두 번 다신 런웨이에 설 수 없게 만들었다고.

어차피 녀석에게 어젯밤 흉터를 보여 주며 모든 사실을 다

고백하기로 다짐했었다. 실행에만 옮기면 된다. 하지만 막상 그 순간이 되니 마음만 더 복잡해졌다.

내일로 미룰까? 오늘은 이대로 지나갈까?

갈등하던 초희가 마침내 입을 열었다.

"루카, 나 이제 런웨이에 설 수 없어. 복귀 못 한다고."

"아니. 할 수 있어. 내가 그렇게 만들 거야. 못 할 것 같아?"

녀석이 자신감에 찬 눈빛으로 말했다.

"곧 있으면 모든 게 정리될 거야. 나랑 같이 파리로 가자."

"안 간다면서?"

"혼자는 안 간다는 거였지. 네가 간다고 하면 무조건 가지. 꼭 파리가 아니어도 돼. 초희 네가 가고 싶은 곳 어디든 같이 갈 거야."

"근데 너 정말 한국엔 나 때문에 온 거야?"

잠시 생각에 잠긴 채 뭔가 말을 꺼낼까 말까 고민하던 강주가 마침내 입을 열었다.

"솔직하게 말해도 돼?"

"응."

"네가 한국이 아닌 다른 나라에 있었다면 난 거기로 갔을 거야. 네가 있는 곳으로."

"……."

"네가 있어서 이곳에 온 거긴 하지만, 한국은 옛날부터 꼭 와 보고 싶었어."

"왜?"

"내가 쓰는 언어가 어디서 온 건지 궁금하기도 하고, 언어도 바다에서부터 자기가 태어난 강까지 거슬러 올라가서 알을 낳는 다잖아."

"너 한국에서 태어났어? 고향은 어딘데?"

"내가 어디서 태어났는지, 고향은 어디인지, 그걸 알기 위해 한국에 오고 싶었던 건데."

"너희 엄마한테 물어보면 되잖아."

"돌아가셨어."

"뭐? 언제?"

"네가 떠나고 얼마 안 지나서. 그래서 듣지 못했어."

"……!"

충격적이었다. 그 여자가 죽었다니. 그렇게 아끼는 아들을 두고 혼자 어떻게 눈을 감았을까. 하지만 놀란 초희와 달리 강주는 태연한 얼굴로 말했다.

"그래서 한국에 오자마자 아버지를 만났는데. 아버지도 처음 만난 날 돌아가셨어."

"……그게 말이 돼? 어떻게……."

"그치? 나도 우연은 아니었을 거라고 생각해."

탕, 총성 소리와 함께 피가 범벅이 된 낯선 아버지의 얼굴이 떠오른 강주는 갑자기 숨이 잘 쉬어지지 않았다. 가슴이 꽉 막혀 피가 거꾸로 솟아 버릴 것만 같았다.

"루카! 왜 그래?"

"아니야. 아무것도……."

녀석이 가슴에 난 흉터를 부여잡고 괴로워하자 초희가 걱정스레 바라보며 물었다.

"그 흉터…… 총알 자국이지?"

"아마도?"

"대체 누가 그런 건데? 그니까 너희 어머니도 아버지도 누군가 일부러 그랬다는 거야?"

"……."

"너 그래서 2년 동안 숨어 지냈던 거야? 위험하니까?"

"내가 아니라 너. 네가 위험해질까 봐. 그래서 내가 좀 힘이 세지면 찾아가려고 했는데 너무 오래 걸렸네. 한국엔 내 편이 하나도 없더라고 그래서 시간이 걸렸어. 미안해. 2년 동안 모른 척하고 혼자 둬서."

"그게 무슨 말이야. 나야말로 네가 한국에 있는지도 모르고……."

매일 밤 그리워했다가 미워했다가 보고 싶었다. 날 잊고 파리에서 언제나 그랬듯이 사람들에게 칭송받고 잘나가는 디자이너로 승승장구하고 있을 줄만 알았다. 그게 다행이라고 생각하면서도 마음 한편으론 서운했다.

사랑한다면 한 번쯤은 날 찾아 한국으로 와 줄 순 없던 거였는지. 나는 아직도 이렇게 네가 보고 싶은데 너는 아니었는지 녀석의 사랑을 의심했다.

정말 꿈에도 몰랐다. 지난 2년간 녀석이 이런 상처를 가슴에 안고 홀로 외로이 지냈을 줄.

"초희야."

상념에 잠겨 있던 초희를 강주가 불렀다. 초희는 대답 대신 녀석을 애틋하게 바라봤다.

"나도 뭐 하나만 물어봐도 돼?"

"……."

초희는 강주의 시선이 이불 덮은 자신의 왼쪽 다리에 잠깐 닿았다가 떨어지는 것을 보곤 알아차렸다. 녀석이 알고 싶은 게 무엇인지. 초희가 조심스럽게 입을 열었다.

"봤어?"

"아니. 못 봤어. 근데 어젯밤 네가 자꾸 의식하고 피하는 게 느껴졌어. 내가 네 상처를 볼까 봐 두려워?"

"어. 너무 흉측하거든. 그래서 보여 주고 싶지 않았어."

"어떻게 하다가 생긴 상처야?"

초희는 또다시 망설였다. 원래대로라면 솔직하게 전부 다 털어놓았을 테지만…… 녀석의 엄마가 죽고 이 세상에 없다는 얘길 들은 마당에 굳이 죽은 사람의 허물을 다시 꺼내면서까지 지난 얘기를 해야 하는 건지 쉽게 판단이 서지 않았다.

"나한텐 말하기 힘든 거야?"

"그게 아니라……."

강주는 재촉하지 않고 가만히 그녀가 먼저 말을 하기를 기다렸다. 곧 초희가 결심이 섰는지 천천히 입을 열었다.

"교통사고였어."

결국 거짓말을 하기로 했다. 이게 최선이라고 믿으며 초희는 마저 말을 이었다.

"내 부주의로 생긴 사고였는데, 상처가 너무 깊었어. 이런 흉터를 가지고는 모델 일을 계속할 수가 없어서 그래서 도망쳤어. 나 자신이 너무 미웠거든."

"근데 왜 나까지 버렸어?"

"너도 미웠으니까."

"……?"

"미셸 아르노 선생한테 들었어. 내 실력이 아니라, 네가 추천해서 어쩔 수 없이 날 런웨이에 올리기로 한 거라고."

"그건 오해야. 나 진짜 사심 하나도 없이 추천한 거야. 선생도 내 안목을 믿는다고 했고."

"알아. 넌 나를 위해서 그랬다는 거. 그래도 그땐 모든 게 다 미웠어. 아니, 미워할 대상이 필요했던 것 같아."

"지금은?"

"다 용서했어."

심지어 내게 이런 크나큰 흉터를 새겨 준 너희 어머니까지.

"그러니까 앞으론 우리 둘만 생각하자. 지난 일은 다 잊고……."

초희가 말끝을 흐렸다. 강주가 그녀를 꽉 껴안은 것이다. 지금 강주는 말로 형용할 수 없는 행복감으로 가슴이 벅차올랐다.

"사랑해."

"……나도."

"넌 모를 거야. 내가 오늘 같은 날을 얼마나 바라고 또 바랐는지. 내가 널 얼마나 안고 싶었는지."

어머니의 추락사 현장에서도, 아버지의 살해 현장에서도 총알이 가슴에 박혀 생사를 오가는 순간에도 그는 늘 그녀를 생각했다. 그녀가 보고 싶었다.

미셸의 후계자 자리를 포기하고 그녀를 만나러 한국으로 떠난다고 했을 때 소피는 물었다.

'제정신이야? 미쳤어? 대체 그 여자한테 왜 이렇게 목을 매는 건데?'

솔직히 그땐 바로 대답하지 못했다. 하지만 한국에 도착해 택시를 타고 도로를 달리다가 우연히 한강에서 조깅하고 있는 그녀를 발견했을 때 깨달았다.

나태하고 자만한 나를 부끄럽게 만드는 유일한 존재.

그녀는 존재만으로도 내가 뭔가를 자꾸 하게 만들었으며, 권태로움에서 벗어날 수 있는 유일한 처방이었다.

강주는 제 품에 안긴 초희의 머리카락을 어루만지며 속삭였다.

"la cerise sur le gâteau."

오래간만에 듣는 강주의 불어였다. 초희가 고개를 돌려 그를 바라보며 물었다.

"라 셰리…… 슈, 르…… 갸또……."

"'케이크 위의 체리'라는 프랑스 속담이 있어."

초희가 이제야 생각이 난 듯 고개를 끄덕였다. 강주가 계속해서 말을 이었다.

"아무리 맛있는 케이크라도 그 위에 체리가 없으면 볼품이 없잖아."

강주의 말을 들으며 초희는 하얀 생크림 케이크 위에 올라간 새빨간 체리를 떠올렸다.

"초희 넌 나한테 체리 같은 존재야."

"……."

"내 옆엔 네가 있어야 완벽해지는 거야."

로맨틱한 고백을 하며 강주는 초희의 이마에 입을 맞추었다.

그렇게 두 사람은 행복한 미래를 꿈꾸며 뜨겁게 포옹했다.

서로의 품이 이렇게 따뜻하다는 걸 오래간만에 느낀 두 사람은, 꽤 오랜 시간 그렇게 서로의 체온을 느끼며 마음의 안정을 찾고 있었다.

* * *

"그럼 우린 이제 뭘 하면 좋을까?"

마초 에이전시 구석에 모여 앉은 아이들의 얼굴엔 시름이 가득했다. 바로 어제 초희로부터 명원패션에서 주최하는 모델 콘테스트 접수를 취소했다는 얘기를 전해 들었기 때문이었다.

"근데 대표님은 왜 그러는 거래? 갑자기 대회를 왜 안 나가?"

"사실 그게 말이야……."

초희에게 자세한 얘기를 듣지 못한 해용이 답답해하자 사건의 모든 경위를 알고 있던 표석이 안절부절못하다가 어렵게 입을 열었다.

"다 나 때문이야."

표석의 발언에 소나와 해용이 그를 쳐다봤다. 그러자 표석이 죄인이 된 얼굴로 모든 걸 털어놓았다.

"명원그룹 차유리라는 사람이 대회 접수 취소 안 하면 대표님 친구를 해고한다고 협박했거든."

"뭐? 더 자세히 얘기해 봐."

소나가 재촉했다. 표석은 그제야 얼마 전 피트니스 센터에서

일어난 일들을 시간 순서대로 하나도 빠짐없이 해용과 소나에게
얘기해 줬다.

　그 얘기를 들은 소나와 해용은 불같이 화를 냈다. 그리고 그들과
같이 분노한 또 한 명의 사람이 있었으니.

　"미친. 씨."

　일 때문에 밖에 나가는 길이었던 강주는 에이전시 문이 열려
있길래 들여다보고 있다가 그 얘길 듣고 말았다. 욕을 읊조리며
계단을 내려가는 강주의 발걸음이 빨라졌다.

　이제야 알았다. 그녀가 밤중에 왜 혼자 술에 취해 있었는지. 왜
기분이 안 좋았는지.

　작게 한숨을 내쉬며 차에 올라탄 강주는 곧장 어디론가 전화를
걸었다.

　"차유리한테 전하세요. 루카 퓌에슈가 직접 찾아간다고. 오늘."

　짧게 통화를 마친 후 강주는 시동을 걸어 차를 출발시켰다.

＊　＊　＊

　"오늘 만나자고 했다고?"

　결재할 서류를 검토하던 차유리가 자리에서 벌떡 일어났다. 덩
달아 바빠진 송 비서의 말이 빨라졌다.

　"네. 잠시 후면 도착인데 어떡하죠? 오늘 바이어 미팅이랑 회의
일정이 꽉 찼는데……."

　"어쩌긴 어째. 다 취소해야지. 루카 퓌에슈 그 사람 꼭 잡아야
돼. 큰오빠 쪽으로 붙게 두면 절대 안 된다고."

"네. 알겠습니다."

"아, 마초희 애새끼들은 서류 탈락이지?"

"네. 바로 처리했습니다."

"잘했어. 그러게 왜 나대. 병신 같은 년."

가소롭다는 듯 웃은 차유리가 속이 다 시원하다는 표정으로 자리에 앉으려는데, 마침 노크 소리와 함께 비서실 사람이 달려와 외쳤다.

"1층에 루카 퓌에슈 님 도착하셨다고 합니다."

"뭐야, 만나 달라고 할 땐 안 된다고 빼더니 뭐 이렇게 바로 와?"

투덜거리면서도 차유리는 바쁘게 옷매무새를 고쳤다. 그리고 송 비서와 함께 서둘러 밖으로 나가려는데.

"악, 깜짝이야!"

문 앞을 막아선 누군가를 발견하고 그녀는 화들짝 놀랐다.

"넌 또 뭐야? 여긴 왜 왔어?"

"왜 왔는지 몰라?"

강주는 어이없다는 듯 웃으며 차유리를 지나쳐 사무실 안으로 들어갔다.

"저게 미쳤나? 나 바쁘니까 괜히 사람 속 긁지 말고 꺼져!"

"꺼지라니. 귀한 시간 쪼개서 온 손님한테 무례하네?"

강주가 소파에 다리를 꼬고 앉아 느긋한 자태로 차유리를 쳐다봤다. 차유리가 앙칼진 눈빛으로 그를 노려봤다.

"손님은 무슨, 저 새끼가 미쳤나. 송 비서! 보안팀 불러서 저 새끼 좇아내. 그리고 통역사는 섭외했어? 나 프랑스어 못한단 말이야."

"갑자기 일어난 일이라 아직 섭외를 못 했는데…… 회사에 프랑스어 할 수 있는 직원이 있나 알아보겠습니다."

"어느 세월에 알아보고 있어? 지금 밑에 왔다잖아! 아오, 짜증 나. 프랑스어로 인사가 뭐더라?"

"그, 그게 저도 갑자기 생각하려니까 생각이…….."

"Plus bête tu meurs!" (이렇게 멍청할 수가!)

송 비서가 말끝을 흐렸다. 뒤쪽에서 프랑스어가 들렸기 때문이었다. 뭐라고 하는진 모르겠지만 누가 들어도 본토 발음으로 완벽했다. 그런 프랑스어를 구사한 건 강주였다.

설마? 하는 표정으로 입이 떡 벌어진 송 비서와 두 눈이 마주친 강주가 실소를 터뜨리며 일어났다. 반면 강주가 구사하는 불어를 듣고도 차유리가 아무런 눈치도 채지 못하고 비아냥거렸다.

"꼴에 프랑스어는 어떻게 할 줄 아냐?"

"Je suis pas sûre que vous compreniez la gravité de la situation." (지금 상황이 얼마나 심각한지 이해를 못 하나 본데.)

"아씨. 뭐라는 거야. 한국말로 해 한국말!"

강주는 무표정한 얼굴로 차유리를 쳐다보며 마지막으로 짧게 한마디 했다.

"Ça y est." (끝났어.)

그리고 그는 유유히 사무실을 벗어났다.

"송 비서! 번역기 좀 켜 봐. 저 새끼 방금 나한테 욕한 거 맞지?"

"저기 지금 그게 중요한 게 아니라……."

"뭐!"

"저분이 루카 퓌에슈인 것 같은데요?"

"뭔 개소리야. 누가 누구라고?"

"정황상 그렇잖아요. 루카 퓌에슈가 도착했다고 했고, 마침 차강주가 올라왔고. 프랑스어를 하고……."

"큰일 났어요!"

송 비서의 말이 다 끝나기도 전에 누군가 사무실로 달려와 외쳤다.

"본부장님, 뉴스 좀 켜 보세요!"

차유리는 왜 이렇게 다들 호들갑이냐는 눈빛으로 송 비서를 한심하게 쳐다봤다. 그러자 송 비서가 얼른 TV를 켰다.

─지금 보시는 영상은 명원호텔 피트니스 센터에서 한 청년이 바닥에 무릎을 꿇고 명원그룹 차녀 차유리 씨에게 사과하는 장면인데요.

─이 밖에도 차 씨가 가정부와 직원들에게 폭언과 폭행을 일삼았다는 증거와 증언이 빗발치며 파문이 일고 있습니다.

뉴스 보도를 확인하자마자 차유리가 길길이 날뛰었다.

"돈은 거 아니야? 이 중요한 시기에 누가 저런 걸 내보내래? 송 비서, 넌 뭐 했어! 이 미친 새끼야!"

명원패션을 장악할 수 있는 주주총회를 얼마 안 남겨 두고 이런 추문에 휘말리다니. 정말 미치고 팔짝 뛸 노릇이었다.

지이잉. 지이잉.

때마침 차유리의 핸드폰이 울렸다. 발신인에 '할아버지'가 찍힌 것을 확인한 차유리는 얼굴이 하얗게 질리고 말았다.

12

띵.

경쾌한 소리와 함께 엘리베이터 문이 열렸다.

먼저 탑승해 있던 하제는 차유리와 관련된 뉴스 기사를 읽느라 정신이 없었다. 그 바람에 문이 열린 줄도 몰랐고, 그 문으로 누가 탔는지도 전혀 보지 못했다.

반면 김 사장을 만나고 돌아가는 길이던 강주는 제가 탄 줄도 모르고 핸드폰만 들여다보고 있는 하제를 발견하곤 피식 웃었다. 그리고 지하 5층을 눌렀다.

"뭐 재밌는 거라도 보나 봐?"

뒤늦게 소리를 들은 하제가 고개를 돌렸다. 바로 옆에 강주가 거울에 기댄 채 서 있었다.

하제는 재미난 구경이라도 한 사람처럼 핸드폰을 들고 흔들었다.

"이거 네 작품이지?"

강주는 여유 넘치는 자태로 어깨를 으쓱거렸다.

"칭찬해 주게?"

"어. 잘했네. 차강주 네가 처음으로 마음에 들었어."

"역시 못됐어. 아무리 전 약혼녀라지만 너무 재밌어하는데?"

"너도 마찬가지잖아. 이심전심. 어쩌면 우린 같은 편일지도?"

"그쪽 같은 인간이랑은 편 먹기 싫은데?"

강주가 질색하는 표정을 지었다. 그러자 하제가 곧 진지한 얼굴로 말했다.

"초희 때문인가?"

"여기서 초희가 왜 나와?"

마찬가지로 그녀의 이름을 듣자마자 강주가 날 선 눈빛으로 하제를 노려봤다. 그럼에도 하제는 그를 불쌍하다는 듯 쳐다보며 말했다.

"초희는 모르지? 네가 누군지. 지금 뭘 하려는지."

"몰라도 상관없잖아."

"왜 상관이 없어? 분명 너희들 싸움에 아무 죄 없는 초희까지 끌어들일 게 뻔한데. 그런 의미에선 난 네 편이야. 초희 다치게 만들지 마."

"어디서 충고질이야?"

"충고 아니고 경고야."

하제가 정말 진심을 담아 얘기했다. 그걸 느끼고 만 강주는 그가 괜히 하는 말은 아닌 것 같아 너무 거슬렸다.

"너 뭐 아는 거 있지?"

"맨입으론 말해 줄 수 없지."

"원하는 게 뭔데?"

"난 명원호텔 하나만 있으면 돼."

"정말 그거면 돼? 고작 그거 하나면 되냐고."

"나 말이야. 고작 그거 하나 때문에 여기까지 왔어. 어떻게 왔는지 알아? 죽은 너희 아버지가 짖으라면 짖고 핥으라면 핥으면서. 내가 제일 경멸하는 여자의 거길 빨아 주면서. 스트레스 때문에 미각이랑 후각도 다 잃었어. 근데도 파티셰랍시고 이 호텔에 버티고 있어. 고작 이 호텔 하나 갖자고."

하필 윤하제의 발작 버튼을 건드리고 말았다. 그동안 정말 쌓인 게 많았는지 하제는 하지 않아도 될 말까지 다 쏟아냈다.

"명원호텔만 나한테 주면 나도 내가 아는 모든 정보를 너한테 줄 수 있어."

"갑자기 나한테 호의적인 이유가 뭐야?"

"네 목적이 이 호텔이 아닌 걸 오늘 명확히 알았으니까."

"그럼 내 목적은 뭔 것 같은데?"

"너희 부모를 죽인 것들한테 복수하려는 거 아니야? 근데 애석하게도 번지수 잘못 찾았어."

"뭔 개소리야?"

"차유리는 내가 잘 알아. 걘 누굴 죽일 수 있는 인간이 못 돼. 왜? 멍청하거든. 걔가 죽인 거면 지금까지 안 걸릴 수가 없어. 너도 지금 아무 증거도 못 찾았잖아. 그건 차호성도 마찬가지야. 그 둘은 아니야."

"그 둘한테 조력자가 있다면?"

강주는 두 사람 중 한 명이 제 부모를 죽였다고 확신에 차 있었다. 하지만 하제는 그 둘은 아니라고 확신했다.

"조력자가 있을 수가 없지. 그 두 사람 주변엔 믿을 만한 사람이 없거든."

"증거 있어?"

"있어. 증인."

하제가 자신을 가리켰다. 순간 강주의 눈빛이 세게 흔들렸다. 놀란 강주를 흥미롭게 보던 하제가 말을 이었다.

"2년 전 그날, 그 별장에서 내가 봤어. 널 죽이라고 사주한 사람을. 기억 안 나? 너도 봤을 텐데. 손목에 타투가 있는 남자. 색깔은 빨간색. 잘 떠올려 봐."

"……!"

강주는 그 순간 생사를 오갔던 2년 전 기억을 다시금 떠올렸다.

멀지 않은 곳에서 제게 총을 겨누던 남자의 실루엣과 함께 총소리가 귓가에 울리는 듯했다.

탕!

머리에 총을 맞아 즉사한 아버지의 피가 바닥에 낭자했고, 그 위에 엎어진 강주는 정신을 잃어 가고 있었다.

그때 아주 흐릿한 시야로 남자의 손목에 새겨진 **빨간색** 타투를 보았던 기억이…….

그림이 아니라 글자였던 것 같은데…… 한글? 알파벳?

뭐였지? 왜곡된 기억인 건가?

띵!

고통 속에서 기억을 더듬던 그때 엘리베이터 문이 열렸다.

"차강주! 정신 차려!"

초점 잃은 멍한 눈빛에 안색이 창백한 강주를 하제가 부축했다. 그러자 강주는 하제의 팔을 거칠게 떼어 내며 되물었다.

"그래서 네가 생각하는 범인은 누군데?"

"너도 이미 알았을 텐데?"

"……."

강주는 할 말을 잃고 말았다. 지금 머릿속에 떠오른 한 사람이 있었기 때문이다. 그 사람이라면 이건 정말 말도 안 된다고 생각했다.

"증거도 있다면서 이제껏 입 다물고 있었던 이유는 뭐야?"

"나와 상관없는 일이었으니까."

"지금은?"

"아주 상관있지. 내가 너한테 증거를 주면 넌 나한테 명원호텔을 줄 수 있으니까."

"……."

"그럼 고민해 보고 결정되면 그때 연락해."

하제가 먼저 엘리베이터에서 내렸다. 홀로 남은 강주는 엘리베이터 문이 닫히자마자 다리에 힘이 풀리는 기분이 들었다.

강주는 손목 안쪽에 타투가 새겨진 남자를 한 명 알고 있었다.

"그 남자……."

얼마 전에도 봤었다.

초희의 다리 상태를 확인하기 위해 찾았던 병원에서 잠깐 스치듯 보았던 정윤의 비서.

비서의 손목 안쪽에 새겨진 타투와 2년 전 제가 어렴풋이 봤었던 범인의 손목 타투가 강주의 머릿속에서 오버랩되며 떠나질 않았다.

* * *

"벗어."

남자의 고압적인 한마디에 여자는 옷을 벗었다. 그렇게 실오라기 하나 걸치지 않은 여자를 침대에 눕힌 남자는 가느다란 다리 사이에 자리를 잡고 셔츠와 바지를 벗었다.

그사이 여자는 남자의 손목 안쪽에 새겨진 타투를 응시했다. 무슨 뜻일까? 너무 궁금해서 물어보고 싶었지만, 이 잠자리에서 사적인 대화는 금지였다.

대화도 애정도 애무도 키스도 없는 잠자리.

남자는 손으로 제 분신을 잡아 흔들며 자위했다. 페니스가 차츰 커지기 시작하자 곧장 여자의 가운데에 밀어 넣었다. 그리고 기계적으로 허리를 움직였다. 사정을 하기 위한 피스톤질이 거세졌다. 덩달아 여자의 신음 소리도 커졌다.

그는 여자의 엉덩이를 들어 올려 더 깊숙이 박았다.

타닥, 타닥, 타닥.

살과 살이 맞붙는 소리가 적나라하게 들렸다.

그리고 그 모습을 침대 바로 옆에서 아무 감흥 없이 지켜보고 있는 사람이 있었다.

휠체어에 탄 정윤이었다.

"그만."

이제 막 사정을 하려던 남자가 듣지 못했는지 미친 듯이 허리를 움직였다.

"멈추라고!"

앞만 보고 달리던 경주마를 멈춰 세우는 것보다 수만 배쯤은 더 어려운 일이 벌어졌다. 남자는 극도의 인내심을 발휘해 움직임을 멈췄고 거칠게 숨을 내쉬며 침대에서 내려왔다.

휠체어 앞에 선 남자의 페니스에선 번들거리는 액체가 뚝뚝 흐르고 있었다.

그를 무미건조하게 바라보던 정윤이 가방에서 봉투를 꺼내 침대 쪽으로 내던졌다.

김샌 얼굴로 누워 있던 여자가 두둑한 봉투를 확인하곤 신이 난 얼굴로 돌변해 봉투를 품에 안았다. 그러고선 대충 옷을 걸치더니 도망치듯 밖으로 달려 나갔다.

적막이 흐르는 공간.

이곳은 명원 재단 건물 옥상에 있는 정윤의 개인 휴게실이었다. 북악산 자락이 훤히 내려다보이는 청렴의 성지라 불리는 이곳에서 정윤은 종종 일탈을 일삼았다.

그녀가 이번엔 가방에서 손수건을 꺼내더니 제 앞에 서 있는 남자의 페니스를 꽉 움켜잡았다. 그리고 손수건으로 페니스에 묻은 액체를 닦아 내는 척하며 쥐었다 놓았다 하며 희롱했다.

"읏!"

그녀의 손길이 닿았다는 사실만으로도 남자는 지금 당장이라도 사정해 버릴 것만 같았다. 눈알이 뒤집힐 것 같은 쾌락에 남자는 숨도 못 쉴 지경이었다.

"아하! 아! 학!"

결국 얼마 가지 못해 사정하고 말았다. 그녀의 손바닥 위에.

남자가 살짝 풀린 눈빛으로 정윤을 바라봤다.

"키스해도 됩니까?"

"내가 생각해 봤는데, 그 여자가 좋을 것 같아."

질문과 전혀 상관없는 대답이 돌아오자 남자는 허탈했다. 하지만 감정을 애써 숨긴 채 되물었다.

"어떤 여자요?"

"시계."

"네?"

"시계 모델 말이야."

"차강주 아랫집에 사는 여자 말입니까?"

"응. 내가 봤거든."

정윤은 저번 날 자선 경매에서 있었던 일을 떠올렸다.

"그 여자가 죽으면 따라 죽을 기세더라? 그날 자선 경매가 있던 날 내가 똑똑히 봤어. 세상 무서울 거 하나 없을 것만 같던 강주가 그 여자를 바라보던 애틋한 눈빛을. 지금 네가 날 바라보는 눈빛처럼."

"……"

"넌 들키지 마. 들키면 난 너 버릴 거야. 가차 없이."

"안 들킬게요."

"이번엔 실수하지 말고."

정윤이 젖은 손수건을 남자의 배 위에 던지며 단호하게 말했다.

"제대로 죽여."

* * *

푸르스름한 새벽빛이 감도는 시간.

명원 재단 건물 안에서 남자가 휠체어를 끌고 나와 차에 실었다. 서둘러 다시 안으로 들어간 그는 정윤을 안고 나와 차에 태웠다. 두 사람은 주변에 아무도 없다고 판단했는지 농밀한 키스를 나눴고 곧 차는 출발했다.

차가 골목에서 더 이상 보이지 않자 재단 건물 모퉁이에 주차되어 있던 차에 불이 들어왔다. 운전석에 앉아 있는 건 강주였다.

"말도 안 돼……."

강주는 제 두 눈으로 확인하고도 믿을 수 없었다.

천사 같던 정윤이 어떻게 그런 짓을 할 수 있단 말인가.

강주는 어제저녁 하제에게서 받은 블랙박스 영상을 본 직후 세상이 깜깜해지는 기분을 느꼈다. 도저히 아무런 답도 보이지 않았다. 영상의 내용은 지금 같이 차를 타고 간 남자에게 총을 건네는 정윤의 모습이 담겨 있었기 때문이었다.

충격이라는 말론 표현이 안 될 만큼, 그 영상을 확인했을 때의 심경은 정말 피가 거꾸로 솟는 것만 같았다.

그동안 강주는 제 부모의 잘못으로 하반신 불구가 된 정윤에게 빚 갚는 심정으로 차유리와 차호성을 상대했었다. 어떻게든 명원家에서 그 두 사람을 끌어내리고 정윤에게 다 주고 떠날 생각이었다.

그런데 아버지를 죽이고 제게 총을 쏜 사람의 배후가 정윤이라니.

'아마 널 주총에서 끌어내리려고 초희를 건드릴 거야. 그 여잔 악마거든.'

어제 블랙박스 영상을 넘기며 하제가 했던 말이 떠올랐다. 강주는 절망에 찼다.

내가 초희와 어떻게 해서 다시 시작했는데. 하필 이 순간, 이런 거지 같은 상황에 놓이다니.

그는 또다시 선택의 갈림길에 서고야 말았다.

* * *

"임상 시험?"

두피에 난 상처 때문에 병원을 찾은 초희는 얼마 전 학회를 다녀왔다는 수완을 우연히 병원 복도에서 마주쳤다.

수완은 학회에서 피부 재건으로 저명한 교수를 만났고, 그곳 병원에서 임상 시험에 참가할 환자를 찾고 있다는 얘길 들었다고 한다. 그래서 초희가 제일 먼저 생각났고 연락하려던 참이었는데 이렇게 만나서 다행이라며 명함을 내밀었다.

명함을 받고 뭔가 생각이 많아 보이는 초희를 수완은 이해할 수 없었다.

"고민할 게 뭐가 있어. 당장 파리로 가자."

"하필 그 병원이 프랑스에 있다고?"

초희의 날카로운 질문에 뭔가 찔리는 게 있던 수완은 짐짓 당황하더니 재빨리 말을 돌렸다.

"너한텐 오히려 더 잘된 거 아니야? 익숙한 곳이잖아. 초희야, 이건 고민할 것도 없이 무조건 가야 돼. 그 교수님 피부 재건 일인자야. 네 다리에 그 흉터 더 악화하기 전에 치료받아야 된다고."

더 악화하기 전에, 라는 수완의 말에 초희는 얼마 전 다리에서 타는 듯한 고통을 느꼈던 그날 밤이 떠올랐다. 생전 처음 느껴 봤던 통증에 얼마나 두려웠는지 모른다. 다시는 다리를 못 쓰게 되어 버릴까 봐. 초희는 갈등했다.

"생각해 볼게. 내가 지금 당장 파리로 갈 수 있는 상황이 아니라……."

"병원비는 그쪽에서 다 지원해 준대. 비행기나 숙소에 들어갈 비용 때문이면 내가 도와줄게."

"돈 때문이 아니라 우리 회사 애들 말이야. 걔들 두고 내가 자리를 비우는 건 좀……."

"애들도 데리고 가. 파리에서 실력 쌓으면 되잖아. 패션 시장은 파리가 더 넓으니까."

거기까진 생각해 보지 못했던 초희는 머릿속이 복잡해졌다.

"아무튼 오빠, 알아봐 줘서 고마워. 나 조금만 더 고민해 보고 연락해 줄게."

"그래. 되도록 빨리 연락해 줘. 그럼 나 수술 있어서 먼저 간다."

수완은 급한 수술이 있었는지 서둘러 복도 끝으로 달려갔다. 그런 수완의 뒷모습을 바라보던 초희는 제일 먼저 녀석이 떠올랐다.

녀석에게 물어볼까? 아니야. 안 물어봐도 뻔하지. 당장 가서 치료받으라고 하겠지. 아니, 같이 가자고 할 게 분명해.

핸드폰을 꺼낸 초희는 녀석에게 전화를 걸까 말까 망설이다가 통화 버튼을 누르고 말았다. 사실 녀석이 며칠 전부터 많이 바쁜지 집에도 들어오지 않고 연락도 잘되지 않았다.

　이번에도 역시 안 받겠거니 하며 조용히 종료 버튼을 누르려고 했는데.

　ㅡ무슨 일이야?

　스피커 너머로 다소 낯선 톤의 목소리가 들려왔다.

　녀석의 퉁명스러운 말투에 놀란 초희는 애써 아무렇지 않은 척 받아쳤다.

　"일하는데 방해한 거야? 끊을까?"

　ㅡ할 말 있어서 전화한 거 아니야?

　"그렇긴 한데……."

　ㅡ뭔데?

　"나 지금 병원에 왔는데…… 아니다. 만나서 얘기하자. 이따 저녁에 시간 돼?"

　ㅡ약속 있어.

　"요즘 왜 이렇게 바빠? 얼굴 보기 힘드네?"

　ㅡ미안해. 먼저 끊을게.

　"잠깐…… 뭐야? 진짜 끊었네?"

　초희가 황당한 얼굴로 핸드폰 액정을 쳐다봤다.

　"내가 뭐 잘못했나? 왜 화가 난 것 같지?"

　녀석의 차가운 말투와 목소리에 초희는 괜히 마음이 불안해졌다. 같이 밤을 보내고 마음을 확인한 지 얼마 되지도 않았는데 갑자기 왜 이러는 걸까?

혹시 녀석에게 무슨 일이 있는 걸까?

"하아."

불안한 마음에 한숨이 절로 나왔다. 그렇게 초희가 축 처진 어깨를 하고 로비로 향하고 있었는데.

"마초희 씨?"

누군가 뒤에서 초희를 불렀다. 뒤를 돌아본 초희가 상대방을 확인하자마자 활짝 웃었다.

"이사장님, 안녕하세요!"

초희가 밝게 웃으며 인사하자 정윤이 휠체어를 끌어 그녀 앞에 멈췄다.

"반가워요. 잘 지냈어요?"

"아, 네! 덕분에 잘 지내고 있어요."

"혹시 지금 시간 돼요? 우리 같이 저녁 먹을래요?"

"네? 지금요?"

"아, 저녁 먹기는 조금 이른 시간인가?"

"아니, 그게 아니라……."

"지난번 자선 경매 때 너무 잘해 주셔서 초희 씨 다시 만나면 제가 꼭 대접해 드리고 싶었거든요."

"에이, 그건 이미 페이로 두둑하게 잘 받는걸요."

"저녁이 부담스러우면 차라도 한잔할까요? 초희 씨한테 주고 싶은 게 있어서요."

"주고 싶은 거요?"

"네. 같이 가요."

정윤이 휠체어를 밀며 앞장섰다. 그러자 멀찍이 서서 지켜보던 비서가 로비 밖으로 먼저 달려가 대기 중이던 차의 문을 열었다. 그리고 익숙한 듯 정윤을 번쩍 안아 들어 차에 태우고 휠체어도 실었다.

"타시죠"

뒷좌석 문을 열어 초희까지 태우고서야 비서가 운전석으로 가서 앉아 차를 출발시켰다.

그렇게 차는 달려 명원호텔 앞에 멈춰 섰다.

하필 여기로 오다니. 아니지, 이 여자도 명원그룹 사람이니 여기로 오는 게 당연한 건가?

초희는 괜히 지난번 피트니스 센터 사건도 떠오르고, 여러모로 좋지 않은 일들만 계속 일어나는 명원호텔을 요즘 피하던 중이라 영 찜찜했다. 그래서 최대한 얌전히 정윤을 뒤따라가고 있었는데.

하필 라운지 바에 앉으며 주방 쪽에서 업무를 보던 하제와 눈이 마주치고 말았다. 얼떨결에 인사를 하긴 했는데 그 모습을 정윤이 보고 의아한 듯 물었다.

"아는 사이에요?"

"네? 네. 대학 동기라서요."

"아…… 그럼 제 동생이랑도 아는 사이일 수 있겠네요?"

"차유리요? 뭐, 아는 사이는 맞죠. 썩 좋은 사이는 아니지만요."

"하하. 우리 유리가 좀 별나죠. 그 성격에 거기서 잘 지낼 수 있을지 모르겠어요."

거기라면…… 교도소를 말하는 건가?

뉴스에서 대충 보기는 했지만 차유리라면 미꾸라지처럼 또 잘만 빠져나오겠거니 신경 끄고 있었는데 아무래도 상황이 심각한 모양이다. 초희는 조금 놀란 눈치로 정윤을 흘끔 쳐다봤다.

"제 동생이지만 나쁜 짓을 정말 많이 했더라구요. 아마 이번에 들어가면 꽤 오랜 시간 거기서 지내게 될 것 같아요. 할아버지도 등을 돌린 상태라……."

"속상하시겠어요. 오빠랑 동생 전부 그렇게 돼서."

"저라도 사죄하는 마음으로 남들한테 베풀면서 잘 살아야죠."

어쩜 이렇게 천사 같은 여자가 그 콩가루 집안에서 태어났을까.

초희는 다시 한번 정윤의 착한 마음씨에 감동하며 마침 나온 차를 마시고 있었는데. 정윤이 가방에서 상자 하나를 꺼내 내밀었다.

"이거예요. 제가 초희 씨한테 주고 싶었던 거."

초희가 찻잔을 내려놓고 그녀가 내민 상자를 열었다. 안에는 금색 천에 덮인 시계가 있었다.

"이건…… 미셸 시계? 이렇게 비싼 걸 왜 저한테……."

"초희 씨는 그 시계보다 더 비싼 걸 저한테 줬잖아요."

"제가요?"

"네. 그날 자선 경매는 명원家에서 처음으로 제 이름을 걸고 주도적으로 나서서 주최한 거였어요. 초희 씨가 모델 역할을 잘 해 준 덕분에 행사도 성황리에 잘 마쳤고…… 아, 사실 그거 뇌물이기도 해요. 제가 조만간 또 초희 씨한테 부탁할 게 생길 것 같거든요."

"무슨 부탁이요?"

"이건 대외비인데……."

주변을 두리번거리던 정윤이 작게 속삭이듯 말했다.

"제가 유리 대신 명원패션으로 가게 될지도 모르거든요. 근데 제가 패션엔 문외한이라 초희 씨한테 좀 도움을 청해야 할 일들이 생길 것 같아요. 알아보니까 초희 씨 경력이 꽤 화려하더라고요. 게다가 이쪽에서 아직 평판도 좋고, 후배들한테도 존경받는 모델로 알려져 있고요."

"제가요? 에이, 그 정도는 아닌데……."

칭찬에 약한 초희가 손사래를 치며 부끄러워했다. 그를 귀엽게 쳐다보던 정윤이 갑자기 걱정스러운 표정으로 조심스레 물었다.

"업계에선 아직도 초희 씨 이름이 많이 거론되고 있는 것 같더라구요. 은퇴한 거 아쉽진 않아요? 다시 복귀할 생각은 전혀 없는 거예요?"

"네. 복귀하고 싶어도 할 수가 없어요. 저 사실……."

초희는 무슨 이유에선지 모르겠지만 정윤에게 다리에 새겨진 끔찍한 흉터에 관한 것들을 털어놓고 싶은 마음이 들었다.

어쩌면 그녀는 날 이해해 주지 않을까? 동병상련의 마음으로 바라봐 주지 않을까?

"2년 전에 사고가 있었어요."

"무슨 사고요?"

정윤이 제 일처럼 안타까워하며 물었다. 초희는 어디서부터 어디까지 말을 하면 좋을지 단어를 고르고 또 고르며 고민했다. 그리고 천천히 입을 연 순간.

"프랑스에서……."

초희가 말을 하려다 말았다. 하필 그때 레스토랑 창문 너머로 강주가 지나가고 있었기 때문이었다.

그런데 그는 혼자가 아니었다. 저번에 호텔 레스토랑에서 봤던 그 여자와 함께였다.

"이사장님, 정말 죄송한데 갑자기 급한 약속이 생각나서요."

상대방에게 굉장한 실례일 거라는 걸 알면서도 초희는 자리에서 벌떡 일어났다. 지금 그녀의 머릿속엔 그저 녀석을 따라가야 한다는 생각뿐이었다.

정윤이 짐짓 당황하며 그녀를 붙잡았다.

"저기, 무슨 일인데요? 갈 땐 가더라도 이건 가지고 가셔야죠. 제 성의를 봐서라도……."

"아, 네. 죄송해요. 이건 감사히 잘 받을게요. 그럼 다음번엔 제가 맛있는 저녁 사 드릴게요. 그럼 이만! 조심히 가세요!"

시계 챙기랴 감사 인사 전하랴 짐을 챙기며 정신없이 말을 쏟아낸 후 초희는 서둘러 자리를 벗어났다.

어딘가 바쁘게 달려 나가는 초희의 뒷모습을 유심히 보던 정윤은 근처에서 대기하고 있던 비서를 향해 눈빛을 보냈다. 그러자 곧 비서가 초희의 뒤를 은밀히 따라갔다.

* * *

초희는 강주의 뒤를 따라 엘리베이터 쪽으로 향했다. 정말 간발의 차이로 엘리베이터 문이 닫히며 강주를 놓친 그녀는 초조한 기색으로 층 표시기를 올려다봤다.

초희의 표정이 굳어졌다.

녀석이 여자와 단둘이 탄 엘리베이터가 스위트룸에 멈췄기 때문이었다.

"에이, 설마⋯⋯."

초희는 고개를 절레절레 흔들며 지금 무슨 생각을 하는 거냐며 스스로를 꾸짖었다.

마침 도착한 엘리베이터에 올라탄 초희는 차분한 얼굴로 1층을 눌렀다.

"아니야. 아닐 거야."

거울에 등을 기댄 채 손톱을 깨물며 한쪽 다리를 덜덜 떨다, 그녀는 별안간 손을 뻗어 1층을 잽싸게 지우고 대신 맨 꼭대기 층을 눌렀다.

그렇게 엘리베이터는 빠른 속도로 올라가기 시작했다.

유리로 된 통문으로 내려다보이는 야경을 눈에 담던 초희는 괜히 울컥하는 마음이 들었다.

왜 이렇게 불안한 마음이 드는지 모르겠다. 분명 별일 없을 거라는 걸 알지만 마음 한구석에선 녀석을 향한 의심이 거둬지지 않았다.

아까 병원에서 통화할 때 퉁명스러웠던 녀석의 목소리도 그렇고, 그간 잘 연락이 되지 않았던 것도, 며칠째 집에 들어오지 않고 있는 것도⋯⋯.

생각해 보니 불안했던 요소는 많았다.

초희는 자꾸만 드는 나쁜 생각을 저버리려고 애써 노력하며 엘리베이터에서 내렸다.

그리고 복도 모퉁이를 돌았는데.

"……!"

초희가 망부석처럼 그 자리에 가만히 서서 한 발자국도 움직일 수가 없었다.

초희는 제 눈을 의심했다.

바로 코앞에서 녀석과 여자가 격정적인 키스를 나누고 있었기 때문이었다.

여자의 벌려진 입술 사이로 녀석은 그 입술을 물고 혀를 빨아당기는 모습을 본 초희는 구역질이 날 것만 같았다.

"루카, 너 지금 뭐 하는 거야?"

입술이 끈적하게 부딪혔다 떨어지는 소리만 들리는 이곳에서 제 말이 들리지 않을 리는 없었다. 하지만 두 사람은 키스하는데 정신이 팔려 듣지 못하고 있었다.

초희는 들고 있던 가방을 녀석의 등 쪽으로 내던졌다.

"그만하라고 이 미친 새끼야!"

그제야 키스를 멈춘 녀석이 고개를 돌렸다. 낯선 얼굴이었다.

그를 보자마자 초희는 심장이 쿵 내려앉는 기분이 들었다. 정말 믿는 도끼에 발등 찍힌다는 말이 이런 경우에 하는 말인가 실감이 났다. 배신감에 말도 제대로 나오지 않았다.

"대답해. 너 지금 뭐 하는 거냐고."

녀석이 여자를 보호하며 앞에 나오더니 저를 방해꾼 대하듯 하며 말했다.

"일단 집에 가 있어. 나중에 설명할게."

"아니. 지금 설명해."

"지금은 안 돼. 이 사람 나한테 중요한 사람이거든."

"뭐?"

기가 차서 헛웃음만 나왔다. 그런 초희를 무시한 채 녀석은 여자를 룸 안으로 밀어 넣고 문을 닫았다. 그러더니 바닥에 떨어진 초희의 가방을 들어 그녀에게 건네며 말했다.

"저 여자가 누군지 알아?"

"내가 알아야 돼?"

"대한그룹 총수가 애지중지하는 손녀딸이야."

"그래서 뭐?"

"나 저 여자랑 결혼할 거야."

"……."

초희는 순간 귀가 먹먹해지는 느낌을 받았다.

"너만 괜찮다면 나 결혼하고도 너 계속 만나고 싶어."

"……."

차라리 이대로 귀가 멀었으면 좋았을 텐데. 초희는 말 같지도 않은 소리를 지껄이는 녀석을 노려봤다.

"처음부터 이럴 생각이었어? 그래서 내가 대체 뭘 하고 다니는지 물었을 때 자세히 말 안 해 준 거지? 숨긴 거지?"

"그건 너도 마찬가지 아니야?"

"내가 뭘?"

"다리 흉터. 네 부주의로 생긴 거라고? 중요한 무대 앞두고 네가? 그걸 날더러 믿으라고 한 소리야?"

"그건 다 지난 일이야. 근데 넌 아니잖아! 결혼?"

"결정은 초희 네가 해. 난 따를게."

"어. 그래. 우린 뭐 끝낼 것도 없잖아. 제대로 시작한 것도 없으니까. 그치? 이대로 그냥 가면 되는 거지?"

"……."

초희는 녀석이 들고 있던 제 가방을 뺏듯이 손에 쥐었다.

"……조심히 가."

"……."

"잘 지내……."

왠지 모르게 슬퍼 보이는 얼굴로 녀석은 말했고, 잠시 알 수 없는 눈빛으로 초희를 바라보다가 이내 몸을 돌려 룸으로 들어가 버렸다.

쾅.

문이 닫히고 복도에 홀로 남은 초희는 이게 꿈인지 현실인지 분간이 잘되지 않았다.

다리에 힘이 풀려 걷는 것도 힘들었다. 무슨 정신으로 로비까지 내려왔는지 모르겠다. 초희는 도저히 걸을 힘이 없어 바닥에 주저앉고 말았다.

"초희야!"

그때 누군가 달려와 초희를 부축했다. 하제였다.

"너 괜찮아?"

"아니. 안 괜찮은 것 같아……."

초희가 멍한 얼굴로 대답했다. 하제가 불같이 화를 냈다.

"그 자식 때문이지? 차강주."

"……."

"나도 아까 봤어. 그 자식 여자랑 같이 있는 거."

"아…… 그래?"

"초희야, 내가 말했잖아. 그 자식 굉장히 위험한 놈이라고. 결국엔 널 다치게 할 거라고."

"넌 루카에 대해 잘 알아?"

"루카는 잘 모르지만, 차강주에 대해선 너보다 많이 알아."

"차강주……."

낯선 이름. 초희는 녀석의 한국 이름 차강주 세 글자를 계속 읊조렸다.

"그래. 그 차강주가 곧 있으면 대한그룹 막내 손녀랑 결혼한다더라. 정략결혼."

"네가 그걸 어떻게 알아?"

"나 명원그룹에 관심 많잖아. 차강주 걔 차유리 동생이야."

"뭐라고?"

"차 회장이 아주 예뻐라 하는 그 집 서자라고. 내가 전에 말했잖아. 네가 차유리랑 엮이기 싫어서 내가 안 된다면, 차강주는 더더욱 안 된다고."

"……."

"너한테 끝까지 숨긴 거 보면 진심 아니었던 거야. 그냥 가지고 놀려고 했던 거라고. 그 새끼 아버지가 지 어머니한테 했던 것처럼. 그 피가 어디 가겠어?"

"갈게."

초희가 더는 듣기 싫다는 듯 귀를 막았다. 그리고 하제의 말이 다 끝나기도 전에 그냥 돌아섰다. 그렇게 그녀는 홀로 비틀거리며 호텔을 벗어나 어디론가 향했다.

* * *

"뭐? 그 명원그룹의 새로운 포식자가 너의 그 루카 씨였다고?"

가령이 일부러 더 오버하며 떠들었다. 하지만 호들갑 좀 떨지 말라고 뭐라고 할 줄 알았던 초희가 기운 없이 축 늘어진 걸 보니 가령의 마음도 무겁게 내려앉았다.

"술이나 마시자."

그렇게 오늘도 어김없이 포장마차 구석에 자리를 잡은 가령과 초희는 조용히 소주만 들이켰다.

"근데 진짜 생각할수록 웃기네. 그걸 왜 너한테 숨긴 거래?"

"몰라."

"그 뒤로 연락 안 해 봤어?"

"내가 왜? 다른 여자랑 결혼한다잖아."

"진짜 미친 세상이다. 막장 연애 프로그램에 사연으로나 올라올 일이 실제로 벌어지다니. 그래서 지금 고민녀는 뭐가 문젭니까? 당연히 잊어야지. 그딴 새끼는 잊고 보란 듯이 잘 살아야지."

"나도 알아. 아는데…… 이상하잖아. 루카는 그럴 녀석이 아닌데……."

"그 사람은 차강주라며. 명원그룹 서자에서 후계자 자리까지 꿰찬 엄청난 야심가. 그런 사람이면 첫사랑 버리고 정략결혼 택하는 거 아무것도 아니지."

다 맞는 말이다. 그냥 내가 녀석에게 속은 거다. 초희는 쓰게 웃으며 소주를 마셨다.

그렇지만. 녀석이 저를 버렸다는 게 명확한데도 마지막에 봤던 녀석의 눈빛을 잊을 수가 없었다.

대체 그 눈빛은 뭘 의미하는 거였을까? 왜 나를 그런 슬픈 눈으로 바라본 걸까? 다른 여자와 키스하다가 들킨 주제에 왜 나를 그런 눈으로 쳐다보냐고.

"이참에 잘됐어. 넌 프랑스 갈 준비나 해. 그 다리 흉터 임상 시험 제안받았다며. 수완 오빠가 너 연락 안 된다고 나한테 부탁하더라. 너 좀 설득해 달라고. 초희야, 갈 거지?"

"아니."

모든 의욕을 상실한 듯 초희가 힘없이 고개를 저었다. 가령은 걱정스러운 눈빛을 보냈다.

"마초, 정신 차려. 너 무조건 치료받아야 된다고."

"나중에. 지금은 못 가. 내가 애들 놔두고 어딜 가."

"야! 지금 애들이 문제야? 내가 오빠한테 들으니까 너 다리 흉터 그대로 뒀다간…… 초희야, 제발 너 먼저 생각해. 어차피 지금 모델 대회도 취소하고 할 거 없잖아. 당분간 휴식기라 생각하고 치료받고 와."

가령이 기다렸다는 듯 가방에서 봉투 하나를 꺼내 내밀었다. 그를 본 초희가 작게 한숨을 내쉬며 고개를 절레절레 흔들었다.

"됐어. 너도 돈 없잖아."

"너보단 많아. 가서 쓸 생활비에 보태. 너 또 돈 없다고 안 간다는 소리 할까 봐 내가 적금 깼으니까. 이거 못 물러. 그러니까 너 무조건 가야 돼. 가서 치료받아. 좋은 기회잖아."

"가령아. 나 돈 때문에 안 간다고 하는 거 아니야."

"그럼? 진짜 애들 때문이야?"

"응. 나 때문에 대회도 못 나가게 됐는데, 걔들 버려두고 어떻게 가."

솔직한 심정으로 지금 누구보다도 이곳 한국을 떠나고 싶은 건 초희였다.

아주 멀리 떠나 있어야 녀석을 찾아가지 않을 테니까. 마주치면 또 녀석을 붙잡고 왜 그랬냐고 묻고 싶을 거고, 그건 아마도 미련이겠지.

초희는 될 수만 있다면 지금 당장 멀리 떠나고 싶었다. 하지만 책임져야 하는 제자가 셋이나 있었기에 그럴 수 없었다. 그런데 그때였다.

"대표님!"

포장마차 안으로 소나가 달려들어 왔다. 초희가 놀란 눈으로 소나를 쳐다봤다. 소나의 눈에 눈물이 그렁그렁 맺혀 있었다.

"왜 그래? 무슨 일 있어?"

혹시 어디 가서 무슨 안 좋은 일이라도 당한 건 아닌지 덜컥 겁이 났다. 초희가 떨리는 음성으로 소나의 이름을 부르며 다시 바라봤다.

"소나야?"

"대표님…… 저 미팅 잡혔어요!"

"미팅? 어디서?"

"미셸에서요."

"……그게 무슨 말이야?"

"사실 얼마 전에 대회 취소되고 대표님이 찍어 준 프로필 사진을 미셸에 보냈거든요. 근데 수신 확인도 바로 하더니, 오늘은 답장이 왔어요! 다음 주에 파리 본사로 오래요!"

소나가 아직도 믿기지 않다는 얼굴로 미셸에서 직접 받았다는 메일을 초희에게 보여 줬다.

"어디 어디. 나도 보자."

가령도 같이 고개를 쭉 내밀어 메일을 확인하더니 환호했다.

"꺅! 대박, 이거 진짜잖아. 어떡해! 마초, 이거 뭐지? 꿈 아니지?"

가령이 뛸 듯이 기뻐하며 소나와 얼싸안더니 환호했다. 그 두 사람 가운데 끼어 가만히 앉아 있던 초희는 결국 울음을 터뜨리고 말았다.

너무 기뻐서. 소나가 너무 대견해서. 그리고 너무 미안해서.

"대표님, 왜 울어요?"

"미안해."

"미안하긴요. 이게 다 대표님 덕분이에요."

"내가 뭘 한 게 있다고."

"한 게 없다뇨. 저 지금 대표님이 저한테 베풀어 주신 거 백만 개는 넘게 떠오르는데요?"

"그래, 말이라도 고마워."

"진짜예요. 저 백화점에서 소매치기범으로 오해받고 경찰서 끌려갔을 때 대표님이 따라와 주셨잖아요. 처음 본 사이인데 저 대신 막 싸워 주셨잖아요."

"그건……."

너무 나 같아서 그랬다. 그리고 나도 누군가에게 똑같은 도움을 받았던 적이 있었으니까.

"그때 도와주신 것도 감사한데 같이 일하자고 해 주시고, 아무

희망도 미래도 없는 저한테 꿈도 찾아 주셨잖아요. 그리고 이번에 대표님이 찍어 준 프로필 사진 없었으면 미셸에 메일 넣지도 못했어요. 혹시 허락 없이 일 저질러서 언짢으신 건 아니죠?"

"당연하지. 언짢다니 그게 무슨 소리야. 너무 잘했어. 어떻게 미셸에 직접 프로필 넣을 생각을 했어? 기특하다 진짜. 역시 내가 잘 키웠다니까."

"그래서 말인데요……."

"응."

"저랑 같이 파리 가 주실 거죠?"

"당연히 같이 가야지! 소나야, 마초 얘 갈 거야. 너희 때문에 못 가고 있었는데 잘됐다. 이제 바로 짐만 싸면 되겠네."

"오가령."

"아, 왜? 잘됐잖아. 어떻게 이렇게 상황이 딱딱 잘 들어맞냐? 이건 하늘이 도운 기회야!"

가령이 끼어들었다. 가운데서 무슨 영문인지 몰라 두 사람의 눈치만 보던 소나가 초희를 향해 다시 부탁했다.

"대표님, 같이 가 주세요!"

잠시 고민하던 초희는 곧 결심이 섰는지 다부진 눈빛으로 고개를 세게 끄덕였다.

"응. 가자. 가서 꼭 데뷔하자!"

"감사해요! 저 진짜 열심히 할게요!"

소나가 기뻐하며 초희를 끌어안았다. 옆에서 지켜보던 가령이 그럴 줄 알았다며 얼른 잔에 술을 채워 들며 외쳤다.

"마초 에이전시 가즈아! 파리로!"

그렇게 실연의 아픔을 잊기 위해 초희는 오늘 이 기쁨을 더 만끽하려고 노력했다. 그리고 인생의 우선순위를 다시 일과 성공으로 바꿔야 한다고 끊임없이 자기암시를 걸었다.

그 녀석은 이제 내 인생에서 제거해야 할 대상이라고.

매분 매초 그렇게 생각하려 애썼다.

* * *

"대표님?"

표석이 초희를 불렀지만, 초희는 듣지 못했다. 그녀는 지금 녀석의 텅 빈 집 안을 둘러보느라 정신이 없었다.

대체 짐은 언제 다 치운 건지. 녀석은 언제 왔다 간 건지.

이제 떠나면 사는 동안 마지막일 수도 있으니 정말 딱 한 번이라도 얼굴 보고 싶었는데.

"에헴!"

뒤늦게 표석의 인기척을 느낀 초희가 힘없이 고개를 돌렸다.

"표석이 너한테 이 건물을 줬다고? 루카…… 아니, 차강주 씨가?"

"네. 차유리 그 여자를 보내는 데 본의 아니게 저를 이용했다고 미안하다고 하시더라구요. 솔직히 저는 괜찮았거든요. 기자들이 찾아와서 좀 귀찮긴 했지만…… 그래서 안 받는다고 했는데 건물 주님이 그러더라고요."

"……?"

"마초 에이전시를 지킬 방법이라면서 가지고 있으라고 했어요."

초희가 지친 기색으로 두 눈을 꽉 감았다가 떴다. 그리고 녀석을 향한 궁금증을 떨쳐내기 위해 대화 주제를 바꿨다.

"표석이 너도 진짜 같이 안 갈래?"

"네. 저는 여기 남아서 해용이랑 사무실 지키고 있을게요. 벌크 업도 하고요."

"그래. 나도 가서 열심히 하고 있을 테니까 무슨 일 있으면 꼭 연락하고."

"네!"

"잠깐 먼저 내려갈래? 난 조금만 더 있다가 갈게."

"네. 천천히 오세요. 짐 먼저 실어 놓을게요!"

초희가 왜 이렇게 이곳을 떠나기를 머뭇거리는지 알 것 같아, 표석은 눈치를 흘끔 보더니 후다닥 내려갔다.

초희는 주방 쪽을 응시했다. 그곳엔 저처럼 녀석에게 버려진 오븐과 까눌레 틀이 덩그러니 남겨져 있었다.

정말 이렇게 끝난다고?

말도 안 돼. 이해할 수가 없어.

초희는 그동안 아무리 술에 취해도 녀석에겐 절대 연락하지 않으려고 죽을 만큼 노력했었다. 녀석을 향한 마음을 누르고 또 억눌렀다. 그런데 더 이상 참을 수가 없었다. 참아지지 않았다.

그녀는 결국 두 눈을 질끈 감고 통화 버튼을 누르고야 말았다.

―지금 거신 번호는 없는 번호입니다. 다시 확인하신 후…….

그동안의 고민을 무색하게 만드는 음성이 들리자 초희는 허탈한 마음에 자조 섞인 한숨을 내뱉었다. 그런 초희의 마음을 대변이라도 하듯 창밖으로 후드득 비가 쏟아졌다.

첫사랑과 함께 뜨거운 여름이 끝났음을 알리는 비였다.

* * *

며칠 동안 계속 비가 내리더니 공기가 제법 쌀쌀해졌다. 이제 막 차에서 내린 강주는 슈트 재킷의 단추를 잠그며 명원패션 건물을 올려다봤다.

입구엔 주주총회 장소와 시간을 알리는 입간판이 우뚝 서 있었다.

얼마 지나지 않아 뒤쪽으로 차들이 줄지어 서기 시작했고, 차에서 내린 임원진들이 서로 인사하며 안으로 들어가기 바빴다.

순식간에 많은 사람이 몰리며 인파에 갇혔던 강주는 갑자기 가슴을 감싸며 고통스러워했다.

"흡!"

그는 방금 제 옆을 스쳐 지나간 모자 쓴 남자의 어깨를 재빨리 낚아챘다. 그리고 소매를 걷어 손목 안쪽을 확인했다. 빨간색 타투.

남자의 손목엔 정윤의 세례명 아델라이드(adelaide)의 이니셜이 새겨져 있었다.

"……!"

사력을 다해 남자의 정체를 확인한 강주는 결국 얼마 가지 못해 두 다리가 꺾이고 말았다. 남자가 이번엔 강주의 팔을 찌른 것이다. 그사이 남자는 인파 속으로 유유히 사라졌고, 강주의 가슴과 팔엔 칼이 꽂혀 있었다.

뒤늦게 그를 발견한 사람들은 흉기 난동이 벌어졌다고 착각했는지 고함을 지르며 다급히 도망가기 바빴고 주변은 순식간에 아수라장으로 변해 버렸다.

차가운 바닥에 쓰러진 강주의 가슴에선 계속해서 피가 뿜어져 나왔다. 그의 얼굴은 물론 바닥이 새빨간 피로 흥건하게 물들고 있었다.

"윽……."

숨이 점점 가빠지며 시야가 흐릿해졌다.

강주는 겨우 눈을 떠서 하늘을 눈에 담았다.

청명한 가을 하늘 위로 비행기가 이륙하고 있었다.

"……."

그는 눈을 감는 마지막 순간까지도 그녀의 얼굴을 떠올리며 그녀가 행복하기를, 무사하기를, 나를 잊고 씩씩하게 잘 살기를 간절히 바라고 또 바랐다.

짧은 인생이지만 그녀는 내 전부를 걸고 사랑한 내 소중한 여자니까.

내 인생은 그녀 없이는 설명할 수 없고, 내가 살아야 하는 이유는 그녀로부터 시작됐으니까.

부디 행복하기를, 나의 뮤즈.

에필로그

프랑스 파리.

명품 편집 숍에서 신중하게 무언가를 고르던 초희가 마침내 크림색 구두 한 켤레를 집어 들었다.

"이거 사이즈 있어요?"

"누가 신을 건데?"

"소나요. 내일 한국 방송국에서 인터뷰 온대요."

"한국 방송국? 하긴, 소나가 미셸 최초의 동양인 모델이잖아. 나도 그 런웨이 되게 인상 깊게 봤거든. 근데 무슨 프로그램이야? 연예인은 누가 온대?"

근처에서 민박집과 편집 숍을 운영하는 40대 다니엘은 재보다 잿밥에 더 관심이 많아 보였다. 그도 그럴 것이 다니엘은 한국

441

문화, 특히 K팝에 푹 빠져 사는 프랑스인이었다. 한국어도 어찌나 유창하게 잘하는지.

덕분에 초희와 소나가 작년 이곳 프랑스에 도착했을 때 다니엘은 두 사람에게 엄청난 관심과 호의를 베풀었고, 짧지 않은 시간 안에 셋은 가족보다 더 돈독한 관계가 되었다.

"우리 소나 잘된 거 다 다니엘 덕분이에요."

"그치? 내가 협찬 빵빵하게 해 줬잖아."

"그럼요."

"그래도 말이야 소나 대단하다니까. 미셸 문턱이 얼마나 높은데. 그 노인네 지독한 백인우월주의자잖아."

이때다 싶어 다니엘은 미셸의 뒷담화를 신나게 해댔다. 그는 과거 미셸의 조수로 일했던 적이 있어 미셸 아르노 선생에 대해 잘 안다고 했다. 처음엔 허풍인 줄 알았는데, 며칠 전 미셸 선생이 편집 숍에 방문하면서 그의 말이 진짜임을 알게 되었다.

"근데 넌 그 노인네랑은 어떻게 아는 사이야? 소나 때문에 알게 된 건 아닌 것 같던데. 둘이 얘기도 꽤 길게 했잖아. 무슨 얘기 했어?"

다니엘의 물음에 초희는 그날 미셸 선생과 나눈 대화가 다시금 떠올랐다.

'소나를 발탁한 이유는 초희 네가 생각나서였어.'

'저를 싫어하셨잖아요.'

'너를 싫어한 게 아니야. 루카의 모든 영감이 너로부터만 나오면 안 되니까. 난 그걸 경계한 거였지. 물론 나도 너의 눈빛과 닮은

그 워킹이 좋았어. 근데 그게 뭔지 정확히 알지는 못했는데, 나중에 네가 사라지니 루카가 알려 주더라.'

'루카가 뭐라고 했는데요?'

'선생, 그녀의 눈빛과 워킹엔 서글픔이 있어요. 한국에선 그런 걸 한(恨)이라고 한다죠. 선생은 크게 실수하신 거예요. 저한테 한(恨)을 남겼거든요.'

그때 녀석의 말이 너무 인상적이어서 토씨 하나 틀리지 않고 기억하고 있다며, 미셸 선생은 녀석의 말을 그대로 초희에게 전했다.

"초희!"

"네?"

"무슨 생각을 그렇게 해? 그 노인네랑 무슨 얘기 했냐니까?"

"그냥 소나 얘기했죠. 우리 소나 앞으로 더 잘될 것 같대요."

"그래? 그 깐깐한 노인네가 별일이네?"

의외라고 구시렁거리며 다니엘이 구두를 포장하기 시작했다. 마침 초희의 핸드폰이 진동했다. 발신인을 확인하니 가령이었다. 초희가 얼른 전화를 받았다.

"응. 가령, 안 그래도 연락하려고 했는데."

—너도 봤구나?

"뭘 봐?"

—뉴스 보고 연락하려고 했던 거 아니야?

"무슨 뉴스? 난 표석이 오디션 결과 궁금해서 전화하려던 건데?"

—아…… 그래? 그럼 먼저 궁금한 거부터 답해 줄게.

"합격했어?"

―아니. 탈락!

"왜?"

―벌크 업을 해도 너무 했어. 요즘 한국 트렌드는 그런 재질이 아니라고. 얘 근육 좀 빼야 돼. 그나저나 소나 덕분에 마초 에이전시 전화기에 아주 불나더라? 해용이 걔 매일 전화 받느라 바쁘던데? 표석이도 해용이처럼 매니지먼트 홍보나 기획 쪽으로 방향을 꺾는 게 어떨까 싶은데 대표님 생각은?

"왜 표석이 꿈을 네 맘대로 꺾으려고 하냐? 걔가 모델이 하고 싶다잖아."

―내가 예전부터 말하지만 표석이 걔 와꾸가…….

"오가령! 쓸데없는 소리하지 말고 너 왜 전화했어?"

―아, 맞다. 뉴스! 내가 링크 하나 보낼 테니까 봐 봐.

초희가 바로 들고 있던 업무용 태블릿 PC로 가령이 보낸 링크를 확인했다. 명원그룹과 관련된 뉴스였다.

뉴스는 오늘 명원그룹 차기 회장으로 김원조라는 사람이 확정됐으며, 명원家의 세 남매 모두 교도소에 수감되는 불명예를 안게 된 차 회장은 큰 충격을 받고 쓰러져 병상에서 임종을 앞두고 있다고 전했다.

―사실상 이제 명원은 끝난 거지. 그나저나 차유리보다 차정윤이 더 무서워. 그 살인마 진짜 미친 거 아니야? 어떻게 지 아버지를 죽이라고 비서한테 사주를 하냐? 으, 소름 끼쳐. 작년에 그 여자가 너한테 준 시계에도 도청 장치 숨겨져 있었다며. 그거 버렸지?

"응."

뉴스를 심각하게 읽어 내려가던 초희는 태블릿 PC에서 시선을 떼고 통화에 집중했다.

"근데 지금 아무리 생각해도 이해가 안 돼. 나한테 왜 그런 걸 준 거지?"

―내 말이. 작년에 그 시계 고장 나서 수리 맡겼다가 알게 됐다며.

그때도 지금도 의문만 한가득했다. 가장 큰 의문은 녀석의 생사였다.

"가령아, 혹시……."

―그 사람 소식은 들은 거 없어. 작년에 대한그룹 막내랑 정략결혼할 거라는 소문이 끝이야. 초희 너 아직도 그 사람 못 잊은 건 아니지? 야, 정신 차려. 어쨌든 다른 여자랑 결혼한다고 너 버렸던 남자야.

이유가 있었을 거다. 그 이유는 분명 나였을 거다.

―너 또 무슨 이유가 있겠거니 그 사람 기다리지 마라. 이유가 뭐든 간에, 지가 잘못했으니까 지금껏 숨어 있는 거겠지.

루카는 그럴 사람이 아니다. 잘못했다고 비겁하게 숨어 지낼 녀석이 아니다. 대체 그는 지금 어디에 있는 걸까?

초희는 무심결에 창밖으로 시선을 던졌는데.

"……!"

눈이 내리고 있었다. 강한 바람과 함께 쏟아지는 눈은 파리 시내 전체를 하얗게 만들었다. 초희는 서둘러 가령과의 통화를 종료하고 외투를 챙겨 입었다.

"벌써 가려고? 구두는 다 포장해 놨어."

초희가 통화하는 동안 작업실에서 업무를 보던 다니엘이 인기척을 듣곤 다시 매장으로 나왔다.

"대박. 눈 엄청 많이 오네? 이러다 또 에펠탑에 눈 쌓이는 거 아니야? 어우. 그게 언제였더라? 암튼 몇 년 전에 에펠탑에 눈 쌓인 거 찍겠다고 사람들 몰려서 차 막히고 난리였던 거 생각하면 정말이지…… 초희? 너 왜 그래?"

"저도 있었거든요. 그 난리가 났을 때 같이……."

갑자기 초희의 눈에 눈물이 그렁그렁 맺혔다.

기상 이변으로 8년 만에 파리에 폭설이 내리던 그날, 하얀 설원으로 변한 샹드막스(Champs de Mars) 공원에서 녀석은 말했다.

'저 에펠탑에 또 언제 눈이 쌓일진 모르겠지만, 그날도 우린 함께 있을 거야. 내 사랑은 미쳤고, 이제 성공할 일만 남았거든.'

눈앞에 펼쳐진 에펠탑의 야경 따윈 눈에 들어오지도 않았다. 사방에서 쏟아지는 불빛 때문에 유난히 반짝이던 녀석의 눈동자가 더 아름다웠으니까.

그때 너무나도 아름다웠던 녀석의 눈동자 빛깔까지 떠오른 초희는 편집 숍을 나와 무작정 달음박질쳤다. 멀리 보이는 에펠탑을 향해 내리는 눈을 맞으며 달리고 또 달렸다.

어느새 해는 뉘엿뉘엿 저물어 가고 있었다.

추워서 두 뺨과 귀가 새빨개진 초희는 마침내 공원에 도착했다.

이곳 샹드막스 공원은 그날처럼 하얀 설원으로 변해 있었다. 그 때문일까? 초희는 마치 그날의 자신으로 돌아간 것만 같았다.

조금만 더 걸어서 웅장한 에펠탑 밑으로 가면 녀석이 저를 기다리고 서 있을 것 같다는 착각마저 들었다.

그런 말도 안 되는 일은 일어나지 않을 걸 알면서도 초희는 걸음을 멈출 수가 없었다. 그런데 그때였다. 정말 말도 안 되게 초희가 에펠탑 밑에 도착하자마자 공원에 불이 켜졌다.

파바밧.

동시에 에펠탑에도 조명이 켜져 휘황찬란 주변을 비췄다. 덕분에 휘날리는 눈은 마치 반짝이는 별이 쏟아지는 것처럼 보였다. 하늘을 올려다보며 그것을 한참 동안 눈에 담던 초희는 그만 미련을 버리고 발걸음을 돌리기 위해 뒤를 돌았다.

"말도 안 돼……."

이런 걸 기적이라고 부르는 걸까? 초희는 멀지 않은 곳에서 자신처럼 믿기지 않는 표정으로 걸어오고 있는 누군가를 발견했다.

"루카……."

얼마나 뛰어왔는지 녀석의 머리카락이 잔뜩 헝클어진 채였다. 코트는 입지 않고 그저 어깨 위에 걸쳐 있었는데 그마저도 밑으로 툭, 하고 떨어졌다.

"팔이……."

초희는 충격으로 더 이상 말을 잇지 못했다.

녀석이 코트를 제대로 입지 못한 건 팔에 깁스를 했기 때문이었고, 코트가 벗겨진 그는 지금 얇은 환자복 차림이었다. 환자복에 새겨진 병원 이름이 익숙했다. 그곳은 그녀가 일주일에 한 번 재활 치료를 받는 병원이었다.

초희는 당장 달려가 목에 두른 목도리를 풀어 녀석의 목에 둘러 주었다. 떨어진 코트도 다시 그의 어깨에 걸쳐 주었다. 그러다 말없이 눈물만 흘렸다.

"왜 아무것도 안 물어봐?"

몇 달 사이 많이 야윈 녀석이 떨리는 음색으로 말했다. 초희는 애써 눈물을 닦아 내며 어렵게 입을 열었다.

"la cerise sur le gâteau."

혼자 얼마나 되뇌었을지 가늠이 될 만큼 완벽한 불어 발음이었다. 그를 들은 강주의 목울대가 크게 움직였다. 그는 애써 터지려는 감정을 억누르고 있었다.

"루카, 나도 네가 없으면 안 돼. 케이크 위의 체리처럼."

"……."

"미쳐야 성공하는 법이랬지? 난 너에게 미쳤고, 내 사랑은 성공할 거야. 오늘."

"초희야."

"사랑해. ……사랑해."

"난 이제 널 제대로 안아 주지도 못해."

그런 것쯤은 전혀 개의치 않은 표정으로 초희는 녀석의 품에 안겼다. 뜨거운 심장에 귀가 맞닿아 얼었던 온몸이 녹아내리는 듯했다.

녀석의 심장 소리에 맞춰 초희는 또 고백했다.

"사랑해."

마침내 에펠탑 밑에서 했던 약속을 지킨 두 사람은 차가운 설원 위에서 뜨겁게 재회했다.

Fin.